REAL

Katy Evans

REAL

novo século®

São Paulo 2014

Coordenação Editorial Mateus Duque Erthal
Tradução Júlio de Andrade Filho
Preparação Marina Ruivo
Diagramação Project Nine
Capa Marina Avila
Revisão Tággidi Mar Ribeiro

Texto de acordo com as normas do Novo Acordo Ortográfico da Língua Portuguesa (Decreto Legislativo nº 54, de 1995)

Dados Internacionais de Catalogação na Publicação (CIP)
(Câmara Brasileira do Livro, SP, Brasil)

Evans, Katy
Real / Katy Evans ; [tradução Júlio de Andrade Filho]. -- Barueri, SP : Novo Século Editora, 2014.

Título original: Real.

1. Ficção norte-americana I. Título.

14-00599 CDD-813

Índices para catálogo sistemático:
1. Ficção : Literatura norte-americana 813

2014
IMPRESSO NO BRASIL
PRINTED IN BRAZIL
DIREITOS CEDIDOS PARA ESTA EDIÇÃO À
NOVO SÉCULO EDITORA LTDA.
CEA – Centro Empresarial Araguaia II
Alameda Araguaia 2190 – 11º Andar
Bloco A – Conjunto 1111
CEP 06455-000 – Alphaville Industrial, Barueri – SP
Tel. (11) 3699-7107
www.novoseculo.com.br
atendimento@novoseculo.com.br

Dedico
À vida, ao amor e à música.

AGRADECIMENTOS

Obrigada a... meu lindo marido, meus lindos filhos e meus lindos pais: vocês são a luz da minha vida!

À filha mais linda do mundo, por ter lido meu livro antes de todo mundo e por ter feito mil gestos de joinha, estimulando-me sempre.

A Stacey Suarez, a melhor especialista em fitness e a mais querida amiga que eu jamais esperaria ter, que esteve comigo a cada passo da viagem maravilhosa de Brooke e Remington.

A Monica Murphy, por ser minha *beta reader*, pelas horas trocando e-mails, pelas risadas e pela amizade.

A Alicia G., Paula G., Gaby G., Paula W. e Marcela B., por serem amigas surpreendentes e por terem me apoiado.

A Erinn e Georgia, por me ajudarem a preparar o bebê e "embelezá-lo": vocês são incríveis! Eu admito, os erros gramaticais remanescentes são totalmente meus!

A Julia, da JT Formatting, e a Georgia Woods, pela ótima edição que fizeram; e a Sarah Hansen, pela incrível arte da capa.

A Anita S., pela excelente revisão e pelos toques extremamente delicados em meu manuscrito. Eu amo o realismo cru da narrativa em *Real*, e Anita me ajudou a manter esse realismo, ao mesmo tempo que tentava torná-lo legível para todos vocês.

Aos extraordinários blogueiros Jenny e Gitte, da TotallyBooked; Momo, da BooksOverBoys; Aseel Naji, da My Crazy Book Obsession; Anna, da Anna's Romantic Reads; Michelle, da Blushing Reader; Malory, da Loverly's Book Blog; Julienne, da Bookaholix Club; Hillz, do Love N Books; Triin, Trini Contreras, Becky N., da Reality Bites; Autumn, do Martini Times; Ellen, do BookBellas; Miss Ava; a surpreendente e apaixonante Dana; Erin e Kelly; e a todos vocês, leitores avançados, por seu gosto fabuloso por livros e por instantaneamente se tornarem fãs de Remington Tate. Muito obrigada pelo apoio, tenho todos vocês num pedestal!

Ao Universo, por me dar a saúde e a alegria de sentar e compartilhar essa história, e aos anjos por aí, por deixar isso acontecer (vocês sabem quem são)!

E, finalmente, obrigada a vocês, leitores, por dedicar um tempo a ler meu livro.

BEIJOS!

ÍNDICE

A lista de músicas de *Real*

Estas são algumas das músicas que ouvi enquanto escrevia este livro. As duas primeiras canções são muito significativas, e é provável que você goste de ouvi-las enquanto Brooke e Remington as escutam.

"Iris", dos Goo Goo Dolls;
"I Love You", com Avril Lavigne;
"That's When I Knew", com Alicia Keys;
"Love Bites", com Def Leppard;
"High on You", com Survivor;
"Love Song", com Sara Bareilles;
"In Your Eyes", com Peter Gabriel;
"Kiss Me", com Ed Sheeran;
"Come Away With Me", com Nora Jones;
"All I Wanna Do Is Make Love To You", com Heart;
"Anyway You Want It", com Journey;
"Pull Me Down", com Mikky Ekko;
"I Love You Like A Love Song", de Selena Gomez;
"My Life Would Suck Without You", com Kelly Clarkson;
"Flaws and All", com Beyoncé;
"The Fighter", com Gym Class Heroes.

UM

"SOU REMINGTON!"

BROOKE

Melanie grita no meu ouvido faz meia hora, e os meus nervos já estão tão esgotados por aquilo que estamos presenciando que mal consigo escutar qualquer coisa. A não ser o meu coração. Batendo enlouquecidamente na minha cabeça enquanto os dois lutadores no ringue de boxe clandestino se socam; os dois homens iguais em altura e peso, ambos extremamente musculosos, trocando golpes na cabeça.

A cada vez que um deles consegue acertar um soco, elogios e aplausos irrompem pelo ambiente, que está lotado com pelo menos três centenas de espectadores, todos eles sedentos de sangue. A pior parte de tudo isso é que posso ouvir o horrível som de osso se quebrando contra a carne, e os pelos dos meus braços se arrepiam, com medo absoluto. A todo momento suponho que um deles vá cair e nunca, nunca mais vá conseguir se levantar novamente.

– Brooke! – Melanie, minha melhor amiga, solta gritinhos e me abraça. – Você está com cara de quem vai vomitar, mas você *nunca* faria isso, não é?

Estou seriamente inclinada a matar Melanie.

Assim que tirar os meus olhos desses dois homens e me certificar de que os dois estão respirando, assim que esse assalto acabar, vou matar a minha melhor amiga sem piedade. E depois vou me matar, por ter concordado em vir aqui, para começo de conversa.

Mas a minha pobre e amada Melanie estava a fim de um novo cara, e tão logo descobriu que o objeto de suas fantasias noturnas estava na cidade participando dessas lutas "particulares" e muito "perigosas" nos clandestinos clubes da luta, ela me implorou para vir com ela e vê-lo lutar. É muito difícil dizer não a Melanie. Ela é efusiva e insistente, e agora está pulando de alegria.

– Ele é o próximo – sussurra ela, indiferente sobre quem venceu essa última luta, ou mesmo se os lutadores sobreviveram. O que aparentemente aconteceu, graças a Deus. – Prepare-se pra ver um pedaço de gostosura, Brookey!

O público fica em silêncio, e o locutor chama:

– Senhoras e senhores, e agoraaaaaaa... O momento que todos estavam esperando, o homem que todos aqui vieram ver. O mais fodão de todos! Eu lhes dou o primeiro e único... Remington "Arrebentador" Tate!

Um arrepio percorre minha espinha enquanto a multidão fica louca só de ouvir aquele nome, especialmente a mulherada, e seus gritos ansiosos se acumulam uns sobre os outros:

"Remy! Eu te amo, Remy!"

"Vou chupar seu pau, Remy!"

"ME COMA, REMY, ME COMA!"

"Remington, eu quero que você me arrebente!"

Todas as cabeças se viram quando uma figura usando um capuz numa capa vermelha entra, se dirigindo ao ringue central. Nesta noite, os lutadores aparentemente não usam luvas de boxe, e vejo os dedos flexíveis dele e os punhos ao lado do corpo, com as mãos enormes e bronzeadas, seus dedos longos.

Do outro lado do ringue, à minha frente, uma mulher orgulhosamente sacode no ar um cartaz dizendo "A cachorra nº 1 de Remy", e grita com toda a força de seus pulmões na direção do homem, acho que para o caso de ele não saber ler ou não notar as letras rosa neon ou o brilho do cartaz.

Estou muito surpresa, só percebendo agora que a minha melhor amiga maluca não é a única mulher em Seattle que aparentemente perdeu a cabeça por esse cara, quando sinto que ela está apertando meu braço.

– Eu te desafio a olhar pra ele e me dizer que não faria qualquer coisa por aquele homem.

– Eu não faria qualquer coisa por esse homem – repito instantaneamente, apenas para ganhar a aposta.

– Você não está olhando! – grita ela. – Olhe para ele. Olhe!

Ela pega minha cabeça e dirige meu olhar na direção do ringue, mas eu começo a rir. Melanie ama os homens. Adora dormir com eles, vigiá-los, babar sobre eles, e, quando consegue agarrá-los, ela não sabe realmente como segurá-los. Eu, pelo contrário, não estou interessada em me envolver com ninguém. Especialmente não quando Nora, minha romântica irmã mais nova, tem namorados e dramas suficientes para nós duas...

Fico olhando pro palco enquanto o cara tira fora a capa de cetim vermelho, com a palavra "Arrebentador" gravada nas costas, e os espectadores gritam e aplaudem enquanto ele lentamente gira o corpo para cumprimentar a todos. Seu rosto fica de repente diante de mim, iluminado pelos refletores, e fico ali feito uma idiota, só olhando pra ele de minha cadeira. Meu Deus.

Meu.

Deus.

Covinhas.

Um maxilar escuro e sujo.

Sorriso de menino. Corpo de homem.

Um bronzeado matador.

Um arrepio percorre minha espinha enquanto eu, impotente, fico embebedada com o mesmo pacote que todo mundo parece admirar boquiaberto.

Ele tem cabelos pretos levantados sensualmente, como se as mulheres tivessem acabado de passar seus dedos por lá. Maçãs do rosto tão fortes quanto seu queixo e sua testa. Lábios vermelhos e inchados e, como uma lembrança de sua caminhada para o ringue, há uma mancha de batom no queixo. Desço meus olhos pelo corpo dele, longo e esguio, e alguma coisa quente e selvagem se instala dentro de mim.

Ele é hipnoticamente perfeito e incrivelmente forte. Tudo nele é sólido, dos quadris finos e cintura estreita até seus ombros largos. E aquela barriga de tanquinho? Não. É uma barriga de "tancão"... Aquele sexy V de seus músculos mergulhando em seu calção de cetim azul marinho, que abraça suavemente suas pernas poderosas, revestidas de músculos grossos. Consigo ver os peitorais e bíceps, todos gloriosamente rígidos e desenhados. Tatuagens célticas circulam os dois braços, no ponto exato onde seus bíceps protuberantes e os rígidos deltoides de seus ombros se encontram.

– Remy! Remy! – Mel grita histericamente ao meu lado, com as mãos em concha à boca. – Você é muito tesudo, Remy!

A cabeça dele gira em busca daquele som, uma covinha se formando com o sorriso sexy que ilumina seu rosto. Um frisson de energia nervosa passa por mim, não porque ele é extremamente lindo deste perfeito ponto de vista – porque ele é, ele definitivamente é, nossa, ele realmente é –, mas sobretudo porque ele está olhando direto pra mim.

Uma sobrancelha se ergue, e há um lampejo de diversão em seus fascinantes olhos azuis. Também tem algo... quente naquele olhar. Como se ele estivesse achando que fui eu que gritei. Que merda.

Ele pisca pra mim e fico chocada quando o seu sorriso vai desaparecendo lentamente, transformando-se em algo que é insuportavelmente íntimo.

Meu sangue ferve.

Meu sexo se aperta, e odeio que ele pareça saber disso.

Posso ver que ele se acha, e parece acreditar que cada mulher aqui é sua Eva, criada a partir de sua caixa torácica para seu deleite. Fico ao mesmo tempo excitada e enfurecida, e esse é o sentimento mais confuso que já senti na minha vida.

Seus lábios se curvam e ele se vira quando seu adversário é anunciado com as palavras: "Kirk Dirkwood, a Marreta, aqui pra todos vocês, nesta noite!"

– Você é uma putinha, Mel! – grito pra ela quando me recupero, empurrando-a de brincadeira. – Por que você tem que gritar desse jeito? Ele acha que eu sou a maluca agora.

– Caraca! Não me diga que ele piscou pra você! – diz Melanie, visivelmente atordoada.

Oh, meu Deus, ele tinha piscado. Não tinha? Oohh...

Estou também surpresa quando revivo a piscadela em minha cabeça, e vou torturar completamente a Melanie porque ela merece, aquela vaquinha.

– Piscou, sim – admiti finalmente, franzindo o cenho para ela. – Nós ainda nos comunicamos telepaticamente, e ele disse que quer me levar pra casa para ser a mãe de seus lindos bebezinhos.

– Até parece que você iria pra cama com alguém como ele. Você e seu TOC! – respondeu ela, rindo, enquanto o adversário de Remington tirava o roupão. O homem é todo musculoso, mas nem um grama dele poderia competir visualmente com a pura delícia masculina do "Arrebentador".

Remington flexiona os braços em paralelo, estende os dedos pra fora e forma punhos, e depois salta sobre suas panturrilhas. Ele é um homem grande, musculoso, mas surpreendentemente leve sobre seus pés – sei disso porque eu corria –, e isso significa que ele é incrivelmente forte por ser capaz de manter o corpo no ar com um leve salto sobre os pés.

Marreta lança o primeiro soco. Remington foge dele abaixando-se com inteligência e devolve com um swing que pega em cheio, atingindo o oponente do lado do rosto. Eu instintivamente recuei ao sentir o poder daquele soco; meu corpo se aperta com a visão de seus músculos se contraindo e enrijecendo, trabalhando e relaxando a cada soco desferido.

A multidão assiste extasiada enquanto a luta continua, os sons e estalos terríveis me enchendo de arrepios. Mas há mais uma coisa me incomodando. O fato de que gotas de suor surgem em minha testa e em meu decote. À medida que a luta avança, meus mamilos enrijecem, cada vez se empurrando com mais força contra a minha blusa, apertando-se ansiosamente contra a seda do tecido. De alguma forma, o ato de observar Remington Tate esmurrando um homem que eles chamam de "Marreta" faz com que eu me contorça dentro de minha roupa de uma forma que não gosto, e muito menos esperava que acontecesse.

A maneira como ele se mexe, se movimenta, rosna...

De repente, um coro começa: "REMY... REMY... REMY".

Eu me viro pra ver Melanie pulando pra cima e pra baixo, dizendo "Oh, meu Deus, acerta ele, Remy! Acaba com ele, sua fera sexy!". Ela grita quando o oponente cai no chão com um baque alto. Minha calcinha está encharcada, e minha pulsação descontrolada. Nunca tolerei a violência. Isso não é comigo, e pisco estupefata com as sensações que chicoteiam todo o meu corpo. Tesão, pura luxúria incandescente tremula ao longo de minhas terminações nervosas.

O mestre de cerimônias levanta o braço de Remington por causa da vitória, e assim que ele se endireita depois do nocaute que conseguiu, seu olhar se move em minha direção e cai diretamente sobre mim. Penetrantes olhos azuis encontram os meus, e alguma coisa se enrola e se estica dentro de minha barriga. Seu peito suado sobe e desce em respirações profundas, e uma gota de sangue repousa no canto dos lábios. Em meio a tudo isso, seus olhos estão colados em mim.

O calor se espalha sobre a minha pele e as chamas lambem meu corpo. Nunca vou admitir isso para Melanie, nem mesmo a mim em voz alta, mas não acho que tenha visto um homem mais gostoso do que esse em toda a minha vida. A maneira como ele olha pra mim me dá calor. O jeito que ele fica lá de pé, com a mão erguida no ar, seus músculos gotejando suor, com aquele ar de autoridade sobre o qual Mel tinha me contado no táxi.

Não há pedido de desculpas em seu olhar. Nem na forma como ignora todos que gritam seu nome e me encara com um olhar que é tão sexual que quase me sinto penetrada aqui onde estou. Uma terrível consciência da maneira exata como me mostro pra ele se derrama sobre mim.

Meus cabelos longos e retos, da cor de mogno, caem sobre os ombros. Minha camisa branca de abotoar não tem mangas, mas sobe até o pescoço num colarinho rendado, e a bainha está escondida muito bem dentro de um par de calças pretas de cintura alta perfeitamente apresentável. Um pequeno conjunto de brincos de argola dourados adornam muito bem meus olhos cor de mel. Apesar da minha escolha conservadora de roupas, me sinto completamente nua.

Minhas pernas balançam, e fico com a nítida impressão de que esse homem quer me comer. Com seu pau. Por favor, Deus, eu não acabei de pensar nisso; Melanie é quem faria isso. Outro apertão no útero me distrai.

– REMY! REMY! REMY! REMY! – as pessoas estão cantando, cada vez com mais intensidade.

– Vocês querem mais Remy? – o homem com o microfone pergunta à multidão e o barulho aumenta em torno de nós. – Tudo bem então, pessoal! Nesta noite vamos trazer um oponente digno para Remington "Arrebentador" Tate!

Outro homem pisa no ringue, e eu não posso suportar mais. Meu sistema está em sobrecarga. Essa é provavelmente a razão por que se costuma dizer que não é uma boa ideia você renunciar ao sexo por tantos anos. Estou tão excitada que mal posso falar direito ou até mesmo fazer minhas pernas se moverem quando me viro pra dizer a Mel que vou ao banheiro.

Uma voz irrompe pelos alto-falantes enquanto percorro a larga passagem entre as arquibancadas:

– E agora, para desafiar o nosso atual campeão, senhoras e senhores, aqui está Parker "O Terror" Drake!

A multidão ganha vida e, de repente, ouço um estrondo inconfundível e firme.

Resistindo ao impulso de olhar pra trás, para ver o que está causando a comoção, viro a curva e sigo diretamente para o banheiro enquanto os alto-falantes se incendeiam novamente:

– Caramba, isso foi rápido! Temos um nocaute! Sim, senhoras e senhores! Um nocaute! E, em tempo recorde, nosso vencedor mais uma vez é o Arrebentador! Ei, ele agora está pulando fora do ringue e... *Porra, pra onde diabos você está indo?*

A multidão enlouquece, gritando e chamando "Remy, Remy!", e então fica completamente calada, como se algo imprevisto tivesse acabado de acontecer.

Fico me perguntando o que teria causado esse estranho silêncio quando ouço passos ecoando às minhas costas. Uma mão quente engolfa a minha, e o contato lança tremores por meu corpo, ao mesmo tempo que sou girada com força surpreendente.

– Mas o que... – suspiro em confusão, e depois olho para um peito masculino suado, e ergo a vista para aqueles olhos azuis brilhantes. Meus sentidos quase ficam fora de controle. Ele está tão perto que seu cheiro se embrenha em meu corpo como uma injeção de adrenalina.

– Seu nome – ele rosna, ofegante, os olhos selvagens presos nos meus.

– Hã... Brooke.

– Brooke o quê? – ele devolve, as narinas dilatadas.

Seu magnetismo animal é tão poderoso que acho que ele roubou a minha voz. Ele está no meu espaço pessoal, tomando posse dele, me absorvendo, roubando o meu oxigênio, e não consigo entender a forma como o meu coração está batendo, a maneira como estou aqui, tremendo com o calor, meu corpo inteiro focado no lugar exato em que sua mão está envolvendo a minha.

Com imenso esforço, consigo libertar minha mão da dele e olho revoltada para Mel, que vem atrás dele com os olhos arregalados.

– Brooke Dumas – diz ela, e então alegremente dispara o número do meu celular. Para meu desgosto.

Os lábios dele se curvam e o homem procura o meu olhar.

– Brooke Dumas. – Ele acaba de foder meu nome na minha frente. E bem na frente de Mel.

E ao mesmo tempo em que sinto sua língua se retorcendo ao redor dessas duas palavras, sua voz pecaminosamente sombria, como se estivesse pronunciando o nome de coisas pelas quais se anseia, mas não se deve comer, sinto o desejo inchar entre minhas pernas. Os olhos dele são quentes e quase me possuem ao me olhar. Nunca fui encarada desse jeito antes.

Ele dá um passo à frente, e sua mão úmida desliza na minha nuca. Minha pulsação acelera quando ele abaixa a cabeça escura para deixar um pequeno beijo seco em meus lábios. Como se estivesse me marcando. Como se estivesse me preparando para algo monumental. Isso poderia mudar e arruinar a minha vida.

– Brooke – ele fala entre os dentes baixinho, de forma significativa, contra meus lábios, enquanto se afasta devagar com um sorriso. – Sou Remington.

Ainda sinto suas mãos quando volto para casa. Sinto seus lábios nos meus. A suavidade de seu beijo. Deus, não consigo sequer respirar direito, e estou tão enrolada como uma cobra em um canto, no banco de trás de um táxi, olhando cegamente para fora da janela, para as luzes da cidade, desesperada para desabafar as sensações que continuam girando dentro do meu corpo. Infelizmente, não tenho ninguém com quem desabafar a não ser Mel.

– Isso foi tão intenso – diz Mel ofegante, ao meu lado.

Balanço minha cabeça.

– O que diabos aconteceu, Mel? O cara acabou de me beijar em público! Você percebeu que havia pessoas com seus telefones apontados para nós?

– Brooke, ele é tão gostoso... Todo mundo quer uma foto dele. Mesmo as minhas entranhas estão zumbindo pelo jeito como ele foi atrás de você, e nem sou eu quem ele beijou. Nunca vi um homem ir atrás de uma mulher assim. Puta merda, é como pornografia com romance.

– Cale a boca, Mel – soltei um gemido. – Existe uma razão pela qual ele foi banido do esporte. É evidente que ele é um cara perigoso ou louco, ou ambos.

Meu corpo está tomado pela excitação. Os olhos dele, eu posso senti-los em mim, tão famintos e quentes. Sinto-me imediatamente suja. Minha nuca começa a picar no lugar onde ele tocou com a palma da mão suada. Esfrego ali, mas não para de picar, não sossega meu corpo, não me acalma.

– Tudo bem, falando sério, você precisa sair mais. Remington Tate pode ter uma má reputação, mas ele é mais sexy do que o pecado, Brooke. Sim, ele foi suspenso por má conduta, porque é um menino impertinente e travesso. Olha, quem é que sabe a merda que ele passou na sua vida pessoal? Tudo o que sei é que foi horrível e gerou algumas manchetes, e agora ninguém se importa mesmo. Ele é o favorito no Underground, e todos os tipos de clubes de luta adoram esse cara. Os clubes ficam lotados de garotas quando ele aparece para lutar.

Uma parte de meu ser não consegue acreditar no modo como o cara olhou pra mim, me localizou como se tivesse um radar no meio de uma multidão de mulheres gritando. Ele apenas olhou para mim, e isso me excita mais a cada vez que penso... Ele olhou pra mim com olhos loucos e picantes, mas não quero olhos loucos e picantes. Não quero esse sujeito, não quero um homem, ponto final. O que eu quero é um emprego. Acabei de terminar o meu estágio em uma escola local, e fui entrevistada pela melhor empresa de reabilitação esportiva na cidade. Mas isso já foi há duas semanas e nenhum telefonema desde então.

Estou naquele ponto em que a gente começa a entrar no modo mental de que acha que ninguém nunca mais vai ligar.

Estou muito além da frustração.

– Melanie, olhe para mim – exijo. – Eu pareço uma prostituta pra você?

– Não, amiga. Tranquilamente você era a mulher mais classuda por lá.

– Se eu usei este tipo de roupa nesse evento, foi precisamente pra evitar que gente suja do tipo dele me notasse.

– Talvez você devesse começar a se vestir mais como uma vagabunda e se misturar com o resto do povo? – Ela sorriu, e eu imediatamente fechei o rosto numa carranca.

– Eu te odeio. Nunca mais vou com você nesse tipo de coisa, nunca mais!

– Você não me odeia. Me dá um abraço.

Eu me inclino em seu abraço e retribuo levemente antes de me lembrar de sua traição.

– Como você teve a coragem de dar o número do meu celular pra ele? O que a gente sabe sobre esse sujeito, Mel? Você quer me ver assassinada em algum beco escuro e as partes do meu corpo jogadas em alguma lata de lixo?

– Isso nunca vai acontecer com alguém que tomou tantas aulas de autodefesa como você.

Suspirei e balancei a cabeça, mas ela dirigiu um sorriso adorável para mim. Realmente não consigo ficar com raiva por muito tempo.

– Vamos lá, Brooke. Você deveria estar se reinventando – sussurra Mel, lendo-me com perfeição. – A nova e melhorada Brooke tem que fazer sexo de vez em quando. Você costumava gostar disso quando ainda estava na ativa.

A imagem de um Remington nu aparece na minha cabeça, e isso é tão perturbadoramente excitante que preciso me contorcer no assento do carro e olhar com raiva pra fora da janela, balançando a cabeça com mais ênfase dessa vez. O que me irrita mais são os sentimentos que o simples pensamento nesse homem despertam em mim. Eu me sinto... febril.

Não, eu absolutamente não sou contra fazer sexo, mas os relacionamentos são complicados, e agora não tenho o equipamento emocional certo para lidar com nada disso. Ainda estou um pouco quebrada por causa da minha queda, tentando encontrar meu caminho em uma nova carreira. Existe um vídeo terrível comigo que foi postado no YouTube, intitulado *Dumas, sua vida acabou!*, gravado por alguma amadora durante as minhas primeiras eliminatórias olímpicas, e que teve um pouco de circulação, como costuma acontecer com todos os vídeos de pessoas humilhadas. O exato momento em que a minha vida sendo destruída ao meu redor foi imortalizado em vídeo e agora pode ser visto e revisto, para que o mundo inteiro possa assistir e se divertir. Esse filme mostra o segundo preciso em que meus músculos quadríceps dão um nó e eu tropeço, e o instante em que meu LCA – o ligamento cruzado anterior – rasga e meu joelho falha.

Tem a duração de mais de quatro minutos, esse encantador filminho. Na verdade, essa minha anônima paparazzi manteve a câmera apenas em mim e em mais ninguém. Você podia ouvir a voz dela dizendo "Merda, sua vida acabou", em segundo plano, o que, obviamente, deve ter inspirado o título.

Então, lá estou eu, nesse caseiro filme da vida real, pulando de dor fora da pista, chorando a plenos pulmões. Chorando não por causa da dor no meu joelho, mas pela dor de meu próprio fracasso. Só quero que a terra se abra e me engula, e quero morrer porque sei, exatamente naquele segundo, que todo o meu treinamento tinha sido em vão. Mas, em vez de a terra se abrir e me engolir lá pra dentro, fui filmada.

A enorme quantidade de comentários abaixo do vídeo ainda está fresca na minha mente. Algumas pessoas me desejaram boa sorte em outros empreendimentos e disseram que era uma pena. Mas outros riram e brincaram sobre o assunto, como se eu tivesse de alguma forma implorado para que isso acontecesse.

Esses mesmos comentários vêm me atormentando com dúvidas, dia e noite, durante anos, quando revejo ambos os dias e me pergunto o que deu errado. E digo ambos os dias porque rasguei meu LCA não só uma vez, mas uma segunda vez quando, recusando-me a acreditar que "a minha vida tinha acabado", eu teimosamente fui fazer as provas novamente. Em nenhuma das duas vezes tenho ideia do que fiz de errado, mas, com certeza, agora é fisicamente impossível para mim tentar novamente.

É por isso que agora só estou arduamente tentando seguir em frente com a minha vida, como se nunca tivesse tido a intenção de competir nos Jogos Olímpicos, e a última coisa que preciso no momento é de um homem que tome o tempo que eu poderia dedicar para construir um futuro na nova profissão que escolhi.

Minha irmã, Nora, é a romântica, a mais apaixonada das duas. Mesmo que mal tenha feito 21 anos e seja 3 anos mais nova do que eu, ela é a que está vivendo por aí no mundo, me mandando cartões postais de diferentes lugares, contando a mamãe, papai e eu sobre seus "amantes".

Eu? Sou aquela que passou seus anos inteiros de juventude treinando ao máximo, porque meu único sonho foi ser uma medalhista olímpica. Mas meu corpo desistiu muito antes que minha alma o fizesse, e nunca consegui nem mesmo participar de uma competição mundial.

Quando você precisa aceitar o fato de que seu corpo às vezes pode não fazer o que você quer, isso dói quase tanto ou mais do que a dor física de quando se machuca. É por isso que amo a reabilitação esportiva. Eu ainda poderia estar deprimida e com raiva se não tivesse recebido a ajuda de que precisava. É por isso que quero tentar ajudar alguns jovens atletas a conseguir se reabilitar, mesmo que eu não tenha conseguido. E por isso quero conseguir um emprego que me faça talvez sentir que, finalmente, fui bem-sucedida em alguma coisa.

Mas é estranho, enquanto fico acordada nesta noite, não é em minha irmã que penso, nem em minha nova carreira, nem mesmo naquele dia terrível em que participar das Olimpíadas se tornou um sonho inacessível para mim.

A única coisa em minha mente é o demônio de olhos azuis, que colocou seus lábios nos meus.

* * *

Na manhã seguinte, Melanie e eu fomos dar uma corrida na parte sombreada do parque, como fazemos todos os dias da semana, faça chuva ou faça sol. Cada uma de nós usa uma braçadeira com o nosso iPod dentro, mas hoje parece que estamos querendo ouvir a nós mesmas.

– Olha quantos tuítes, sua megera. Era pra ter sido eu – disse Mel, clicando furiosamente em seu celular, enquanto me estiquei pra espiar o que ela estava lendo.

– Então você deveria ter dado a ele o seu celular em vez do meu.

– Ele já telefonou?

– Perto da Prefeitura às onze, e deixe sua melhor amiga louca em casa – respondi. – Foi tudo o que ele disse.

– Ha, ha... – disse ela, agarrando o meu telefone, entregando-me o dela, e pressionando o meu código de acesso pra entrar em minhas mensagens.

Estreitei meus olhos, porque aquela gata desonesta sabia todas as minhas senhas, e provavelmente jamais conseguirei manter um segredo longe dela, mesmo que eu queira. Rezo pra que ela não veja o meu histórico no Google, ou ela vai saber que estive pesquisando sobre o cara. Sinceramente não quero nem pensar em discutir o fato de que estive escrevendo o nome dele e pressionando a barra de pesquisa do Google mais vezes do que posso contar. Graças, Mel apenas verificou as minhas chamadas não atendidas e, claro, não há nenhum telefonema dele.

A julgar pelos artigos que li ontem à noite, Remington Tate é um deus festeiro, um deus do sexo; basicamente, ele é um deus. E um encrenqueiro, para arrematar. Neste exato momento, o mais provável é que esteja de ressaca e bêbado, cheio de mulheres nuas saciadas em sua cama e pensando "Qual Brooke?".

Mel arrebata seu telefone de volta, limpa a garganta e lê o Twitter.

– Então, olha só, há um monte de comentários que você devia ouvir. "Inédito! Vocês viram o Remy beijando uma espectadora? Puta merda, que adrenalina! Ouvi dizer que teve uma briga depois disso, quando ele tentou ir atrás dela e empurrou um homem! Lutar fora do ringue é ilegal e o REB pode não ter mais autorização para lutar pelo resto da temporada, ou pelo fim da vida. Isso aí, por isso ele foi expulso dos profissionais! Bem, não vou mais se o REB não estiver lutando". Esses foram os tuítes de várias pessoas – explica Melanie enquanto abaixa o celular e sorri. – Amo quando o chamam de REB. Assim, REB de "rebentar" o adversário, entendeu? Então, se ele lutar, tem apenas o próximo sábado antes que o clube da luta vá pra outra cidade. Vamos ou *vamos*?

– Isso é o que ele queria saber quando ligou.

– Brooke! Ele te ligou ou não, afinal?

– O que você acha, Mel? Ele tem quantos seguidores no Twitter? Um milhão?

– Na verdade, tem dois vírgula três milhões.

– Então, aí está a sua resposta. – Agora eu estou com raiva, e nem sei o porquê.

– Mas eu tinha certeza que ele estava com tesão de verdade pela Brookey na noite passada...

– Alguém com certeza deu um jeito nisso, Mel. É assim que esses caras funcionam.

– Seja como for, nós precisamos ir no sábado – decretou Melanie, com uma carranca irritada que deixou o rosto bonito dela quase cômico. Ela simplesmente não é do tipo que consegue ficar com raiva de alguém. – E você vai ter que usar alguma roupa que fará os olhos dele saltarem do rosto e ele se arrepender de não ter ligado pra você. Vocês dois poderiam ter tido uma noite de arrasar, e eu quero dizer *arrasar* mesmo!

– Senhorita Dumas?

Nós voltávamos ao meu apartamento e olho, naquela luz da manhã, para uma mulher alta, nos seus quarenta anos e de cabelo curto, de pé nos degraus do meu prédio. Seu sorriso é quente e quase me confundo quando ela estende um envelope com o meu nome escrito nele.

– Remington Tate me pediu que entregasse isso a você pessoalmente.

Ouvir o nome dele nos lábios daquela mulher fez meu coração pular, e de repente ele está batendo mais rápido do que durante a minha corrida matinal. Minha mão treme quando abro o envelope e puxo de dentro um enorme crachá azul e amarelo. É um passe para entrar nos camarins do clube da luta, mais ingressos para o sábado. São assentos de centro, na primeira fila, quatro deles. Minhas entranhas começam a fazer coisas engraçadas quando noto que o passe tem o meu nome escrito nele com letras desarrumadas e viris, que suspeito serem dele.

De verdade, não consigo respirar.

– Uau – sussurro atordoada. Uma pequena bolha de excitação constrói-se rapidamente dentro de meu peito, e quase sinto que preciso correr mais uns dois quilômetros adicionais apenas para esvaziá-la.

O sorriso da mulher se alarga.

– Devo dizer-lhe que você disse 'sim'?

– Sim... – A palavra salta pra fora de mim antes que eu possa sequer pensar nisso. Antes que eu possa contemplar um pouco mais todas as manchetes que li ontem sobre ele, a maioria delas destacando as palavras "sujeito encrenqueiro", "bêbado", "briga de bar" e "prostitutas".

Porque é apenas uma luta, certo?

Não estou dizendo que *sim* a qualquer outra coisa.

Certo?

Fico olhando incrédula para os ingressos de novo, e Melanie fica boquiaberta olhando pra mim enquanto a loira sobe na parte traseira de um Escalade preto. Quando o carro ruge para longe, ela bate no meu ombro com alegria.

– Sua putinha. Você quer esse homem, não é? Essa fantasia era supostamente minha, sua idiotinha!

Rio quando lhe entrego três dos ingressos, meu cérebro girando com o fato de que ele realmente fez algum tipo de contato hoje.

– Acho que acabaremos indo à luta, afinal. Você me ajuda a recrutar a gangue, tudo bem?

Melanie agarra meus ombros e sussurra em meu ouvido, enquanto me dirige pelos degraus da escada do meu prédio.

– Diga-me que isso não lhe fez sentir um pouco de formigamento.

– Eu não senti um pouco de formigamento – respondo automaticamente, e antes de entrar em meu apartamento, tenho tempo de acrescentar: – Isso me fez sentir um *grande* formigamento!

Melanie começa a gritar e exige vir para selecionar a minha roupa para o sábado, e eu digo que quando quiser me parecer com uma baranga, telefonarei pra ela. Finalmente, Mel fuça o meu guarda-roupa, dizendo que não há nada nem remotamente sexy nele, e informa que precisava ir trabalhar, então me deixa em paz o resto do dia. Mas aquele pequeno formigamento não vai embora tão fácil. Sinto isso na hora do banho, quando me visto, e depois, ao checar meus e-mails para mais vagas de emprego.

Não posso explicar por que estou tão nervosa com a ideia de vê-lo novamente.

Acho que gosto dele, e não gosto disso.

Acho que desejo esse homem, e odeio sentir isso.

E acho que ele realmente é o material perfeito para uma transa de uma noite só, e não posso acreditar que estou começando a pensar sobre isso também.

* * *

Naturalmente, como qualquer mulher lidando com os ciclos hormonais, neste sábado estou em um ponto totalmente diferente do meu ciclo mensal, e me arrependi mais de uma dúzia de vezes por dizer que iria assistir à luta. Consolo-me com o fato de que a minha turma, pelo menos, está animada.

Melanie chamou Pandora e Kyle para vir conosco. Pandora trabalha com Melanie na empresa de design de interiores. Ela é a gótica de nossa turma, com quem todos os homens querem decorar as almofadas de seus apartamentos de solteiro. Já o Kyle ainda está estudando para ser dentista, e é meu vizinho de apartamento, amigo de longa data, e um amigo de Mel desde o colégio. Ele é o irmão que nunca tive, e é tão doce e tímido com outras mulheres que teve que pagar uma profissional para tirar sua virgindade aos 21 anos.

– Fiquei muito contente de você nos levar em seu carro, Kyle – diz Melanie enquanto vem na parte de trás comigo.

– Aposto que é só isso que vocês queriam de mim – diz ele, rindo, claramente excitado para a luta.

A multidão no clube da luta clandestino é pelo menos o dobro do que tinha na última vez que estivemos aqui, e precisamos esperar cerca de vinte minutos para pegar o elevador que nos desce à arena.

Enquanto Melanie e sua turma vão procurar nossos lugares, coloco meu passe ao redor do pescoço e digo a ela:

– Vou espalhar alguns dos meus cartões de visita em algum lugar onde os lutadores possam vê-lo.

Eu teria que ser louca para desperdiçar essa oportunidade. Esses atletas são os maiores destruidores de órgãos e de músculos, uma arma letal contra outra, então, se houver uma chance de fazer algum trabalho de reabilitação temporário, percebo que aqui seria o lugar de conseguir.

Enquanto estou na fila esperando pelo acesso à área restrita, o cheiro de suor e cerveja permeia o ar. Localizo Kyle acenando de nossos lugares no centro, à direita do ringue, e fico surpresa de ver o quão perto estaríamos dos lutadores. Kyle parece ser capaz de tocar o piso do ringue se der um passo e estender o braço.

Você pode realmente ver a luta do extremo da arena sem ter que pagar um centavo, exceto, talvez, uma gorjeta para o segurança, mas os ingressos para os lugares sentados vão desde cinquenta dólares até quinhentos, e aqueles que Remington Tate conseguiu para nós são todos de quinhentos. Estando desempregada de a minha formatura e considerando que estou esticando minha poupança desde que consegui um pequeno contrato de patrocínio muitos anos atrás, eu jamais teria sido capaz de pagar por um desses ingressos. Meus amigos, todos recém-formados ou quase, também não poderiam pagar. Eles aceitaram praticamente qualquer emprego que conseguiram dentro deste mercado de trabalho de merda.

Empurrada e amassada entre as pessoas, finalmente consigo mostrar meu passe com um pequeno sorriso, e então sou autorizada a entrar em um longo corredor com várias salas abertas de um lado.

Cada saleta dessas possui bancos e filas de armários, e consigo ver vários lutadores em diferentes cantos desses aposentos, conversando com suas equipes. No terceiro camarim, se posso chamar desse jeito, olho com mais cuidado e ele está lá, e um arrepio de nervosismo me percorre.

Está perfeitamente relaxado e sentado, curvado, em um banco vermelho comprido, vendo como um homem com uma cabeça careca brilhante enrola ataduras em uma de suas mãos. Sua outra mão já está enfaixada, tudo coberto com a fita de cor creme, com exceção dos dedos. Seu rosto está pensativo e surpreendentemente infantil, e isso me faz pensar quantos anos ele tem. Ele levanta a cabeça de cabelos negros, como se estivesse sentindo a minha presença, e me vê imediatamente. Um lampejo de alguma coisa faísca estranha e poderosamente em seus olhos, e isso corre pelo meu corpo como um relâmpago. Sufoco a minha reação e vejo que seu treinador está ocupado dizendo-lhe alguma coisa.

Remington não consegue tirar os olhos de mim. Sua mão ainda está estendida, mas parece esquecida enquanto seu treinador continua a enfaixar e a lhe dar instruções:

– Ora, ora, ora...

Viro-me para a voz à minha direita, e uma lasca de pavor se abre na minha barriga. Um enorme lutador está de pé ao meu lado, examinando-me com olhos que são pura intimidação, como se eu fosse sua sobremesa, e ele tivesse a colher perfeita para usar.

Vejo quando Remington pega a fita do seu treinador e a joga de lado antes de se levantar e dirigir-se lentamente para ficar ao meu lado. Enquanto ele se posiciona atrás de mim e um pouco à minha direita, uma tomada de consciência de seu corpo próximo a mim se infiltra em todos os meus poros.

Sua voz suave ao meu ouvido me faz tremer quando ele enfrenta o meu admirador.

– Só caia fora – diz baixinho ao outro homem.

O homem, que reconheço como Marreta, não está mais olhando pra mim. Em vez disso, olha por cima da minha cabeça e ligeiramente para o lado. Ao lado de Remington, ele não parece tão grande, afinal.

– Ela é sua? – pergunta ele, com olhos pequenos apertados.

Minhas coxas ficam úmidas quando a voz que responde desliza pela concha de minha orelha, suave como veludo, mas assustadoramente dura:

– Uma coisa eu garanto, *sua* ela não é.

Marreta vai embora e, por muito tempo, Remington está lá, uma torre de músculos quase me tocando, o calor do seu corpo me envolvendo. Inclino a cabeça e murmuro:

– Obrigada. – E saio rapidamente, e quero morrer porque juro por Deus que ele abaixou a cabeça para me cheirar.

DOIS

INESPERADO

Ele está prestes a subir no ringue, seu nome já ecoa através do microfone, e a multidão vai à loucura.

– Mais uma vez, senhoras e senhores, o Arrebentador!

Ainda não estou recuperada de vê-lo tão de perto, e meu sangue já carrega todos os tipos de coisinhas estranhas, quentes e borbulhantes. No instante em que ele vem trotando pelo amplo corredor entre as arquibancadas, usando aquele roupão vermelho brilhante com capuz, minha pulsação acelera, minha barriga se aperta e fico com a vontade terrível e desesperada de fugir de volta pra minha casa.

O cara é simplesmente demais. Muito masculino. Muita masculinidade e desejo animal juntos. Ele é supersexy e todas as mulheres ao meu redor estão gritando a plenos pulmões o quanto querem *lambê-lo*!

Remington sobe no ringue e vai para o seu canto. Ele puxa fora seu roupão, expondo todos os músculos flexionados, e o entrega a um jovem louro que parece ajudar o treinador careca.

– E agora, apresento... Marreta!

Marreta se junta a ele no ringue, e Remington sorri preguiçosamente para si mesmo. Seu olhar desliza diretamente para mim e percebo que ele sabe o lugar exato onde estou sentada nesta noite. Ainda sorrindo, ele enfia um dedo no ar em direção a Marreta e depois aponta para mim como se dissesse: "Isto é para você".

Meu estômago cai.

– Merda, ele está me matando. Por que diabos ele faz isso? Ele é tão foda sendo macho alfa que não posso suportar mais!

– Melanie, controle-se! – sussurro para ela, e então me ajeito na cadeira, porque ele está me matando também. Eu não sei o que ele quer de mim, mas estou angustiada porque nunca esperava que eu também quisesse algo muito sexual e muito pessoal *dele*.

Aquela embaraçosa lembrança de ficar perto dele poucos minutos atrás se espalha por mim, mas a campainha no ringue toca e me arranca do devaneio. Os lutadores parecem começar de igual para igual, e Remy finta para um lado enquanto Marreta balança estupidamente, seguindo o movimento simulado. Uma vez que o flanco de Marreta parece estar desprotegido, Remington vem pra ele a partir da esquerda, dando jabs nas costelas.

Os dois se afastam e Remy se comporta de forma arrogante, fintando e irritando o oponente. Ele se vira para mim, aponta para Marreta, então para mim novamente antes de bater com tanta força que o sujeito bate na corda atrás dele e volta para a frente, cai de joelhos, e balança a cabeça para se levantar novamente. Os músculos do meu sexo se apertam cada vez que ele bate no adversário, e meu coração se aperta cada vez que o adversário retorna o golpe.

Durante a noite, ele passa por vários lutadores exatamente dessa forma. Toda vez que é declarado vencedor, olha para mim com aquele sorriso de satisfação, como se me quisesse fazer saber que ele é o homem dominante por aqui. Meu corpo inteiro treme ao assistir ao seu corpo se mover, e sinto-me incapaz de parar de fantasiar. Imagino seus quadris rolando em cima de mim, seu corpo no interior do meu, essas mãos enormes me tocando, carne com carne. Durante os últimos assaltos, ele traz um olhar atento sobre o rosto, e seu peito se ergue com esforço e brilha com o suor.

De repente, eu nunca quis tanto uma coisa na minha vida.

Eu quero enlouquecer. Pulando numa cama elástica. Quero saltar e correr de novo, mesmo que apenas em um sentido literal. Quero todos aqueles encontros que nunca tive, porque estava treinando para algo que nunca aconteceu. Aqueles passeios que nunca fiz por medo de quebrar um osso que eventualmente quebrou de qualquer maneira. Nunca bebendo. Mantendo as minhas notas altas para que eu pudesse fazer trilha. Remington Tate é tudo o que eu nunca, jamais fiz, e tenho um preservativo enfiado na minha bolsa e de repente sei exatamente porque o coloquei lá. Esse cara é um lutador. Eu quero tocar esse belo peito e quero beijar aqueles lábios. Quero ter aquelas mãos em cima de mim. Quando eu sentir aquelas mãos em mim, provavelmente vou gozar no segundo em que ele enfiar lá.

Essa é a mais intensa preliminar que jamais senti, e de repente quero que isso seja mais do que um jogo. Quero que aconteça *hoje*.

Quando ele vence pela décima e última vez, sinto seus olhos em mim de novo, e só consigo ficar olhando pra ele, desejando que saiba o que desejo dele. Ele sorri para mim, todo suado e arrogante com os olhos azuis brilhando e as covinhas aparecendo. Agarrando a corda em cima do ringue, Remy facilmente joga seu corpo sobre ela e pousa graciosamente no corredor diante de mim.

Melanie congela ao meu lado quando o lindamente esculpido e reluzente corpo bronzeado de Remy se aproxima de nós.

Não há dúvida a respeito de para onde ele se dirige.

Segurando minha respiração até que meus pulmões pareçam que vão explodir, fico de pé com as pernas bambas, porque realmente não sei mais o que fazer. Os rugidos da multidão ecoam e as mulheres atrás de mim começam a gritar.

"– *Afogue ele de beijos, mulher!*"

"– *Você não merece ele, sua vadia!*"

"– *Vai lá, garota!*"

Ele pisca suas covinhas pra mim, e eu continuo à espera de suas mãos enquanto ele se inclina. Quase posso sentir a maneira como aquelas mãos pousaram em mim da última vez, grandes, estranhas e um pouco maravilhosas quando praticamente engoliram meu rosto. Já estou morrendo. Morrendo de desejo. Com imprudência. Com antecipação.

Ele inclina a cabeça escura para sussurrar em meus ouvidos, e a única coisa de seu corpo tocando o meu é sua respiração, banhando minha pele com o calor enquanto sua voz rouca troveja:

– Sente e fique quieta. Vou mandar alguém buscar você.

Ele sorri e se afasta, enquanto a multidão continua gritando, e então sobe no ringue, deixando-me de olhos arregalados depois que se vai. Foi graças a uma mulher ao meu lado toda agitada, encostando-se em mim excitada, que saí do torpor:

– Ohmeudeus, ohmeudeus, ohmeudeusdeusdeusdeus, o cotovelo dele esfregou no meu braço. O cotovelo dele esfregou no meu braço!

– O ARREBENTADOR, PESSOAL! – berrou o locutor.

Meus joelhos amolecem e caio na cadeira, sem peso, como se fosse chantilly, segurando minhas mãos pra tentar fazê-las parar de tremer. Meu cérebro está tão derretido que nem consigo pensar em nada além do ponto em que ele desceu do ringue e sussurrou perto do meu ouvido, com sua voz terrivelmente sexy, que ele estava mandando alguém para me buscar. Só lembrar disso já faz meus dedos se enrolarem. Melanie me encara sem fala, e Pandora e Kyle olham pra mim como se eu fosse um ser sagrado, que acaba de fazer um animal sagrado se ajoelhar diante de si.

– Que porra ele te falou? – diz Kyle.

– Jesus, Maria e José – diz Melanie, gritando e me abraçando. – Brooke, esse cara está caído por você.

A mulher ao meu lado toca meu ombro com a mão trêmula.

– Você o conhece?

Eu balanço minha cabeça, sem nem mesmo saber o que responder. Tudo o que sei é que desde ontem até agora, não houve um segundo em que não tenha pensado nele. Tudo o que sei é que odeio e amo o jeito que ele faz com que eu me sinta, e que o jeito que ele olha pra mim me enche de desejo.

– Senhorita Dumas – diz a voz, e giro a cabeça olhando para os dois homens de preto parados entre mim e o ringue. Ambos são altos e magros, um é loiro e o outro tem cabelos castanhos encaracolados.

– Meu nome é Pete, assistente pessoal do Sr. Tate – diz o de cabelos encaracolados. – Este é Riley, o segundo do treinador. Se a senhorita nos acompanhar, por favor, o Sr. Tate quer lhe falar em seu quarto de hotel.

De início, nem consigo registrar quem é o Sr. Tate. Então a compreensão preenche meu cérebro e um relâmpago corre através de mim. Ele quer você em seu quarto de hotel. Você quer esse homem? Você quer fazer *isso?* Uma parte de mim já está transando com esse homem de dez maneiras até o dia seguinte, em minha mente, enquanto a outra parte não vai sair desta cadeira estúpida.

– Seus amigos podem vir com a gente – acrescenta o homem loiro com uma voz suave, e ele sinaliza para o trio atordoado.

Estou aliviada. Acho. Nossa, eu nem sei o que sinto.

– Brooke, vamos lá, é Remington Tate! – Melanie me puxa com força e me impulsiona a seguir os homens, e minha mente começa a trabalhar em velocidade máxima, porque não sei o que vou fazer quando vir Remy. Meu coração está bombeando adrenalina como um louco enquanto somos levados pra fora do clube da luta, para o hotel do outro lado da rua e, em seguida, até o elevador subindo à cobertura.

Um pico de nervosismo ondula por mim quando o elevador chega ao último andar, e eu me sinto exatamente do jeito que costumava sentir quando competia. Só imaginar o corpo desse homem penetrando o meu tem sido como andar numa montanha-russa, e de repente vejo que estou perto do clímax porque isso pode ser uma realidade. Meu estômago aperta a partir do pensamento de como pode ser emocionante a descida. *Noitada amorosa, aqui vou eu...*

– Por favor, me diga que você não vai transar com esse cara – diz Kyle, o rosto amassado de preocupação, enquanto as portas do elevador rolam para se abrir. – Isso não é você, Brooke. Você é muito mais responsável do que isso.

Sou?

Sou mesmo?

Porque hoje eu me sinto louca. Louca de tesão e de adrenalina, e tudo por causa de duas covinhas sensuais.

– Eu só vou falar com ele – respondo a meu amigo, mas ainda não tenho certeza do que estou fazendo.

Nós seguimos os dois homens para a primeira parte da enorme suíte.

– Seus amigos podem esperar aqui – diz Riley, apontando para o balcão de granito preto gigantesco. – Por favor, sirvam-se de uma bebida.

Enquanto meus amigos se dirigem para as brilhantes garrafas de álcool, um gritinho inconfundível escapa de Melanie, e Pete faz um gesto para que eu o siga. Atravessamos a suíte e nos dirigimos para o quarto principal, e eu o avisto sentado no banco ao pé da cama. Seu cabelo está molhado, e ele segura um saco de gel na mandíbula. O visual de um macho primal cuidando de uma ferida depois de ter quebrado outros homens repetidas vezes com seus punhos é algo incrivelmente sexy para mim.

Duas mulheres asiáticas se ajoelham na cama atrás dele, cada uma delas esfregando um ombro. Uma toalha branca está enrolada em torno de seu quadril, e fios de água ainda se prendem à pele dele. Três garrafas vazias de Gatorade foram atiradas ao chão, e ele tem outra em sua mão. Ele joga o pacote de gel sobre a mesa e bebe o último Gatorade. Azul como seus olhos, o líquido escoa em um gole, então o frasco vazio é jogado de lado.

Estou hipnotizada enquanto seus músculos rasgados se apertam e relaxam sob os dedos das mulheres. Sei que a massagem é normal após o exercício intenso, mas o que eu não sei, e não consigo entender, é como vê-lo recebendo uma massagem me afeta assim.

Conheço o corpo humano. E o reverencio. Esse foi o meu templo por seis anos, quando decidi que uma nova carreira já estava na hora, quando percebi que não poderia correr novamente. E agora, meus dedos coçam ao lado do meu corpo com vontade de sondar seu corpo, pressioná-lo e soltá-lo, enfiar-me profundamente em todos os seus músculos.

– Gostou da luta? – Ele me olha com um sorriso arrogante, com os olhos brilhando, sabendo que eu adorei.

É uma coisa de amor e ódio pra mim, ver esse homem lutando. Mas eu simplesmente não posso elogiá-lo depois de ouvir quinhentas pessoas gritando o quanto ele é bom, então apenas dou de ombros.

– Você deixou tudo mais interessante.

– Só isso?

– Sim.

Ele parece irritado quando empurra os ombros abruptamente para deter as massagistas. Levanta-se e rola os ombros quadrados, então estala o pescoço para um lado, depois o outro.

– Saiam.

As duas mulheres me oferecem um sorriso e saem do quarto, e no instante em que estou sozinha com ele, minha respiração para.

A enormidade de estar aqui, em seu quarto de hotel, não se perde em mim, e fico de repente ansiosa. Suas mãos bronzeadas, de dedos longos, descansam ociosas ao lado do corpo, e um fluxo de desejo corre em mim ao imaginá-las deslizando sobre minha pele.

Meu corpo pulsa, e com um esforço ergo meus olhos para seu rosto e percebo que ele me olha em silêncio. Ele estala os dedos com uma mão, e depois faz o mesmo com a outra. Parece agitado, como se não tivesse despendido toda a sua energia batendo em meia dúzia de homens. Como se pudesse facilmente lutar mais alguns assaltos.

– O cara que está com você – diz ele, flexionando os dedos abertos ao lado do corpo como que para obter algum fluxo de sangue, seus olhos me observando. – Ele é seu namorado?

Honestamente, não sei o que eu esperava ao vir aqui, mas pode ter sido algo nas entrelinhas que me fez supor que seria levada diretamente para a cama. Estou confusa e mais do que um pouco ansiosa. O que ele quer de mim? O que eu quero dele?

– Não, ele é apenas um amigo – respondo.

Seus olhos descem para o dedo da aliança e sobem de novo.

– Sem marido?

Um estranho zumbido passa por minhas veias e vai direto pro cérebro, e acho que estou meio tonta por causa do cheiro do óleo de massagem que foi esfregado nele.

– Não, nenhum marido.

Ele me estuda por um longo tempo, mas não parece tomado pela luxúria como eu estou, vergonhosamente, me sentindo. Ele apenas está me avaliando com um meio sorriso, e parece estar genuinamente interessado no que estou dizendo.

– Você foi estagiária em uma clínica particular de reabilitação de jovens atletas?

– Você me investigou?

– Na verdade, nós fizemos isso. – As duas vozes familiares dos homens que me trouxeram se fazem ouvir, ao reentrarem no quarto. Pete carrega uma pasta de papel pardo e a entrega a Riley.

– Senhorita Dumas – mais uma vez, Pete, com o cabelo encaracolado e olhos castanhos suaves, fala comigo. – Tenho certeza de que você está se perguntando por que está aqui, por isso vamos direto ao assunto. Estamos deixando a cidade em dois dias, e temo que não haja tempo pra fazer as coisas de forma diferente. O Sr. Tate quer contratá-la.

Fico olhando por um instante, estupefata e sinceramente confusa como o diabo.

– O que exatamente vocês acham que eu faço? – uma carranca se instala no meu rosto. – Eu não sou uma acompanhante.

Tanto Pete quanto Riley desatam a rir, mas Remington fica assustadoramente silencioso, lentamente se acomodando no banco.

– Você de fato sabe das coisas, senhorita Dumas. Sim, eu admito, quando estamos viajando, achamos conveniente manter uma ou várias amigas especiais do Sr. Tate para, digamos assim, acomodar as suas necessidades, antes ou depois de uma luta – explica Pete, rindo.

Minha sobrancelha esquerda voa pra cima. De fato, estou perfeitamente ciente de como essas coisas funcionam com os atletas.

Eu costumava competir e saber que, seja antes ou depois das atividades esportivas, o sexo é uma maneira natural e até saudável de aliviar o stress e auxiliar no desempenho. Perdi minha virgindade nas mesmas eliminatórias olímpicas em que meu joelho foi destruído, e a perdi com um velocista que estava quase tão nervoso ao competir quanto eu. Mas a forma como esses caras falam das "necessidades" do Sr. Tate, de forma tão casual, me parece de repente tão pessoal, que meu rosto começa a queimar de vergonha.

– Um homem como Remington tem necessidades muito particulares, como você pode imaginar, senhorita Dumas – Riley, o homem de cabelos loiros que se parece com um surfista, continua: – Mas ele tem sido muito específico sobre o fato de que não está mais interessado nas amigas que providenciamos a ele durante a viagem. Ele quer se concentrar no que é importante e, em vez dessas amigas, quer que você trabalhe para ele.

Minhas entranhas se apertam quando olho para Riley, depois para Pete e, em seguida, para Remington, cuja mandíbula parece ainda mais quadrada do que eu me lembrava, como se fosse feita da peça de granito mais valiosa e mais linda que o mundo jamais tivesse encontrado.

Não há nenhuma forma de eu saber o que ele está pensando, mas embora não esteja mais sorrindo, seus olhos permanecem acesos de malícia.

Seu rosto está ligeiramente inchado do lado esquerdo, e meu instinto de cuidar deseja mesmo pegar o pacote de gel e colocá-lo de volta nesse lugar. Droga, em minha mente, eu já coloquei pomada sobre a cicatriz vermelha no meio de seu lábio inferior. Estou tão abalada com esses pensamentos que percebo que não posso confiar em mim mesma na presença de alguém tão poderosamente atraente quanto ele. Ainda estou acesa demais apenas por saber que estou no mesmo quarto que ele.

Pete folheia as pastas.

– Você estagiou em reabilitação esportiva para os alunos da Academia Militar de Seattle, e vemos que você se formou há apenas duas semanas. Estamos preparados pra contratar os seus serviços que irão cobrir o período das oito cidades que ainda temos em turnê e a manutenção do condicionamento do Sr. Tate para competições futuras. Seremos muito generosos com seu salário. É algo de muito prestígio cuidar de um atleta tão popular e isso deverá causar uma boa impressão em qualquer currículo, podendo até permitir que a senhorita trabalhe por conta própria se, no futuro, decidir ir embora – diz Pete.

Vejo-me piscando várias vezes.

Estive ansiosamente me candidatando a empregos sem retorno, pelo menos até agora. A escola onde estagiei me disse que eu poderia voltar quando as aulas fossem retomadas em agosto, então pelo menos ainda tenho essa opção. Isso seria, no entanto, daqui a muitos meses, e a inquietação de ter um diploma e não fazer nada com ele está me comendo por dentro.

De repente, percebo que todos os olhos estão em mim, e estou particularmente consciente dos olhos de Remington.

Em mim.

A ideia de trabalhar pra ele depois de já estar tendo relações sexuais com ele em minha mente deixou-me um pouco enjoada.

– Tenho que pensar sobre isso. Realmente não estou procurando algo que me leve pra longe de Seattle por muito tempo. – Olho para ele hesitante, e depois para os outros dois homens. – Agora, se isso é tudo o que vocês queriam me dizer, é melhor eu ir embora. Vou deixar o meu cartão em seu bar.

Giro o corpo para sair, mas a voz de comando de Remington me detém.

– Responda agora – diz ele.

– Como?

Quando eu me viro de novo, ele inclina a cabeça e sustenta o meu olhar, e o brilho em seus olhos não é mais brincalhão.

– Eu lhe ofereci um emprego, e quero uma resposta.

O silêncio desce sobre o aposento. Ficamos encarando um ao outro, aquele demônio de olhos azuis e eu, e esses olhares trocados são complicados. Não consigo decidir se o olhar dele é apenas isso ou alguma coisa mais. Algo que parece uma coisa viva, respirando dentro de mim, se inflama quando encaro seus olhos, e vejo a maneira como ele me devolve o olhar com aqueles olhos dolorosamente intensos.

Tudo bem, então. Que se ferre esse desejo estúpido. Eu preciso muito mais de um trabalho...

– Eu vou trabalhar com você pelos três meses que ainda faltam da sua turnê se incluir hospedagem, alimentação, transporte e me garantir referências pra quando eu me candidatar ao meu próximo emprego, e me permitir promover o fato de que trabalhei com você para meus futuros clientes.

Como ele apenas fica me olhando, giro o corpo novamente, supondo que ele vai querer pensar sobre isso. Mas sua voz me detém outra vez.

– Tudo bem – diz ele assentindo, e minha cabeça começa a rodar em descrença.

Ele me contratou?

Eu consegui esse homem como meu primeiro emprego?

Lentamente, agarrando a toalha à cintura para evitar que se abra, Remington se levanta e olha para seus homens.

– Mas eu quero isso no papel, que ela não vai sair até que a turnê termine.

Com os músculos salientes de uma forma que acho difícil não notar, ele enfia a toalha no lugar e começa a chegar mais perto, e novamente tem aquele jeito felino e predatório de abordar, seu sorriso confiante tornando-o duplamente perturbador. É um sorriso que me diz que ele sabe que me perturba. Cara, ele me abala mesmo... Estou observando um metro e noventa de puro músculo se movendo debaixo de uma pele brilhante de óleo e aquele abdômen definido, que parece fisicamente impossível, na verdade, mas como negá-lo quando ele está lá? *Deus.*

Meu coração começa a pular quando ele engole a minha mão em uma de suas mãos enormes e dobra a cabeça para olhar diretamente para mim.

Ele sussurra, enquanto me prende em seu poderoso aperto, e seu toque lança um choque elétrico através de meu corpo.

– Negócio fechado, Brooke.

Acho que desmaiei.

Ele dá um passo pra trás, e seu sorriso brilha em mim, carregado com mil megawatts, e então ele se vira para seus homens.

– Coloquem tudo no papel amanhã, e cuidem para que ela vá pra casa em segurança.

* * *

Melanie salta do bar no instante em que me vê, com os olhos arregalados de curiosidade. Acho que a peguei empurrando uma garrafa em miniatura de rum em sua bolsa.

– Já? Mas isso foi uma rapidinha? Eu pensei que o homem teria mais resistência do que isso – diz ela, extremamente aborrecida por mim.

– Gente, o cara nocauteou dez outros caras do tamanho daqueles ursos pardos, é claro que está esgotado – diz Kyle, o único dos três sem uma bebida na mão.

– Pessoal, relaxem... Eu não transei com ele – balanço minha cabeça e quase começo a rir da expressão desesperada no rosto de Mel. – Mas consegui um emprego durante o verão.

– O quêêêê?

Nem consigo começar a relacionar os detalhes para os meus amigos antes que os dois homens de Remington se coloquem a meu lado:

– Pronta, senhorita Dumas?

– Brooke, por favor. – Eu me sinto ridícula por ter sido chamada de "senhorita Dumas". Meus amigos provavelmente não vão parar de me provocar com isso mais tarde. – Olhe, eu sei mesmo me cuidar. Não há necessidade de ficarem me seguindo pra todo lugar.

Riley joga a cabeça loura para trás, com o sorriso torto.

– Confie em mim, nem Pete nem eu conseguiremos dormir esta noite se não tivermos certeza de que você está em casa a salvo.

– Bem, olá então, acho que não fomos devidamente apresentados – diz Mel, voz suave, os olhos brilhando em cima de Riley com pupilas dilatadas e tudo o mais. Em seguida, ela passa a trabalhar encantadoramente em Pete.

– E quem são vocês?

Gemendo, faço rapidamente as apresentações, e depois pego cada uma das meninas pelos braços e vou logo para os elevadores e então para o carro de Kyle, meu coração ainda pulsando com violência em meu peito.

Elas estão ansiosas para saber sobre toda a "experiência", exceto Kyle, que está carrancudo quando sobe ao volante.

– Que entrevista do caralho foi essa? Em uma porra de quarto de hotel?

– Nem me fale... – meu orgulho feminino está ferido porque, em algum momento, eu me convenci de que o cara queria dormir comigo. E em vez disso, ele me oferece um emprego? Não é ruim, mas totalmente inesperado, devo admitir.

Acho que estou com meus sensores fora de sintonia, e ele é provavelmente o único culpado disso também.

– Eu me sinto tão importante ao ver que eles estão nos seguindo – é isso que Mel nos informa minutos depois, e ela já logo levanta o telefone e tira uma foto.

– O que você está fazendo? – Sim, eu perguntei a ela, mas não tenho certeza se quero saber.

– Estou tuitando sobre isso.

– Lembre-me de nunca mais sair com você de novo – lamento, mas estou tão inquieta que não suporto mais. Olhos azuis. Covinhas. Ombros de um metro de largura. Pele bronzeada lisa, brilhante. Mas nada de sexo... Definitivamente não deu para transar com ele *agora*.

– Qual é o lance desses caras? – Mel quer saber.

– Eu não sei. Riley, o loiro que você quer pegar, é o segundo do treinador, e Pete é o assistente pessoal do Remy, acho.

– Eu quero pegar os dois, na verdade. Pete é bonito, com aquele jeito de bom menino, mas ele precisa de mais carne em seus ossos. E Riley parece um cara bem alegre. Os dois são gostosos, beirando o tesão. Quantos anos você acha que eles têm? Uns trinta?

Dou de ombros.

– Remington tem 26 anos – diz ela. – Eu acho que eles são um pouco mais velhos. Remy é definitivamente mais jovem. Como você acha que eles se conheceram?

– Você é a única a par dos boatos, então por que está perguntando pra mim? Eu não passo meus dias fuçando a vida das pessoas no Google. – Somente a dele. Merda.

– Brooke, conte-nos sobre o seu novo trabalho – diz Kyle, do assento do motorista. – Você não está pensando seriamente em ir viajar com um cara com a reputação dele, está?

Levo um momento pra responder, porque ainda estou abismada por ter conseguido um emprego, mesmo que seja apenas temporário.

Sempre me disseram, desde que eu era criança, que tinha nascido para correr. Quando me arrebentei, passaram-se muitos dias – dias, não, meses – e eu me sentia como se não tivesse fazendo progresso algum. Mas a reabilitação esportiva curou-me de diversas maneiras e de um jeito que eu não conseguiria sozinha, e agora, quanto mais penso nisso, mais entendo que adoraria ajudar um homem tão agressivo como Remington, cujo corpo brutalmente espancado com certeza precisa de carinhos e cuidados.

– Estou, Kyle. Na verdade, se tudo correr bem e os termos do contrato não forem loucos demais, já vou embora no domingo. Eu prometo a você que posso cuidar de mim mesma, pergunte ao meu professor de autodefesa. Chutei a bunda dele várias vezes. Vou viajar, o que será divertido, e posso ter a chance de me tornar uma freelancer em reabilitação esportiva se conseguir boas referências. Se isso acontecer, não vou mais precisar ficar passando por entrevistas de emprego.

– Esse cara pode derrubar um elefante, Brooke. Será que você não viu? Pandora com certeza o viu.

– Cara, não havia nada pra ver, a não ser ele mesmo. Esse cara pode derrubar a porra de um *trem* carregado de elefantes – diz Pandora, do banco do passageiro. Ela está ocupada em sugar seu cigarro eletrônico e soprar vapor para o ar, uma vez que esta é a primeira semana que ela realmente parou com os cigarros de verdade.

– Estou me perguntando aqui o que os caras atrás de nós vão fazer se pararmos no *drive-through* do Jack in the Box, fizermos um pedido grande e dissermos que eles é que vão pagar – diz Melanie.

– Melanie – falo, repreendendo –, quantas dessas você tomou? – Percebo que ela tem uma pequena garrafa de vodca na mão e sou imediatamente capaz de deduzir que é a que ela roubou do bar do Remington. Coloco a tampa de volta e enfio a garrafinha na minha bolsa. – Trabalharei com esses caras por três meses, então, por favor, comporte-se.

– Só pra ver o que eles fazem, menina, vamos lá – suplica Pandora.

Rindo, Kyle vira à direita no *drive-through* e começa a encomendar um pouco de tudo. Pego minha bolsa contendo o preservativo solitário e meu cartão de crédito.

– Seu bobo! – digo, jogando a camisinha em cima dele. – Vocês são muito infantis. Pare na janelinha que vou pagar e vocês vão comer tudo o que pediram!

Quando Kyle para no *drive-thru* seguinte, do McDonald's, estou soltando fumaça. Faço com que esperem até pagar pelo pedido, e então saio do carro e vou até o Escalade. Entrego dois McLanche Feliz com duas tortas de maçã pela janela do motorista.

– Tome. Desculpe por isso. Eu disse que não era necessário me seguir. Parece que estou andando por aí com crianças. Mas eu vou chegar em casa em segurança. Por favor, voltem pro hotel.

– Isso não será possível – diz Pete, atrás do volante, enquanto Riley mergulha nas batatas fritas.

– Estas batatas fritas são as melhores – resmunga ele.

– Sim, obrigado, senhorita Dumas – Pete acrescenta, sua expressão genuinamente agradável quando olha para mim com ar divertido.

– Brooke. Por favor. – Eu olho pros meus amigos enquanto eles estão sentados no carro com os rostos voltados em minha direção e suspiro.

– Então, vocês sempre seguem as instruções dele ao pé da letra?

– Ao pé da letra – Pete sai do carro, caminha até o Altima de Kyle, e abre a porta de trás pra mim. O interior do carro fica em silêncio até que sou enfiada dentro e finalmente estamos indo pra casa.

– Acho legal ele querer que você chegue em casa em segurança.

– Melanie, neste momento você está achando até o McDonald 's legal, coisa que você odiou depois de assistir *Supersize Me* e tinha banido pra sempre. Seu hálito está cheirando a vodca e a Quarteirão com Queijo.

– Bem, Brooke, se você tivesse tomado uma bebida comigo, você não seria capaz de me cheirar. Não há mais desculpas. Acabou essa do "eu tenho competição amanhã". Você devia encher a cara e dar ao Remington todos os bebês que ele quiser.

– Ele quer gêmeos, mas eu já disse que quero esperar até o casamento em Vegas. – Entrego pra ela um tablete de vitaminas B e C pra mascar. – Toma, chupa isso. Sei que não é o que você quer, mas vai ajudar a eliminar o álcool de seu organismo bem depressa.

– Obrigada, doutora. Vou sentir a sua falta. Mas já está mais que na hora da pequena Nora deixar de ser a única a se divertir. É uma droga o fato de sua irmã ter uma vida sexual muito melhor do que a sua quando você é muito mais bonita, Brookey. Por favor, por favooooor, me prometa que vai me mandar SMS todos os dias.

Sorrindo, eu a trago pra mais perto e desejo que não estivesse tão bêbada, então eu poderia realmente conversar com ela. Não tenho ideia do que fiz, mas estou animada. Tudo o que eu sei com certeza é que não vou recuar desse acordo. Meus pais vão ficar em êxtase ao ver que estou dando um novo impulso à minha vida e numa nova direção, e ficarei também muito feliz quando conversar com eles no próximo domingo de manhã, quando a resposta à saudação deles, que é sempre "E então, alguma oferta de emprego?", vai finalmente ser um "Sim".

Tudo bem, isso é apenas por três meses, mas esse trabalho vai fazer maravilhas para a minha carreira. Além disso, é bom ser desejada em um sentido profissional, depois de toda a preparação.

– Pode deixar, Mel, todos os dias – respondo, ao ouvi-la mascando o chiclete.

– Quando ele beijar você, vai ter que mandar um SMS a cada segundo.

– Mel, ele me contratou como uma especialista. Não haverá beijo, é tudo profissional.

– Foda-se o profissional – ela protesta.

– Isso aí, fique no profissional, Brooke – adverte Kyle. – Senão, paro o carro agora e vou ter uma conversinha com esse cara.

– Ainda bem que você disse "ter uma conversa", Kyle, porque é tudo que um homem como você pode de fato conseguir quando enfrenta Remington Tate – Pandora diz antes de cair na gargalhada.

Eu sorrio, porque a imagem de Kyle enfrentando Remy é mesmo engraçada. Uma imagem de Remy brilha em minha mente, e eu o vejo como estava há pouco, me encarando sem pedir desculpas, tão sexy quanto o sexo em si, e me pergunto como vai ser quando tiver que colocar minhas mãos nele.

Meu trabalho é extremamente tátil. Não há nenhuma maneira de ajudar meus clientes sem ter algum tipo de contato. Eu já reabilitei meus alunos do ensino médio, tratando de lesões como tratei de meu joelho, mas nunca toquei um homem como esse, que eu realmente desejasse. Sempre que ele treinar, vai precisar de alongamento depois, e esse é o meu campo de trabalho. Agora, meu único objetivo será garantir que Remington Tate continue lutando como um campeão. De repente, eu mal posso esperar para estar de volta a uma equipe, mesmo estando a um lado diferente agora.

TRÊS

PARA ATLANTA

O jato particular é enorme, e Pete sinaliza para que eu embarque antes dele. Ele veio me buscar em casa faz menos de uma hora, e parecia muito bem arrumado num terno estilo *Homens de preto*. Subo a escada e percebo que se pode de fato ficar de pé dentro do avião, como se fosse num avião desses de voos internacionais. No entanto, nenhum avião comercial onde eu já tenha estado tem uma fração do luxo que tem este aqui. Veludo, couro, revestimento de mogno, enfeites dourados, monitores de última geração adornam o interior. Tudo uma coleção de extravagâncias nesse grande e incrível brinquedinho de um homem rico.

As poltronas estão organizadas em áreas que se assemelham a pequenas salas de estar, e nesta primeira seção há quatro assentos de couro marfim, maiores do que um assento de primeira classe. Eles estão ocupados por Riley, que fica de pé sorrindo para me cumprimentar, assim como pelos outros dois membros da equipe de Remington, seu *personal trainer*, Lupe, um homem careca e quarentão que se parece com Daddy Warbucks do filme *Annie*, e sua chef e nutricionista, Diane, que reconheço como a mulher que entregou os ingressos pra mim.

– Prazer em conhecê-la, senhorita Dumas – diz o treinador Lupe, com uma espécie de carranca em seu rosto que, de alguma maneira, percebo ser sua expressão natural.

Aperto sua mão.

– Igualmente, senhor.

– Oh, me chame de treinador, como todo mundo faz.

– Bem... Olá de novo – diz Diane, seu aperto de mão suave e gentil. – Sou Diane Werner, a chef, nutricionista e garota de entregas.

Eu rio.

– É muito bom ver você de novo, Diane.

O clima entre eles é realmente muito aberto e verdadeiro, e uma pontada de emoção gira em torno a mim com a ideia de pertencer a uma equipe de novo. Na verdade, o que me faria imensamente feliz e satisfeita como profissional é saber que, a partir de agora, quando Remington Tate entrar em um ringue, ele vai fluir como uma abelha com a força de uma dúzia de bois, e é maravilhoso saber que estou trabalhando com outras pessoas especializadas e cujos objetivos são os mesmos.

– Brooke. – Pete sinaliza para a parte de trás do avião, e depois do longo corredor acarpetado, passando outra seção de outros quatro assentos, uma enorme tela de televisão e um imenso bar com painéis de madeira, está um banco de couro que se parece muito com um sofá. E lá, no meio dele, com seu cabelo escuro de lado enquanto escuta seus fones de ouvido, está Remington Tate. Mais de um metro e noventa de testosterona.

Um calor inesperado se atira diretamente em minha corrente sanguínea à primeira visão dele durante o dia. Ele veste uma camiseta preta que se agarra a seus músculos e jeans desgastados de cintura baixa, e seu corpo absurdamente trabalhado usa tudo isso com perfeição glamurosa, enquanto se espalha no espaçoso banco de couro na outra extremidade.

Meu coração dá um pulo selvagem, porque ele parece tão incrivelmente sexy como sempre, e eu realmente gostaria de não ter percebido isso de forma tão automática. Mas acho que não se pode deixar de notar algo tão descaradamente sexual como ele.

– Ele quer você lá trás – diz Pete. E não posso deixar de notar que ele soa quase como se estivesse pedindo desculpas.

Engolindo em seco, deslizo inquieta pelo corredor do avião no momento em que ele olha pra cima, seus olhos capturando os meus. Acho que os vejo brilhar, mas não consigo ler nada em sua expressão enquanto ele atentamente observa minha aproximação.

Seu olhar me deixa tão nervosa que sinto o formigamento, mais uma vez, bem lá dentro.

Ele é o homem mais forte que já vi em toda a minha vida, e estou bastante familiarizada com o assunto para saber que está contido em meus genes e no meu DNA um desejo natural de ter uma prole saudável, e com esse desejo vem uma vontade desesperada de me acasalar com quem eu considerar ser o melhor macho de minha espécie. Nunca encontrei na minha vida, até agora, um homem que despertasse meus loucos instintos de acasalamento como ele. Minha sexualidade arde com sua proximidade. É irreal. Esta reação. Esta atração. Eu nunca acreditaria se Melanie estivesse me explicando isso, e não estaria então sentindo como se um caldeirão borbulhante estivesse sob a minha pele.

Como é que vou me livrar disso?

Com os lábios um pouco curvados, como se estivesse se divertindo com uma piada particular, ele tira os fones de ouvido quando paro à distância de um braço. O rock que estava ouvindo se espalha pelo silêncio, e ele abruptamente desliga o iPod. Sinaliza para a direita, e eu me sento, tentando ferozmente bloquear seu efeito sobre mim.

Descomunal, como ver uma estrela de cinema em pessoa, seu carisma é impressionante. Ele tem uma aura de força bruta, cada centímetro de seu corpo é esguio e musculoso, o que dá a impressão de ser um homem, mas com um encanto em sua expressão que o faz parecer mais jovem e vibrante.

Parece-me que nós somos as pessoas mais jovens do avião, e me sinto ainda mais jovem do que sou ao me sentar ao lado dele, como se tivesse acabado de me tornar uma adolescente de novo. Seus lábios se curvam e, honestamente, nunca, nunca conheci um homem mais autoconfiante do que ele, relaxado de forma quase sensual em seu assento, os olhos não deixando escapar nada.

– Já conheceu o resto do pessoal? – pergunta.

– Sim – eu sorrio.

Remy me encara, mostrando as covinhas e me avaliando com os olhos. A luz do sol bate em seu rosto pelo ângulo correto, iluminando os olhos, os cílios negros e espessos, emoldurando as duas piscinas azuis que me sugam pra dentro.

Quero começar no âmbito profissional, uma vez que essa é a única maneira pela qual vou poder fazer as coisas funcionarem direito, então prendo o cinto de segurança ao redor da cintura e vou direto aos negócios.

– Você quis me contratar por causa de uma lesão em particular ou mais por prevenção? – pergunto.

– Prevenção. – Sua voz é áspera e convida uma onda de arrepios a subir em meus braços, e eu observo, pela maneira enviesada com que seu grande corpo está voltado pra mim, que ele não considera necessário o uso de cinto de segurança em seu avião.

Assentindo com a cabeça, deixo meus olhos à deriva em seu poderoso peito e em seus braços, então percebo que eu poderia estar olhando muito descaradamente.

– Como estão seus ombros? Os cotovelos? Você quer que eu comece a trabalhar em alguma coisa para Atlanta? Pete me disse que é um voo de várias horas.

Sem me responder, ele apenas estende a mão para mim, e é enorme, com cicatrizes recentes sobre cada um de seus dedos. Fico olhando pra ela até que percebo que ele a está oferecendo para mim, então eu a pego com minhas duas mãos. Um arrepio de consciência sai de sua mão e penetra profundamente em mim. Seus olhos escurecem quando começo a esfregar a palma da mão com os meus polegares em busca de nós e de rigidez. O contato pele a pele é incrivelmente poderoso, e eu corro para preencher o silêncio que de repente parece um peso morto que nos rodeia.

– Não estou acostumada com mãos grandes assim. As mãos de meus alunos eram mais fáceis de massagear.

Suas covinhas não estão à vista. Não tenho certeza de que ele me ouve. Ele parece especialmente absorto em assistir aos meus dedos em suas mãos.

– Você está indo bem – diz ele, em voz baixa.

Fico extasiada com as áreas planas e com as depressões de suas mãos, com cada um dos calos, às dezenas.

– Quantas horas por dia você treina? – pergunto, em voz baixa, enquanto o jato decola de forma tão suave que mal percebemos que estamos no ar.

Ele ainda está observando meus dedos, os olhos semicerrados.

– Nós fazemos oito. Quatro e quatro.

– Eu adoraria ajudar em seu alongamento quando terminar o treino. É isso que seus especialistas fazem por você também? – pergunto.

Ele concorda, ainda sem olhar para mim. Então seus olhos se agitam para cima.

– E você? Quem cuida de suas lesões? – Ele sinaliza para minha joelheira, visível através da minha saia na altura do joelho e que subiu ligeiramente quando me sentei.

– Ninguém mais, eu já terminei minha reabilitação. – A ideia desse homem vendo meu vídeo constrangedor me deixa enjoada. – Você me investigou também nisso? Ou foram seus caras que fizeram isso?

Ele puxa sua mão das minhas e sinaliza para baixo.

– Vamos dar uma olhada.

– Não há nada pra ver.

Mas quando ele continua a olhar para a minha perna através daqueles cílios escuros, dobro e levanto-a um par de centímetros para mostrar-lhe a minha joelheira. Ele a agarra com uma mão e abre o velcro com a outra para espiar a minha pele, então acaricia com os polegares toda a cicatriz no meu joelho.

Há algo dele totalmente diferente me tocando.

Sua mão nua está no meu joelho, e posso sentir seus calos na minha pele.

Não.

Consigo.

Respirar.

Ele sonda mais um pouco, e eu mordo meu lábio inferior e expiro o pouco ar que ainda permanece em meus pulmões.

– Ainda dói?

Concordo com a cabeça, mas ainda assim só posso realmente pensar naquela mão enorme e seca. Tocando meu joelho.

– Estive correndo sem a joelheira, e sei que não devia ter feito isso. Só acho que realmente não me recuperei de verdade.

– Há quanto tempo foi isso?

– Seis anos atrás – hesito, depois acrescento: – E dois... Na segunda vez que isso aconteceu.

– Ahh, uma lesão dupla. Então, é sensível?

– Muito. – Dou de ombros. – Mas acho que, na segunda vez, tive sorte de ter começado minha graduação em reabilitação esportiva, porque, caso contrário, não sei o que eu teria feito.

– É duro não poder mais competir?

Ele olha para mim com total abertura e interesse, e nem sei por que estou respondendo. Nunca falei sobre isso abertamente com ninguém. Dói em cada parte de mim. Meu coração, meu orgulho, minha alma.

– Sim. Muito. Você entende isso, certo? – pergunto, em voz baixa, enquanto ele desce minha perna.

Remy sustenta meu olhar enquanto seu polegar toca levemente meu joelho, então ambos descemos o olhar para lá, igualmente surpresos ao perceber como era fácil para ele deixá-lo lá, enquanto nós ficamos conversando, e como foi fácil para mim permitir que fizesse isso. Ele afasta a mão e não dizemos nada.

Coloco a joelheira de novo, mas, por baixo da cinta, sinto que ele tinha acabado de encharcar minha pele de gasolina, e que iria explodir em chamas a qualquer momento que ele me tocasse novamente.

Merda.

Isso não é bom, e eu nem mesmo sei o que fazer comigo mesma. Meu relacionamento com meus clientes tem sido sempre informal. Eles me chamam pelo meu nome, e eu os trato pelo deles. Nós fazemos um monte de trabalho juntos e temos um monte de contato, mas eles nunca me tocam. Só eu faço isso.

– Agora, faça esta.

Enquanto fala, ele estende sua outra mão para mim, fechada num punho, e eu fico grata pela oportunidade de ficar seriamente acostumada a tocar este homem por razões profissionais.

Mudando para o meu lado, pego a mão dele entre as minhas e a abro com meus dedos. Ele se recosta no assento e estica o braço livre, aquele que está mais próximo de mim, por todo o encosto atrás de meu corpo. Fico incrivelmente consciente daquele braço e essa constatação chia pelo meu corpo, mesmo que ele não esteja me tocando, e, mais uma vez, estou impressionada e estranhamente compelida a tocar a palma dessa mão, para sentir como é áspera, firme e calejada.

Não sei por que ele se senta em um banco, em vez de em um assento individual, mas de repente sua coxa está muito próxima, com os joelhos dobrados, as pernas bem abertas, ocupando dois lugares e me deixando com um, e eu posso sentir e cheirar cada centímetro dele.

Nossos outros quatro companheiros de voo estão rindo lá na frente e os olhos de Remy passam rapidamente por lá, e então se voltam para mim. Estou totalmente consciente de seu olhar enquanto pressiono a palma da mão com os polegares, empurrando firme na pele, até sentir que se desfez o pequeno nó que encontrei. Continuo sondando e procurando mais, mas não consigo encontrar nenhum, então passo para o pulso.

Ele tem o mais amplo e vigoroso pulso que já vi, e seu antebraço é poderosamente construído e moldado com veias grossas que correm até o alto do braço. Seguro a mão e faço o pulso rodar, ficando impressionada com o movimento de sua articulação, perfeitamente móvel. Sondo seu antebraço, em seguida seu bíceps, que endurece e se aperta para mim. Fecho meus olhos e trabalho profundamente dentro do músculo. De repente, o braço atrás de mim se dobra, e sua mão se enrola em torno da minha nuca. Ele se inclina e sussurra:

– Olhe pra mim.

Abro meus olhos para ver que os olhos dele estão brilhando, e ele parece mesmo estar se divertindo. Acho que ele sabe que estou ficando um pouco perturbada. Quero largar seu braço e me encolher, mas não quero que seja tão óbvio assim, então desço o braço com cuidado e sorrio de volta.

– O quê?

– Nada – responde ele, revelando suas covinhas. – Estou muito impressionado. Você é completa, Brooke.

– Eu sou. E espere até eu chegar aos seus ombros e costas. Talvez tenha que ficar sobre você.

Ele ergue uma sobrancelha escura e parece extremamente entretido.

– Quanto você deve pesar?

Dou uma piscada.

– Posso parecer leve, mas sou bastante musculosa.

Remy deixa escapar um risinho abafado e inclina a cabeça com curiosidade, enquanto estende a mão para o meu braço e agarra meu pequeno bíceps entre dois dedos, o qual, felizmente, permanece firme quando ele o aperta.

– Hmm – diz ele, os olhos dançando com alegria.

– O que esse "hummm" significa? – provoco.

Descaradamente ele pega a minha mão e enrola os dedos em torno de seu sexy e musculoso bíceps. Ele nem sequer flexiona, mas a sua pele lisa e esticada, em firmeza total sob meus dedos, me deixa sem fôlego. Esse homem é tão... menino. Exibindo seus músculos. Percebo que está me observando, e seus olhos azuis brilham com intensidade brincalhona. Mordo meu lábio inferior em resposta.

Meu trabalho exige que eu o toque, e muito, por isso iria parecer um pouco estranho se eu retirasse minha mão. Então, em vez disso, dou um leve apertão com os dedos. É como apalpar uma enorme rocha com absolutamente nada de fissuras.

– Hummm... – digo, com a minha maior cara de pau, tentando disfarçar as emoções dentro de mim. Estou desfeita. Completamente desfeita. Cada órgão sexual, em mim, está acordado e dolorido. Meus instintos de procriação geneticamente induzidos estão em atenção plena, rugindo aqui dentro.

Ele ri e passa de novo a mão por todo o comprimento do meu braço nu. Mergulha seus dedos sob a manga da minha camisa e desliza para a direita sobre o meu músculo tríceps, na parte de trás do meu braço. Seus olhos brilham diabolicamente porque ele sabe que me dominou por completo. Esta é uma das piores partes de uma mulher, um lugar onde a gordura corporal pode ser medida com um simples aperto.

Não há um único lugar em seu corpo onde eu poderia encontrar nem mesmo um pingo de gordura. Ele provavelmente consome doze mil calorias por dia para manter a sua massa muscular, o que é em torno daquilo que o famoso nadador olímpico Michael Phelps consome quando está treinando ativamente. Sua ingestão calórica é, com facilidade, mais de cinco vezes o que costumo comer para manter o meu peso, mas agora não tenho mesmo como fazer essas contas. Seus dedos ainda estão lá, sob a minha camisa, tocando minha pele. Ele tem esse sorriso brincalhão no rosto, os olhos dançando com malícia, e o clima mudou, até que eu sinta que não só estamos incrivelmente cientes de nossos corpos, mas que as outras pessoas no avião também.

– Hmm – diz ele baixinho e, finalmente, dá um apertão. Nós dois rimos.

Limpo minha garganta e procuro endireitar o corpo, incapaz de suportar mais esse toque. Sinto-me perigosamente tonta e em definitivo isso não me faz feliz. Assim, puxo meu iPod e headphones de um pequeno saco de viagem que estou carregando e coloco-os no meu colo. Ele olha para baixo, para eles, então rouba o meu iPod e conecta seus fones de ouvido e começa a passar por minhas músicas, me entregando o seu. Procuro algo em sua seleção, mas detesto todas as suas canções, todas mesmo. Ele curte puro rock, e eu largo meus fones de ouvido e pego o meu iPod de volta.

– Quem consegue relaxar com isso?

– Quem quer relaxar?

– Eu quero.

– Tome. – Ele me entrega seu iPod de volta. – Eu tenho algumas músicas mais tranquilas pra você. Ouça uma das minhas e eu vou ouvir uma das suas.

Ele seleciona uma de suas músicas para mim em seu aparelho, então procuro uma das minhas para ele, e escolho uma *girl power,* chamada "Love Song", de Sara Bareilles, que é basicamente uma garota dizendo ao cara que ele não vai conseguir. Toco para Remy.

Meu amor por músicas do tipo girl power é quase lendário. Antigas e novas. Todos os meus amigos ouvem, e até Kyle as canta.

Coloco meus fones de ouvido para ver qual ele escolheu pra mim, e algo acontece com meu corpo quando ouço as primeiras palavras da canção: *E eu desistiria da eternidade para te tocar...* Da música "Iris" dos Goo Goo Dolls.

E eu desistiria da eternidade para te tocar...

Porque eu sei que você me sente de alguma forma...

Você é o mais perto do céu que eu já estive, e eu não quero ir para casa agora...

Abaixo minha cabeça para que ele não perceba que estou corando e quase tenho que me esforçar para não fazer uma pausa na música, porque aquilo parece uma intimidade insuportável.

Ouvir esta canção.

Que ele estranhamente selecionou para que eu a ouvisse.

Mas não me atrevo a fazer uma pausa. Mesmo quando ele se inclina para frente para ver a minha expressão. Seu joelho encosta no meu, e o ponto de contato explode em mim enquanto a música continua se derramando em meu ouvido. *E eu não quero que o mundo me veja*, ela diz, *mas eu quero que você saiba quem sou...*

Acho que nem estou respirando, e nem sei se sou capaz.

Ele também está ouvindo a minha música, e seus olhos estão tão pertos dos meus quando olho para cima que quase posso contar cada um de seus cílios espetados. Juro que as íris são mais azuis do que o mar do Caribe.

Seus lábios se contorcem com humor, e ele balança a cabeça com o que eu acho que é uma risada. Uma risada que obviamente não consigo ouvir porque estou escutando o final de "Iris", que ouvi pela primeira vez no filme *Cidade dos anjos* e que também me fez chorar, assim, por dias... Um cara desiste, literalmente desiste da eternidade para ficar com a menina por quem se apaixonou, e então algo trágico acontece, como em um filme de Nicholas Sparks.

Quando o silêncio se segue ao fim, lentamente tiro meus fones de ouvido e devolvo o iPod dele.

– Eu nem sabia que você tinha músicas lentas – murmuro, totalmente envolvida em uma nova conversa com o meu iPod, que ele já devolveu.

Sua voz é baixa e íntima.

– Eu tenho vinte mil canções, tudo está aqui.

– Não! – respondo em descrença enquanto me viro para verificar, e é verdade. Mel acha que ela é o máximo porque tem dez mil músicas, e vou ter que dizer a ela que ela *não é*...

E agora, o que eu não consigo esquecer é que, dentre vinte mil canções, ele escolheu justo aquela para mim.

– Você gostou? – Seus olhos me perfuram e sei que ele pode ver que estou corando, mas não posso evitar.

Concordo com a cabeça.

Meu iPod parece mais quente do que o normal quando começo a brincar nervosamente com ele, e me recuso a pensar que esse calor veio da mão de Remy. Mas veio, de sua mão enorme, cheia de cicatrizes, bronzeada e viril. Com as bochechas queimando ainda mais, tento me afundar em meu próprio mundo musical.

Ocasionalmente, durante o voo, ele me passa seus fones de ouvido e o iPod, e me faz ouvir uma de suas músicas, e eu procuro uma para ele. Não sei o que está acontecendo comigo, mas quando ele me lança aquele sorriso preguiçoso que mostra as covinhas, ouvindo todas as músicas de meninas que entrego a ele, tipo "I Will Survive", da Gloria Gaynor, quero derreter; em especial quando, ao mesmo tempo, aquele demônio sorri maliciosamente e decide me provocar enquanto toca "Love Bites", do Def Leppard, pra mim.

Quero morrer quando o som poderoso de seu Dr. Dre se derrama em meus ouvidos, pressionando aqueles vocais profundos e masculinos bem dentro de meu corpo, cada palavra sexy parecendo pulsar descaradamente no meu sexo. As palavras são tão cruas e carnais que me fazem pensar sobre mim e ele nos tocando e nos beijando e nos amando... E odeio isso por uma fração de segundo, e ainda acredito que é exatamente o que ele queria que eu pensasse.

* * *

Estou dividindo o quarto com Diane, em Atlanta, e acho maravilhoso que ela mantenha a sua pasta de dentes, a sua escova de dentes e todas as suas coisas de mulher tão bem escondidas como eu. Ela é uma grande companheira de quarto, ensolarada e positiva a cada momento do dia, e eu gosto muito que nós comecemos a falar sobre culinária saudável durante a noite, quando pulamos para nossas camas individuais *queen size*.

Soube então que ela faz suas compras dos melhores e mais frescos ingredientes nas primeiras horas da manhã, e que só faz as comidas para Remington com alimentos orgânicos, todos os dias, e ainda que ele se alimenta a cada três ou quatro horas, e que é por isso que os seus treinos são espaçados em seções 3-2-3 ou 4-4, com as refeições mais pesadas nesta última. O homem come o mesmo que três leões adultos. Uma grande quantidade de proteína. Um monte de legumes. E na janela de meia hora depois de seus treinamentos, come tantos carboidratos que até eu chego a ficar com altas doses de carboidratos só de pensar nessas deliciosas batatas doces e massas que ele devora.

Diane tempera todas as refeições com ervas naturais, como tomilho, manjericão, alecrim, uma pequena pitada de alho ou pimenta caiena, e algumas combinações que fui anotando para quando voltar para casa. Ela é divorciada, aos 39 anos, e também me disse que terminaremos a última luta em Nova York, no final desta turnê, uma cidade que eu sempre quis visitar.

Amanhã Remington tem a primeira das suas duas lutas em Atlanta, e nesta tarde estou esperando em sua academia alugada, para alongá-lo quando ele tiver acabado. É a nossa terceira noite aqui, e já percebi que Remington Tate treina como um louco.

Um.

Louco.

Hoje, em particular, parece impossível pará-lo.

– Tem alguma razão pela qual ele está treinando forte a esta hora? – pergunta Pete ao treinador Lupe.

– Ei, Tate! Pare de se mostrar na frente da Brooke! – grita o treinador, e nós ouvimos uma risada do outro lado do ginásio, onde Remington está matando impiedosamente um saco de couro, daqueles para ganhar velocidade.

– Não consigo fazer ele se cansar – diz Lupe, ao se voltar para nós. Ele desliza uma mão por sua cabeça careca enquanto verifica um tipo de *timer* que traz preso em torno do pescoço. Sua habitual carranca se aprofunda em intensidade. – Nós estamos indo para nove horas hoje e ele ainda tem energia. Mas nem olhe pra mim, Pete. Nós dois sabíamos que isso iria acontecer quando ele...

Ambas as cabeças giraram em minha direção como se não pudessem continuar falando se eu não desse o fora, então levanto as minhas sobrancelhas.

– O quê? Vocês querem que eu vá embora?

Lupe balança a cabeça e volta a Remington, que ainda está esmurrando o saco de couro, voando no vento como um morcego batendo em todos os lugares. Seus braços balançam com precisão, cada impulso fazendo-o bater no ponto morto do saco quando ele balança de volta. O som que sai é rítmico e acelerado, mais rápido a cada segundo, *thadumthadumthadumpthadump...*

– Nove horas por dia é realmente excessivo, você não acha? Mesmo sete por dia é uma loucura – digo a Pete do lado de fora do ringue. Hoje nós fomos muito além do seu tempo de treinamento 4-4, e eu estou chocada, porque o homem ainda continua.

Mesmo quando eu treinava para as Olimpíadas, eu não me matava desse jeito e, francamente, a programação de treinamento de Remington me deixa curiosa. Hoje ele fez abdominais, nos quais se apoia nos pés e balança o corpo até os joelhos o mais rápido que puder, exercitando-se como se não estivesse fazendo nada. Ainda fez flexões, pranchas, cordas. Ele pula corda com apenas um pé, depois muda para o outro, daí cruza a corda, faz balanços, torções e voltas, o tempo todo eu mal consigo ver a corda, tamanha a velocidade que ele dá, a corda batendo no chão de forma ritmada. Depois de tudo isso, ele ainda faz sombra ou vai para o ringue com um sparring, e se esse parceiro se desgasta antes do que ele – como hoje –, Remy volta para os sacos pesados ou para os sacos menores de couro e acaba ensopado.

– Ele gosta de se acabar – explica Pete enquanto assistimos. – Se ainda puder dar um soco no final do dia, vai acabar pulando no pescoço do treinador porque ele não o treinou o suficiente.

É preciso mais uma hora para ele ir mais devagar, e quando o treinador assobia me chamando, eu é que estou morta de cansaço de tanto estímulo visual ao assistir Remington Tate treinando. Cada movimento que ele faz é tão agressivamente primal que se torna *sexual* para mim.

Mesmo num moletom e camiseta, não há como deixar de notar os músculos do peito por baixo do algodão úmido, e a maneira como sua calça de moletom pende bem abaixo de seus quadris estreitos faz com que meus seios fiquem tão pesados e doloridos que, juro por Deus, não consigo imaginar como eles ficarão se um dia eu amamentar.

Sufocando um arrepio quente, faço as minhas pernas se moverem e piso nos tapetes onde Remington está de pé, esperando por mim, já sem camisa. Riachos de suor grudam no torso, e sei que ele está perfeitamente aquecido e que seus músculos foram treinados à exaustão. Não há mais glicogênio muscular armazenado, sua glicose está baixa, e ele estará tão quente que vai ser como um *pretzel* quente quando eu o manobrar. A mera possibilidade de fazer isso me deixa igualmente quente. É um sonho meu, dedicar minha vida a esse trabalho, mas é algo tão tátil que, com este homem, se torna um grande desafio. Não só porque seus músculos são tão fortes em relação aos meus, mas porque mal posso estabelecer um contato com sua pele bronzeada sem ficar tonta. Todos os meus poros saltam atentos e aguçados para saber qual parte de meu corpo está tocando o dele. E eu realmente odeio essa perda de controle em mim.

Agora observo seus músculos se incharem enquanto se enxuga e esfrega a toalha pelo cabelo molhado, deixando-o ainda mais sexy e espetado. Também estou usando tênis e uma roupa de corrida apertada para poder me mover mais facilmente sobre ele, e aqueles olhos azuis impressionantes pulam em cima de mim quando me aproximo.

Ele está ofegante, sem sorrir, então cai sobre um banco, enquanto eu dou a volta e começo com ele, por trás.

Remy geme quando passo os meus dedos ao redor dos ombros e começo a mexer fundo. Faíscas de emoção me atacam abaixo da barriga quando travo contato, mas tento sufocar todas as minhas reações e foco em afrouxar seu pescoço, seus músculos tríceps e bíceps. Empurro seus peitorais, seu abdômen, tentando não responder como uma mulher a cada aperto de seus músculos sob meus dedos, aquele incrível bronzeado de sua pele sob meu toque.

Trabalhamos com todas as juntas, puxando tudo para ficar solto, meus movimentos ocasionalmente fazendo-o ronronar baixo. Meus músculos sexuais se apertam e eu tento relaxá-los, mas cada vez que ele geme, eles se fecham e se apertam com mais força.

Também me dá ódio quando eles fazem isso.

Parece que a arte de relaxar este homem me excita à décima potência.

Mas pelo menos eu não estou mais desempregada.

Respirando lenta e profundamente, gasto mais tempo esfregando os deltoides, a parte mais redonda do ombro. Estico e enrolo com os dedos, e depois sigo para o supraespinhal, um pequeno músculo na face superior da escápula, o que estava mais machucado dos quatro músculos por ali.

Ele ainda está ofegante quando termino, só que agora eu também estou.

O treinador assobia.

– Tudo bem, pro chuveiro. Vejo você amanhã às seis horas e pronto pra lutar. Agora vá comer. Coma uma vaca inteira.

Remington me puxa do chão, onde eu tinha trabalhado suas costas, com os olhos azuis brilhando ao apertar meus dedos um segundo a mais do que eu esperava.

– Nada de ficar em cima de mim ainda?

Demorei um momento para lembrar a nossa conversa do avião, e sorri.

– Ainda não. Mas não se preocupe. Se você continuar treinando desse jeito, nós vamos chegar lá antes que você perceba.

Ele ri e atira uma toalha em volta do pescoço enquanto se dirige para os chuveiros, e horas mais tarde descubro que ele praticamente deve ter caído morto ao ir dormir, após o esforço que fez. Eu, por outro lado, fiquei acordada, sem sono. Já tinha apertado meus tríceps três vezes desde a nossa chegada, e decidido que não sou gorda, e mesmo assim, ainda me pergunto o que significa *hmm*.

Penso no avião e em sua mão sobre os meus tríceps, seus olhos azuis no meu rosto e a maneira como seu olhar me avaliou quando caminhei até ele para massagear os músculos. Penso no jeito como tem me provocado e se divertido comigo nestes últimos três dias, e só não entendo por que tudo isso me faz contorcer por dentro e sentir pequenos arrepios quentes ao meu redor.

Minhas glândulas suprarrenais vão explodir se continuar assim.

Tento pensar em outra coisa, mas minhas pernas estão inquietas debaixo dos lençóis, e a necessidade de sair e correr me devora. Gostaria de poder correr com velocidade, sentir as endorfinas em vez dessas picadas em meus nervos que me roem o cérebro, essa necessidade estranha que floresce dentro de mim quando vejo Remington Tate. Mesmo quando neguei o fato a Melanie, eu tinha *muita* certeza de que ele me desejava naquela primeira noite em Seattle, só não sei o que aconteceu que me fez, em vez de ser desejada, ser contratada por ele...

Mas era o que eu queria, não era? Um emprego.

Só que o preço a pagar por meu novo trabalho é um pouco de tortura sexual. Grande coisa. Tenho apenas que controlá-lo melhor amanhã. Com essa nova resolução, pego meu iPod da mesa de cabeceira e coloco música para tocar, me forçando a ouvir qualquer uma, menos aquelas que ele tocou para mim.

QUATRO

CORRIDA

– Remy! Chamem Remy já! REMINGTOOOOON!

O grupo de mulheres nos bancos atrás de mim grita a plenos pulmões.

Daí você pode entender como é complicado demais ignorar esse homem quando todos à minha volta estão chamando por ele, especialmente quando o meu corpo está vivo com a adrenalina por causa da luta que está prestes a começar.

É uma sensação deliciosamente familiar, na verdade, essa que ferve em mim quando vou me sentar entre os espectadores no Underground Atlanta, esperando Remington sair para o ringue. Sinto que sou eu quem vai competir, e meu corpo está perfeitamente pronto. Meu sangue corre quente e líquido dentro de mim, minhas glândulas suprarrenais bombeiam os hormônios certos e minha mente parece tão clara quanto um cristal limpo recentemente. Minhas pernas estão imóveis debaixo do assento, assim como as mãos, mas isso é apenas um estratagema. O silêncio da preparação. Por fora tudo é calmo e dentro, há uma lareira crepitante. Este é o minuto em que tudo fica em silêncio e se recolhe profundamente para que, quando for a hora de explodir, tudo seja feito com a precisão concentrada que a sua energia desencadeia, em uma explosão perfeitamente planejada.

Mesmo agora, me lembro da minha posição inicial perfeita nos blocos de partida: a forma como todos os meus sentidos pareciam se aprimorar a cada disparo do início da corrida, quando tudo, absolutamente tudo acorda com aquele som, e você vai da paralisação para a aceleração de seu coração em uma fração de segundo.

Agora parece que tudo o que eu estou esperando ouvir é o nome dele que está sendo anunciado, e quando finalmente escuto "REMINGTON TATE, ARREBENTADOR!", há uma nova onda me varrendo, e ainda não há nenhum lugar para eu correr, não há alívio para o que está correndo pelo meu corpo, só essa dor incrivelmente poderosa que tem sido alimentada pelos mesmos hormônios que meu corpo continua despejando, e que não há maneira de deter.

Levanto-me da cadeira como faz toda a arena cheia de pessoas, mas isso é tudo que posso fazer ao vê-lo subir ao ringue da maneira que só ele sabe fazer. A multidão é instantaneamente capturada por ele, e eu fico tonta também. Lá está ele, a fantasia viva de uma mulher, respirando e fazendo seu arrogante e lento girar de corpo, os cabelos negros espetados, o peito bronzeado, o sorriso com covinhas – um sorriso matador –, tudo que faz parte do pacote de Remington Tate. Ele é a própria perfeição, e uma nova onda de hormônios varre meu corpo quando começo a fazer o que o resto da multidão faz e devoro seu visual, tão descaradamente em exibição naqueles calções de cintura baixa, e assim tão surpreendentemente sexy, que ele se torna o centro da minha atenção.

O centro da cidade. Do meu. Mundo.

Desde que parei de competir, ganhei gordura corporal e agora estou com uns 18% de gordura saudável no corpo. Estou com mais curvas do que costumava ter, com um pouco de sustentação extra na minha bunda, e um bom estofo para os meus seios. Mas nunca estive mais consciente de meu corpo e de todas as suas partes internas e externas do que ao interagir com esse homem. Nem sei se consigo me acostumar com isso. Não posso nem mesmo fazê-lo parar de fazer tal coisa comigo. Já deixo que me "possua" o fato de que, sim, esse homem deixa meu corpo fora de controle.

– E agora, o famoso e aclamado Owen Wilkes, o Gafanhoto Irlandês!

Enquanto seu oponente ruivo mal-humorado toma o lugar no ringue, o olhar azul de Remington varre a multidão até que ele me veja. Nossos olhos se encontram, e fico instantaneamente sem fôlego. Suas covinhas começam a formar um sorriso tão perfeito, que corre todo o caminho até me encontrar, eletrizando minhas terminações nervosas.

Ainda estou sorrindo como uma tonta quando soa o sino do assalto, e não quero segurar minha respiração enquanto estou assistindo, mas é isso que faço. Remington parece quase como um rottweiler entediado, enquanto seu adversário, o Gafanhoto, parece saltar por todo o ringue e em torno dele como um canguru bebê.

Remington o nocauteia rapidamente e, como continua ganhando, luta contra uma fila de novos oponentes, um após o outro. Pelo que Pete me disse, apenas os últimos oito finalistas em cada cidade irão competir na próxima cidade designada, e tudo vai convergir em uma grande luta no final da turnê, em Nova York, onde apenas os dois melhores colocados vão se envolver em uma longa luta de dezesseis assaltos, em vez de um punhado de lutas de três assaltos.

Agora Remington está lutando com um homem que mais parece um lutador de luta livre do que um boxeador. Sua barriga é flácida e volumosa, e ele tem aproximadamente o dobro da largura de Remington. Algo feroz e primitivo aperta meu abdômen e estou de pé soltando um silencioso "não!" no instante em que o homem que tinha sido chamado de O Carniceiro solta um murro nas costelas de Remy. Remy foi atingido duramente e consigo ouvir o ar ser expulso de seus pulmões.

Minhas entranhas se agitam de medo mesmo quando ele se recupera facilmente, e meu coração não para de bater no meu peito. Mordo meu lábio quando vejo Remy lançar um conjunto de golpes perfeitos no abdômen do Carniceiro. Ele se move de modo tão fluido, cada parte de seu corpo flexível e forte, que às vezes me esqueço de que ele está lutando contra alguém, apenas por causa da maneira como ele me hipnotiza com seus movimentos.

Adoro ver aquelas pernas poderosas, com músculos grossos, e como elas o equilibram e o ajudam a se mover com força e agilidade. Amo cada flexão dos seus quadris, ombros, bíceps, e a maneira como a tatuagem que circunda os braços ressalta aqueles ombros bem formados.

– Buu! Buuu!

A multidão começa a vaiar, e isso foi depois que Remy sustentou outro soco na parte superior do tronco. Estremeço quando o Carniceiro dá um direto na boca de Remy. A cabeça dele balança e vejo respingos de sangue a seus pés, e me ouço dizer "não" de novo, suavemente. Ele se endireita mais uma vez e recupera sua posição, lambendo o sangue de um corte em parte de seu lábio. Mas não entendo por que ele está baixando a guarda.

Parece que ele não está se protegendo, e mesmo o treinador e Riley estão carrancudos e perplexos no canto do ringue, enquanto assistem à continuação da luta, Remington soltando seus golpes sempre excelentes, mas estranhamente permitindo que o Carniceiro tenha muito acesso à sua região torácica superior. Estou confusa, e ansiosa para que a luta termine, e tudo que sei é que realmente sinto dentro de mim cada soco que aquele homem terrível está acertando, como se uma faca cortasse minhas entranhas.

Quando o Carniceiro bate mais uma vez em sua lateral e Remy cai de joelhos, quero morrer.

– Não! – o grito é arrancado de mim.

E quando a mulher ao meu lado me ouve, ela põe as mãos em torno da boca e grita:

– Levante-se, Remy! Levante-se! Nocauteie esse sujeito!

A respiração irregular de alívio me escapa quando ele fica de pé e limpa o sangue de seus lábios, mas seus olhos giram levemente em minha direção, e ele leva outro soco que o atira de volta contra as cordas.

Meus nervos estão esfarrapados de tal forma que preciso abaixar minha cabeça e parar de assistir por apenas um minuto. Há, literalmente, uma bola de fogo em minha garganta, e não consigo nem mesmo engolir a minha saliva. Existe alguma coisa em assistir a Remy sendo socado que me faz sentir tão impotente quanto no dia em que rebentei o joelho e não podia fazer nada para impedi-lo. Essa passividade não é algo meu. Estou sendo devorada pela necessidade de ir lá em cima e bater naquela porra de gordo, ou de simplesmente fugir daqui. Lutar ou fugir. Mas em vez disso, apenas me sento aqui, e isso é horrível.

De repente, o seu refrão habitual começa: "REMY... REMY... REMY".

E algo acontece quando não estou olhando, porque o caos se instala na arena e as pessoas começam a gritar:

– Isso aí, REMY, REMY, REMY!

A voz do locutor irrompe através do alto-falante:

– Nosso vencedor, senhoras e senhores! Arrebentaaaaador! Sim, mulherada faminta aí fora, podem berrar à vontade pelo maior fodão que já subiu a este ringue! Arrebentadoooooooor!

Minha cabeça se volta surpresa para o ringue, e meus olhos voam. O gorducho está sendo removido com a ajuda dos enfermeiros, e sou atingida pelo fato de que Remington parece ter quebrado as costelas dele.

Mas o meu cara não está mais no ringue.

E ele pode ter uma costela quebrada também.

Meu Deus, o que diabos aconteceu?

Tão depressa quanto consigo, atravesso a multidão e vou para os bastidores, a cabeça ainda girando e o corpo ainda dolorido pela tensão. Encontro Lupe acaloradamente discutindo com Riley sobre como "o filho da mãe está brincando com fogo". Quando eles me notam, o treinador se afasta de mim e Riley aponta um dedo mostrando "o andar de cima", e então tira do bolso das calças de brim a chave para a suíte de Remy, jogando-a para mim. Pego a chave e vou para o hotel que, felizmente, fica virando a esquina.

Vejo Remington sentado no banco ao pé da sua cama, o cabelo escuro espetado tão belamente bagunçado como sempre, a respiração ainda um pouco irregular, e uma onda de alívio corre por mim quando ele levanta a cabeça e seu sorriso preguiçoso, o que mostra apenas uma covinha, aparece.

– Gostou da luta? – pergunta ele, a voz áspera com a desidratação.

Não posso dizer que não, mas realmente não posso dizer que sim. Apenas não sei porque se trata de uma experiência tão complicada para mim. Então digo:

– Você quebrou as costelas do último cara.

Uma sobrancelha preta lustrosa se ergue, então ele drena o último gole de um Gatorade e o joga vazio no chão.

– Você está preocupada com ele, ou comigo?

– Com ele. Porque ele não será capaz de ficar de pé amanhã. – Foi uma piadinha que fiz, mas embora ele dê um grunhido, não sorri.

Estamos sozinhos.

E, subitamente, todos os poros do meu corpo tornam-se conscientes disso.

Minhas mãos começam a ficar um pouco oscilantes, pego uma pomada e me ajoelho entre suas pernas para colocá-la na parte cortada de seus lábios.

Não sangra mais, mas está rachado bem no meio mais carnudo de seu lábio inferior. O tempo passa enquanto pressiono meu dedo lá, os olhos dele me observando.

– Você – sussurro. – Eu me preocupo com você.

A súbita consciência do ritmo exato de sua respiração me assombra. Estou tão perto dele que acho que respiro o mesmo ar que ele exala e, sem nenhum aviso, seu cheiro está dentro de mim. Ele cheira tão bem, salgado e limpo como um oceano, e me sinto impotente para deter as reações que ele me provoca. Minha cabeça está girando dentro do meu crânio. Eu me imagino dobrando a cabeça na direção de seu pescoço úmido e correndo minha língua sobre todas e cada uma das gotas de suor que vejo em sua pele.

Envergonhada de meus próprios pensamentos, fecho o tubo da pomada, mas continuo de joelhos, examinando se começo por suas pernas, já que estou aqui.

– Eu detonei meu ombro direito, Brooke.

Meu nome falado por aquela voz áspera agita o topo de minha mente, e a maneira como ele o diz me afeta, mas eu disfarço com um suspiro de tédio simulado.

– Com um trator como você, eu sabia que seria esperar demais que sobrevivesse a esta noite apenas com um lábio cortado.

– Você vai consertá-lo?

– Claro. Alguém tem que fazer isso.

Fico de pé e dou a volta, para ficar de joelhos no final de sua cama e agarrar seus ombros. Não fico mais surpresa com a maneira como cada célula de meu corpo reage à sensação do corpo desse homem conectado ao meu através de minhas mãos. Só fecho os olhos e me permito apreciar por um momento a sensação de relaxá-lo, mas a tensão que sinto é muito maior do que antes. Vou mais fundo com os dedos em seu ombro e sussurro:

– Aquele filho da mãe horroroso bateu feio aqui. Bateu muito aqui. Dói?

– Não.

Acho que ouvi um toque de diversão em sua voz, mas não tenho certeza. Meu foco deriva para seu músculo, empurrando-o para trás em meus dedos, e eu sei que de fato dói. Tem que doer.

– Vou massagear com arnica, e nós vamos fazer terapia fria.

Ele fica perfeitamente imóvel enquanto me permite trabalhar um pouco com óleo em sua pele, e quando espio seu rosto, percebo que os olhos estão bem fechados.

– Dói? – murmuro.

– Não.

– Você sempre diz que não, mas eu posso dizer neste momento que dói.

– Há outras partes de mim que estão doendo mais.

– Que porra é essa?

A porta da suíte bate ao se fechar, e Pete entra furiosamente no quarto principal, do jeito mais irritado que eu já tinha visto nesse homem gentil. Seus traços de menino do coral da igreja parecem mais agudos e não tão angelicais quanto antes, e hoje até mesmo os cachos no cabelo estão mais pronunciados.

– Que. Porra. É. Essa? – ele repete espaçando as palavras.

O corpo de Remington torna-se uma parede de tijolos sob o meu toque.

– O treinador está uma fera – acrescenta Riley, quando entra no quarto também, e até mesmo o cordial Riley está carrancudo agora. – O que todos nós queremos saber é por que diabos você está deixando que eles chutem sua bunda?

Uma estranha e tumultuosa vibração se espalha pelo quarto, e minhas mãos param imediatamente de se mover na parte de trás de seus ombros.

– Sim ou não? Você deixou o cara fazer isso de propósito? – Riley atira-lhe um olhar sinistro. Remington não responde. Mas seu torso está totalmente ereto agora, e cada músculo parece em alerta.

– Você precisa transar? – exige saber Pete, sinalizando para ele. – É isso, precisa transar?

Minhas entranhas apertam e sei que de fato não pretendo ficar aqui ouvindo os caras se organizando para arrumar um arranjo sexual para Remington. Então murmuro algo, principalmente para mim mesma, já que de qualquer maneira ninguém está prestando atenção, algo sobre ir até a cozinha ajudar Diane, e enfim saio do quarto.

Mas, já no corredor, ouço Pete de novo:

– Cara, você não pode deixar os caras fazerem isso com você só pra ter as mãos dela passando por seu corpo. Olha, a gente pode arrumar umas meninas. Seja o que for que esteja fazendo, não pode ficar com esses joguinhos como uma pessoa normal. Você só está se torturando, Rem, e isso é uma coisa perigosa que você está fazendo com ela.

Começo a andar devagar, quase parando, e acho que meus pulmões se congelaram de tanto que segurei a respiração. Esses caras por acaso estão falando de mim?

– Você apostou toda a sua grana em você mesmo este ano, lembra disso? – acrescenta Pete. – Agora, tem que derrotar aquele Scorpion na final, não importa o que aconteça. E isso a inclui, cara.

O timbre de Remington é mais baixo do que o dos outros, mas de alguma forma, aquele grunhido suave é infinitamente mais ameaçador.

– O Scorpion é um homem morto, então, não encha o meu saco.

– Você nos paga pra evitar essa merda, Remy – diz Pete, mas isso só faz Remington baixar a voz ainda mais.

– Eu sei disso. E tenho tudo sob controle.

O silêncio que se segue a esse sussurro mortífero me induz a me movimentar, e logo estou na cozinha, para encontrar Diane tirando um pequeno peru orgânico do forno. O cheiro de alecrim e limão dá água na boca, mas não ajuda em nada meu coração palpitante.

– Por que os caras estão gritando? – pergunta Diane enquanto organiza o prato, olhando docemente para o peru quando ele se recusa a parecer mais bonito no prato que ela escolheu.

– Remy foi praticamente atropelado hoje à noite – respondo. Por que foi isso que aconteceu, não foi?

Diane balança a cabeça e murmura em tom de desaprovação para si mesma.

– Eu juro que esse homem tem o botão de autodestruição mais vermelho que já vi...

Ela se afasta quando a porta se abre atrás de mim e uma mão enorme grampeia meu cotovelo e me faz girar.

– Quer correr comigo?

Os olhos azuis e gelados de Remington brilham intensamente em mim, e posso sentir, até onde eu estou, de pé, a frustração que vem dele. Ela circula em torno dele como um redemoinho escuro e, subitamente, ele parece no limite e mais que um pouco ameaçador.

– Você precisa comer, Remy – avisa Diane no canto.

Sorrindo, ele pega um galão de cinco litros de leite orgânico em cima do balcão e começa a beber até que quase tudo esteja em seu estômago, então bate o recipiente na mesa e limpa os lábios com as costas de seu braço, dizendo:

– Obrigado pelo jantar. – E então, ergue uma sobrancelha e me espera responder. – Brooke?

Um arrepio me percorre.

Não gosto que o meu nome em seus lábios atinja todas as notas certas.

Como um filme de amor.

Franzindo o cenho com a minha reação, olho para o peito dele pensando que a melhor coisa seria colocá-lo em uma banheira de gelo. Mas, de alguma forma, concluo que testar ainda mais os limites dele, num dia como hoje, não seria uma boa ideia.

– Como você se está se sentindo? – pergunto, estudando-o.

– Sinto vontade de correr. – Os olhos dele me perscrutam atentamente. – Você também?

O pedido me faz hesitar. É que ninguém, exceto os corredores, realmente sabe que correr com alguém pode ser uma coisa muito boa.

Muito. Muito. Boa.

Especialmente quando você está acostumado a se exercitar sozinho. Como Remington. E, além de Melanie, eu nunca corri com outra pessoa. Meu tempo de corrida é meu tempo. Tempo para pensar. Tempo para me centrar. Mas concordo. Acho que ele realmente precisa disso, e eu vinha precisando disso há horas.

– Vou calçar os tênis e colocar a joelheira.

Dez minutos depois, estamos descendo a pista mais próxima ao nosso hotel, que é uma trilha de terra sinuosa pontilhada com um par de árvores e, felizmente, bem iluminada à noite. Remington usa seu capuz e moletom, e ele está socando o ar como fazem os boxeadores, já eu estou apenas aproveitando a brisa fresca na minha pele enquanto tento acompanhá-lo. Vesti shorts de corrida e um top esportivo de mangas curtas com meu par favorito de Asics; já Remington usa um par de Reebok de corrida que é diferente dos tênis de cano alto que ele usa para boxear.

– Então, o que aconteceu com Pete e Riley?

– À procura de prostitutas.

– Pra você?

Ele soca o ar com um punho, depois com o outro.

– Pode ser. Quem se importa?

Estou realmente desapontada por ter perdido a resistência, porque, depois de meia hora no ritmo que estabelecemos, estou forçando meus pulmões e suo muito, apesar da fria brisa noturna. Faço uma parada, coloco as mãos nos joelhos e aceno para que ele continue:

– Vá em frente, preciso recuperar o fôlego e estou com câimbra.

Ele para de correr junto comigo e fica saltando nas panturrilhas para o corpo não esfriar, então retira um pacote de gel eletrolítico do bolso da camiseta. Estende-o para mim, e fica tão perto que sinto o cheiro dele. De sabonete, suor e Remington Tate. Minha cabeça nada um pouco. Talvez a câimbra que pensei estar sentindo em meus ovários não fosse isso, mas apenas o meu interior quase em convulsão cada vez que seus ombros se encostam acidentalmente contra os meus.

Ele se ergue de novo e continua a socar o ar enquanto me vê abrir o pacote e deslizar o conteúdo para a minha língua.

O sangue bombeia com violência em minhas veias e há algo incrivelmente íntimo na maneira como seus olhos azuis me veem lamber um pacote que havia pertencido a ele.

Ele para de saltar. Respirando com dificuldade.

– Sobrou alguma coisa? – pergunta.

Imediatamente retiro da minha boca e entrego a ele, e quando Remy envolve seus lábios em torno do pacote da mesma forma que eu fiz, meus mamilos endurecem como diamantes, e não consigo me lembrar de mais nada, exceto que ele está lambendo no mesmo lugar que eu. Tremo com a compulsão imprudente de correr a minha língua ao longo do corte no lábio, tirar aquele pacote da boca e pressionar meus lábios ali, assim a única coisa que ele estaria lambendo seria eu.

– E eles tinham razão? Aquilo que disse o Pete? Que você estava fazendo de propósito?

Quando ele não responde, lembro-me daquele "botão" que Diane mencionou, e minhas preocupações dobram.

– Remy, às vezes você quebra alguma coisa e nunca mais consegue isso de volta. Nunca mais... – enfatizo isso e olho para a rua distante, para os carros passando, e fico com medo de ele perceber a emoção em minha voz. Ele me coloca no limite, e tenho que conseguir de volta meu autocontrole.

– Sinto muito sobre seu joelho – diz Remy, suavemente, então atira o pacote vazio num cesto de lixo próximo e solta alguns jabs com a direita e com a esquerda, e começamos a correr de novo.

– Não se trata de meu joelho. Trata-se de não cuidar de seu corpo como deveria. Nunca deixe ninguém te machucar, nunca permita isso, Remy.

Ele balança a cabeça, as sobrancelhas bem em cima dos olhos quando rouba um olhar em minha direção.

– Não faço isso, Brooke. Só deixei que se aproximassem o suficiente pra poder foder todos eles. Pequenos sacrifícios em busca da vitória. Dou-lhes confiança ao ver que uns socos entram, então isso vai pra cabeça deles, acham que eu sou moleza – que não sou como ouviram dizer que sou –, e quando ficam animados de como é fácil espancar Remington Tate, eu entro e acabo com eles.

– Tudo bem, prefiro isso.

Corremos por mais uma meia hora, e aos oito quilômetros já estou ofegando como uma cadela velha que deu à luz doze filhotes, ou algo parecido. Meu orgulho está doendo tanto quanto meu joelho ruim.

– Vou parar. Vou ficar muito dolorida amanhã, então prefiro ir dormir agora do que você ter que me carregar de volta ao hotel mais tarde.

– Eu não me importaria – diz ele com uma deliciosa risadinha, então estala o pescoço pra esquerda, depois pra direita e corre de volta comigo.

No elevador do hotel, muitas outras pessoas entram conosco, e Remington puxa o capuz por sobre seu cabelo e abaixa a cabeça, seu perfil sombreado pelo tecido. Percebo que ele faz isso para evitar ser reconhecido, e isso me faz sorrir, divertida.

Um jovem casal grita do saguão para nós "Segure o elevador!", e eu pressiono o botão de abrir a porta até que eles entrem. Meu coração salta quando Remington aperta meu quadril e me puxa para perto dele, pois os dois estão a bordo. E então estou morrendo, porque ele abaixa a cabeça, mantendo-a inclinada em direção a mim, e posso ouvir sua inalação profunda. Oh, Deus, ele está me cheirando. Meus músculos do sexo se apertam. A necessidade de me virar e enterrar meu nariz em seu pescoço e lamber a umidade em sua pele arde dentro de mim.

– Você está se sentindo melhor? – pergunto, virando um pouco para ele.

– Sim. – Ele abaixa a cabeça mais para perto, e minha testa é banhada pelo seu hálito quente. – E você?

Seus feromônios são como uma droga para mim, e minha garganta parece tão espessa que eu só aceno para ele. Suas mãos apertam meu quadril, e meu útero se aperta tanto por causa disso que fica dolorido e me dá vontade de chorar baixinho.

Vou para o chuveiro logo que entro no quarto, e deixo a água tão fria quanto posso suportar, os dentes batendo, mas o resto do corpo ainda cheio de nós por causa dele. Ele. Ele.

Quando entro na cama, Diane murmura "Olá", e em seguida continua a leitura de um livro de receitas, enquanto digo "Boa noite" e fecho os olhos, tentando fingir que não estou assando por dentro.

Mas a coisa incomoda tanto que fico me contorcendo sob os lençóis, assombrada pelo que ouvi Pete dizer a Remington. Assombrada por aquela boca carnuda e sexy, com um corte recente no lábio inferior, envolvendo o pacote de eletrólitos enquanto a língua sugava o último gel que tinha. Penso em como poderia ser se eu fosse aquele pacote, e sentisse os lábios de Remy sobre minha língua, chupando suavemente, e o pensamento faz gerar uma nova onda de umidade entre minhas coxas.

Estou desesperada para dar a mim mesma algum alívio daquela contínua fúria hormonal de ser exposta a ele. Como a radiação, deve existir alguma coisa que eu possa usar para me proteger, mas simplesmente não consigo descobrir o que é. O rosto dele, o cheiro dele, isso me deixa louca. Ele é meu cliente, mas também é... como um amigo. E eu só preciso tocá-lo. Sei que não posso beijar de fato aquela boca sexy, mas posso, pelo menos, massageá-lo.

Ele deve estar quente por causa de nossa corrida, e cansado depois de sua luta, e eu anseio o contato de sua pele como um viciado em drogas.

Antes de entender o que estou fazendo, entro num terninho de tecido aveludado, vou para a suíte dele e bato na porta.

Não sei bem o que vou dizer, não sei de nada, exceto que provavelmente não irei pegar no sono até que o veja, e até que ofereça gelo para seus machucados no tórax, ou ao menos até que esfregue um anti-inflamatório, ou... *Não sei.*

Por que ele me pediu para correr com ele?

Por que Pete acha que ele estava ficando machucado propositalmente apenas para que eu o tocasse?

Será que ele quer tanto assim sentir o toque de minhas mãos?

Riley abre a porta e, acima de seus ombros, vejo uma mulher numa lingerie transparente dançando sensualmente no meio da mesa de centro da sala de estar, e outra voz feminina ao fundo falando "... o passarinho me contou que você queria brincar com a gente, Remy".

– Sim? – pergunta Riley, e eu fico lá, só olhando como uma idiota, meu estômago enrolado porque, lógico, aquelas eram as putas que... Afundo minha cabeça e procuro desesperadamente algo para dizer.

– Será que eu deixei meu celu... Que merda, estava aqui... – Olho para o celular na minha mão e reviro os olhos. Como eu sou tão estúpida.

E sou mesmo.

Merda, eu realmente sou uma idiota.

– Deixa pra lá. Boa noite, Riley.

Ouço a voz profunda de Remington.

– Quem é?

Corro para o meu quarto e fecho a porta, me sentindo dormente por dentro. Desta vez, quando entro na cama, tenho certeza de que cada centímetro de excitação fugiu de meu sistema, mas ainda não consigo dormir. Porque agora a mulher que Remington, com aquela linda boca carnuda, está beijando com tanta avidez na minha mente, a mulher que começa a lamber esse corte no lábio em que eu tenho que colocar pomada, infelizmente, não sou eu.

* * *

Remy está treinando hoje da forma como o treinador acha que ele deveria ter lutado ontem.

Já nocauteou dois de seus sparrings e o treinador está irritado mais uma vez.

– Esses são sparrings, Tate. Se você tivesse parado de nocautear os caras e se divertisse e trabalhasse os seus movimentos, você ainda teria alguém com quem treinar hoje. Mas, agora, não há mais ninguém.

– Então pare de me arrumar essas bichonas, treinador – cospe Remy. – Mande o Riley aqui pra cima.

– Nem mesmo se ele fosse suicida. Eu preciso dele amanhã, e consciente.

– Ei, eu sei como ser sparring – digo a Riley, de onde assistíamos, a um canto do lado de fora do ringue.

A cabeça loura de Riley se vira para mim, e de repente ele parece impressionado.

– Você acaba de se oferecer pra subir lá com esse cara?

– Claro que sim. Eu posso mostrar a ele alguns movimentos que ele nunca viu – acabo de me gabar, mas francamente, só quero a oportunidade de chutar a bunda de Remington por ser esse idiota mulherengo que me faz fantasiar dia e noite. E por lamber o pacote de eletrólitos depois que eu lambi. Que xaveco mais babaca.

– Tudo bem, Rem, eu tenho uma coisa pra você – chama Riley, batendo palmas para chamar sua atenção. – E tenho certeza de que ele não vai nocautear este sparring, treinador – chama Lupe no outro canto, e sinaliza pra mim, rindo.

Remington me vê, e joga o protetor de cabeça no chão enquanto subo ao ringue, em meu agasalho preto apertado. Seus olhos me examinam, como sempre faz. Ele é tão homem, e não deixa de me checar cada vez que eu ando na direção dele. Mas quando me aproximo, seu brilho nos olhos é de diversão, e lentamente o sorriso aparece, o que só aumenta minha irritação.

Ele tem estado mal-humorado hoje, é o que posso dizer... E seus sparrings nocauteados também... Mas meu próprio mau humor deve bater com o dele. Nem mesmo o café melhorou as coisas, nesta manhã, e sei que isso aqui vai me fazer bem. Mesmo que eu perca, só quero mesmo brigar com alguém.

– Não fique rindo assim. Posso derrubá-lo com os pés – aviso.

– Isso aqui não é kick boxing. Ou você vai morder também?

Levanto minha perna no ar precisamente num movimento de kick boxing, que ele desvia muito levemente, e ergue uma sobrancelha.

Tento mais um, que ele desvia, e então percebo que ele está de pé no centro do ringue, enquanto eu estou basicamente circulando-o. Sei que não posso ter uma chance se me basear na força, mas meu plano é deixá-lo tonto e, em seguida, tentar derrubar pra ele baixar um pouco a bola. Riley chama aquilo que estou fazendo de "esquivas". O que é apenas ficar girando e girando em torno de seu oponente até que ele erre. Então giro um pouco e me esquivo, e ele está claramente entretido comigo, quando tento um soco de teste. Ele o pega facilmente com seu punho e então abaixa meu braço.

– Não – ele repreende suavemente, e enrola a mão ao redor da minha para mostrar como fechar os dedos de forma correta. – Quando você dá um soco, precisa alinhar seus dois ossos do braço, rádio e ulna, par a par com seu pulso. O pulso não pode estar frouxo, por isso mantenha-o perfeitamente reto. Agora comece com o braço dobrado em seu rosto, aperte os dedos, e quando der o soco, gire o braço de forma que o rádio, a ulna e o pulso pareçam uma única peça de osso quando bater. Experimente.

Eu tento, e ele aprova.

– Agora, use o outro braço pra se proteger.

Mantenho um braço dobrado para cobrir o meu rosto, e depois ataco novamente, e novamente, percebendo que ele está apenas se cobrindo, mas não contra-atacando.

Já a adrenalina corre inebriante no meu corpo, e eu não sei se é a luta simulada, ou aqueles olhos azuis tão fixos em mim, mas me sinto, de repente, eletricamente carregada.

– Mostre-me um movimento que eu não sei – digo sem fôlego, gostando disso mais do que eu esperava.

Ele estende a mão para os meus braços e dobra-os para proteger meu rosto com meus punhos.

– Tudo bem, vamos fazer um movimento um-dois. Sempre cubra o rosto com as mãos, e seu tronco com os braços, mesmo quando está atacando. Solte primeiro a esquerda – ele puxa meu braço em direção ao seu maxilar –, então você muda o equilíbrio em suas pernas pra que possa seguir com um soco potente com a mão direita. Você precisa de um bom trabalho de pés aqui. Obtenha a força do soco aqui embaixo – ele empurra um dedo no meu abdômen, arrastando a mão depois para o braço e para o meu punho – e envie essa força toda para os dedos.

Ele faz um golpe duplo simulado que é fluido e perfeito e que faz com que pequenas gotas de suor apareçam ao longo do meu decote, e então eu tento. Bato à esquerda, me abaixo, mudando de posição, e bato mais forte com a direita.

Seus olhos faíscam, deliciados.

– Tente de novo. Bata-me em um ponto diferente no seu segundo soco. – Ele fica na posição, com as mãos abertas para pegar meus golpes.

Seguindo as ordens, uso o primeiro braço para desferir um soco rápido para a mão esquerda, e ele facilmente pega meu golpe, então solto um soco do outro lado com a minha direita. Meus golpes são gostosamente exatos, mas acho que preciso colocar mais força.

– Soco duplo no seu lado esquerdo – fala Remy, e move sua mão para pegar meus golpes.

– À sua direita – ele diz, e no meu primeiro soco, acerto a mão aberta com o punho, puuuf! Então, decido surpreendê-lo e faço meu soco mais forte chegar ao seu abdômen, que se contrai automaticamente quando bato e envia uma dor surpreendente pelos meus dedos. Mas até mesmo Remy está surpreso de eu ter conseguido passar esse.

– Sou boa demais – ameaço quando me afasto, saltando sobre minhas panturrilhas como ele faz e, brincando, ponho minha língua para fora.

Ele nem percebe isso, porque está olhando para os saltos dos meus seios.

– Boa mesmo – diz ele, voltando na posição. Seus olhos escureceram de uma maneira que faz com que minhas entranhas cozinhem com o calor, e decido que este momento em que ele está distraído com meus filhinhos é melhor do que qualquer um.

Começo a gingar como aprendi na autodefesa. As pernas são a parte mais forte do corpo de uma mulher e, certamente, no de uma ex-velocista. Meu objetivo é atingir o tendão de Aquiles dele com o peito do meu pé, e derrubar tanto seu corpo quanto seu ego no chão.

Mas ele se move no instante em que dou o golpe, e acerto seu calçado. A dor sobe por meu tornozelo. Ele rapidamente me pega pelo braço e me endireita, as sobrancelhas se erguendo franzidas.

– O que foi isso?

Gemo.

– Você deveria cair.

Ele só olha para mim, com o rosto sem expressão por um momento.

– Você está brincando comigo, né?

– Eu já derrubei homens muito mais pesados do que você!

– Uma porra de uma árvore cai mais fácil do que Remy, Brooke – grita Riley.

– Bem, isso eu já vi – resmungo, e grito para ele: – Obrigada pelo aviso, Riley.

Xingando baixinho, Remy segura meu braço e me leva, saltando, até o canto, onde cai em uma cadeira e, como só há uma, me puxa para cima dele, para que possa ver o meu tornozelo.

– Você fodeu seu tornozelo, não foi? – pergunta, e é a primeira vez que eu realmente o ouço parecer tão... irritado comigo.

– Parece apenas que mandei de um jeito errado todo o meu peso ao meu tornozelo – admito a contragosto.

– Por que você me bateu? Está com raiva de mim?

Faço uma careta.

– E por que estaria?

Os olhos dele me observam de forma intrusiva, e ele parece assustadoramente solene e definitivamente irritado.

– Me diga você.

Abaixando a cabeça, me recuso a vomitar tudo que sinto para outra pessoa que não seja Melanie.

– Ei, dá pra conseguir um pouco de água aqui? – ele grita, com uma nota aguda de frustração em suas palavras. Riley traz um Gatorade e uma água sem gás e coloca as duas garrafas no chão, aos meus pés.

– Estamos finalizando – ele nos diz, e então, parecendo preocupado, me pergunta: – Você está bem, Brooke?

– Ótima. E me chame amanhã, por favor. Não vejo a hora de voltar ao ringue com este cara.

Riley dá uma risada, mas Remington apenas o olha de modo rápido. Seu peito está encharcado de suor e a cabeça escura está abaixada ao inspecionar meu tornozelo, os polegares pressionando ao redor do osso.

– Isso dói, Brooke?

Acho que ele está preocupado. A gentileza repentina com que fala comigo faz minha garganta doer, e não sei por quê. Acho que é como quando você cai e não se machuca, mas chora porque se sente humilhado. Mas eu já caí de um jeito muito pior na frente do mundo, e desejei não ter chorado naquela época, tão ferozmente como desejo não desabar na frente do homem mais forte do mundo.

Franzindo a testa em vez disso, me abaixo para tentar inspecionar meu tornozelo, mas ele não move sua mão e, de repente, vários de nossos dedos cercam meu tornozelo, e tudo que posso sentir são os seus polegares na minha pele.

– Você pesa uma tonelada – reclamo, como se fosse culpa dele o fato de eu ser uma idiota. – Se você pesasse um pouco menos, eu teria derrubado você. Eu até derrubei meu instrutor.

Ele olha para cima, franzindo o cenho.

– O que posso dizer?

– Que sente muito? Pra consolar o meu orgulho ferido?

Ele balança a cabeça, claramente ainda irritado, e eu sorrio, com ironia, me abaixando para pegar o Gatorade e desapertando a tampa.

Os olhos dele caem sobre meus lábios enquanto tomo um gole, e posso sentir, de repente, algo inconfundível em seu colo, logo abaixo de meu traseiro. O líquido gelado correndo na minha garganta me faz perceber que todo o resto do meu corpo está febrilmente quente, e ficando ainda mais quente.

– Posso pegar um pouco? – Sua voz está estranhamente rouca ao sinalizar para a minha bebida.

Quando concordo, ele pega a garrafa em uma mão e a inclina à boca, e meus hormônios descarregam tudo de uma vez com a visão de seus lábios pressionando contra o aro da garrafa.

Bem no local onde tinham estado os meus.

Sua garganta se move ao engolir, então ele abaixa a garrafa, os lábios agora úmidos e, quando entrega o Gatorade de volta para mim, nossos dedos se encostam. Um relâmpago corre para cima em minhas veias. E fico hipnotizada pela forma como as pupilas dele escureceram, e pela maneira como fica olhando em meus olhos, sem diversão na sua expressão. Quando automaticamente tento disfarçar meu nervosismo tomando outro gole, ele me olha com mais atenção, os lábios sem sorrir. Lindamente rosados. O corte no seu lábio ainda sarando. Aquele que desejo lamber. Uma fita de profundo desejo se desenrola dentro de mim. Isso dói. Estou sentada em seu colo, e percebo um braço poderoso em torno da minha cintura, e nunca estive tão perto. Perto o suficiente para tocá-lo, beijá-lo, enrolar todo o meu corpo ao redor do dele. De repente, sinto que estou morrendo e voando. Simplesmente não posso fingir mais que isso não é importante. Desejo esse homem. Eu o desejo tanto que nem consigo mais pensar direito. Esse desejo é importante. Muito importante.

Nunca me senti assim.

Sei que isso é loucura, que nunca vai acontecer, que nunca poderá acontecer, mas não posso evitar. Ele é como as Olimpíadas para mim, algo que nunca vou ter, mas que desejo com todo o meu ser. E detesto por completo a ideia de que seus braços estiveram envolvendo uma, talvez duas mulheres, há menos de 24 horas, quando eu quis que estivesse comigo.

Novamente agitada com essa lembrança, tento ficar de pé, com cuidado. Ele pega meu Gatorade e o coloca ao lado, depois pega duas toalhas de uma cesta e envolve uma delas no pescoço. Em seguida, enrola a outra no meu pescoço, me segurando pela cintura o tempo todo.

– Vou ajudar você, assim poderá pôr gelo nisso aí.

Ele me desce do ringue como se eu não pesasse mais do que uma nuvem, e então tenho que me apoiar nele, meu braço em volta de sua cintura estreita à medida que caminhamos para fora.

– Está tudo bem – eu continuo dizendo.

– Pare de discutir – diz ele.

No elevador, ele me mantém perto dele e sua cabeça se abaixa para mim, fazendo com que eu possa sentir sua respiração perto do meu rosto. Estou dolorosamente consciente do quanto ele é grande, em relação a mim, e dos seus cinco dedos abertos em volta da minha cintura, e do exato momento em que ele muda o nariz de posição e o deixa na parte de trás da minha orelha. Faz cócegas quando ele expira, e ele está tão perto que seus lábios iriam esfregar a parte de trás de minha orelha se falasse alguma coisa. Repentinamente ouço sua profunda inspiração, e os meus órgãos sexuais pulsam com tanta força que eu viraria e enterraria meu nariz em sua pele e sugaria todo o ar que pudesse em meus pulmões. Mas é claro que não faço isso.

Ele me leva ao meu quarto, e meu corpo está em um estado tal que meu cérebro não pode sequer encontrar um tema de conversa para nos livrar do silêncio tenso que nos acompanha.

– Ei, cara, pronto pra luta? – um membro uniformizado da equipe do hotel, que parece ser um fã, pergunta do outro lado do corredor.

Remington ergue o polegar para cima e dá um sorriso de covinhas antes de se virar para mim, pressionando o queixo em meus cabelos, bem na parte de trás da minha orelha.

– A chave – diz ele, em um sussurro gutural que provoca arrepios, apanhando-a e me levando para dentro.

Diane não está aqui, muito provavelmente ela está fazendo o jantar superluxo dele agora. Ele me coloca na beira da segunda cama de casal, que deve ter concluído ser a minha, porque Diane tem uma foto de seus dois filhos virada para a primeira cama, e então ele pega o balde de gelo.

– Vou pegar gelo.

– Está tudo bem, Remy, farei isso mais tarde...

A porta se fecha antes que eu possa terminar, então solto a respiração e me inclino para apalpar meu tornozelo e avaliar os danos que causei.

Ele deixa a porta destravada para que não tenha que bater, e fico rija quando ele retorna e a fecha. Abre a torneira do banheiro e então está de volta, parecendo enorme e imponente dentro do meu quarto de hotel quando deposita o balde no tapete.

Ajoelha-se aos meus pés, e a visão de seu corpo forte e de sua cabeça de cabelos negros inclinando-se para cuidar de mim me provoca um fluxo de desejo tão forte que olho para o balde de gelo e quero mergulhar a cabeça lá dentro.

Remy tira fora meu tênis e a meia e então segura minha perna suavemente pela panturrilha, enquanto enfia meu pé no gelo.

– Quando estiver melhor, vou mostrar como me derrubar – ele fala baixinho. Quando não consigo responder e me sinto completamente desfeita pelo seu toque, ele olha para cima e seus olhos estão suaves e íntimos. – Muito frio?

Apesar do resto de meu corpo estar qualquer coisa, menos frio, meus dedos começam a esfriar à medida que a água gelada os recobre.

– S-sim.

Remy afunda mais o pé, e todo meu corpo enrijece por causa da água gelada, e ele faz uma pausa no meio do caminho para baixo.

– Mais água?

Balanço a cabeça e forço o pé a descer o resto do caminho, pensando: *Sem sacrifícios, não há ganhos*. Meus pulmões param subitamente conforme meu corpo absorve o frio.

– Oh, merda.

Remy percebe a minha careta e puxa meu pé para fora, então me esfrega, achatando os meus pés gelados contra o seu estômago para me aquecer. Seu abdômen se aperta debaixo dos meus pés, e seus olhos se prendem nos meus de uma forma tão intensa que me vejo afogar.

Surtos de tensão me atravessam. Sua mão enorme e calejada e quente está curvada ao redor do peito do meu pé, mantendo-o no estômago tão firmemente que parece que ele queria que ficasse mesmo lá. Queria que minhas mãos fossem meus pés, sentindo a barriga de tanquinho sob meus dedos. Cada dobra se pressiona perfeitamente contra o arco do meu pé e meus dedos, a dormência desaparecendo por completo.

– Não sabia que você era um podólogo, Remy – digo, e não consigo entender por que pareço soar tão sem fôlego.

– É um fetiche meu.

Ele me dá um sorriso preguiçoso que me diz claramente que é tudo besteira, então enfia a mão no balde e pega um único cubo de gelo. Coloca-o de leve sobre meu tornozelo e desliza-o sobre a carne tenra, observando com cuidado o que faz. Minha reação é rápida e violenta, a consciência completa e total dele tomando todo o meu corpo.

Meu coração de repente ruge na minha cabeça. Deus, este homem é mais tátil do que eu. E como se para confirmar meus pensamentos, a mão que segurava meu pé no estômago muda um pouco, e ele esfrega o polegar ao longo do arco do meu pé, enquanto o cubo de gelo continua sendo esfregado na minha pele. Um formigueiro começa a se agitar no centro do meu estômago, e tenho medo de que em questão de minutos vá se apoderar de todo o meu corpo.

Minha voz treme, como todo o resto.

– Você faz as mãos também?

Ele olha para mim de novo, e meu coração dispara pelo efeito que os olhos azuis me provocam.

– Deixe-me cuidar de seu pé primeiro, depois eu cuido do resto de você.

Meu estômago aperta quando ele termina a frase com outro sorriso, este bastante lento. Todos os músculos de meu sexo começam a ondular enquanto o cubo de gelo continua a atiçar o fogo que está crescendo suavemente em minhas entranhas.

Estou hipnotizada enquanto ele observa o gelo sobre a minha pele branca e cremosa, o silêncio carregado de eletricidade. Impotente, arrasto os pés um pouco mais para seu estômago, sentindo o relevo de seu abdômen debaixo de mim. Ele olha para cima, e a intensidade penetrante em seus olhos me suga até que me vejo sem fôlego e me afogando.

– Sente-se melhor? – murmura Remy, erguendo as sobrancelhas escuras, e não consigo acreditar como a voz dele me afeta, como o seu toque me afeta, seu cheiro, como outro ser humano pode ter esse poder sobre mim. Não posso permitir.

Eu.

Não posso.

Permitir.

Lembro que, quando você deseja um homem, é você quem está no controle do que vai dar a ele. No controle sobre o que vai deixá-lo tomar. Mas não consigo bloquear as imagens de mim e dele juntos. De me ver arrancando as roupas dele e de vê-lo me esmagando contra o corpo dele. Imagens de seus lábios nos meus, de nós dois caindo de forma imprudente na cama juntos, dele pulsando através de mim. Ele me faz sentir com dezoito anos. Virginal e devassa. Só pensando em rapazes... Só que ele me faz pensar em apenas um. E é muito masculino. Muito homem. Mas um pouco brincalhão, como um menino.

Um menino grande e mau, que se divertiu com suas putinhas em sua mesa de café ontem à noite...

Essa súbita e brutal lembrança me esfria como um mergulho nas águas geladas do Alasca.

– Está perfeito agora, obrigada – digo, com a voz gelada como o gelo derretido ao passo que tento livrar meu pé de seu aperto.

Estou quase livrando o pé quando a porta se abre e Diane entra:

– Aí está você. Devo alimentá-lo agora para que você possa se recarregar pra amanhã!

Olhando para mim como se estivesse confuso com a minha mudança, Remington franze a testa um pouco quando joga o cubo de gelo no balde e se levanta, colocando meu pé de volta no tapete.

– Desculpe-me por seu tornozelo – diz enquanto se endireita, a expressão confusa e quase vulnerável. – Não se preocupe se não conseguir ir até a luta.

– Não. Não foi culpa sua. Eu vou ficar bem – respondo depressa.

– Vou pedir ao Pete que lhe arranje uma muleta.

– Eu vou ficar bem. Deixe as árvores em paz.

Ele para na entrada, em seguida olha para mim na beira da cama, com o rosto ilegível.

– Boa sorte, Remy – digo.

Ele me olha, depois para Diane, então passa a mão pelo cabelo e vai embora, parecendo de alguma forma... agitado.

Diane me encara com perplexidade completa.

– Cheguei na hora errada?

– Não – nego com a cabeça. – Você veio na hora exata, antes que eu bancasse a idiota completa.

Não que a tentativa de derrubar um homem como ele tivesse sido um movimento muito inteligente, para começo de conversa.

CINCO

DANÇANDO AO SOM DA MÚSICA

Pete me quer longe dos bastidores. Assim como o treinador e Riley.

– Ele precisa focar sua atenção, por isso vá pro seu lugar, você o está distraindo demais – Pete me diz. E embora ele seja aquele que considero o mais gentil entre os homens da equipe, Pete realmente parece frustrado hoje. Talvez porque seja seu aniversário de 32 anos e ele preferisse estar em outro lugar. – Tome, tome este ingresso e vá conhecer as meninas perto de você. Elas são legais e estão aqui conosco. Mais tarde teremos uma festa.

Minutos depois, descubro que as meninas se parecem tanto com candidatas a Miss Universo como aquele tipo de mulher que anda de biquíni precisamente em eventos como este. Mas o sorriso delas à minha aproximação do assento parece genuíno, e não posso deixar de notar como seus olhares observam minha curta saia preta com top brilhante de manga curta com um ar de aprovação.

– Oi, eu sou Friday e esta aqui é a Debbie – diz a ruiva que estava dançando em cima da mesa de café de Remington recentemente, e então sinaliza para a loira a seu lado.

– Oi, sou Brooke.

– Oh! Você é a garota que foi na suíte na outra noite – diz Friday.

– Não fui a lugar nenhum – respondo, irritada com o fato de que elas sabiam o que eu tinha feito. Quer dizer que Riley tinha contado que era eu? Que vergonha.

Friday se inclina e cochicha em meu ouvido:

– Eu acho que Remy quer transar com você.

Fiquei quase sem ar e me ajustei em meu lugar, e então a outra garota, Debbie, se inclina para mim também.

– Remy quer mesmo transar com você. Ele ficou tão duro quando você veio pra sala e falou com Riley. Eu senti isso quando estava no colo dele, foi mal ele ouvir a sua voz e *pá*, ficou com força total.

– Sério? Eu não precisava saber disso – grito, balançando a cabeça com um riso nervoso. Estou completamente vermelha agora, lutando com mil e uma emoções, tudo ao mesmo tempo.

– Eu até me ofereci pra cuidar disso – acrescenta Debbie –, mas ele me deu um "chega-pra-lá-que-estou-bem" e se mandou, dizendo que a gente podia ficar com os amigos dele. Foi pro quarto e se trancou lá dentro. Pete quer se certificar de que isso não volte a acontecer hoje à noite.

Olho para o meu colo e um enorme sentimento de posse que eu nunca soube que poderia experimentar me varre por completo.

– Por que ele tem que fazer sexo todas as noites? – pergunto, incapaz de esconder a minha indignação.

– Você está brincando? Ele é Remy. Ele costumava fazer isso de montão, todos os dias!

Com uma atitude de escárnio, agito minha mão e me viro para olhar para o ringue vazio, realmente sem vontade de pensar o quanto "disso" Remington costuma fazer. Mas o visual de seu belo corpo entrelaçado com o de outra pessoa deixa o aperto no estômago muito desconfortável, e se eu tivesse comido alguma coisa recentemente, correria o risco de ter que colocar para fora.

Dez minutos mais tarde, ouço o nome dele sendo berrado pelos alto-falantes:

– E agoraaaaa, senhoras e senhores, digam aloooouuu ao primeiro e único Remington Tate, o Arrebentadoooooooooooorrrrrr!

Um fluxo de sensações sobe por meu corpo enquanto ele vem trotando, e sinto imediatamente o calor líquido derramando-se em minha calcinha. Deus, como eu odeio todas as vezes durante o dia em que olho para ele desejando que seja meu. Quero tocar nele, conhecer esse homem.

Remy sobe no ringue com aquele roupão brilhante que contrasta completamente com sua masculinidade total, e no instante em que se despe diante da multidão, todo mundo grita. Assim como faz meu coração, quando o absorvo como se precisasse de minha dose. Seu cabelo negro está perfeitamente bagunçado hoje, os músculos bronzeados flexionando enquanto ele estende os braços e faz a sua voltinha. E aqui estou eu, minha respiração presa entre meus pulmões e meus lábios, quando ele se vira e dá uma olhada geral na multidão. Assim que me vê, seus olhos ganham vida e ficam tão vivos quanto eu quando ele sorri para mim. Ele sustenta o meu olhar quando as covinhas se mexem, e juro que olha para mim de uma forma que me faz sentir que sou a única mulher presente. Toda vez que ele está no ringue, está todo em seu personagem. E os seus olhos apenas... me tomam. Sei que não é verdade. Sei que estou vendo só o que eu quero ver.

Mas apenas por um segundo, só quero ficar sentada nesta cadeira idiota e acreditar que existe este tipo de magia entre duas pessoas e que eu posso ser a escolhida por esse homem sexy e primitivo que é tão forte, misterioso e divertido comigo. Ele me instiga como nada na minha vida jamais fez.

Não posso deixar de pensar que ele não teve relações sexuais com as garotas que Pete e Riley lhe trouxeram, e isso é tudo que penso quando o vejo detonar seu primeiro adversário, deleitando não só a mim, mas também às centenas de outras mulheres com o poder e a graça de seu corpo perfeitamente treinado.

Ofegante, vejo quando derrota o segundo e o terceiro, e sinto uma onda de orgulho toda vez que a palavra "vencedor" é ligada a seu nome. Ele trabalha tão duro, treina tão intensamente, e agora conheço os termos do boxe e posso ver com exatidão o que ele faz. Eu vejo seus golpes um-dois. Seus jabs. Seus ganchos. E de repente, com o braço esquerdo, ele bloqueia um soco vindo da mão direita de seu adversário. Em seguida enterra um gancho de esquerda nas costelas do oponente e segue com um cruzado de direita no queixo que derruba completamente o homem. O homem tenta se levantar, mas cai de novo, exausto e ensanguentado.

O público ruge seu nome por todo o ginásio:

– O Arrebeeeeeentadoooooorrrrrrr!

Meu Deus. Ele luta como um verdadeiro campeão, e merece ser o campeão no final de tudo isso. O coração bate com violência dentro de mim, e vejo quando o mestre de cerimônias se aproxima para levantar seu braço, e espero com uma estranha mistura de ansiedade e expectativa pelo momento em que ele é declarado vencedor, pois sei que neste instante o olhar dele vai procurar o meu, como tem feito em todas as lutas desde a primeira.

– Nosso vencedor, senhoras e senhores: o Arrebentadoooorrr!

No momento em que aqueles olhos azuis elétricos me procuram nas arquibancadas, meu coração pulsa com força em minhas têmporas, e minhas entranhas borbulham de emoção quando ele me vê. Ele olha direto nos meus olhos, e seus olhos são só meus, e seu sorriso é só meu, e por esta fração de um instante, nada mais importa além de nós.

Hoje à noite sinto muita falta de Melanie. Melanie, que teria gritado para ele ao meu lado e lhe contado tudo o que eu gostaria de dizer, mas sou covarde demais para falar em voz alta. Mas em minha mente eu a ouço, e queria que ela viesse me visitar, e então eu poderia gritar do jeito que ela faz, e contar a Remington Tate que ele é gostoso demais e que não posso mais suportar isso.

* * *

Subimos no carro mais de uma hora depois, e tanto Riley quanto Pete parecem estar indo em um carro separado, com Friday e Debbie, enquanto um motorista do hotel leva Remington e eu em um Lincoln preto. Não sei quem organizou isso dessa maneira, mas me disseram para esperar no carro preto e de repente ele desliza ao meu lado no banco de trás, e meu peito fica apertado de nervoso e de emoção porque ele tinha tomado banho depois da luta e vestia um jeans preto e uma camisa de abotoar preta com as mangas arregaçadas até os cotovelos, e o cheiro do seu sabonete provoca dores instantâneas em meus pulmões.

O assento é espaçoso, mas de alguma forma percebo Remington sentado perto de mim enquanto avançamos pelo tráfego. Ele está muito perto. Posso sentir o dorso da mão dele contra a minha. Talvez eu devesse tirar a mão, mas não faço isso. Ao contrário, olho para fora da janela do carro, para as luzes noturnas espalhadas pela cidade a caminho da boate, mas na verdade vejo sem enxergar. Meu corpo está focado na parte onde nossos corpos se tocam.

Por que ele está me tocando?

Acho que me observa, medindo minha reação, ao mexer seu polegar e passá-lo por cima do meu.

Quero tremer, fechar os olhos. Absorvê-lo. Não consigo esquecer o que as garotas me contaram, e aquela pequena vela de esperança que as duas acenderam para mim agora está ardendo feito uma tocha. Preciso saber. Se ele me quer mesmo. Será que é verdade?

Ele parece tão incrivelmente bonito que minhas entranhas vibram com renovada intensidade.

– Você gostou da luta? – pergunta Remy, em voz baixa e áspera enquanto estuda meu perfil nas sombras do carro, seus olhos brilhando intensamente.

Ele sempre me faz essa pergunta depois de um evento no Underground. Como se a minha opinião fosse importante.

– Não, não gostei – respondo e olho para ele, então sorrio quando ele franze a testa. – Você foi incrível! Adorei!

Ele ri, um som delicioso e masculino, então me assusta quando pega a minha mão em sua mão quente e a levanta. Minha respiração congela quando ele roça lentamente os lábios sobre meus dedos, e consigo sentir a maciez de sua boca carnuda até a deliciosa cicatriz em seu lábio inferior, que agora está quase completamente curado. Um pequeno zumbido percorre a minha corrente sanguínea enquanto seus olhos me prendem por todo o tempo que ele me roça. A maneira como olha através daqueles cílios pesados faz meus mamilos pulsarem.

– Bom. – Seu sopro é quente e úmido contra a minha pele, e quando ele abaixa a minha mão de volta para o banco do carro e lentamente desembaraça seus dedos dos meus, tenho que trazê-la de volta para o meu colo e segurá-la junto de minha outra mão, só porque de repente se formou um vazio para ela.

O clube que eles escolheram esta noite está bombando e com filas enormes de pessoas querendo entrar, mas no segundo em que Remington sai do carro, ele me transporta até o segurança, que imediatamente nos permite entrar onde Pete e Riley já esperam por nós, em uma sala privada na parte de trás.

– Pete está recebendo uma *lap dance* – diz Riley a Remington. – Você não se importa de lhe dar uma dessas como presente de aniversário?

Através da porta aberta, vemos uma mulher em um biquíni prateado brilhante se aproximando de Pete, que está sentado em um sofá, sorrindo ao vê-la chegar. Fico tão desconfortável com isso que acho que encolhi, porque de repente Riley olha para mim, as sobrancelhas atirando-se para cima.

– Você fica envergonhada com essas coisas, Brooke? – pergunta ele, divertido.

Meu coração para quando percebo que Remington também está olhando para mim. Ele perscruta atentamente nos meus olhos, então seu olhar desce para a minha boca, e volta para os olhos. Sua mão de repente envolve a minha e ele sussurra:

– Você quer assistir?

Balanço a cabeça dizendo que não, e ele me leva para o bar e a pista de dança. Há uma quantidade absurda de ruído e toda a pista de dança pulsa com a música e o calor ardente dos corpos dançantes.

– Oh! Eu amo essa música! – grito, ao detectar Debbie pulando no meio da pista, e ela me avista e chega para me puxar para o meio.

– Remy! – Friday o esmaga no meio da multidão, ao mesmo tempo que Debbie grita e me puxa firmemente junto ao seu corpo, agarrando meus quadris e começando a se agitar num movimento sexy. Eu rio e me viro com meus braços no ar, com "Scream", de Usher, enchendo o espaço com música. E então vejo Remington a apenas alguns passos de distância, elevando-se entre a multidão. Ele não está dançando. Na verdade, ele nem sequer está em movimento.

Ele está me observando, o seu sorriso no lugar, os olhos brilhando, e num repente ele me agarra e me bate contra o seu corpo, abaixando-se no nível do meu pescoço. Ele afasta o meu cabelo para o lado e pressiona seu corpo em minha coluna, me respirando tão forte que posso sentir sua profunda inspiração. Meu estômago se aperta em resposta, e sinto sua boca na minha nuca. Ele roça minha pele com os dentes e, em seguida, é sua língua que vem me lamber.

Meu corpo se eletrifica. Ele me atinge por trás e eu pego sua cabeça e a seguro para baixo, enquanto sigo o movimento de seus quadris, as pessoas dançando em torno de nós, o calor aumentando no ambiente. As mãos dele pegam os meus quadris, apertando-os ao mesmo passo que ele me puxa com mais força contra a frente de seu corpo, e minhas nádegas sentem o quanto ele está duro. Ele quer que eu sinta o quanto ele me deseja. Sua língua sobe do pescoço e chega atrás de minha orelha. Um arrepio me percorre quando ele espalma a mão na minha barriga e me vira para encará-lo.

Nossos olhos se encontram. Em espera. A música pulsa dentro de mim, o desejo por ele se torcendo em meu estômago, então envolvo meus braços em torno dele e empurro meu corpo, inclinando minha cabeça contra a dele.

Preciso conhecer seu gosto. Preciso ter a sensação dele. Ele não dormiu com essas putas. Sua ereção naquele dia tinha sido minha. Ele não olhou para uma mulher sequer a noite inteira. Nem na luta, e nem aqui. Ele não tem olhos para ninguém a não ser para mim.

E eu não tenho olhos para ninguém, para nada, a não ser para esse homem lindo de fazer cair o queixo que está diante de mim, que toca músicas para mim e que corre comigo e que põe gelo no meu machucado. Olhos azuis vidrados com a luxúria, os cílios escuros pesados me encarando nos olhos, na boca, então ele agarra o meu rosto, orelha a orelha, e me respira novamente, os olhos fechados enquanto fuça meu rosto com seu nariz.

– Você sabe o que está pedindo? – ele pergunta em meio a uma respiração áspera e rouca. – Sabe, Brooke?

Não posso responder, e ele agarra minha bunda e me puxa para ele, colocando sua boca quase, quase, na minha. Ele está me deixando louca. Maluca. Quero ter esse homem. Quero me permitir ter esse homem. Deslizo meus dedos pelo peito dele, pelos cabelos, tão sedosos sob meus dedos.

– Sim, sei. – Meu coração bate em meus ouvidos quando me ergo na ponta dos pés, puxando a cabeça dele para baixo, quando alguém esbarra em mim por trás. Tropeço para frente. Remington me pega com um braço e me leva protetoramente para seu lado.

– Ora, ora, se não é o Remy e sua nova bucetinha.

Minha cabeça gira e percebo quem me empurrou, e me toco que não foi um empurrão por acaso. Quatro homens se reúnem em torno de nós, e todos eles são enormes. Um tem uma tatuagem nojenta de um Scorpion preto na face direita, e ele é ainda maior do que os outros.

Remington olha para eles como se fossem tão significativos quanto um bando de moscas, e então coloca o braço em volta de mim e me leva para fora da pista de dança.

– Qual é o nome da sua namorada? Qual nome ela grita quando você fode ela, hã?

Remy está mudo quando me leva para o bar, mas seus dedos estão fechados com raiva em um punho na parte de trás de meu top enquanto ele me empurra para frente. Os homens marcham atrás de nós, mas Remington continua a ignorá-los. Ele me vira de costas e bloqueia a minha visão deles com a parede do peito.

– Volte para Riley e peça que ele a leve pro hotel – diz Remy em voz baixa.

Campainhas de alarme soam dentro da minha cabeça quando percebo que isso é mera provocação para colocar Remington em apuros. Estive com a equipe tempo suficiente para saber que uma briga fora do ringue pode colocar Remy na cadeia e fora da competição.

– Você não pode entrar em uma briga, Remy – eu o advirto, quando de repente o mais robusto dos quatro homens fala, erguendo a voz o suficiente para ser ouvido perfeitamente por cima da música.

– Estamos falando com você, seu merda.

– Eu ouvi, idiota, e não dou a mínima pro que você tem a dizer – responde Remington.

O amigo do grandão tenta dar um soco, mas Remington se abaixa rapidamente e o empurra para trás com força, o sujeito tropeça e cai. De repente, percebo a tática. Os amigos do cara de Scorpion vão bater em Remy e ele não vai ter escolha senão responder, esmurrar todos eles e ser expulso da liga e, possivelmente, atirado na cadeia, ao passo que o cara de Scorpion não terá feito "nada".

E se esse é o cara que Remy precisa bater na final, então vai gostar de ver seu oponente ser retirado do jogo. *Mas que babaca!*

Remy está ficando com muita raiva ao meu lado, agarrando um dos sujeitos pela camisa e falando devagar, enfurecido:

– Suma daqui ou vou cortar suas bolas e dar pra sua mãe comer!

Ele empurra o sujeito e depois pega os outros dois e os empurra do mesmo jeito, um com cada braço, ao mesmo tempo. Ele parece tão irritado que estou ficando mesmo bem preocupada. As veias aparecem nas mãos, braços, pescoço, e quando o terceiro homem se aproxima por trás, o cotovelo de Remington voa atrás do corpo e pousa perfeitamente no rosto do pobre homem.

– Desculpe, cara, foi mal – ele se desculpa, e o homem xinga baixinho e cobre o nariz sangrando.

Enquanto isso, vejo o cara com a tatuagem de Scorpion olhando com um sorriso.

– *Ah, não, você não vai fazer isso!*

A resposta estilo fugir-ou-lutar está no meu corpo por completo, agora. Meu cérebro vibra quando o sangue dispara quente e urgente através de meu organismo. Já o sinto alimentando os meus músculos, meu coração bombeando loucamente. Corro para o bar, avanço por cima do balcão, pego duas garrafas e volto para lançá-las na cabeça de dois dos imbecis. Eles desabam no chão ao mesmo tempo que os cacos de vidro se espalham.

Vou pegar outra garrafa e voltar correndo, indo para acertar o terceiro cara, quando noto como Remy olha para mim com um olhar de horror e um rosto que está progressivamente ficando escarlate. Ele pega a garrafa da minha mão, bate-a de volta no bar e em seguida me joga em suas costas como um saco de batata, avançando em meio à multidão para procurar Pete.

– Remington – reclamo, batendo nas costas dele com os punhos enquanto me contorço. Meus hormônios disparam quando percebo que uma de suas mãos está na minha bunda. Ouço quando ele sussurra alguma coisa para Pete e, finalmente, o sangue volta na direção correta quando ele me empurra para dentro do carro. A adrenalina bomba em mim. Nunca estive em uma luta. É uma sensação incrível. *Incrível.*

O nosso motorista do hotel desliza para trás do volante e voa pela cidade, e noto que Remington está respirando forte e depressa no banco de trás.

Como eu.

Nossos olhares se encontram nas sombras do carro, e seus olhos estão estranhamente escuros, seu rosto gravado com fúria incandescente.

– Que diabos você acha que estava fazendo? – ele explode.

Suas mãos estão fechadas em punhos sobre suas coxas, e por um momento penso que ele vai esmurrar a parte de trás do banco do carro. O olhar que ele tem é estranhamente cru e esquisito. Quase animal. Tipo... possessivo. E isso causa uma emoção um pouco estranha vibrando dentro de mim.

Eu estava pronta para beijá-lo. Minhas mãos estão apertadas no meu colo enquanto tento mantê-las paradas.

Mas, Deus, estou tão tensa, nem consigo pensar com o desejo que sinto ao olhar para ele. Sem pensar, e partida por dentro por causa do desejo doloroso de querer estar com ele. Seus dedos estão inquietos e só quero pegar sua mão e colocá-la ao redor de meus seios e implorar para que ele me toque.

– Estava salvando você e achei isso incrível! – respondo, e um novo fluxo de adrenalina me percorre com essa lembrança.

Remy parece emocionalmente muito abalado enquanto esfrega o rosto e apoia os cotovelos sobre os joelhos, inclinando-se para frente, esfregando a parte de trás de sua cabeça com as mãos que, agora noto, estão tremendo ferozmente. Ele também não respira direito.

– Pelo amor de Deus, porra, nunca, mas nunca mais faça isso de novo. JAMAIS. Se um deles colocar a mão em você, eu mato todos eles, e não vou dar um caralho se alguém estiver vendo!

Um tremor de excitação me atinge enquanto ele se recosta no banco e me olha com um desejo que é alucinante. Ele pega meu pulso e aperta tão forte, eu suspiro e ele olha para baixo e me libera.

– Falei sério. Nunca mais faça essa porra de novo.

– Claro que eu vou fazer isso de novo. Eu não vou deixar você ficar em apuros.

– Jesus, você é assim mesmo? – Ele estava mais agitado do que tudo que eu já tinha visto dele, esfrega o rosto e olha desolado para fora da janela, com o corpo tremendo de raiva. – Você é uma banana de dinamite, sabia disso?

Dou de ombros e concordo com a cabeça, sentindo-me tão excitada quanto ele.

Quando subimos de elevador, estamos sozinhos, mas ele fica de pé do lado oposto ao meu.

Está irritado. Excitado. Seus olhos olhando para tudo, exceto para mim. Ele estala os dedos e, em seguida, seu pescoço.

– Está tudo bem – digo, tocando suavemente em seu ombro, e ele endurece como se tivesse sido eletrocutado, olhando para a minha mão em seu ombro. Eu volto para meu canto, e ficamos nos olhando nos olhos. O ar entre nós quase troveja. Ele parece querer saltar sobre mim e se afastar, tudo de uma vez. Remy flexiona as mãos ao lado do corpo e suaviza a voz ao descermos o corredor para nossos quartos, mas ela ainda parece saturada e rouca de emoção.

– Eu sinto muito que você teve que ver esses idiotas – murmura.

É fácil de ver que Remy está tentando se acalmar ao passar a mão pelo cabelo espetado.

– Vou quebrar todos os ossos do Scorpion quando o encontrar e arrancar os malditos olhos dele.

Concordo com a cabeça para satisfazê-lo, porque acho que ele está mesmo sedento para usar de violência contra aqueles homens. Mas estou tão alerta que não sei o que farei sozinha em meu quarto. Não sei onde colocar as mãos, meus pensamentos, todo esse fluxo dentro de mim dando voltas e voltas e indo a lugar nenhum.

– Posso ficar em seu quarto até os caras voltarem? – peço.

Ele hesita, depois o vejo assentir e eu o sigo até a porta. Nós nos acomodamos no sofá da sala de estar e ele liga a tevê no primeiro canal que aparece.

– Quer beber alguma coisa?

– Não – respondo. – Eu nunca bebo um dia antes de voar ou eu fico duplamente desidratada.

Ele concorda e traz duas garrafas de água do bar. E senta-se bem ao meu lado.

Sua coxa acaba muito perto, consigo sentir seu músculo. Meu coração ainda bate feito louco. Eu me lembro do jeito que dançamos, e minha pele fica quente novamente.

– Por que você ficou em apuros quando era profissional? – pergunto.

– Por causa de uma briga como essa que você impediu.

Ele olha para a tevê, o queixo trabalhando, e eu olho impotente para o jogo de luz e sombra no rosto dele, hipnotizada. Ele estende o braço direito no sofá atrás de mim com uma calma enganadora, mas posso sentir a tensão que emana de seu corpo, e de repente sinto o meu coração acelerar em antecipação. Barulhos estranhos da tevê filtram-se em minha mente, e então percebo que o casal está se beijando na tela. Meu estômago aperta. Nunca vi esse filme antes, mas quando a música de fundo se inflama, sei que uma cena de sexo escaldante virá pela frente.

Um flash de tormento passa por seu olhar enquanto ele pega o controle remoto e desliga o aparelho, então joga o controle de lado e desce a mão na minha nuca. Ele curva seus dedos suavemente ao redor da parte de trás do meu pescoço, quentes e incrivelmente fortes, quatro dedos indo para um lado, o polegar para o outro, e então circunda o polegar com delicadeza sobre minha pele, virando-se para mim.

Esse toque me desperta de tal forma que me faz sentir como se estivesse bêbada, e fico incrivelmente trêmula.

– Por que você faria isso por mim? – sua voz é insuportavelmente íntima quando ele olha para mim nas sombras.

– Porque sim.

Nós dois estamos nos olhando tão intensamente quanto jamais fizemos, e estou absolutamente consciente de cada ponto de contato de nossos corpos. Sua coxa contra a minha. Sua mão na minha nuca, apertando de forma suave.

– Por quê? Alguém lhe disse que não posso cuidar de mim mesmo?

– Não.

Ele olha meus lábios, depois meus olhos, e então fecha os olhos lentamente e apoia sua testa na minha, e tudo que posso fazer é respirar Remy como se fosse uma drogada, minhas entranhas intoxicadas apenas com uma inalação. Nunca na minha vida tinha sentido um cheiro tão bom quanto o dele. Ele depois do banho. Ele suado. Apenas ele.

Sua respiração atinge meus ouvidos, e eu me vejo tocando sua boca com um dedo solitário. Seus lábios são cheios e firmes, e ao mesmo tempo sedosos e suaves. Sinto um rápido toque de umidade enquanto sua língua aparece para me lamber, e um estremecimento desce pela minha coluna. Ele geme e puxa todo o meu dedo em sua boca e fecha os olhos quando o suga.

– Remington... – sussurro.

– Querida, cheguei!

Nós nos separamos ao som de uma porta batendo e da voz sarcástica de Pete.

– Só queria ter certeza de que vocês dois tinham chegado bem. O Scorpion parece querer muito ver seu rabo de volta na cadeia.

As luzes se acendem e Remington deixa cair meu dedo como se fosse uma arma carregada, levanta-se e vai até a janela, e de forma audível está respirando depressa. Tanto quanto eu.

Fico instantaneamente de pé.

– É melhor eu ir.

Pete assiste à cena com um rosto impassível, e não diz nada enquanto corro pela sala para sair.

– Vou esperar por você aqui, Rem – diz Pete calmamente.

Remy não responde, mas me segue até meu quarto.

Sinto seu corpo quente em minhas costas enquanto deslizo a chave na ranhura da porta. Eu o ouço respirar atrás de mim, ainda um pouco irregular, contra o meu cabelo. Eu o desejo, mas agora consigo ver pela porta entreaberta a primeira das camas, e o pé de Diane está lá.

Meus mamilos são dois pontos duros empurrando contra o meu sutiã, minha calcinha encharcada de todas as noites querendo-o desesperadamente. Eu o desejo tanto que sinto um nó de necessidade e frustração em minha garganta, porque não posso tê-lo. Como as coisas vão mudar se não fizermos nada? Isso não pode dar certo. Não pode. Eu sou empregada dele e isso é apenas temporário, e uma transa com esse homem não é mais uma opção. Ou é? Eu gosto dele. Oh, Deus. Eu gosto dele. Muito. Demais.

– Boa noite – sussurro, forçando-me a olhar para o seu rosto bonito.

A violenta ternura em seus olhos se infiltra em todos os poros do meu corpo, e ele me pega e dá um beijo em meus lábios, rápido e seco, mas isso vai explodir uma riqueza de desejo dentro de mim, como aconteceu na primeira noite em que ele me beijou em Seattle, e Remy fala baixinho:

– Você está linda. – Depois, corre o polegar com desespero ao longo do meu maxilar, e inclina meu queixo para cima, beijando meus lábios, seca e rapidamente de novo. – Tão bonita que eu não conseguia tirar os olhos de você a noite toda.

E então ele se vai, e estou uma vez mais em meu quarto, ouvindo esse homem dizer que sou linda, que sou muito linda, e tremo como se estivesse nua e sozinha no meio de um furacão.

Me cubro com todos os cobertores da cama e coloco meu punho contra os lábios como se isso pudesse bloquear o beijo que ele deu neles, e, uma eternidade depois, eu me odeio porque ainda estou acordada e ainda tremendo.

Não sei o que vou fazer, porque quero torná-lo meu mais do que jamais desejei qualquer coisa.

Até mesmo mais do que as Olimpíadas.

SEIS

MIAMI NÃO É TÃO QUENTE

Estamos voando para Miami hoje.

O pessoal na parte da frente do avião está falando de Scorpion e da "quase luta fora do ringue" que rolou na noite anterior. Sento-me no assento de trás com ele, como parece estar se tornando o costume, e nós dois trouxemos nossos fones de ouvido. Ele está com seu iPod na mão e já procura as canções, enquanto eu procuro as minhas, sem muita certeza se a música que estou escolhendo será ouvida por mim ou por ele.

No carro a caminho do aeroporto, ele estende o braço e sussurra:

– Conserte meu pulso pra mim.

Ele tem o pulso mais grosso que já vi, e assim que começo a mexer, percebo que era uma desculpa para que eu o tocasse, porque o pulso parecia estar perfeitamente flexível, e isso faz minha xota se apertar quando me lembro. Será que ele quer sentir meu toque tanto quanto quero sentir o dele?

– Ponha uma música pra mim – ele fala baixo agora. Incrível como apenas um olhar dele faz meu coração pular.

Concordo com a cabeça, mas não sei muito bem o que colocar para tocar. Ele está pesquisando também, e vejo que também hesita.

Nenhum dos dois está mais sorrindo. Nenhum de nós tem sorrido desde ontem. Quando quase fizemos algo louco e... maravilhoso.

Ainda estou procurando por uma música quando ele me entrega seu iPod e eu conecto meus fones de ouvido para ouvir, e a música que começa é "High on You", do Survivor. Ela me leva de volta para sua primeira luta enquanto presto atenção na letra.

A canção toca no meu ouvido, parecendo alegre, otimista, divertida, me lembrando de como eu fiquei olhando ele lutar, e, mais tarde, como a multidão se concentrou ao nosso redor e como sua mão tocou a minha, e como nós nos sentimos eletrificados...

Estou me sentindo tão igualmente travessa e frustrada, e só quero ver o que ele vai fazer se eu fizer algo louco, então procuro uma música muito divertida, das antigas, que eu ouvi recentemente em um episódio de *Glee*, chamada "Anyway You Want It", do Journey, e passo a ele.

Ele começa a ouvir com um sorriso, e quando percebe que o coro está basicamente dizendo que ele pode conseguir "aquilo" do jeito que gostaria, levanta os olhos para mim. Há uma pergunta dentro daqueles olhos, e seu olhar salta sem parar entre os meus olhos e lábios, até descer e ficar em meus lábios. Eu passo a língua neles, e noto que os olhos crescem, como se aumentassem de tamanho.

– Rem – Pete chama lá da frente.

– Ele está com os fones de ouvido, não consegue ouvir – respondo. Eu conseguia ouvir porque a minha música já tinha acabado.

– Jesus, pare de provocar o cara, Brooke. Especialmente se você não for...

Uma risada me escapa, e Remy, alheio ao que Pete disse, parece profundamente absorvido comigo e com a música. Não sei o que significa seu olhar, mas ele mergulha sua cabeça mais perto.

– Manda outra – ordena, seus olhos azuis sombrios me olhando fixamente.

Hesito por um instante, mas por dentro estou borbulhando de desejo e malícia, então mando outra das antigas que parece apropriada, "All I Wanna Do Is Make Love To You", de Heart.

No momento em que o refrão começa, percebo que suas pupilas ficam amplamente dilatadas. Minha respiração falha, e percebo que, ao tocar essa música, estou basicamente implorando que o homem faça amor comigo, que ele diga que vai...

A ansiedade no olhar faminto no rosto de Remy me faz deslizar para trás no assento enorme, quando ele se inclina para frente. Seu olhar se detém no meu enquanto ele mergulha sua cabeça de cabelos escuros, seu olhar tão quente, que me galvaniza.

Ele desliza a mão em volta da minha cintura e me traz um pouco mais perto dele, inclinando a cabeça e apertando os lábios em meu ouvido. Acho que ele beijou minha orelha. Minhas terminações nervosas cantam quando ele pega seu iPod e coloca a música para mim. Ele toca "Iris" de novo, observando como cada batida rouba minha respiração novamente, e a letra me faz querer chorar.

Inundada pelo desejo, mantenho seu olhar enquanto a música toca, e seus olhos são tão ardentes e me consomem tanto quanto as palavras que estou ouvindo. Quando a música termina, ele retira os meus fones de ouvido e tira os dele, sua respiração escarpada e desigual ao se inclinar para mim e beijar minha orelha novamente.

– Você me quer? – pergunta, com uma voz gutural que faz os pelos de meu corpo ficarem em estado de alerta.

Concordo com a cabeça ferozmente contra sua cabeça, e suas mãos se apertam em torno de meus quadris. Ele abaixa a cabeça no meu pescoço e me cheira. Um tremor me invade subitamente, e sou tomada pela certeza súbita de que hoje à noite, hoje à noite após a primeira luta em Miami, Remington vai fazer amor comigo.

Pelo resto do voo, ele mantém o braço em volta dos meus ombros e me puxa para o seu lado, e continua fazendo preliminares sexuais em meu ouvido, o único lugar onde os outros não podem ver realmente o que ele está fazendo para mim. Ele puxa minha orelha com os dentes, lambe a curva dela, e se esquece totalmente de tocar músicas para mim. Enquanto estremeço desenfreadamente, molhada e me contorcendo, continuo olhando para os jeans, que quase estouram com a plenitude de sua ereção. O volume forçando o brim é tão impressionante que a minha mão começa a coçar, minha língua quer saboreá-lo, lambê-lo, minha xana desesperada de desejo.

Chegamos ao hotel cinco estrelas, e a combinação inebriante de expectativa e excitação com a qual vim lutando vai às alturas quando percebo que Remy reservou minha hospedagem na suíte presidencial de dois quartos com ele. Quando as chaves são entregues, todo mundo parece notar a mesma coisa.

– Espero sinceramente que você saiba onde está se metendo – diz Pete, em um sussurro preocupado, franzindo a testa de preocupação.

Os olhos de Diane estão quase cheios d'água quando ela me puxa de lado pelo saguão.

– Oh, Brooke, por favor, reconsidere dividir um quarto comigo de novo.

Riley vem e olha para mim com toda a abertura, dando um tapinha no meu ombro como se eu estivesse indo para a guerra.

– Ele está tentando o máximo que já vi por você, Brooke.

As atitudes deles não me confundem, de fato.

Sei que eles estão preocupados que isso acabe mal. Sou funcionária de Remington e apenas temporariamente, e ele tem uma má reputação, com toneladas de evidências por trás dele. Ele, obviamente, tem mau gênio e pode se revelar alguém bem difícil de aturar. Mas mesmo sendo assim tão forte, sei instintivamente que ele nunca irá me machucar, e nunca fez nada para demonstrar o contrário. O resto não importa agora. E não me interessa de maneira nenhuma. Eu quero esse homem. Com uma força que não senti em mais de seis anos. E vou atrás disso.

Talvez eu tenha um botão vermelho de autodestruição também?

O que me deixa nervosa a respeito do que vai acontecer me abala ao subirmos para nossos quartos para nos aprontarmos para a luta, e de uma hora para outra preciso tanto de Melanie que tiro meu telefone da bolsa e começo imediatamente e escrever para ela, porque já faz dois dias desde a última vez.

Brooke: Como tá minha amigaaaaaaaaaaaaaaaaaaa?

Melanie: Saudade! Mas te perdoo se me contar que jah comeu o bonitão sexy!

Brooke: Ooowwwnnn

Melanie: Quê? Já comeu?

Brooke: Mel...

Melanie: Que foi? Que foiiiiiiii?

Brooke: Acho que estou me apaixonando por ele

* * *

Ele destruiu Miami como um tsunami.

Estamos de volta de sua primeira luta, e eu ainda estou sem fôlego de alegria. Remy mal foi atingido de raspão por seus oponentes. Ele tinha uma sobrecarga de energia, seu corpo preciso e tão poderoso nem sequer teve que dar muitos socos para derrubar seus oponentes. Ele passou por cima de cada um deles como se estivesse em férias, e até o final da noite as pessoas gritavam de alegria e até mesmo o locutor estava fora do ar.

– Que esses pobres homens descansem em paz, porque esse cara sabe bater! E sabe arrebentar! Arrebentar suas cabeças, arrebentar você! O Arrebentador, senhoras e senhores!

Mesmo Riley estava tão animado lá de seu canto do ringue que escalou as costas do treinador e ergueu os punhos no ar, gritando a plenos pulmões. Enquanto isso, Pete parecia ter deixado para trás seu eu responsável em Atlanta, porque antes de sairmos do Underground, ele declarou:

– Devemos celebrar, porra!

Antes mesmo de Remington saber o que tinha acontecido, já havia uma multidão indo conosco para o hotel em doze carros diferentes. Portanto, agora estamos na suíte presidencial com o que parece mil estranhos, mas é claro, não é possível que haja tanta gente assim. E, na verdade, Pete diz que a maioria dessas pessoas já festejou com Remington, por isso eles são estranhos apenas para mim.

A multidão é tão grande, as pessoas estão até espalhadas no corredor, fazendo tanto barulho, que eu não posso deixar de pensar que é uma bênção que as outras duas enormes suítes presidenciais no último andar do hotel estejam vazias, ou então nós provavelmente estaríamos à procura de outro lugar para dormir esta noite.

Estou desapontada por não ter sido capaz de vê-lo depois que ele tomou banho e se trocou. Ele está cercado por admiradores e foi trazido para o hotel por um grupo de velhos amigos de Miami, que deixaram que ele guiasse a Ferrari que um deles comprou.

Agora, enquanto passo pelas pessoas amontoadas no que supostamente deveria ser a minha suíte e de Remy, me pergunto se eu deveria participar da folia e me jogar e ficar bêbada, quando aplausos irrompem pela entrada, e são seguidos por gritos inconfundíveis que apenas um homem que conheço poderia provocar. Ele entra na sala carregado nos ombros de quatro rapazes. Meu coração falha. Ele tem um grande sorriso no rosto, o arrogante Remy à décima potência, no alto de suas vitórias, e as mulheres gritam excitadas:

– Remy! Remyyyy!

– É isso aí, quem é o cara? – ele grita, e soca o punho no peito.

Eu rio, completamente absorvida por isso, encantada e hipnotizada por ele. A aura que emana faz com que ele brilhe como um sol. Se agora ele dissesse que pode voar, acho que todos nós acreditaríamos. Todos os presentes parecem magnetizados por ele, impotentes e gravitando para onde ele está. Ele me vê, e seu sorriso amolece e seus olhos acendem um olhar estranho, com fome, e de alguma forma brilhante.

– Brooke.

Ele pula dos braços dos rapazes e me chama, e a multidão se abre para que eu possa passar. Ele sorri para mim, e seus olhos azuis se prendem nos meus enquanto ele caminha lentamente para frente e me encontra no meio do caminho. Remy levanta-me em seus braços poderosos e me gira ao redor, e então me beija.

No instante em que toma meus lábios, fogos de artifício disparam no meu corpo.

Todo o desejo reprimido de dias e semanas soma-se a este momento em que tudo o que sou, e tudo o que eu quero, é reduzido a isso. Puxo a cabeça de Remington Tate para mais perto da minha enquanto abro a boca e deixo que ele dê tudo o que quiser, para *mim*.

Seu beijo gira meu estômago em um redemoinho selvagem. Ele me segura firmemente pelos quadris e move os lábios com habilidade, esfregando a língua na minha. Um estrondo vibra no fundo do seu abdômen quando me traz mais perto e me obriga a sentir sua ereção, ao mesmo tempo que inclina a cabeça e fode minha boca como se não houvesse amanhã.

Pessoas gritam alto nas proximidades e quando lhe dizem "Vai comer essa buceta!", Remy se afasta. Ele respira pelo nariz enquanto arrasta sua boca no meu ouvido, onde sussurra com voz quente e rouca:

– Você é minha hoje.

Um gemido febril me escapa. Ele colhe meu rosto naquelas mãos enormes que me fazem parecer frágil e pequena, e avidamente recaptura minha boca. Mas desta vez, mais lentamente, como se eu fosse valiosa e preciosa.

– Hoje você é minha.

Olha para o meu rosto, os olhos fervendo de desejo. Acho que concordei com a cabeça, mas estou muito instável para ter certeza. Uma febre escaldante se libera por meu corpo. Minhas pernas não vão parar de tremer enquanto todas as minhas células não gritarem de tesão, porque eu o quero agora. Eu o quero agora.

– Remy, eu quero você, me coma! – grita uma mulher, mas ele a ignora, ignora tudo. Menos eu.

Com olhos escurecidos, ele raspa os lados do meu rosto com as pontas de seus grandes polegares calejados, então espalha os dedos abertos sobre meus cabelos enquanto me beija de novo, nossas bocas quentes e úmidas ao mesmo tempo em que se misturam, sedentas e ansiosas. Aperto o cinza suave da camiseta dele em meus punhos, morrendo com as sensações. Não me importo com quem está assistindo, alheia às coisas pornográficas que estão falando. Eu não tinha percebido o quanto quero isso, preciso disso, até que esses arrepios começaram a ondular em mim, e me vejo em um fluxo sob sua boca insistente, o olhar dele que me faz sentir como se fosse a única mulher existente para ele.

– Leve ela pro seu quarto, Tate! – grita alguém. Mas ele parece absorto só em mim, e eu nele.

Segurando-me de forma protetora em seus braços fortes, ele escova meu cabelo para trás enquanto seus lábios se movem ao longo da curva nua do meu pescoço, os dedos deslizando para cima em minha nuca, e ele mais uma vez, como um mantra, fuça em meu ouvido e diz:

– Minha. Hoje à noite.

– Você também. – Seguro seu maxilar e procuro seu olhar escuro quando, subitamente, ele é agarrado por quatro homens que de modo rápido o balançam no ar mais uma vez.

– Remy, Remy! – eles cantam em uníssono. Risos me preenchem e bolhas de felicidade explodem dentro de meu peito. Estou feliz por mim. Por ele. Por esta noite.

Perto dali, Pete e Riley estão assistindo à cena com rostos tão sombrios e preocupados que até parece que estão enterrando alguém.

– Divirtam-se, caras! – digo, rindo, quando me aproximo. Muito possivelmente, meu avô devia se divertir muito mais que esses dois numa festa. Mas eles apenas balançam a cabeça e continuam bem tristes.

– Ele está ficando acelerado – Pete murmura para que, principalmente, Riley o ouça.

– Eu sei, cara. Merda.

– É. – Pete coça a cabeça. – Fui eu mesmo que instiguei essa festa?

– Prepare-se pra um pouso forçado – retorna Riley, e então ele desce o corredor, jogando a cabeça de um lado e de outro.

A confusão me atinge.

– O que há de errado? – pergunto a Pete.

– Nada. Ainda. – Ele olha para seu relógio, então para Remy enquanto volta ao bar. – Mas nada deve sair de uma forma de que ele não goste, ou então estaremos em apuros. Grandes apuros.

Olhando em volta, vejo que há apenas sorrisos e gargalhadas enquanto um rock louco sai do iPod de Remy pelos alto-falantes da suíte. De fato não sei com o que esses dois estão se preocupando. Todo mundo está se divertindo, e Remington trabalha tão duro quanto qualquer pessoa que eu já conheci. Ele merece se soltar. Sim, ele está um pouco agitado demais, mas para mim é óbvio que é resultado da luta que ele ganhou, e a isso se adicionou a mesma coisa que fez com que nós dois, Remington e eu, ficássemos nos contorcendo como cobras por semanas.

Durante todo o dia de hoje, quando viemos colocar a nossa mala em nossa suíte, e descemos para almoçar com a equipe, e ele se preparou antes da luta, a cada instante desses momentos nossos olhos ficaram buscando um ao outro de modo selvagem, e assim que se encontravam, as faíscas saltavam entre nós em arcos tão poderosos que a necessidade de estar com ele me corta como chicotadas. Mesmo durante a luta, quando ele se virou para olhar para mim antes de começar, seus olhos azuis ferviam com um apetite feroz para me ter. Sei que ele sente a mesma fome que sinto agora, enquanto espero, febril, em antecipação por esta noite. Meu corpo se agita na excitação, e depois de uma luta incrível, sei que Remington está zumbindo como um louco. Ele está todo excitado. Bolado e preparado.

Sua energia é tão poderosa hoje à noite que ele realmente suga cada célula e átomo do meu corpo, me banhando na pura consciência feminina de sua masculinidade quente.

Agora vejo como ele derrama algumas doses de tequila por trás do bar, e uma loira impressionante ao seu lado espreme suco de limão em seu decote e adiciona um pouco de sal, apertando em seguida um copo entre seus peitos bem espremidos. Ela puxa o pulso de Remy para que ele venha buscá-lo, e o ciúme aperta todos os meus músculos internos, que apenas se soltam quando Remy agarra o homem mais próximo e empurra o rosto dele em seus seios, rindo alto e viril e pegando os dois copos que ele tinha servido e começando a voltar para mim.

Seus olhos prendem os meus, e ficam escuros e selvagens. Tão escuros e selvagens como a agitação nas minhas entranhas. Ele não parece querer festejar com ninguém além de mim, e esse reconhecimento me atinge nos joelhos. Entre as minhas coxas, fico mais sensível, molhada e inchada.

Ele carrega um saleiro e limões em uma de suas mãos.

– Venha aqui – diz ele, áspero, mas suave, enquanto coloca os dois copos num console perto da entrada. Ele coloca a fatia de limão entre os lábios, e dobra a cabeça para passá-lo para mim. Abro a boca e o suco de limão derrama-se em mim, da boca dele, então ele joga fora o limão e enfia a língua na minha boca. Ele geme, nós dois gememos, enquanto relaxamos e nos beijamos, lambendo um ao outro, até que ele geme mais uma vez e dá um passo atrás para entregar o meu copo.

Nunca fiquei bêbada com ninguém, e subitamente fico feliz por ser com ele. Uma alegria imprudente corre pelas minhas veias. Sinto-me travessa e impulsiva, fazendo tudo o que nunca fiz. Tomando o copo entre os meus dedos, bebo o líquido e sinto que ele queima em minha garganta, e quando ele me dá o limão de novo, estou absolutamente louca de excitação.

Repetindo a mesma coisa que ele fez, prendo a fatia de limão na minha boca e ele se abaixa e chupa o suco de limão de mim. Um gemido escapa-me quando ele joga o limão longe e o substitui por sua língua. O tesão me rasga, e meus braços vão ao redor de seu pescoço.

O copo vazio bate no chão ao mesmo tempo que ele agarra minha bunda, me leva até o console, desliza entre minhas pernas, e enfia a língua na minha boca.

Ele empurra seus quadris e sua dureza contra mim, o desespero em movimento atirando relâmpagos por todo o meu corpo.

– Você cheira tão bem... – Ele roça meu ouvido. Suas mãos se apertam nas minhas coxas enquanto ele se esfrega todo rígido contra mim. Sua boca sobe até minhas têmporas, depois até meu queixo, e seus lábios descem rápidos e febris sobre os meus.

– Eu quero você agora. Não posso esperar pra me livrar dessas pessoas. Como você gostaria, Brooke? Forte? Rápido?

– De qualquer maneira que você quiser – murmuro, intoxicada com a sensação de seus braços, de sua boca e do roçar, através de nossas roupas, de seu sexo contra o meu sexo. Acho que as minhas palavras o fazem se lembrar da música que toquei para ele, porque geme e abaixa a cabeça para mordiscar levemente meu lábio inferior.

– Espere aqui, espoleta – ele diz, e abre caminho para o bar.

Tomamos uma segunda rodada de tequila, e ele vai depois buscar uma terceira e uma quarta rodadas, e estou definitivamente tonta na quarta. Eu nunca tinha enchido a cara antes, e não acho que o meu organismo esteja equipado para lidar com isso. Minha cabeça gira quando o vejo ir buscar a quinta rodada com um sorriso tonto. Alguns dos homens mais uma vez o agarram e o atiram para o ar, gritando: "Quem é o cara? Quem é o cara?".

– Podem apostar que sou eu, seus filhos da puta!

Eles o colocam de pé perto do bar, e então começam a gritar, empurrando um enorme copo de cerveja para ele, gritando com cadência, e com os punhos batendo no granito: "Re-ming-ton! Re-ming-ton! Re-ming-ton!"

– Calma aí, rapazes – diz Pete ao se aproximar, tentando acalmar as coisas.

– Quem diabos é esse nerd? – diz um cara barbudo, e Remy o agarra e o empurra contra a parede tão facilmente como se ele não pesasse mais que um bebê prematuro.

– Ele é meu irmão, sapo. Mostre respeito, caralho!

– Calma, cara, eu estava apenas perguntando!

Remy deixa-o cair no chão e volta para encher nossos copos de tequila.

Sei que ele vai voltar com mais doses, mas as pessoas continuam a detê-lo, e meu estômago está fazendo barulho. Não consigo sentir a minha língua, e tenho certeza de que preciso vomitar.

Cobrindo minha boca, corro para o banheiro do menor porém mais próximo quarto, e ignoro o casal transando na cama. Disparo mesmo para o banheiro, bato e tranco a porta, e depois caio ao lado do vaso sanitário, seguro o meu cabelo e mal consigo levantar a tampa quando coloco minhas tripas para fora.

Cinco minutos mais tarde, ainda estou nele, ofegante, quando começo a ter um surto de piedade de mim mesma. Ali mesmo no banheiro.

Deus. Meu estômago. Meu pobre fígado. Pobre de mim. Estou tão feliz comigo mesma por ter feito trilhas na adolescência em vez de beber essa coisa que mata você. Não consigo acreditar que a Melanie gosta de fazer isso. Gemo miseravelmente enquanto a náusea volta à minha garganta. Penduro minha cabeça no vaso sanitário mais uma vez e em convulsão tudo sai rasgando de dentro mim.

Quando acho que acabou, tudo é um borrão e eu ainda estou tonta. Lavo a boca e procuro minhas vitaminas nas coisas que tinha deixado neste banheiro caso preferisse não dividir o banheiro com Remington, o que parece ser um grande plano agora que eu posso passar a noite toda vomitando. Pego um complexo B de cor vermelha e um mix de vitaminas C e engulo, e penso que deveria começar a me hidratar, mas sinto preguiça de ter que ir buscar um copo de água, então em vez disso puxo a descarga uma terceira vez, fecho a tampa e deito minha cabeça nela, para o caso de ficar enjoada novamente. Pego o telefone e mando um SMS para Mel:

> *Estou uma merda! @ bêbada que nem gambba! Mas vou ffoder o remy se sobreviver a tequila!*

Então acho que apaguei.

Quando acordo, minha cabeça pulsa e o barulho lá fora na suíte presidencial é ensurdecedor. Tenho o bom senso de lavar minha boca, acalmar os emaranhados no meu cabelo e lavar minhas mãos. Espio dentro do quarto e os amantes se foram, então vou para a sala em direção ao barulho. Não. Barulho não. Pandemônio.

Pisco algumas vezes, com os olhos incrédulos, para tentar absorver a cena que está diante de mim. Não sei o que aconteceu, mas alguma coisa definitivamente aconteceu. Penas de travesseiros rasgados estão espalhadas por todos os lugares. Cacos de vidro estouram sob meus pés enquanto caminho. As pessoas estão se empurrando umas contra as outras, bêbadas e em pânico, na tentativa de salvar-se de alguma coisa. Então eu o vejo.

Remington "Arrebentador" Tate, o homem mais sexy do mundo, está jogando longe tudo o que está em seu caminho, e berrando a plenos pulmões:

– Que porra vocês disseram a ela sobre mim? Onde caralhos ela está? – enquanto Pete, sem paletó e sem gravata, está desesperado para acalmá-lo. Remy atira um decantador de cristal contra a parede, que estilhaça com um ruído fantástico, e as pessoas gritam de medo e riem, ao mesmo tempo que Riley está ocupado, mandando-as para fora da suíte pelas portas abertas.

Minha embriaguez instantaneamente desaparece, ou pelo menos cai cerca de cinquenta por cento, e com o choque estou quase totalmente sóbria. Entro em ação e começo a empurrar todos os corpos que entram em contato comigo porta afora.

– Fora, fora, fora! – grito como uma alma penada.

Remy ouve a minha voz, se vira e me vê. Seus olhos brilham com algo selvagem quando larga atrás de si o abajur que tem na mão, que bate no chão com uma grande explosão de vidro, e começa a caminhar na minha direção. Mas Pete o pega no caminho, puxando desesperadamente seu braço.

– Viu, cara? Ela assinou um contrato, lembra-se? Você não precisa destruir o hotel, cara. – Quando Remington olha nos meus olhos com uma expressão de dor pura, Pete enfia algo em seu pescoço, e as pálpebras de Remy vibram.

Sua cabeça despenca para frente, e eu congelo de horror completo. Nuvens de confusão impedem qualquer pensamento racional quando tento processar o fato de que Pete, o suave Pete, acaba de dar uma injeção na jugular de Remy.

Riley continua empurrando as pessoas para fora do quarto enquanto Remy despenca para baixo e Pete se esforça para sustentá-lo contra a parede mais próxima. Quando conseguimos fazer a última pessoa sair, Riley passa um dos braços de Remy em torno de seu pescoço, enquanto o outro fica com Pete. Os pés de Remy se arrastam debaixo de seu corpo quando os dois começam a puxá-lo para o quarto principal. Ao ouvir sua bela voz masculina, percebo que ele não só parece bêbado agora, mas superdrogado, seu timbre baixo e quase inteligível.

– Não deixa ela ver.

– Não vamos deixar, Remy.

A cabeça dele pende para frente, como se ele não tivesse forças para suportá-la.

– Não deixe que ela veja.

– Sim, cara, entendi.

Um pavor gelado se espalha por minhas entranhas enquanto ando como uma sonâmbula, aturdida, e o sigo até a porta. Fico ali na entrada, dividida entre ir atrás dele e a minha confusão total sobre o que está acontecendo, mais o meu TOC, que exige que comece a limpar essa bagunça, e também as doses de tequila, que me fazem sentir como uma idiota.

– O que há de errado com ele? – pergunto a Pete quando os dois saem do quarto. Riley vai direto ao telefone.

– Ele está bem, apenas um pouco acabado. – Pete segura o trinco e fecha a porta.

E de repente fico preocupada e seguro o braço de Pete como uma tábua de salvação.

– Não me venha com essa merda. O que ele não quer que eu veja?

Minha voz está tremendo, mas estou tão assustada e bêbada e sexualmente frustrada, que acho que se ele não me responder vou entrar lá e esmagar o que ainda sobrou intacto em Remington.

Pete hesita, e depois tira o braço das garras da morte nas quais o prendi.

– Ele não quer que você o veja.

Fico atordoada e sem palavras, mas a minha necessidade de me certificar de que Remy está bem é avassaladora e ainda tento entrar, mas Pete rapidamente me puxa de lado.

– Veja, ele tem estado acelerado desde que você chegou, e esse tipo de coisa acontece depois dessa aceleração toda. Tudo o que ele precisa é de algum tipo de contato físico pra fazê-lo se sentir bem, tirá-lo desse estado, e logo ele fica melhor. Sabíamos que estava chegando, era apenas uma questão de dias. Isso sempre começa quando ele não consegue se acabar no ringue. E o fato de que ficou arfando atrás de você como um cachorro no cio não ajudou, Brooke.

– E quem deu o direito a você de ficar injetando essas coisas na veia dele, Pete? – exijo, cambaleando em fúria em nome de Remington.

– Ele mesmo. E milhares de quartos de hotel destruídos, Brooke. Já estou com ele há dez anos, e Riley idem. Ele é o cara de mais alta manutenção que você vai conhecer na vida.

Riley caminha até nós com uma expressão vazia.

– Já estão a caminho.

– São quantas? – pergunta Pete.

– Três. Novidades. Pra ver se isso vai estimular o apetite teimoso dele.

Quando percebo do que eles estão falando, imediatamente quero socar os dois.

– Três novas o quê? *Putas?*

Com um novo vislumbre de preocupação, Pete dá um tapinha no meu ombro como para me apaziguar.

– Este é o protocolo padrão, certo? São mulheres limpas e muito caras. Ele nem se importa quem são. A gente não deveria ter deixado ele passar tanto tempo sem transar, especialmente com você por perto. Desculpe ser tão explícito, mas temos que corrigir esse problema agora, e ele não vai conseguir lutar desse jeito amanhã. Vai ser um milagre se ele sair da cama.

Algo sombrio e doente se agitou dentro de mim, prendendo-se violentamente em meu peito.

– Eu não quero essas mulheres aqui – digo a ele, numa calma enganosa.

Talvez eu não tenha uma palavra a dizer sobre o assunto, mas lembro-me do beijo de Remy nesta noite, o toque suave de suas mãos. Suas palavras. *Hoje você é minha.*

A imagem vívida de seu corpo entrelaçado com o de outra mulher me faz desejar voltar ao banheiro e vomitar de novo. Estou um pouco bêbada, ou então de ressaca. Não sei. Mas meu coração dói e meu estômago se agita com o simples pensamento de alguém tocando-o. E de repente preciso cobrir minha boca e correr para o banheiro novamente, para valer.

Passei os dez minutos seguintes lá, depois lavei a boca de novo, limpei tudo e saí de volta para a sala no momento em que as malditas prostitutas chegavam. Riley parecia ter descido ao saguão para buscá-las – afinal, nenhum hotel respeitável iria permitir que essas mulheres subissem sozinhas –, e quando Pete abre a porta para elas, que entram com seus perfumes fedidos e bijuterias brilhantes, eu engasgo, me sinto enjoada e tonta outra vez.

Elas são lindas demais, e percebo horrorizada que talvez eu seja do tipo de bêbado que começa a gritar com as pessoas e depois a chorar, porque sinto vontade de fazer as duas coisas. Estou tão furiosa que vou à frente e detenho as mulheres apenas com dois passos para dentro da sala, e as três param quando veem meu cabelo desgrenhado e meu olhar zangado.

– Nós não precisamos mais dos seus serviços, senhoras. Sinto muito por seu tempo, e aqui está pra cobrir as despesas com o táxi.

Agarrando cem dólares da carteira do Riley, que era o mais próximo e também o idiota que teve a ousadia de chamá-las, empurro as mulheres para o corredor e bato a porta na cara delas. Então me viro, uma carranca mordendo meu rosto:

– Esta é a última vez que você chama vagabundas quando ele está assim – digo, colocando um dedo ameaçador na cara dele, meu coração batendo em pura raiva e proteção. – Sei que não estou em condições de tomar decisões aqui, mas nem ele está. Ele não quer essas mulheres! – e choro.

Os homens, ambos completamente sóbrios e sempre bem arrumados em seus trajes de "guarda-costas", de terno e gravata – exceto Pete, que perdeu a forma hoje –, ficam apenas me olhando em total confusão, fazendo-me sentir como se eu tivesse enlouquecido.

Bem?

Enlouqueci?

Não tenho certeza. Mas meu peito dói por causa do homem no quarto principal e meus seios sobem e descem por causa de minha respiração rápida, enquanto luto para ficar de pé. Eu sei o que esses caras estão pensando. Eu sei que eles querem saber por que diabos não deixei as mulheres entrarem. Eles pensam que eu quero foder Remington, e que eu penso que ele realmente me quer. Pode ser que eu pense isso. Quero desesperadamente pensar que sim. Não quero só transar com ele, mas tenho também sentimentos complicados e profundos por esse cara.

Mas o pensamento de outra mulher tocando-o me dá vontade de cuspir fogo. Não interessa que ele não seja meu. O que me importa é que agora Pete injetou alguma coisa nas veias dele, seu corpo maravilhoso está em modo de espera e seu cérebro está apagado. Se eu puder deter esse pesadelo, farei isso, e acabo de já fazer algo.

– Não estou bêbada agora – atesto para os homens porque eles continuam olhando para mim.

Ambos suspiram.

– Vou pra cama, para o caso dele começar de novo quando a coisa desaparecer – diz Riley, e vai em direção à porta.

– Não entre lá – me adverte Pete, apontando para o dormitório principal. – Durma no outro quarto. Ele provavelmente não vai se lembrar de nada do que você disser agora, e se o que demos a ele desaparecer muito cedo, ele pode ficar mais difícil do que você pode imaginar.

– Tudo bem – minto, e vou para o quarto menor para vestir o pijama, mas não posso deixar as coisas assim. Somente Remy e eu estamos na suíte, e quando a porta se fecha atrás de Pete, sei que estamos sozinhos.

Abrindo meu caminho através do campo minado de cacos de vidro, e deixando de lado a compulsão para limpar tudo, vou para o quarto principal. Minha pulsação é um tambor frenético batendo em minhas têmporas quando vejo a cena. As cortinas estão parcialmente abertas, e sinto uma onda de sentimento de posse e de proteção tomar conta do meu corpo quando vejo sua forma na cama, fracamente iluminada pelos brilhos da cidade. Digo a mim mesma que só quero ter certeza de que ele está bem. Mas estou tão ligada e preocupada que temo que vê-lo não vai ser suficiente, e vou precisar procurar a pulsação dele, ou coisa assim.

Entrando silenciosamente, prendo a respiração, e com todo o cuidado para não fazer barulho, fecho a porta atrás de mim.

Tiro os sapatos e me aproximo com passos leves, enquanto minha visão se ajusta às sombras. Ele está de bruços sobre a cama, e quando geme meu coração vai à loucura, de dor. Ouço o farfalhar do lençol e o ranger do colchão quando ele se mexe e sou tão louca por esse homem que poderia comê-lo com uma colher e fazer um monte de outras coisas que nunca quis fazer com mais ninguém.

Minha barriga dói quando me lembro dele dizendo a Pete e a Riley que eu não devia vê-lo assim. Será que ele se preocupa com o que penso dele? Quero mesmo contar pra ele que ele é ainda "tudo isso" para mim. Quero dizer uma porção de coisas bonitas. Como ele luta bem. Que eu o acho a coisa mais sexy que já vi. Que me faz andar nas nuvens com seu beijo. Eu sei que eu também precisava ouvir todas essas coisas quando meu mundo desabou, meu corpo quebrou e meu espírito cedeu, e Mel segurou minha mão e me disse que eu ainda era a número um. Quero que Remy saiba que eu também vou segurar um pôster com orgulho dizendo que sou sua fã número um. Mas não consigo falar com essa bola de emoção na minha garganta. Estou sendo roída pela preocupação de vê-lo desse jeito. E o meu fígado não está lidando muito bem com tudo, então estou experimentando mil emoções com as quais nem sei como lidar agora. Acho que só quero acariciá-lo e abraçá-lo, mas tenho medo de que ele vá me expulsar se souber que estou aqui.

Eu me inclino mais, nervosa, e coloco a mão em seu ombro. O calor de sua pele lisa escoa em mim conforme sigo para a sua orelha e beijo suavemente seu lóbulo, como ele fez comigo no avião.

O cheiro de xampu e o cheiro natural que ele emana, que me deixa louca de tesão, escoa para dentro de mim e não posso evitar deslizar os dedos pelas costas, sobre a curva em volta de suas nádegas. Ele é tão bonito, meu corpo chora de vontade de conhecer o dele.

Entendo esse protocolo de fazer "esgotar" essa energia extra. Os atletas competem melhor depois de fazerem sexo e isso foi comprovado em muitos casos. Estas semanas com ele têm sido intensas para mim também, e cada dia me sinto mais desesperada e desequilibrada pela dor da negação do sexo.

Levemente, e cheia de arrependimento por nossa noite perdida, toco a curva de suas costas e tremo ao contato de sua pele quente, sedosa e macia, deslizando sob meus dedos. Minha xota se aperta com pura vontade, e uma parte egoísta de mim quer desesperadamente que ele abra os olhos, me veja e me puxe para seus braços até que os dois fiquem exaustos e sem fôlego por causa do que está se acumulando.

Mas outra parte de mim teme que ele vá me mandar embora.

Há uma alta probabilidade de que ele faça isso. Nem mesmo sei por que ainda estou aqui quando fui tão claramente avisada para ficar longe. Talvez eu seja mais fraca do que Remy. Talvez eu seja louca. Só quero estar ao lado dele hoje. Ele está sedado, enorme e indefeso agora, e eu sei que ele nunca iria me machucar.

O mais silenciosamente possível, vou para a borda da cama e me deito ao lado dele. De repente, ele geme baixinho e rola para ficar de costas, e prendo a respiração quando todo seu belo corpo musculoso é exposto para mim. Minha respiração some.

Sua nudez ao luar me enche de água na boca, e fico úmida no meio das pernas, pernas que parecem feitas de algodão. Posso ver cada músculo de seu corpo, ver onde cada um se liga ao outro, e como sua pele se aperta perfeitamente em cada centímetro. Poderia delinear cada músculo com um lápis. Ele é tão perfeitamente viril, estou extremamente quente e encharcada entre as minhas pernas, e desesperada para sentir seus lábios nos meus, sua língua na minha.

Quero que ele acorde para eu poder dizer que o quero dentro de minha boca, dentro de mim. Quero arrancar as minhas roupas e colar cada centímetro de minha pele na dele. Quero abaixar e tocar e beijar bem ali, onde ele é tão grande e duro como o resto do corpo. Bem ali, onde ele é muito... homem.

Rapidamente, permito que meus olhos o acariciem, por toda a extensão das pernas, pelos quadris estreitos, o belo pau, tão grosso e comprido e aveludado... Subindo pela sexy tatuagem de estrela que eu ainda não tinha visto, subindo pela barriga de tanquinho, o peito rijo, o pescoço grosso e poderoso, e seu rosto tão bonito.

Os olhos estão fechados, os cílios como duas luas escuras contra as maçãs do rosto, o queixo quadrado perfeito, como todo o resto. Passo um dedo pela barba crescida ali.

– Você é tão lindo, Remy.

Ele geme e vira o rosto ao toque, e eu passo meu braço em volta de sua cintura e cubro nós dois, ouvindo sua respiração, seu enorme peito subindo e descendo enquanto aperto meu corpo contra o dele para me aquecer.

Devo ter caído em sono profundo. No momento em que o despertador do telefone celular toca às cinco da manhã, nenhum de nós ouve, e já são dez horas quando Riley vem nos acordar, batendo palmas e rindo para tirar nossas bundas preguiçosas da cama, porque Remy deveria ir ao ginásio hoje.

Riley demonstra estar mesmo encantado, porque parecia que eu tinha "dormido" com Remy. Ele provavelmente estava ansioso para que o lutador "gastasse" o que quer que fosse, fosse com aquelas prostitutas ou comigo.

E ele perde por completo a visão de nós dois quando ficamos sentados, assim que ele sai do quarto. Remington não parece nada grogue no instante em que me nota do lado oposto da cama. Acho que o meu cabelo está bagunçado e devo parecer amassada em cada centímetro do corpo, que é como me sinto, mas não posso deixar de notar seu belo corpo totalmente nu, a coisa mais incrível que já vi à luz do dia.

Ficamos nos observando durante vários batimentos cardíacos.

Batidas que sinto onde cada beijo que ele me deu na noite passada está gravado, na carne de meus lábios.

A luz do sol jorra pelo quarto, e a cama está desfeita, e nós dois sobre ela, e nossos olhos correndo para cima e para baixo.

Uma vontade desesperada de saltar para cima dele me percorre, e noto o alerta primitivo que se instala em seus olhos enquanto ele calmamente me avalia de cima para baixo, meu corpo tremendo de luxúria dentro de uma velha camiseta da Disney World, cortesia de uma das viagens anuais para "manter a juventude" de Melanie.

Seus olhos parecem tão escuros esta manhã, juro por Deus que não há uma mancha de azul naquele olhar caloroso que me devora.

* * *

Antes de Remy poder perguntar o que estive fazendo em sua cama, me levanto num pulo e vou rapidamente me trocar, insanamente consciente de que seus olhos me seguem pelo quarto.

Mas ele não vem atrás de mim.

– Isso é normal. – Pete dá de ombros no ginásio quando Remy não aparece depois de duas horas. – Vá fazer alguma coisa hoje, Brooke. Não faz sentido perder seu tempo aqui e não tomar um solzinho.

Juro, a palavra "sol" não é muito bem-vinda depois de uma noite daquelas, mas concordo e vou andar um pouco em Miami, tentando absorver o mix cultural incrivelmente vibrante dos latinos e muito mais, mas eu simplesmente não tenho energia para isso.

Nunca fiquei de ressaca na minha vida.

É, em definitivo, uma experiência que não quero que se repita nunca mais.

Estou seca, não importa a quantidade de água que beba, e enjoada, com a cabeça nebulosa, fraca e me sentindo mal, mal posso abrir os olhos o suficiente para ver para onde estou indo.

Mas faço um esforço e decido ligar para meus pais do meu celular enquanto vou até as lojas de Midtown Miami.

– Onde você está agora? – minha mãe pergunta. – Seu pai quer saber se você vai ao restaurante 'não-sei-como-se-chama' aquele onde só vão estrelas de cinema.

– Mãe, estou trabalhando – respondo. – Não estou de férias. E se você me disser o nome do 'não-sei-como-se-chama' daí vou ter uma ideia do que estão falando.

– Oh, não se preocupe! Mas recebemos um novo postal de Nora! Ela está na Austrália e mandou beijos. Você devia ver a foto da praia, Deus! Aquilo é que é o paraíso. Será que ela viu alguns jacarés de verdade? Ou são crocodilos que vivem lá? Crocodilos ou jacarés?

– Crocodilos, mãe. E acho que têm alguns deles aqui na Flórida, também. Ei, minha bateria está acabando. Ligo no próximo final de semana, tudo bem? Só queria saber notícias de vocês. – Desligo, porque de fato não tinha sido uma boa ideia falar com meus pais hoje. Eles são ótimos e eu os amo, mas são meus pais...

Meus pais são intrometidos e dão palpite em tudo, e, naturalmente, me dão nos nervos.

Fico ainda mais ressentida com o fato de que os seus sonhos para o meu estrelato mundial estremeceram no dia em que meu joelho fez a mesma coisa, e sei que eles acreditam que eu nunca mais serei capaz de ter uma vida "plena".

Seria muito mais fácil lidar com eles se Nora fizesse mais do que simplesmente enviar um cartão-postal por mês.

Voltando para o hotel, vejo Diane na loja de presentes, e nós compartilhamos um almoço rápido.

– Pete me disse que nosso rapaz não está indo muito bem hoje – diz ela, seu tom de voz tanto questionador quanto triste.

Escolho a minha salada e mantenho a hidratação com suco natural de frutas, tudo porque minha cabeça ficou pulsando o dia todo. Sei que meu fígado não está acostumado com o tipo de abuso que recebeu ontem. Eu sempre trato meu corpo gentilmente. Hoje ele está bravo comigo por causa da sobrecarga de álcool, das escolhas alimentares ruins, e do desejo insatisfeito.

– Isso acontece com frequência? – pergunto, erguendo os olhos de minha alface com vinagrete.

Ela confirma.

– Entendo – respondo fracamente, e deposito o garfo. – Será que é porque ele não lida bem com álcool ou é algum tipo de problema com raiva reprimida?

– Eu diria que é um problema de raiva, mas não sei com certeza. – Erguendo o chá gelado, Diane se inclina para trás e dá de ombros. – Sou a que sabe menos sobre isso. Tudo o que sei é que Remy é um cara difícil. – Ela balança a cabeça de forma significativa, e bebe do canudo. – Muito difícil. Por isso eu quero mesmo que você reconsidere antes de... Quer dizer, lógico, a menos que já... ?

– Nada aconteceu, Diane. – Esfrego a testa e peço a conta.

Nós assinamos a conta e ela me convida a ir ao seu quarto para checar algumas receitas, mas prefiro ir à suíte, notando que Pete e Riley mantiveram a porta trancada com o aviso de "Não perturbe" pendurado na maçaneta. Deslizo minha chave e entro para começar, calmamente, a limpar a pior das bagunças.

Levo horas para deixar o quarto com uma aparência de ordem, e assim que reúno todos os cacos de vidro numa pilha perto da porta, chamo a arrumadeira e peço uma dúzia de sacos de plástico para transportar tudo. Depois, me jogo no chuveiro.

Ainda vou dormir na suíte, não importa que Diane tenha oferecido para que eu dividisse o quarto com ela. É que... não posso ir a outro lugar. Eu queria dormir com Remy, e agora que estamos dividindo um quarto pela primeira vez, não vou sair e deixá-lo sozinho aqui.

Ainda mais se ele não estiver bem.

Mas de noite, a suíte está tão mortalmente quieta que meu coração não se acalma, enquanto fico de olhos bem abertos na minha cama, pensando nele, em tudo o que aconteceu. Quero perguntar a Pete e a Riley a respeito do que está errado e, por outro lado, quero que Remington me diga.

Não sei quanto tempo passa, mas a porta do quarto se abre quando eu ainda estou olhando friamente para a parede. Estou tonta, mas me sento e vejo sua silhueta. Ele deve ter tomado banho. Calças de pijama estão presas em seus quadris estreitos. Seu torso bronzeado brilha, e seu cabelo está todo molhado e espetado, nem um fio cai sobre a testa orgulhosa.

Meu coração estremece. Acho que o sedativo se esgotou, já que ele está perfeitamente na vertical, com apenas uma mão apoiada de leve no batente da porta, talvez como apoio. Me endireito em meus braços.

– Você está bem? – pergunto com voz preocupada.

Sua voz é rouca e escarpada.

– Eu quero dormir com você. Apenas dormir.

Meu estômago gira.

Ele espera que eu responda, mas não consigo. Quero chorar e não sei por que, mas acredito que por estar de ressaca e perigosamente perto de me apaixonar por um homem que nem conheço.

Remy vem, me ergue e me leva pelo corredor de volta ao quarto principal, para a enorme cama *king size* desfeita.

Ele me deposita na cama, e quando desliza para baixo das cobertas e me puxa para perto, de modo que meu rosto se apoie em seu peito e seu nariz se enterre em meus cabelos, não entendo a enorme quantidade de hormônios que meu corpo libera, mas isso... e estar na cama com ele... me faz sentir muito bem. Muito segura. Muito feliz.

Quero desesperadamente pedir que ele me diga o que há de errado. O que aconteceu? Ele não consegue se controlar? Por que eles reagem daquele jeito? Ele tem problemas sérios com violência e raiva reprimidas? Quem o fodeu e o magoou daquele jeito? Acho que pelo fato de ter sido expulso do boxe, e porque, quando se irritou com Scorpion na boate, ele ficou perigosamente perto de sabotar a carreira de novo. Mas não penso que esteja com vontade de conversar agora. Ele parece estar gentil e calmo, e o silêncio e a escuridão parecem tão sagrados que não tenho vontade de estragá-los.

Em vez disso, deito ao lado dele, com todos os poros do meu corpo gritando e pedindo que a gente se conecte fisicamente. Tento não desejar isso, porque sei que não é o momento. Não sei que tipo de sedativo eles deram para ele, nem quanto tempo dura o efeito, mas sei que mais tarde ele nem vai se lembrar de que esteve comigo. Até mesmo eu posso nem me lembrar. Estou tão cansada e de ressaca que não confio em meus pensamentos neste momento.

– Só dormir, certo? – sussurro perto de sua garganta, embora jure que anseio por esse homem em algum lugar além do meu corpo, além mesmo do meu coração.

– Só dormir. – Ele me puxa para mais perto dele, e posso sentir sua ereção entre nós, ferozmente dura e pulsante, me fazendo tremer por dentro. – E isto – murmura ele.

Remy fecha a mão em meu queixo e coloca seus lábios nos meus com tanta delicadeza que todas as minhas células parecem fundir-se com as dele. Eu gemo e abro a boca, deslizando minhas mãos pelos cabelos dele, sentindo-me um pouco louca ao empurrar meus seios contra o peito dele. Subitamente, quero suas mãos em mim, quero sua língua em mim. Quando ele a esfrega, lisa e quente, contra a minha, sinto que venci o impossível. Tremendo, seguro seu rosto, beijando-o com força.

Ele me acalma com a língua, os dedos entrelaçados nos meus cabelos, guiando minha cabeça para o lento ritmo de sua boca. Deus, eu quero que ele me toque em todas as partes onde possa alcançar. Em todos os lugares. Em qualquer lugar. Estou tão inchada e molhada, e sei o quanto ele me quer também. Mas dissemos apenas "dormir" e "isto", e agora não quero que "isto" pare.

Remy me beija tão lenta e tão profundamente que fico sem respiração. Ele só destrava a minha boca para que eu possa recuperar o fôlego, e então esfrega a língua na minha, acariciando meus lábios, o céu da minha boca e meus dentes. Ele suga, volta, revira. Eu me apaixono por esse beijo bem depressa, e logo já não sei mais nem onde estão minhas mãos, onde estou deitada.

Meu corpo inteiro é consumido pela forma como ele fode minha boca, até que meus lábios ficam inchados e dói beijar Remy de volta, mesmo que meu corpo frenético queira mais. Quando tenho certeza de que senti um gosto de sangue, da boca dele ou da minha, ou das duas, me afasto para respirar, e noto que o corte na boca abriu de novo. Era ele que estava sangrando dos meus beijos. Gemo baixinho e lambo devagar, e ele geme com os olhos fechados. Enfia os dedos em meu cabelo e empurra meu rosto para a curva de seu pescoço, me abraçando, seu peito subindo forte e rápido debaixo do meu.

Os lençóis estão em algum lugar a nossos pés, mas ele é tão quente e acolhedor que eu me aperto tão apertado a seu corpo e adormeço. Quando me agito de noite, sou acordada por aquela sensação nova e estranha de um braço poderosamente construído estar me apertando e me levando de volta para o local onde eu tinha aquecido seu corpo. Minhas extremidades formigam quando olho de relance para o rosto nas sombras e percebo que estou na cama com ele. Remy está dormindo, ou pelo menos é o que parece. Então, ele vira a cabeça, as pálpebras entreabertas, e quando me vê, beija meus lábios de novo, lambendo-os suavemente antes de voltar a pressionar o nariz contra meu cabelo, me apertando de volta contra seu corpo.

SETE

VENHA COMIGO

Estamos voando para Denver agora.

Pete e Riley estão na frente com Diane e Lupe, e eu estou na parte de trás do avião com Remington. Ele está ouvindo suas músicas, mas eu não, e tento ouvir a conversa acalorada entre Pete e Riley. Remy ficou sem treinar por quatro dias, mesmo quando Riley nos acordou naquele dia. Fui me trocar e esperei lá embaixo, mas Remy não apareceu. E não saiu de seu quarto em nenhum dos dias seguintes.

Exceto por mim.

Há algo acontecendo entre nós, e estou com medo de dar um nome pra isso. Nas últimas quatro noites, ele veio me buscar no quarto e me levou para o dele, onde, neste último dia, ficamos o dia todo.

Nós nos beijamos como se isso fosse o que estivéssemos esperando, o que no meu caso era verdade. Melanie havia mandado um SMS depois da minha mensagem de texto bêbada, na qual eu falava de fazer sexo com Remy. Ela queria saber se eu iria dar à luz vários filhinhos de Remy. E eu não sei bem o que andamos fazendo, mas a forma como ele me beija faz parecer que sou o crack dele, e é como se ele ficasse chapado comigo. Logo que chegamos à cama, sua boca se funde à minha e não escapa mais. Seus braços me prendem ao seu corpo como se eu o ancorasse no solo. Me sinto como sua âncora, e ele parece tão poderoso e excitante quanto um salto de paraquedas.

– Os pontos dele não conseguem mantê-lo em primeiro lugar para sempre – murmura Riley agora, e não há dúvidas sobre o perigo iminente em sua voz. – Ele já está em segundo, beirando o terceiro. Ele não pode faltar nem uma única noite e não pode mais perder nenhuma luta.

Desafivelando o cinto de segurança, chego até eles com a testa franzida.

– O que há de errado?

Fico de pé no corredor e apoio o ombro na parte de trás do assento de Diane.

– Remy não pode mais perder nenhuma luta. Este campeonato se regula pelos pontos, então se a gente pretende alcançar o primeiro lugar, ele não pode perder mais nenhuma luta e isso ele certamente não vai suportar.

– Ele não vem comendo – diz Diane tristemente.

– E não tem treinado – acrescenta o treinador, amargamente.

– E os olhos dele ainda estão escuros.

Fico abismada com o comentário de Pete, mas sim... Nos últimos dias, os olhos de Remy estão de fato escuros, mas a gente também não tinha dormido. Ficamos nos beijando como maníacos a noite inteira e nossos corpos estavam entrelaçados, e ficamos pedindo o serviço de quarto porque não consigo fazer com que ele concorde que alguém de sua equipe entre no quarto. Fico olhando para os rostos tristes e Riley balança a cabeça.

– Se ele sai com aqueles olhos negros do diabo pra lutar, e uma pequena parte dele não concorda com o que o juiz diz, ele pode socar o babaca de vez.

Enrugo a testa.

– Não seja ridículo. Ele conhece as regras. E ele não é uma máquina de treinar 24/7. Deixe ele se recuperar. Ele treina até mesmo aos domingos e está perigosamente perto de ficar sobrecarregado. Todo atleta precisa de um tempo de inatividade.

– Rem não é um atleta comum, se ele não treinar ele fica acelerado – diz Pete.

Reviro os olhos, cansada de ouvir esse termo.

– Existe alguma coisa que não o deixe acelerado?

– Na verdade, sim. Paz e sossego. Mas ele não vai se transformar em um monge dentro em breve, não é?

Sério, não vejo o que há de tão errado no fato de ele tirar um tempo para descansar. Alguns dos meus amigos atletas ficam completamente deprimidos depois de uma competição. Tudo o que sobe tem que descer uma hora, e os neurotransmissores, por vezes, podem ficar um pouco malucos.

– Olhe, existe um ponto até onde você forçar o seu corpo, especialmente do jeito que ele força. Então, ele deixou de ir a uma luta? Grande coisa. Sua força provavelmente vai melhorar com o repouso de uns dias e ele vai chutar a bunda de todo mundo em Denver.

Eles não conseguem responder e ficam me olhando em silêncio, e sei que eles estão se perguntando o que diabos está acontecendo entre nós, uma vez que Remington está agindo de forma muito possessiva em relação a mim, olhando para Pete quando ele conversa comigo, até mesmo com Riley quando ele se ofereceu para ajudar com a minha mala, há apenas algumas horas. Remy se apressou para pegá-la e ainda perguntou se Riley não tinha nada mais para fazer do que ficar olhando para mim.

Sim, eles parecem desesperados para saber o que está acontecendo entre mim e Remington. Mas já que eu mesma não tenho ideia, acho que todos nós vamos continuar com essa dúvida.

Suspirando, me viro em silêncio para voltar e, quando o faço, tomo a consciência de que ele está me olhando.

Existe alguma coisa muito masculina naqueles olhos enquanto me observa voltando para o assento. É um olhar escuro e possessivo, que dispara uma ondulação pelas minhas terminações nervosas. Sou levada de volta para as quatro noites que passamos na suíte presidencial, quando trancamos o mundo do lado de fora. Foi como a Bela e a Fera, exceto que foi minha vontade me trancar com a Fera, para que pudesse me beijar, aquela linda criatura que me tortura de desejo.

Quase gemo ao lembrar. A mão de Remy deslizando pela minha garganta. Seus olhos semicerrados quando olha para mim. Nossa respiração entrecortada. Sua boca quente e úmida e sem vergonha de me beijar. Ele apenas me beija, beija minha boca, minha garganta e meus ouvidos, ele lambe e saboreia, e aciona todos os tipos de sensações em meu corpo.

Me lembro de gemer. Me lembro da maneira que ele sorri ao som prolongado, e da forma como fica sério e intenso quando volta a me provar e chupa meu lábio inferior e, depois, morde e suga a pele da minha garganta. Lembro seu corpo pressionado contra o meu, e minha vagina latejante com a proximidade de sua ereção. Nossas línguas. Quentes e desesperadas, girando e procurando. Eu o desejo tanto que só consigo pensar nisso. Acho que implorei na noite passada, "Por favor...", mas estava tão drogada com o tesão que nem tenho certeza. O que eu sei é que ele para às vezes, quando a respiração está rápida demais, e toma um banho de água fria.

Mas ele volta, em calças de pijama ou nas sexy boxers, e mais uma vez envolve meu corpo com o tamanho protetor do corpo dele, apenas para dobrar aquela cabeça de cabelos negros e continuar me torturando. Ele fode minha orelha com movimentos lentos e profundos de sua língua. E faz o mesmo com minha boca. Lambe e prova a minha garganta. Minha clavícula. Ele me deixa tão quente, que meus dentes batem quando sinto o ar frio na minha carne. O tesão desce pelas minhas coxas. Meus mamilos ficam duros como diamantes. Ele trabalha em mim até um ponto onde um simples gole de sua boca me faz gemer profundamente, como se eu tivesse acabado de ser penetrada.

Ele está me levando muito devagar, e me sinto como uma adolescente virgem, embora não seja nem uma coisa e nem outra. Mas me sinto desejada, e ligada a ele como fazem os animais. Sinto como se já tivesse sido capturada e presa, e ele está simplesmente me condicionando, esperando com ansiedade pelo momento em que dará em mim a sua primeira mordida.

Não posso suportar isso, é sério, e estou molhada até mesmo agora.

Nós não falamos muito quando "nos conectamos" em seu quarto. Sinto que ele está em seus dias de homem das cavernas, e compreendo. Ontem, ele sequer me deixou sair do quarto, e me manteve presa em sua cama, uma escrava indefesa de seus beijos.

Quando precisamos parar, às vezes ouvimos música, ligamos a tevê ou comemos, mas acima de tudo, nos beijamos. Há vezes em que não ouço nada a não ser os sons dele me beijando, e os dois ofegantes, tomando fôlego. Na noite anterior à da partida, eu estava tão preparada no momento em que ele veio me buscar no meu quarto que quase pulei em seus braços. No momento em que se afundou em sua cama, minhas mãos já estavam em seu cabelo, a minha língua empurrando desesperadamente em sua deliciosa boca, e quando ele respondeu com um grunhido animal e um beijo poderoso que sugou minha língua febril, senti, a cada vez que me sugava, pequenas agulhadas de prazer cutucando meu clitóris sensibilizado. Ele incha e palpita quando nos beijamos, e entro em delírio só de lembrar. Agora, mesmo o menor olhar que ele me dá já me deixa palpitando. Quando ele olha para os meus lábios. Quando ele enfia a mecha de cabelo atrás da minha orelha. Sei que estamos apenas enviando nossas glândulas suprarrenais para o inferno, fazendo isso. Segurar a saída desse desejo não é saudável, mas não posso impedi-lo. Na verdade eu quero mais. Quero que ele pare, porque estamos sofrendo, e quero que ele vá em frente até que me veja em seus braços, queimada até as cinzas de tanto tesão por ele.

Eu o quero. A cada hora, minuto e segundo.

Eu o queria na primeira noite, quando tentei me fazer uma lavagem cerebral e fingir que não. E agora eu o quero como quero respirar, comer, viver uma vida feliz, ver a minha irmã de novo, estar satisfeita no meu trabalho. Eu o quero como quero viver meu presente, sem medo do que possa, ou não, acontecer amanhã.

Nem tenho medo de que ele vá me machucar. Sei que isso vai doer.

Quando eu voltar para casa, quando isso tiver que parar, vai doer. Nada dura para sempre e eu sei disso melhor que ninguém.

Mas o medo nunca foi um amigo meu.

Quando decidi que ia competir nas pistas, não fui com medo de que poderia perder, ou de que iria romper meu joelho e perder uma década de minha vida treinando para nada. Você vai atrás de alguma coisa porque você deseja isso demais, a ponto de fazer todos os esforços para consegui-la, e até mesmo arriscar algumas perdas enquanto a persegue. Agora, todos os esforços do meu corpo parecem se concentrar naquela extrema necessidade física de ficar perto desse homem. Isso é tão esmagador quando eu o ajudo a alongar... A necessidade de senti-lo incorporado dentro de mim, onde ele faz *doer*, é tão grande que não sei mesmo o que fazer, e preciso parar.

Mesmo agora, percebo que sentei ao lado dele o mais perto que pude sem que fique em cima dele, toda a extensão de meu jeans rosa apertado na coxa encostada no jeans da coxa dele, e ele sorri o sorriso de covinhas que faz enrolar meus dedos, porque acho que ele gosta de me sentir perto dele. Remy tira os fones de ouvido e então inclina a cabeça para mim, como se pedisse silenciosamente que lhe contasse o que está acontecendo.

– Eles estão preocupados com você.

Ele se vira para manter o meu olhar.

– Comigo ou com meu dinheiro?

A pergunta tranquila parece tão íntima quanto os sussurros dele quando me beijou na noite passada, quando sussurrou *beije-me* e me chamou de *linda* e me disse que eu *cheirava gostoso*.

– Com você e seu dinheiro – respondo.

As covinhas surgem de novo, mas apenas brevemente, aparecendo como se dois anjos apertassem as bochechas magras.

– Eu vou ganhar. Sempre ganho.

Sorrio, e quando seu olhar cai para o meu sorriso, a consciência da minha própria boca me provoca.

Meus lábios estão inchados e vermelhos por causa dele. Seus olhos ficam ainda mais escuros quando ele os estuda, e um arrepio passa por meu corpo. Tento sufocar esse arrepio, ao mesmo tempo que luto para não olhar para aquela linda boca, tão deliciosamente rosada e mais grossa por causa de meus beijos.

– Você quer correr hoje, pra se aprontar pra amanhã? – pergunto, e isso exige todo o meu esforço para eu me focar em outra coisa que não seja o fogo me consumindo.

Ele balança a cabeça.

– Você está cansado? – pergunto.

Ele assente com olhos tristes, a voz baixa, mas não pesarosa.

– Tão cansado que mal consigo levantar da cama.

Concordo com a cabeça em compreensão, porque eu sinto um pouco disso também. Não quero levantar. Especialmente com esse enorme homem musculoso na mesma cama, onde eu quero apenas me torturar mais uma vez com o meu desejo por ele.

Eu me inclino para trás, sinto o ombro dele contra o meu descansando no encosto, e quero me enrolar como fiz ontem à noite, quando a gente não conseguia parar de se beijar e só dormiu apenas algumas poucas horas. Acho que ele percebe que estou cansada também, e muda um pouco de posição para que eu possa encostar a cabeça nele.

E me passa uma canção.

Estou com muita preguiça de lhe passar uma das minhas, então só escuto. A linda "Come Away with Me" de Norah Jones começa a tocar, com sensualidade, propondo que eu faça exatamente o que o título sugere.

O tom é tão sexy e me lembra tanto de nossas noites juntos, nossos momentos roubados em beijos, que me dá uma febre. De repente, ele se inclina para tentar ouvir através dos meus fones de ouvido, e quando sinto o cheiro de seu perfume masculino perto de mim, meus músculos latejam dolorosamente apertados. De imediato pego meu aparelho e seleciono uma música que tem tocado na rádio ultimamente, sobre um boxeador que é forte e luta incrivelmente bem. Eu queria tocar "Iris" para ele. Queria tocar algo que implorasse para que ele faça amor comigo. Mas a equipe está preocupada, e sei que tudo o que estamos fazendo durante a noite não é propício para o bom desempenho atlético. Não importa o quanto eu deseje esses momentos e anseie pelo lugar onde isso nos está levando, não posso sabotar Remy assim. Ele é muito importante.

Observo o seu perfil enquanto ele escuta. Sua expressão é ilegível à primeira vista. Quando finalmente levanta a cabeça, seu olhar é escuro e conturbado.

– Você me mostrou uma música sobre um lutador?

Concordo com a cabeça.

Ele joga o iPod de lado com uma careta. Então, alcança meus quadris, me arrasta para seu colo e minha respiração para quando sinto o quanto inequivocamente ele me quer.

– Me mostre outra – exige.

O olhar primitivo em seus olhos me faz tremer.

Balanço minha cabeça.

– Não podemos continuar fazendo o que estamos fazendo, Remy. Você precisa do seu sono – sussurro.

– Dê-me outra canção, Brooke.

Ele é tão teimoso que me dá vontade de me afastar, mas na verdade... Isso me excita. Ele quer as minhas músicas tanto quanto quer meus beijos, e isso me provoca. Tudo bem, então. Se ele quer mesmo, temos que ir até o final nesta noite e fazer amor, e não apenas ficar nos provocando sem consumar. Então, acho "Iris" e toco para ele. Me endireito e fico olhando seu rosto enquanto ouve. Está ilegível mais uma vez, mas quando levanta a cabeça, seus olhos são torpedos de calor. Sua ereção é feroz debaixo de mim, e sinto seu coração pulsando ritmicamente lá. Na sua dureza.

– Idem – diz ele.

– Para quê?

Seus olhos espiam os outros passageiros antes de pegar o meu cabelo e puxar minha cabeça para baixo para que ele possa lamber meus lábios de um lado para o outro com a língua.

– Para a letra.

Tremo e me afasto.

– Remy... Eu nunca tive um caso antes. Não vou te compartilhar. Você não pode ficar com mais ninguém enquanto estiver comigo.

Ele acaricia um polegar sobre meu lábio inferior úmido, seu olhar intenso.

– Nós não vamos ter um caso.

Fico olhando em silêncio, certa de que acabei de ouvir um órgão do meu corpo rachando no meu peito.

Suas mãos se fecham em torno de mim, e ele me esmaga em seu corpo quando desliza o nariz ao longo de minha orelha.

– Quando eu tomar você, você será minha – ele diz, uma promessa suave no meu ouvido. Desliza o dedo ao longo do meu maxilar, em seguida, delicadamente beija minha orelha. – Você precisa ter certeza. – Seus olhos são tão quentes que estou em chamas por causa do desejo, e a palavra "minha" faz o lugar vazio entre minhas pernas inchar de vontade. – Quero que você me conheça em primeiro lugar, e depois quero que me diga se ainda deseja que eu a tome.

A palavra "tomar" também está tendo um efeito. Sou apenas uma grande massa de necessidade pulsante.

– Mas eu já sei que quero você – protesto.

Ele olha para os meus lábios com uma intensidade feroz, então nos meus olhos, seu olhar tão triste e atormentado que fico atordoada com a escuridão que vejo. Passa então a mão pelo meu braço nu, acordando todos os pelinhos lá.

– Brooke, eu preciso que você saiba quem eu sou. O que sou.

– Você teve toneladas de mulheres sem esse requisito – imploro.

Suas mãos grandes engolem minha bunda enquanto ele me puxa mais perto novamente, seus olhos cheios de necessidade, devorando minhas particularidades e me afogando em suas profundezas.

– Este é o meu requisito com você.

Um flash selvagem de vontade se rasga em mim quando entendo o que ele está me dizendo.

Ele não vai me ter agora.

Mesmo que seja tudo o que penso. Tudo o que quero.

Hoje já estou à luz do dia, e ainda estou vivendo na última cama em que estive, com ele, com sua boca devorando a minha.

Ele quer que eu o conheça, e quero conhecê-lo, mas se eu o conhecer e se eu passar a gostar dele um pouco mais do que já gosto, nossa conexão emocional será tão forte para mim que não voltarei a ser quem eu era antes dele.

Ele é poderoso fisicamente, mas emocionalmente, ele me derruba.

Não aguento mais isso. E ele também não deveria aguentar.

Sentindo um peso estranho em meu peito, me inclino em seu ouvido e sussurro:

– Nós não podemos mais continuar assim, Remy. Não quando seu campeonato está ameaçado. Então, ou venha me buscar hoje à noite pra fazer amor comigo, ou me deixe em paz para que nós dois possamos descansar.

Espero que essa ameaça provoque uma reação. Ele é um homem. Este é um convite aberto para fazer sexo descomplicado, exatamente o que um homem deseja. Estou deixando as coisas fáceis para ele, aceitando-o "do jeito que ele é", sem perguntar nada. Ou ele vai resolver as coisas comigo na cama e ficar apto a treinar amanhã, ou terá uma noite de sono sem mim. E detesto notar que ele não parece se mexer para escolher a opção de fazer amor, que era honestamente aquela que rezei para que ele escolhesse. Ele apenas estuda o meu rosto com olhos que hoje não estão azuis.

– Tudo bem – responde com um sorriso, que não sei bem se alcança seus olhos. Ele se coloca do meu lado, pega seu iPod, liga sua música e não me dá outra canção.

Quer dizer, acho que não vou dormir com ele.

Uau.

Acabo de partir meu próprio coração.

* * *

Estamos em Los Angeles agora, e o clima aqui é tão abençoado pelos deuses que minha vontade é ficar na rua o dia todo. Diane e eu somos colegas de quarto novamente e adoramos tomar café da manhã na pequena varanda.

Na verdade, desde que viemos da fria Denver há quase uma semana, voltamos a dividir o quarto depois do meu idiota ultimato a Remy: 'faça--amor-comigo-ou-morra'. Embora eu não estivesse assim tão animada de saber que não seria mais colega de quarto dele para ser deliciosamente "tomada" à noite, Diane estava tão animada quando chegamos ao nosso quarto que ela realmente pulou e me abraçou.

– Você devia dividir um quarto comigo mais vezes!

O que aconteceu é que Remy havia reservado para nós a suíte presidencial desta vez, e então cada uma de nós tinha seu próprio quarto, e dividíamos uma sala de estar e uma área para jantar. Eu ainda não sabia se queria suspirar, ou rir, ou chorar. Era assim que ele me deixava.

Na noite em que chegamos, me lembro de seu corpo em minhas mãos, sua pele nua suada sob meus dedos, e foi tudo o que pude fazer para me manter em controle quando esfreguei sua nuca. Aproximei minha boca para falar bem baixinho, atrás de seu ouvido:

– Eu poderia saber por que Diane e eu estamos na suíte, Remy?

Ele me deixou virar seu pescoço para um lado, depois para o outro, meus dedos raspando levemente em sua mandíbula áspera com a barba de um dia, e não respondeu.

– Você não pode fazer isso, Remington – acrescentei.

Mas ele virou a cabeça devagar e me tocou nos lábios de modo que cada parte do meu corpo se lembrava de ter os lábios sobre eles.

– Eu desafio você a me deter – disse ele, e em seguida, pegou a toalha e foi embora.

Simplesmente não o entendo.

Sinto falta de conversar com Melanie.

E sinto falta de conversar com Nora, também. Ela sempre foi a irmã caçula afins, ou apaixonada, por um garoto, e tenho certeza de que ela saberia explicar por que diabos um homem incrivelmente sexy que está solteiro e é saudável e claramente responde fisicamente a você não aproveita a oportunidade para fazer sexo com você.

Se eu fosse um pouco menos confiante, estaria enfrentando todos os tipos de complexos nesta altura.

Estou até pensando se meu corpo não é mais atraente, com o pouco de gordura que ganhei nos últimos anos. Talvez o meu cabelo precise de um novo corte, diferente do jeitão liso que uso. Eu poderia usar franja. Ou fazer reflexo?

– Pare de ficar se olhando, você fica linda usando qualquer coisa – diz Diane nesta manhã, quando me pega checando a minha bunda no espelho de corpo inteiro na entrada do nosso quarto.

Eu ri, mas não é engraçado.

Remy colocou Diane e eu em uma suíte presidencial novamente em Los Angeles. Não quero uma suíte. Mas o que eu quero, ele não vai dar.

Nunca deixei ninguém me fazer sentir assim.

Eu costumava me sentir bonita, e se um homem concordava ou não, isso não era da minha conta. Eu gostava de mim mesma, e isso era suficiente.

Agora estou um pouco triste durante o dia, quando Diane me encontra olhando para uma parede estúpida, me perguntando impotente o que Remington poderia pensar de mim.

Esta é a nossa terceira noite em LA, e ele ainda está em segundo lugar em pontos, mas está lutando como um campeão. Seus treinos foram os melhores que já vi, e tudo isso depois que seus olhos voltaram a ficar azuis em Denver.

Ele treina como um animal. Horas e horas com o treinador, e então ainda parece tão brilhante como o sol, quando vem me pedir para correr com ele à noite. A energia em seus músculos explode como dinamite com cada movimento que ele faz, e quase posso ver a sua fonte de ATP – o trifosfato de adenosina, encarregado de transportar a energia química em todas as nossas células – se reciclando tão rápido em seu corpo que nem parece que leva os usuais oito segundos para se reciclar. Nunca o vi tão focado. Tão forte. Ou tão magnífico.

Cada parte de mim percebe.

Cada uma.

Para meu desespero.

Pete e Riley atiçam.

– Brooke! – chama Pete quando entro no Underground de tarde. Aqui em LA, o ringue da luta está situado no porão de uma das casas noturnas mais frequentadas da cidade, e eles estão esperando uma casa cheia de mais de mil pessoas. – Venha até aqui, precisamos de você – Pete me chama para o vestiário.

Todo o pacote sexy de Remington Tate está sentado em um banco na extremidade enquanto o treinador envolve sua mão direita com fita adesiva.

Nunca vou me acostumar com a sensação que tenho quando olho para ele. Nem a que tenho quando ele está prestes a lutar.

Me sinto tensa como uma mola e mais apertada do que um nó triplo.

Ele tem o seu Dr. Dre tocando, e acho que ele faz isso para entrar em modo de combate e se desligar de tudo em volta.

– Venha, Brooke, e relaxe um pouco o homem.

Riley e o treinador me cumprimentam com acenos de cabeça, e noto que, no instante em que Remington me vê, ele conecta os polegares nos fios do fone de ouvido e os puxa para baixo, prendendo-os ao redor de seu pescoço. O olhar que trocamos é de fato intenso, e não sorrimos um para o outro. O sorriso de resposta que eu tinha dado a Riley e pro treinador desaparece do meu rosto quando o heavy metal que Remy estava ouvindo invade a sala.

Silenciosamente, eu me inclino para pausar o iPod, então vou pra atrás dele e ataco os ombros, trabalhando metodicamente com meus dedos em seus músculos.

Encontrei alguns nódulos nos deltoides posteriores e nos trapézios, os quais eu tinha trabalhado ontem mas que voltam sempre, por isso trabalho em ambos uma vez mais. Ele geme no instante em que minha pele nua toca a dele. Deus. Aquele baixo ronronar é como uma preliminar para mim, penetra em cada parte feminina de meu corpo, especialmente aquelas assoladas pela necessidade. Minhas bochechas começam a arder enquanto o treinador, Pete e Riley me observam.

Abaixo o rosto para que eles não vejam que eu corei e resisto à vontade de afastar as mãos.

– Mais fundo. – O comando áspero de Remington me alcança, e meu ventre se aperta impotente quando obedeço. Meu polegar encontra um grande nódulo, então trago o outro polegar para pressionar com ambos. Remy deixa sua cabeça pender para frente e respira profundamente, e quando o nódulo se desintegra sob a pressão, seu gemido vibra profundo dentro do meu abdômen.

– Boa sorte – sussurro em seu ouvido, puxando para trás meus dedos que estão formigando do contato que tinha acabado de fazer.

Ele olha para mim quando se levanta, sem sorrir, e seu olhar se detém no meu de forma intensa, e minha mente se esvazia de tudo, naquele azul de seus olhos, no preto das pupilas e no comprimento dos cílios.

Estende os braços para Riley colocar as luvas pretas de boxe, um requisito de hoje, e depois bate as duas juntas. Um alerta na porta diz "Arrebentador", e ele assente.

Remy enfia os braços no roupão de cetim vermelho e trota para fora em direção ao amplo salão que leva para o ringue, e uma fazenda inteira de animais se levanta em meu estômago, não só as borboletas. Respirando e expirando com força, espero um momento para me recobrar antes de ir para lá e tomar meu assento entre os espectadores.

O barulho é ensurdecedor. Pete me disse esta manhã que os fãs estão pirando porque Remy não lidera o campeonato, e parece que houve muita procura por bilhetes para hoje à noite. Com os dezesseis últimos candidatos, esta é primeira noite em que Remy vai lutar com Scorpion até o final. Scorpion está em primeiro lugar agora, e meus nervos estão me matando.

– Ei – diz Pete, me empurrando suavemente para frente enquanto vem atrás de mim. – Vá lá pra cima. O homem vai procurar por você.

De alguma foram consigo o impossível, rir e erguer as sobrancelhas.

– Vai nada!

As sobrancelhas dele se erguem em aparente descrença.

– Ele luta melhor quando você assiste, e até o treinador concorda com isso. A testosterona dele sobe às alturas quando ele está contato com você, Brooke. Venha.

Odiando a emoção que dispara como um raio em minhas veias, eu me arrasto rapidamente ao ringue quando ouço chamarem Scorpion.

– Benny, o Black Scorpioooooonnnn!

Era o sujeito odioso que incitou Remington no clube, e eu o odeio com tanta força que encaro todo mundo que o aplaude. Estou a apenas alguns passos de alcançar o meu assento, preparada para ser muito paciente porque esta noite vai ser brutal, quando vejo, do outro lado do ringue e por entre as pernas de Remy, um rosto no meio da multidão.

O rosto é oval, de pele cremosa e tem um par de olhos cor de avelã. Olhos semelhantes, na cor, aos meus. Olhos que, até onde eu sabia, eram de Nora.

Minha irmã de 21 anos.

Nora.

A mesma que mandou um postal recentemente da Austrália. Nora, cujos cabelos foram pintados de vermelho, em vez de seu castanho suave normal. Nora, que tem uma enorme tatuagem negra e feia de um Scorpion em sua bochecha esquerda. Nora, que parece perdida e doente e o completo oposto da animada garota que eu conhecia. Por um momento, estou no meio deste grande salão, olhando para ela, enquanto fico dizendo a mim mesma, mais e mais, que essa não pode ser Nora.

Ela parece mal.

Muito, muito mal.

Como se a vida tivesse sido sugada para fora dela, e tudo o que restasse fossem falsos cabelos vermelhos, pele e ossos.

Ela me vê, e meu estômago afunda quando reconheço, sem sombra de dúvida, que é ela mesma. O reconhecimento também brilha nos olhos dela, e a mão voa até a boca para cobri-la.

– Nora – engasgo, e sem pensar duas vezes, corro até ela, empurrando as pessoas para o lado enquanto soa o gongo.

A multidão no salão irrompe em aplausos e gritos, e meu coração trota freneticamente dentro do meu peito, quando Nora gira o corpo e empurra uma multidão de pessoas em um esforço surpreendente para ficar longe de mim. Ela está se misturando no meio da multidão, na escuridão, e eu estou desesperada:

– Nora? Espere, Nora!

Não posso acreditar que ela esteja fugindo. De mim. E não consigo acreditar que todos os traços da juventude desapareceram de sua outrora vibrante face.

Minha irmã.

Com quem dividi um quarto até conseguir o meu lugar.

Que costumava assistir a *Orgulho e preconceito* comigo.

De repente, o homem corpulento que estava de pé à direita dela me agarra e me puxa de lado, quando tento passar.

– Fique longe dela – rosna ele.

Paralisada em um misto de surpresa e medo, esqueço todos os meus movimentos de autodefesa, exceto o da virilha. Mudo o lado do peso do meu corpo e dou uma joelhada nele.

– Me solte!

Ele se dobra, mas não me libera. Suas mãos apertam convulsivamente em meus braços.

– Sua putinha, ela é propriedade de Scorpion – ele suspira, e acho que aquela coisa molhada na minha bochecha era uma cuspida dele.

– Ela não é propriedade dele! – Luto ferozmente para me libertar enquanto enxugo a bochecha com a manga da blusa.

Uma nova onda de vaias e gritos irrompe com força total em toda a sala quando o locutor grita através dos alto-falantes:

– O vencedor, Scorpion! Scoooooorpioooooon! Remington Tate foi desclassificado nesta rodada! Des-classificado!

O inferno desaba e, de repente, algo pega aqueles torniquetes em meus braços e me liberta com um impulso fácil. Então sou puxada para trás e um par de braços musculosos e bronzeados me esmaga contra um peito familiar. Cada centímetro do meu corpo o reconhece, e eu respiro aliviada.

Até me lembrar de Nora.

Ofegante, luto com força renovada.

– Não, Remy, me solta, preciso ir atrás dela! – Vendo que era inútil, tento me retorcer em seu apertão. – Me solta, Remy, me solta, por favor!

Mas como a multidão enfurecida se aglomera ao nosso redor, ele me segura mais perto e diz em meu ouvido:

– Agora não, espoletinha.

Sua voz é baixa e calma, mas a advertência me faz instantaneamente parar de me contorcer. Usando um braço, ele me enfia ao seu lado e nos empurra através do aglomerado de gente, seu corpo grande intimidando a multidão.

Essa multidão que, pela primeira vez na minha vida, grita insultos em meu rosto.

Eles me agarram quando passamos.

– Cadela. A culpa é sua, sua vadia estúpida!

Meus olhos se arregalaram em horror ao absorver os rostos assassinos de fãs de Remington, e estou tão assustada que me enrolo em seus braços e deixo que ele me leve sem uma única reclamação. Pete, Riley e o treinador esperam por nós no carro.

– Que merda! – O treinador começa assim que as portas do carro se fecham e a limusine começa a rodar.

– Você caiu para terceiro. Terceiro, talvez quarto – informa Pete sombriamente, entregando a camiseta e o moletom que ele geralmente usa depois de uma luta.

– Você teria acabado com esse, Rem. Você estava treinando bem pra caralho e teria acabado com ele, cara.

– Já entendi, treinador, agora relaxe. – Remington enfia-se com rapidez em suas roupas sem tirar os calções de boxe, então imediatamente me puxa para seu lado como se tivesse medo de que eu fosse saltar do carro.

Ele esfrega a mão pelo meu braço arranhado enquanto calmamente encara os três homens furiosos diante de nós, mas estou tão agitada que me contorço para me livrar e deslizo até a janela, de onde olho para todos os rostos do lado de fora da boate em busca de Nora.

Somado à minha decepção de ter arruinado completamente a luta de Remy vem um incrível senso de culpa pela minha irmã. Como não vi que minha irmã estava em apuros? Como pude ter aceitado aquela besteira de ela nos ter alimentado, o ano inteiro, com aqueles postais?

– Você está em sua pior classificação em anos, cara, sua concentração está uma merda!

– Pete, já entendi. Eu não vou estragar isso.

– A Brooke devia ficar no hotel na próxima luta – murmura Riley.

O riso de Remington pinga puro sarcasmo.

– Brooke vem comigo.

– Rem... – Pete tenta argumentar.

Quando chegamos ao hotel, entramos todos no mesmo elevador e estou agitada enquanto observo os andares subirem mais devagar do que nunca. Não sei o que fazer sobre Nora, só sei que tenho que fazer alguma coisa. As portas se abrem em meu andar e ouço Pete falar com Remy enquanto desço, e a resposta áspera de Remy atrás de mim:

– Pete, vamos conversar mais tarde, depois que os três se acalmarem.

– Volte aqui, Rem, temos que conversar.

– Falem com as paredes.

Desesperada para fugir, entro na suíte mas o escuto bem atrás de mim.

– Você está bem?

Ele tranca a porta e aquele visual sexy que usa depois das lutas, o moletom e a camiseta que abraça seus músculos, e aquele lindo rosto bronzeado e preocupado, com o cabelo negro espetado e despenteado, fazem meu coração dar uma guinada e as minhas pernas querem correr para ele, para que eu possa sentir a força de seus braços em volta de mim novamente.

Quero desesperadamente seus braços me abraçando agora, quando minha mente gira em todas as direções, sofrendo com o que aconteceu. Mas sei que não mereço isso, em primeiro lugar. É óbvio que ele fodeu tudo por minha causa, e como se não fosse o suficiente eu me sentir inadequada e indigna dele, agora ainda tenho que conviver com o fato de que ele caiu para terceiro ou quarto lugar por minha causa. Deus...

Ele parece tão forte e poderoso quando fica parado na minha frente, suado e com as veias dos braços suados bombeando seu sangue saudável, que fico desesperada para que ele me diga que minha irmã vai ficar bem. Mas ele ainda não sabe sobre minha irmã, e depois de tê-lo desclassificado, ele é o último homem no mundo a quem eu deveria estar pedindo apoio.

Respirando fundo, minha mão treme quando aponto a porta para ele.

– Vá falar com Pete, Remy.

Tenho notado que a sua voz às vezes parece mais grossa quando ele fala comigo, mais do que com qualquer outra pessoa, mas desta vez está ainda mais grossa do que o habitual.

– Quero falar com você primeiro.

Ele fica, mas nenhum de nós diz alguma coisa. Estou ocupada tentando formular um pedido de desculpas por foder a luta, e, ao mesmo tempo, estou relutante em aceitar a culpa, uma vez que não pedi a ele para vir atrás de mim!

Remy caminha agitado, passando os dedos pelo cabelo e descendo-os até a nuca. E os deixa cair, com um suspiro.

– Brooke, não consigo lutar e ficar de olho em você.

– Remy, eu tinha tudo sob controle – insisto.

– Meu cu, que tinha tudo sob controle!

Seu tom de voz me causa surpresa, e não deixo de notar os punhos que acabou de formar com as mãos e a postura assustadoramente desafiadora que ele adotou. A nuvem de fúria pairando acima de sua cabeça só serve para que a minha própria nuvem também apareça, como vingança, e salto para o modo de defesa.

– Por que todo mundo está olhando para mim como se fosse minha culpa? Você deveria estar lutando contra o Scorpion!

Suas sobrancelhas saltam sobre os olhos.

– E você deveria estar no seu lugar na porra da fila à minha esquerda!

– Que diferença isso faz? Você vem lutando há anos sem eu estar na plateia! O que importa onde eu estou? – De repente, não se trata de Nora, tanto que nem sei de onde está vindo, mas está doendo no meu peito como uma ferida aberta. – Eu não sou nem uma aventura, Remington! Sou sua empregada. E em menos de dois meses, nem isso, vou ser nada para você. Nada.

De repente, ele parece completamente irritado, e aperta as mãos até que os dedos ficam brancos.

– Quem é aquela garota que você estava perseguindo? – ele exige saber, seu rosto uma máscara de angústia.

– Minha irmã – deixo cair a minha voz para um sussurro, de repente odiando minha própria fraqueza e minha explosão emocional.

– O que sua irmã está fazendo com o capanga do Scorpion?

– Talvez ela esteja se perguntando a mesma coisa sobre mim – respondo com um riso amargo.

Ele ri também, mas devo admitir que a risada dele é infinitamente mais amarga do que a minha.

– Não me confunda com um fodido como ele. Posso estar fodido, mas aquele cara come virgens e as cospe como vômito de cobra.

Ainda mais incomodada ao ouvir isso, começo a andar, lembrando-me do rosto dela. Meu estômago se embrulha com a ideia de ela ser sabe Deus o quê para um doente como aquele.

– Oh, Deus, ela parecia horrível...

Há silêncio, e ouço então a porta se abrir. A voz de Remy tem agora um novo timbre, grave e incomodado, como se alguma emoção poderosa o tivesse tocado.

– Você não é assim, *nada*, para mim.

A porta se fecha e sinto uma dor me apertando quando as palavras se acomodam. Estou tão confusa que, de repente, quero pedir-lhe para voltar e me abraçar. Não. Quero pedir-lhe para voltar e fazer amor comigo.

Mas não faço isso, e fico apenas olhando para o local que ele tinha acabado de ocupar na sala desta suíte de luxo, que ele alugou para os dois membros femininos de sua equipe. Estou tão abalada que levo um momento para registrar suas palavras e seus significados, e ligá-las à possibilidade muito real de ele sair em busca do homem que possui a minha irmã, em vez de sair para conversar com Pete e Riley.

Estimulada à ação pelo pensamento, saio depressa do meu quarto e vou bater rapidamente no dele.

– Onde ele está? – pergunto à primeira figura na porta.

– Nós estávamos prestes a ir fazer essa mesma pergunta pra você – diz Riley, de olhos tristes.

– Será que ele vai entrar em uma briga? – pergunto alarmada.

– Sério, Brooke, a gente acha que você é uma menina legal, mas você deixou o cara mais tenso do que...

– Deixa isso pra depois, Riley! Acho que ele pode ter ido procurar Scorpion. Onde posso encontrá-lo?

– Filho da puta! Nem bem saímos de uma e ele vai se meter em outra. Putaqueopariu!

Não há tempo para esperar que eles façam um plano. Corro para o elevador atrás dele, percebendo como fui idiota ao envolver Remy nesse lance com a minha irmã.

Scorpion e Remington, obviamente, têm estado na garganta um do outro por algum tempo, e a última coisa que preciso é dar motivo a Remy para ir brigar com ele fora do ringue. Vou ter que encontrar um jeito de resgatar Nora daquele terrível inseto por mim mesma.

Na rua, o hotel está cercado por uma imensa multidão de pessoas, incluindo fotógrafos. Flashes estouram em torno de mim quando saio pelas portas giratórias.

– É ela, por culpa dela ele foi desclassificado nesta noite!

Vejo algo voando em minha direção e abaixo, mas é tarde demais. Há um forte impacto na cabeça, seguido de outro estalo quando algo me acerta no estômago. Um cheiro de enxofre me atinge. Ovos? Ótimo...

Lindo!

Abaixando-me quando outro ovo voa em minha direção, cubro a cabeça e dou as costas para a multidão enquanto corro para o manobrista.

– O cara forte com quem acabei de chegar, pra onde ele foi?

O manobrista é um cara jovem, e os olhos dele se arregalam quando olha por cima da minha cabeça para outro lugar:

– Está há cerca de dez passos de distância, bem atrás de você.

Outro ovo me acerta no ombro quando me viro, e Remy se parece com um anjo vingador vindo em minha direção. Seus olhos queimam de raiva quando percebo que seus fãs estão me chamando de 'puta' e 'cadela', e ele rapidamente se vira e bloqueia outro ovo, que ouço estalar em suas costas.

Ele me agarra e me esconde como se eu não pesasse nada, então levanta a voz e gira ao redor, com raiva.

– É por causa desta mulher que eu ainda estou lutando!

Um súbito silêncio cai sobre a multidão, e a voz enraivecida de Remington continua a se fazer ouvir.

– Da próxima vez que subir no ringue, vou vencer em nome dela. E quero que todos vocês que a magoaram hoje levem uma rosa vermelha e entreguem a ela dizendo que eu enviei.

O silêncio não dura um segundo a mais.

Gritos eclodem. Aplausos e saudações. E acho que o que está fazendo mais comoção é o meu coração: uma coisa alada flutuando contra o meu peito em completa confusão e descrença com relação ao que ele acabou de dizer.

Ele me leva de volta para o hotel e me carrega pelo saguão, os ombros quadrados e os braços curvados para o meu corpo, de alguma forma me protegendo. De repente, estou tão atordoada por esta noite que começo a rir. É uma espécie de riso nervoso, mas é riso, enquanto ele aperta o botão do elevador várias vezes.

– E dizem que os fãs de Justin Bieber são loucos – eu digo, com falta de ar por causa do choque.

Sua voz é áspera quando ele limpa as cascas de ovo de minha roupa.

– Peço desculpas em nome deles. Eu os desapontei hoje.

Meu sorriso desaparece quando percebo que sua rápida respiração irritada faz tremer o cabelo solto no topo da minha cabeça. É quente e perfumada como ele, e me arrebata. Como tudo o mais que é dele.

Forçando-me a não tremer em seus braços, prendo minhas mãos ao redor de seu pescoço firme e fico grata quando o casal pensa que somos um casal de jovens bêbados e cheios de tesão, e decide não entrar no elevador conosco. Não quero que ele me deixe ir ainda. E penso que o que finalmente decidiu a coisa toda foi a expressão assassina de Remy quando ele se virou para eles, como se fossem os únicos a jogar ovos em nós, enquanto segurava a porta aberta com um braço e me segurava contra o peito com o outro:

– Vocês vão entrar?

E ambos instantaneamente recuam e dizem:

– Não.

Agora estamos sozinhos e não consigo parar de pressionar o nariz em seu pescoço.

– Obrigada.

Ele me aperta mais e me sinto tão segura aqui que acho que quero fazer daqui a minha nova casa. Acho que se tivesse conhecido esse homem no dia em que arrebentei meu joelho, e ele me segurasse assim, o joelho não teria importância. O importante seria ter seus braços ao redor de mim.

Pete e Riley ainda estão em sua cobertura quando ele desliza a chave na porta e me transporta para dentro.

– O que diabos está acontecendo, Rem? – pergunta Pete.

– Deem o fora, os dois – diz Rem segurando a porta para eles, e eu espero. – Eu faço o que quero, entendido?

Os dois homens olham para mim por um momento, e ambos parecem tão assustados quanto eu.

– Entendido, Rem – Riley tenta dar uma resposta humilde quando passa por ele.

– Então, não se esqueçam disso.

Remy bate a porta e a tranca para que ninguém, nem mesmo aqueles que tenham a chave, possam entrar na suíte, e me leva para o banheiro do quarto principal. Admito que não estou pronta para soltá-lo, e quando aperto meus dedos na nuca, ele recebe a mensagem e mantém um braço em volta de mim enquanto abre o chuveiro.

A água começa a cair, e ele arranca os sapatos, tira os meus, e, em seguida, entra debaixo da água comigo em seus braços.

– Vamos tirar essa merda de você. – Ele corre suas grandes mãos sobre o meu cabelo molhado, e eu acabo deslizando para baixo, sobre meus pés. A água parece incrível na minha pele, e quando ele tira o meu vestido e o passa sobre a minha cabeça, sinto suas mãos ensaboadas esfregando em todos os lugares, mesmo sobre minha calcinha. Mordo meu lábio e tento bloquear o seu toque, mas ele se filtra dentro de mim. É tudo o que posso sentir, ou saber, ou pensar.

Já não me preocupo mais se Pete e Riley me odeiam, nem se fodi a luta de Remy. Se os fãs dele me odeiam. Se minha irmã não quer me ver. Se tenho saudades de Mel. Se não posso correr mais. Se em breve estarei sem trabalho.

Tudo o que interessa é este homem, meu corpo imóvel enquanto espero, segurando a respiração só para ver o que ele fará em seguida. Onde suas mãos vão deslizar. Que parte de meu corpo irá sentir seus dedos molhados na minha carne fervente.

Ele me toca metodicamente, e embora eu esteja sem fôlego com seu toque, ele nem parece afetado. Remy estende meus braços para cima e desliza sabonete em minhas axilas, entre minhas pernas, passa no meu pescoço, então saca sua camiseta e esfrega-se rapidamente. Seus poderosos ombros se movem, e a visão de seus mamilos me excita.

– Não posso acreditar que suas fãs me chamaram de puta – digo, tentando não pensar que estou quase nua no chuveiro. E que ele está apenas com a calça de moletom, sem camisa, com todos os músculos molhados.

Ele rapidamente lava seus cabelos.

– Você vai sobreviver.

– Devo fazer isso?

– Sim, deve.

Ele vem passar xampu em meu cabelo, e sua atenção, tão desejada, agora está apenas em mim e meu cabelo.

– Elas me odeiam – digo. – Não serei mais capaz de ir ver suas lutas, com medo de ser linchada.

Ele gira a cabeça do chuveiro num ângulo que desagua diretamente em mim. Fecho os olhos e deixo que as bolhas de sabão escorram pelo rosto, e quando abro os olhos, Remy está olhando diretamente para mim. A água desce pelo queixo quadrado e se prende nos cílios quando ele afasta uma mecha de cabelo molhado de minha testa, e me dou conta de minha pulsação acelerada.

Os olhos azuis ficam descansando nos meus, e estão milhares de vezes mais brilhantes do que o habitual. Ele está tão molhado quanto eu, e de repente segura meu rosto em suas mãos e me olha profundamente. Ele está respirando com dificuldade. Seus olhos deslizam pelo meu nariz até a boca. Ele acaricia meus lábios com a ponta do dedo grosso e calejado. E posso sentir esse toque em cada célula do meu ser.

– Isso nunca vai acontecer – diz ele, em um estranho sussurro quente.

A fraqueza sobe pelas minhas pernas e está assumindo cada grama de minha força de vontade. Nunca almejei o olhar de alguém como desejo o dele. Nem precisei de um toque como preciso do dele. Ou nunca quis nada tão ferozmente como eu o desejo.

Minha garganta dói ao falar:

– Você não devia... Ter dito aquilo sobre mim, Remy. Elas vão achar que você e eu... Que nós iremos... – e balanço a cabeça, consciente de como meus dedos formigam na água com o desejo de tocar seu cabelo molhado.

– Ter dito que você é minha?

Esse "minha" em seus lábios, dito com esses olhos azuis olhando nos meus, faz meu estômago se contrair com o doloroso desejo não correspondido. Eu rio.

– O que é tão engraçado? – Ele empurra a porta de vidro e envolve uma toalha em torno de seus quadris, deixando suas calças molhadas baterem no chão e, em seguida, também a sua camiseta. Ele volta, me cobre com uma toalha grande e me puxa para a cama. Me coloca no centro, a sua voz com uma pitada de riso, mas seu rosto carrancudo. – A ideia de ser minha é engraçada?

Chega junto sob a minha toalha e tira minha calcinha, e depois meu sutiã, então esfrega a toalha no meu cabelo e depois no meu corpo, os olhos azuis não mais brilhando.

– A ideia de ser minha tem graça? – Ele cobre os meus seios com a toalha e me seca, ainda me olhando. – É engraçada, Brooke? – insiste, olhando fixamente nos meus olhos.

– Não!

A palavra é apenas um suspiro quando o desejo sobe através de minhas terminações nervosas. Meus quadris inclinam-se quando ele começa a me secar entre as minhas pernas, e não posso evitar ficar com tesão absoluto.

Ele corre a toalha por todo o comprimento das minhas pernas, e eu umedeço meus lábios enquanto ele inclina a cabeça, e os meus ossos se tornam líquidos com o desejo incandescente. Ele parece especialmente obcecado em secar meu joelho ruim. A toalha é quase como que apaixonada quando ele esfrega minha cicatriz. Uma febre queima o caminho da toalha quando eu o observo, impotente.

Uma gota de água se prende a um de seus mamilos marrons e preciso de toda a minha força de vontade para lutar contra uma necessidade profunda de me erguer e sugá-la em minha boca. A gota d'água. E o mamilo.

Meu coração bate quando estico a mão para tocar o alto de sua cabeça.

– Você já foi de alguém? – um leve sussurro no quarto silencioso.

Ele levanta a cabeça até a minha, e o desejo é tanto que me sinto consumida por dentro, como se ele já tivesse possuído a minha alma, e agora minha alma esperasse que ele possuísse o meu corpo.

Uma poderosa emoção assume seu rosto quando ele envolve meu rosto em suas mãos, e há uma ferocidade inesperada em seus olhos, em seu toque.

– Não, e você?

Os calos em suas mãos raspam minha pele, e me vejo colocando meu rosto mais profundamente nelas.

– Nunca quis.

– Nem eu.

O momento é íntimo. Pesado com coisas não ditas. Carregado de algo sem nome, saltando entre nós. Dele para mim. De mim para ele.

Ele arrasta o dedo pelo meu queixo como se o estivesse memorizando.

Arrepios percorrem todo o meu corpo, desde seu polegar, que vai diretamente para meu abdômen, enquanto ele continua a acariciar meu rosto, o tempo todo me olhando com aqueles devastadores e belos olhos azuis de tirar o fôlego. Sua voz é de veludo na minha pele.

– Até que eu vi esta linda garota em Seattle, com grandes olhos dourados, e lábios carnudos rosados... E me perguntei se ela poderia me entender...

Meu peito se infla com suas palavras inesperadas, e quando ele inclina a cabeça mais perto, seu olhar quase pedindo permissão, fico no limite com a sobrecarga sensorial quando o cheiro de sabonete e xampu e água se prende às minhas narinas.

A ânsia por seu toque palpita em mim, mas em vez de chegar mais perto, ele pega a toalha e a coloca sobre o meu corpo e me cobre com cuidado. Sua voz é áspera, com emoção.

– Quero dizer tantas coisas, Brooke, e simplesmente não consigo encontrar as palavras pra contá-las a você.

Ele coloca a testa na minha e inala profundamente. Devagar, ainda me inspirando, ele arrasta o nariz ao longo do comprimento do meu.

– Você me deixa ansioso. – Ele aperta a minha boca contra a dele. Brevemente. Em seguida, se afasta, respirando com dificuldade, e me olha com os olhos de pálpebras pesadas. – Quero tocar milhares de músicas diferentes para que você tenha uma ideia do que... Eu sinto dentro de mim...

Uma necessidade crua avança através do meu sangue, meus nervos, meus ossos, quando ele acaricia com seu polegar o meu queixo e ao redor de minha orelha. Um arrepio percorre meu corpo quando ele desliza o dedo indicador em meu lábio superior. Acaricia livremente toda a minha parte inferior também, e eu fico gemendo baixinho. Há uma dor em meus mamilos, meu sexo molhado, meu coração.

Ele segura meu rosto entre as mãos, encaixando meus lábios suavemente nos dele enquanto chupa minha língua em sua boca, sugando com força.

Gemo e seguro seus ombros com minhas unhas, trancando-o para mim.

– Por que você não vai e me toma, Remington?

Ele geme e me puxa para mais perto.

– Porque eu quero muito você.

Sua língua mergulha contra a minha, e as sensações despertam dentro de mim enquanto ele inclina seu corpo sobre o meu, a pele úmida e quente, a toalha caindo para minha cintura e meus seios ficando achatados por seu diafragma.

Suspiro em sua boca enquanto ele me puxa para mais perto e continua seu ataque sensual com os lábios.

– Mas eu o quero tanto, e estou protegida... – tento persuadir, suplicante. – Sei que você está limpo. Você faz exames o tempo todo e eu...

Estremeço ao sentir seus músculos do peito contra as pontas sensíveis de meus mamilos, duros e inchados. Meus quadris inclinam-se por puro instinto, e eu sou apenas uma mulher. Buscando meu macho. Sua dureza. Seu toque. Não posso respirar, não posso pensar, quero ele, ele, ele.

Um orgasmo não é o que eu quero e sei disso. O que eu quero, preciso, é muito mais do que isso. É a conexão. O contato emocionante com este ser humano, um ser que me instiga como nenhum outro. Sinto falta de seu toque, seu beijo. Não me importo se ele me dá apenas um pouco do que pode dar, eu estou morrendo de fome para ser alimentada, e meu corpo nunca esteve tão faminto.

– Quero você na minha cama novamente. Quero te beijar, te abraçar. – ele geme.

– Não posso mais fazer isso, por favor, faça amor comigo... – imploro.

Pressionada contra ele quando avidamente pega minha boca, mudo meu corpo de posição até que uma de suas pernas fique encravada entre as minhas coxas.

Ele mordisca meus lábios, as mãos passando pelo meu cabelo. Estou tão desesperada que arranho seus braços enquanto esfrego meu sexo contra sua coxa. Sensações disparam. Eu choro, sentindo a tensão em seus ombros, o veludo suave de seu peito enquanto ele me devora, e no primeiro toque de meu sexo contra o músculo de sua coxa, explodo.

Tremendo incontrolavelmente, sinto quando ele se retesa de surpresa com minhas poderosas convulsões. Suas mãos rapidamente se espalham nas minhas costas e me achatam a ele enquanto levanta a perna e prende seu músculo em meu clitóris, sua boca voraz engolindo todos os meus gemidos.

Quando termino, ele prende meu cabelo para trás e parece muito íntimo. Sua voz. Íntima. Amena, com ternura.

– Será que isso foi tão bom quanto parecia? – Seus dedos se arrastam ao longo da minha bochecha em um toque suave, e ainda não há ar suficiente nos meus pulmões para gritar com ele.

Eu odeio. Ele.

Sinto como se desse tudo pra ele, e não recebesse nada de volta, embora fosse eu a receber prazer. Prendendo com raiva a toalha em torno de mim, olho ao redor do quarto, para tudo, menos para o odioso e belo rosto dele.

– Garanto que não vai acontecer de novo – sussurro, em meu embaraço completo e total.

Ele beija meu ouvido, sua voz rouca.

– Vou garantir que aconteça.

– Não conte com isso. Se eu quisesse ter um orgasmo sozinha, poderia ter dado conta sem dar um show para ninguém. – Com a toalha presa ao meu peito, sento-me e pergunto: – Posso pegar uma camisa emprestada?

Lentamente, os lábios sobem em uma covinha, uma espécie de sorriso arrogante que me faz suspeitar que ele gosta da ideia de me ver vestindo suas coisas, e se dirige ao seu armário, enquanto espero que ele volte e sinto todos os tipos de sensações devassas.

Seu lindo torso ainda está um pouco úmido, e não consigo parar de admirar a forma como a toalha abraça seus quadris estreitos. Seu corpo é a perfeição. Sua bunda desafia a gravidade, é tão perfeitamente apertada, redonda e muscular. Toda vez que eu o vejo usando qualquer tipo de roupa, babo um pequeno oceano.

Quero vê-lo nu e tocá-lo e, mais uma vez esta noite, sinto ódio porque não vou ser capaz de dormir com o tormento de querer senti-lo dentro de mim. Será que vou querer ficar aqui apenas para dormir? Desejando aquilo que ele não está pronto para me dar?

Não, eu não vou dormir com ele esta noite, só para beijar como adolescentes, avançando mais e mais, sem chegar aos finalmentes...

Não.

Claro que não.

Quero que ele faça amor comigo. Quero isso. Dele. Droga. Que ódio que ele consiga se controlar e se segurar enquanto eu estou completamente desfeita por causa dele.

Ele me dá uma camiseta preta que eu já tinha visto ele usar antes, em nosso primeiro voo para Atlanta.

– Serve esta? – pergunta ele, olhos azuis oniscientes e profundos.

Visto, sentindo o tecido descer ao longo de minha pele e sentindo o despertar de arrepios por todo o meu corpo. Ele permanece parado ao pé da cama, e seus olhos me sondam. São olhos íntimos, os olhos que me viram nua e que fazem meu sexo doer tanto que sinto como se estivesse me contorcendo.

– Venha comer alguma coisa comigo – diz ele, e eu o sigo pela suíte, nem um pouco relaxada, mesmo após o orgasmo incrível que ele me deu.

– Vamos ver o que Diane deixou para você – digo a ele enquanto estudamos o conteúdo do compartimento aquecido na cozinha. Ele tira a tampa do prato e eu sorrio. – Ovos. Hoje deve ter sido uma liquidação...

Aquelas covinhas de novo, de moleque sexy, e ele olha para a minha boca e permanece lá. Acho que ele nem percebe que está olhando assim para mim. Em silêncio, tira dois garfos de uma gaveta e vem.

– Vamos comer.

– Oh, não. Não quero mais ovos esta noite. Bom apetite!

Ele pousa os garfos e me segue até a porta, agarrando o meu pulso para me deter.

– Fique.

O pedido abrupto dispara uma onda de calor em mim, mas é a intensidade em seus olhos azuis que quase me derruba.

– Vou ficar – respondo, minha voz suave, mas firme – quando fizer amor comigo.

Nós nos olhamos, então ele suspira e mantém a porta aberta para mim, colocando seu corpo de tal forma que eu tenho que me esfregar nele para sair. O contato me queima. Seus olhos me perseguem por todo o caminho até meu quarto. Eles me queimam.

À noite, fico acordada em um quarto de outra suíte presidencial, com Diane descansando no outro quarto, e eu ainda estou em chamas. Estou na cama com a porta aberta, meus ouvidos alertas para qualquer barulho, em caso de Remy ter uma chave extra para esta suíte, e vir me pegar.

Sua camiseta maravilhosa está no meu corpo muito menor, e tem o cheiro dele. É uma sensação suave contra a minha pele, e aqui estou eu, tremendo de necessidade, desejando que ele desista e venha me pegar e me diga que está pronto para mim. Estou tão pronta para ele. *Basta vir fazer amor comigo*, penso impotente.

Às duas da manhã ele ainda não veio, e eu ainda estou acordada.

Não consigo entender como um homem que de fato deseja uma mulher pode se segurar assim. Remy é disciplinado e o homem mais forte que conheço, mas vejo a porta e me lembro de seu toque, do jeito que gozei para ele, e não acho que seja possível se segurar se me deseja do mesmo jeito que eu o desejo. Meu sexo dói como nunca doeu antes. Está inchado de lembrar os golpes de sua língua e a forma como rocei sua coxa. Minha fome não só não foi acalmada, como aconteceu o impossível e triplicou até me dar raiva. Ele me deu uma sede insaciável e não estou satisfeita, sinto-me vazia e ansiosa. Toda a minha existência hoje está focada em observar aquela porta.

Será que ele sente alguma coisa por mim, mesmo remotamente, tão forte quanto o que sinto por ele?

Há essa pequena parte em mim que não é legal: a menina que rompeu o joelho e que não conseguiu realizar seu sonho, a menina que não acredita que eu possa realmente ter algo maravilhoso, e que me faz pensar se ele me quer mesmo.

Ou ele só quer brincar comigo.

Então eu me pergunto se este é o tipo de sentimento que fez a minha irmã Nora ficar em apuros.

OITO

AUSTIN

Em Austin vamos ficar em uma casa de seis quartos com um celeiro incluído. Celeiro vermelho fabuloso esse que é onde Remington treina. Ele ficou empurrando pneus de trator durante todo o dia. Subindo as escadas externas com sacos de cimento em cima dos ombros. Subiu as cordas penduradas acima das vigas do celeiro, oscilou pelas vigas e, em seguida, correu comigo em torno da propriedade. Está treinando como um animal, e mal-humorado como um gorila louco, também. Embora ele pareça estar especialmente mal-humorado apenas com os outros membros de sua equipe, e eu seja a única que o acalma. Daí que Riley e o treinador me imploram que eu o ajude a alongar quando ele começa a ficar chateado com alguma coisa, como o ajuste dessas "merdas dessas luvas com as quais ninguém consegue lutar".

Essas sessões de relaxamento são uma tortura para mim. Deslizar as mãos pelo peito suado. Austin é quente em julho, e ele tira a camisa e o contato de pele com pele desestabiliza todas as minhas partes, levando-me de volta para cada sensação de estar nua na cama com ele.

Todas as noites, desde o incidente do ovo, uma semana atrás, eu me deito na cama, olhando para a porta. Sei que deveria me satisfazer sozinha para encontrar algum alívio, mas o que quero dele agora é muito além de sexo, e nem quero dar um nome a isso. Ainda que saiba muito bem o que é.

Em nosso voo para cá, trocamos músicas e me vi sempre sem fôlego esperando para ver a música que ele tocaria pra mim. Tentei manter minha seleção pouco romântica para ele, e de fato tive uma emoção particular quando Remy fez uma careta para todas as músicas *girl power* que escolhi.

Ele, por outro lado, me deu as músicas mais românticas que ouvi em meus anos de adulta, destacando o final, onde um cara toca a música para o amor de sua vida em seu aparelho de som. O filme chama-se *Digam o que quiserem*, mas a música é "In Your Eyes", de Peter Gabriel.

Sério que eu queria derreter no couro do banco do avião quando ele começou a tocar para mim, com seus olhos azuis atentamente me observando enquanto eu absorvia a letra que fala de como encontrar a luz em seus olhos...

Que droga.

Ele.

Ele não me tocou desde a noite em que tomamos banho juntos. Mas as coisas que disse... O jeito que me beijou... Eu o quero tanto, às vezes tenho vontade de bater na cabeça dele e arrastá-lo para a minha caverna, onde a opinião de ninguém interessa, só a minha. E eu digo que vamos fazer tudo noite adentro, e ponto final.

Hoje estou dentro de casa, procurando algumas faixas elásticas na minha mala, que vou usar para fazer seu relaxamento no final da tarde. Esta é apenas uma tática para que eu não tenha que tocá-lo mais e para me poupar de outra noite sem dormir de tanta excitação. Passo pela porta da frente com a faixa pendurada entre meus dedos, e vejo Pete lá, segurando a porta meio fechada enquanto fala com alguém do outro lado.

Quando passo, vejo um homem de cabelos grisalhos e uma mulher através do canto do meu olho, e de repente eles me chamam.

– Menina, por favor, você nos deixa falar com ele?

A voz feminina me para no meio do caminho, pois sou a única menina da casa, a menos que alguém tenha começado a se travestir aqui, e não acho que o treinador seja dado a isso.

Quando dou um passo adiante, a mulher alta e magra, de aparência frágil, apressa-se a me dizer, com o rosto pálido e seus olhos tristes de um chocolate escuro:

– Nós não sabíamos o que fazer. Ele se sentiu abandonado, mas era muito forte e ninguém podia controlá-lo, muito menos eu.

Meu cérebro processa as palavras em silêncio, e enquanto isso acontece, olho para eles e fico atrás de Pete.

– Mais uma vez, eu realmente sinto muito – Pete responde formalmente. – Mas mesmo se ele não estivesse ocupado, não há nenhuma maneira de levá-los até ele. Mas tenham a certeza de que farei contato se alguma coisa mudar.

Ele bate a porta um pouco com força demais, e solta um longo suspiro. Finalmente, minha mente fala comigo:

– Eram os pais de Remy? – pergunto, perplexa e chocada.

De repente, percebo que os olhos azuis de seu pai são inconfundíveis na cor, e apesar dos cabelos brancos, o homem tinha uma estrutura óssea incrivelmente grande e saudável.

Pete assente com a cabeça e esfrega a testa, parecendo extremamente agitado.

– Sim, os próprios.

– Por que Remy não quer vê-los?

– Porque os bastardos trancaram Remy em uma ala psiquiátrica aos treze anos e o largaram lá até que ele fosse adulto o suficiente pra poder sair por conta própria.

Uma sensação terrível se instala em minhas entranhas, e por um momento, a única coisa que faço é ofegar.

– Ala psiquiátrica? Para quê? Remy não é louco – digo, instantaneamente indignada em nome dele enquanto sigo Pete através da sala de estar.

– Não precisa me dizer isso. Foi uma das injustiças mais frustrantes que já tive de presenciar na minha vida.

Com o peito apertado, pergunto:

– Pete, você estava junto quando ele foi expulso do boxe?

Ele balança a cabeça em uma negativa, sem diminuir o passo:

– Remy tem pavio curto. Basta acender e ele explode. Sua concorrência queria ele fora. Fora do ringue. Ele mordeu a isca. Foi expulso. Fim da história.

– Bem, ele ainda está bravo com isso?

Pete abre as portas do terraço que leva pelo jardim até o celeiro, e eu o sigo, protegendo com a mão os olhos, diante do brilho do sol.

– Ele está com raiva, tudo bem, mas não especificamente disso – diz Pete. – Lutar é tudo o que ele sabe. Tudo o que ele tem e que pode controlar em sua vida. Crescer foi uma pura rejeição. É quase impossível fazer com que ele se abra. Mesmo com aqueles que estiveram com ele por tanto tempo.

– Como você acha que seus pais sabiam onde estávamos? Pensei que esta casa fosse pra manter a imprensa longe, desde o incidente do ovo.

– Porque esta é a casa de Rem – diz Pete quando vejo o encantador celeiro vermelho que aparece à frente depois dos gramados. – Depois que ele saiu, ganhou dinheiro lutando, então comprou a casa, tentando provar pros velhos que ele poderia ser alguém... Mas eles ainda não queriam nada com ele. Ele ficou empacado com a casa, e agora só a usa quando está na cidade, pra manter a imprensa afastada. Ele tem um monte de fãs em Austin.

Sinto fisgadas de todos os lados com esta informação. Indignação pura pelo jovem Remy preenche minhas entranhas, me deixando sem fôlego.

– Que tipo de pais abandona seus filhos como eles fizeram, Pete? E por que diabos iriam procurá-lo agora?

Pete suspira.

– De fato, por quê? – Ele balança a cabeça com tristeza, em seguida avistamos Remington dentro do celeiro aberto, atingindo um saco de areia que o treinador tinha pendurado nas vigas. Parecendo um pouco em pânico, Pete me puxa instantaneamente pelo cotovelo.

– Não deixe escapar que você sabe alguma coisa sobre isso, eu imploro. Ele está totalmente emputecido desde que soube que estávamos vindo pra cá. Muito rapidamente seus pais o deixam irritado, e seu temperamento anda uma merda esses dias.

Concordo com a cabeça e afasto o cotovelo.

– Não vou. Obrigada pela confiança.

– Ei, Brooke, tente alongar o Remy, a forma dele não está a ideal. O treinador acha que ele tem um nó nas costas – chama Riley.

Assentindo com a cabeça, ando mais um pouco e ouço, em vez de ver, Remington socando o saco mais e mais rápido a cada passo que dou para mais perto dele. Francamente, estou surpresa de que ele não pare quando chego ao seu lado.

– O treinador não está feliz com sua forma e Riley acha que eu posso ajudar – digo, e observo fascinada a criatura elegante esmurrando o saco de pancadas com ambos os punhos, com uma profunda expressão de concentração no rosto, e admiro o que Remington fez consigo mesmo, apesar da rejeição que enfrentou quando era mais jovem.

– Remy – chamo.

Ele não responde, e em vez disso se desloca lateralmente e joga um punho após o outro em questão de nanossegundos, fazendo com que o pobre saco voe.

– Você vai me deixar te alongar? – sigo em frente.

Ele inclina seu corpo mais uma vez e me dá suas lindas costas, e continua a bater como um louco. Quero tocá-lo, especialmente depois de tudo o que Pete me disse, então solto o elástico aos meus pés, porque a última coisa que desejo é alguma coisa entre mim e ele.

– Você vai me responder, Remy? – minha voz suaviza quando me aproximo e estico um braço.

Tum, tum, tum...

Toco suas costas. Ele endurece, deixa cair a cabeça e se vira. Tira as luvas de boxe e joga-as de lado.

– Você gosta dele? – seu sussurro é baixo, seu toque gentil ao chegar perto e colocar sua mão onde Pete me tocou. – Você gosta quando ele te toca? – Mas seus olhos, meu Deus. Eles brilham em mim. Sua mão é o dobro do tamanho da mão de Pete e está fazendo todas as coisas em meu corpo.

Olho para ele, borboletas explodindo na minha barriga, e seja o que for que estamos jogando, quero que continue indefinidamente, mas quero que pare. Há algo incrivelmente animal na maneira como ele age em torno de mim, algo que traz à tona os instintos profundamente enraizados lá dentro.

– Você não tem direito sobre mim – digo com raiva e sem fôlego.

Ele fecha as mãos.

– Você me deu direitos quando veio na minha coxa.

Minhas bochechas queimam com a lembrança.

– Eu ainda não sou sua – atiro de volta. – Talvez você esteja com medo de que eu seja mulher demais pra você?

– Eu fiz uma pergunta e quero uma resposta. Você adora quando outros homens a tocam? – ele exige saber.

– Não, seu idiota, eu gosto quando *você* me toca!

Depois da minha explosão, ele olha para a minha boca quando mergulha o polegar na dobra do cotovelo. Seu tom de voz é rude.

– O quanto você gosta do meu toque?

– Mais do que eu queria – devolvo, ofegante e sem fôlego por causa dele.

– Você gosta o suficiente pra me deixar acariciá-la na cama hoje à noite? – ele pergunta sem rodeios. Minha pele formiga, e vou ficando incrivelmente quente entre as minhas pernas. Suas pupilas estão totalmente ampliadas com a fome.

– Gosto o suficiente pra deixá-lo fazer amor comigo.

– Não, isso não. – Ele aperta a mandíbula e me encara com olhos azuis atormentados. – Só se tocando. Na cama. Esta noite. Você e eu. Quero fazer você gozar. – Ele me olha, uma pergunta em sua expressão. Sinto o seu temperamento sombrio se agitando debaixo da superfície em frustração. Há uma necessidade em mim que quer apaziguar isso... Mas não posso segui-la.

Quero muito tocá-lo, só que não consigo entender por que ele resiste ao chamado e não me possui. Não aguento uma noite em seus braços sem ir até o fim.

Afasto o braço e endureço a minha voz.

– Olha, não sei o que você está esperando, mas não vou ser o seu brinquedo.

Ele me pega de novo e me traz mais perto, abaixando a cabeça para mim.

– Você não é um jogo. Mas eu preciso fazer isso do meu jeito. Do *meu* jeito. – Ele enterra o rosto no meu pescoço e me cheira, e sua língua lambe minha orelha. Ele geme e traz meu queixo para cima, para que os nossos olhos se encontrem. – Eu estou indo devagar por você. Não por mim.

Meus joelhos ameaçam fraquejar, mas de alguma forma consigo sacudir a cabeça em desacordo.

– Isso já está indo longe demais, e estou perdendo rapidamente o interesse. Vamos apenas alongá-lo. – Vou para suas costas e ele me empurra como se eu o tivesse cortado com uma faca.

– Não me incomode, porra. Vá alongar o Pete.

Remy pega a toalha, enxuga o rosto e então segue esmurrando o saco de areia com as mãos nuas.

Marchando com uma cara feroz, digo a Riley:

– Ele não me quer.

– A declaração mais enganosa do século, garota – diz ele, revirando os tristes olhos.

NOVE

UMA AVENTURA

O Underground ferve com energia nesta noite, e na última hora desisti de procurar por Nora na multidão, temendo que depois de ter me visto ela tenha se escondido. Estou determinada a fazê-la aparecer, só não sei ainda como vou fazer isso. Mas, em definitivo, vou planejar alguma coisa.

Por enquanto, me deixei ser arrastada pela magia das lutas, e estou assistindo mais avidamente do que nunca a todos os rivais, ao menos para tentar ver suas estratégias de combate no caso de seguirem para a final e enfrentarem Remington.

Alguns lutam muito sujo, e percebo que não há ninguém que luta como ele. Remy luta como se amasse isso. Ele tem uma explosão em cima do ringue, e faz parecer como se fosse um leão, e seu oponente um ratinho, como se o leão estivesse apenas brincando com o rato. Ele salta para cima e para baixo, às vezes, e faz o público participar quando entra em clinch e depois se afasta e aponta para o adversário como se perguntasse: "Vocês querem que eu esmurre esse idiota?".

É claro que a multidão urra, e fico toda excitada e animada apenas de olhar para ele.

Quando Remy foi anunciado hoje à noite, a multidão foi à loucura, praticamente todos os presentes de pé, gritando, e assisti com meu estômago agitado ao momento em que ele veio do vestiário e subiu ao ringue, e de repente o salão ganhou vida com ele. Agora os cartazes se agitam do outro lado enquanto ele bate no outro homem, seu terceiro adversário da noite, que está sendo tão esmurrado que provavelmente a luta vai acabar em mais alguns minutos.

Ele está com sorte hoje. Detonou tudo e todos que trouxeram. Realmente não vi até agora nenhum de seus adversários ser capaz de soltar um bom golpe nele, seu rosto está intacto e sua guarda também.

De alguma forma sinto que ele está provando algo a esta cidade onde nasceu. Sinto que a cada soco ele está dizendo a seus pais que eles estavam errados. E isso me faz torcer ainda mais por ele. Estou muito chocada com o que soube, e simplesmente não consigo imaginar Remington preso em qualquer lugar, impotente e com raiva. Ele é um homem forte e primitivo, que sabe exatamente o que quer, e me irrita pensar que alguém pôde machucá-lo quando ele era mais jovem e mais vulnerável. Faz-me sentir protetora de um jeito feroz, desejando tê-lo conhecido antes, como se eu pudesse mesmo ter feito algo para impedir aquilo...

Ouço o som do nocaute e os gritos que se seguem, e meu coração já está pulando no peito quando o mestre de cerimônias agarra o braço de Remy e o levanta:

– Nosso vencedor da noite, Remingtoooooooon Tate, o Arrebentador!

O braço levantado pela vitória, e minha respiração se mantém em expectativa, esperando o que vem a seguir. O que ele *sempre* faz em seguida.

Ele me procura com aqueles olhos azuis.

Meu corpo agarra o instante em que ele traz seu olhar para o meu. Seu sorriso brilha, mas tem algo a mais hoje. Ele está lutando com intensidade selvagem, e seu sorriso é igualmente intenso, uma explosão de sexo, e de repente não há nada de inocente ou divertido nisso. Ele mantém seu olhar de forma possessiva em mim enquanto sua respiração continua empurrando seu poderoso peito para fora e o suor desliza pelo corpo, e ele parece tão perfeito como no primeiro momento em que pus os olhos em cima dele em Seattle.

Eu o quero mais do que nunca.

Estou tão molhada, e tão desesperada pelo que ele me faz sentir, só olho para ele, não retornando seu sorriso, meus olhos implorando para ele terminar o que está acontecendo entre nós, uma coisa que salta como corrente de eletricidade entre nós cada vez que ficamos perto um do outro. Eu coloquei tudo isso para fora, dizendo-lhe o que desejo, e ele continua a ser tão inatingível para mim como um cometa.

Com os olhos azuis brilhando, ele aponta para mim agora, então para si mesmo e, em seguida, para alguém se aproximando de mim, na passagem atrás de meu assento. Alguém que está segurando uma rosa vermelha brilhante.

Ela coloca a rosa na minha linha de visão.

– De Remy – sussurra a garota sorridente.

Outra rosa se segue, e uma voz diferente orgulhosamente afirma:

– De Remy.

A terceira cai na minha mão.

– De Remington.

Uma quarta.

– Do Arrebentador.

– De RT. Desculpe por aqueles idiotas terem jogado ovos...

– De Remy.

Meu pulso está em algum lugar perto da lua e, ao mesmo tempo, meu chão se se abre abaixo de mim. Olho em descrença absoluta a linha de pessoas que se forma diante de mim, facilmente várias dezenas, todas elas me entregando rosas vermelhas em nome dele. Ele observa, com aquele sorriso de covinhas que me diz que pertenço a ele, e meu coração dói tanto que quero rasgá-lo do peito e jogá-lo em algum lugar. Aquilo que ele fez em Los Angeles deve ter saído no Twitter ou sei lá onde, tudo o que sei é que os meus braços estão cheios de rosas, e são todas dele.

De um homem que luta como um louco, me excita como nenhum outro, é a coisa mais sexy que eu já vi. Do homem que me toca músicas sensuais, me dá a sua camiseta para dormir, me protege tão impetuosamente como um leão, e ainda assim não me come quando estou nua e tremendo em seus braços.

E de uma hora para outra, não aguento mais.

Nem sequer olho para ele quando estamos de volta para casa. Seu olhar está colado ao meu perfil, cada célula do meu corpo ciente disso. Sei que ele quer saber se gostei das rosas, mas minhas entranhas estão tensas, estou fervendo. Todo o meu desejo por ele não foi apaziguado, e se transformou em um tipo de raiva que provavelmente vai me dar uma doença e me matar.

Tremo por causa disso. Com a necessidade. Com dor. Com fúria.

Como ele se atreve.

Fazer com que o deseje tanto assim.

Oferecer o trabalho dos meus sonhos, e então se tornar o centro da minha própria existência, até que fique pronta a arriscar tudo por ele. Meu trabalho. Minha família. Meus amigos. A cidade onde eu cresci.

Como ele se atreve a me tocar no chuveiro, e beijar-me como se quisesse me comer em cada refeição até morrer! Como ele ousa ser minha fantasia, ganhar vida, e só brincar e me torturar até que eu não suporte mais. Eu costumava me sentir tão livre e feliz por não ter esses dramas românticos. Costumava ouvir Melanie reclamar e xingar, e então dizia a ela: "Mel, ele é só um cara. Levante a cabeça e vá para o próximo". E agora estou virada por causa de um homem, e meu próprio conselho não vale nada, porque não há outro homem como esse para mim.

Já nem sequer me sinto livre. Fui conquistada e, no entanto, o homem que me tomou emocionalmente não vai me possuir. Se não estivesse tão zangada e frustrada, eu jogaria a maior partida dessa merda de autopiedade de toda a minha vida desde meu fracasso nas eliminatórias olímpicas.

– Você foi incrível, Rem! – diz Pete no carro, suspirando de puro deleite. – Cara, que grande noite.

– Grande luta, filho – diz o treinador, parecendo feliz de um jeito que eu não tinha visto ainda nesse homem sombrio. – Nunca saiu da posição, não baixou a guarda. Até Brooke sentiu o amor nesta noite, hein, Brooke?

O silêncio se segue, e fico quieta no meu lugar e mantenho o meu olhar nas luzes piscando pela janela como se nem ouvisse a conversa. Me recuso a festejar as minhas rosas ou agradecê-lo. Sim, os fãs me banharam com rosas e ele lutou como um verdadeiro campeão maravilhoso... Minha vagina se aperta quando me lembro dos socos poderosos, e agora me recuso a pensar mais sobre isso também.

– Você foi matador – diz Riley.

Percebo que Remington não responde aos elogios. Seu olhar agora se mostra como uma marca escaldante no meu perfil e sua energia está se tornando tão tumultuada quanto a minha. Ele deve ter querido uma reação diferente ao seu gesto. Ele queria que eu ficasse toda sentimental e dissesse:

"Oh, céus, você é tão incrível!". Mas não vou fazer isso. Porque me dá ódio o que ele faz comigo. Odeio desejar esse cara tanto assim. Odeio me sentir tão volátil, quero arrancar os olhos dele e depois chorar. Minha vontade é jogar todas estas rosas em seu colo e dizer-lhe para foder com elas agora, porque eu não quero mais que ele me coma!

Então, quando as rosas já estão com água em um dos baldes de gelo no meu quarto e minha ira se inflamou em proporções gigantescas, me lanço no corredor e encontro Pete na sala de estar do lado de fora do quarto principal.

– Remington?

– Tomando banho. – Ele aponta para a porta, e eu sigo em frente, tranco a porta, e o avisto do outro lado do quarto, na porta do banheiro.

Ele está totalmente nu, molhado, recém-saído do banho com uma toalha na mão, e imediatamente me vê.

Seu olhar atordoado se fixa em mim, e a toalha cai aos seus pés.

Nunca tive essa visão dele nu, e perceber a sua perfeição física e o mais belo pau que eu já vi funcionando perfeitamente só me enfurece ainda mais. O sangue corre como lava ardente em minhas veias quando pulo para frente e bato com os punhos várias vezes em seu peito, tão forte quanto posso, mas sem quebrar meus próprios ossos.

– Por que você não me tocou? Por que diabos você não me toma por dentro? Estou muito gorda? Muito magra? Você adora me torturar até que eu fique sem sentidos, ou você é apenas um cara cruel? Para sua informação, eu queria transar com você desde o dia em que entrei em seu quarto estúpido de hotel e, em vez disso, fui contratada!

Ele agarra meus pulsos e com raiva me puxa para frente, prendendo meus braços para baixo.

– Por que você quer fazer sexo comigo? Para ter uma porra de uma aventura? O que eu deveria ser? Sua transa de uma noite? Eu sou a aventura da mulherada, caralho, e não quero ser a sua aventura! Eu quero ser real pra você. Entendeu? Se eu foder você, quero que seja minha. Me pertencer. Quero que você se entregue a mim, e não ao Arrebentador!

– Eu nunca vou ser sua se você não me possuir. Me pega! Seu filho da puta, você não enxerga o quanto eu te quero?

– Você não me conhece – ele rosna com os dentes cerrados, o rosto ansioso enquanto aperta meus pulsos ao lado do meu corpo. – Você não sabe nada sobre mim.

– Então me conte! Você acha que vou deixar você se me contar isso que não quer que eu saiba?

– Eu não acho, *eu sei*. – Ele pega meu rosto em uma de suas mãos e o aperta tanto, seus olhos violentamente azuis e quase frenéticos. – Você vai me deixar no segundo em que a coisa ficar complicada, e vai me deixar sem nada, quando quero você como nunca quis nada na minha vida. Você é tudo em que penso, tudo com que eu sonho. Fico descontrolado e isso é por sua causa, não se trata mais de mim. Não consigo dormir, não consigo pensar, não consigo me concentrar em mais nada e tudo porque eu quero ser a porra do "único" pra você, e assim que você perceber o que sou, tudo o que eu vou ser será uma porra de um engano!

– Como você pode ser um engano? Você já se viu? Você viu o que fez comigo? Você me tinha em *stand by*, seu maldito idiota! Você me fez desejá-lo até doer e daí não faz porra nenhuma?

– Porque eu sou um merda de um *bipolar*! Um maníaco de merda! Violento. Depressivo. Eu sou uma bomba-relógio de merda, e se um dos caras da minha equipe fizer cagada quando eu estiver num dos episódios, a próxima pessoa que posso machucar pode ser você! Eu estava tentando contar isso o mais lentamente possível para que eu pudesse pelo menos ter *uma chance* com você. Esta merda tomou tudo de mim. Tudo. Minha carreira. Minha família. A porra dos meus amigos. Se isso atingir você, eu nem sei que porra eu vou fazer, mas a depressão vai me bater tão fundo que provavelmente vou acabar me matando!

Meus olhos ardem quando as palavras flutuam como chicotadas horríveis na minha cabeça. Cada palavra chocante me atordoa até meus ossos. Ele xinga e me solta, e dou um passo atrás e vejo quando veste suas calças com raiva.

Impotente, eu o vejo pegar uma camiseta do armário, e meu coração para completamente de bater no meu peito. "Bipolar" não é realmente uma palavra com que eu esteja familiarizada, exceto por ouvi-la de longe. Nunca conheci ninguém que tivesse isso, mas, de repente, se volto nessas semanas que vivi, tenho uma pequena dica do que é. Eu entendo. Remy tanto se ama quanto se odeia. Ele ama e odeia a sua vida. Num segundo é tudo de bom, no próximo é tudo de ruim. Ele é quente e é frio. Talvez ele nunca tenha sido aceito, nem por si mesmo, e talvez todo mundo se afaste quando as coisas fiquem... excessivas.

Mil emoções se agitam em meu peito, e mal posso contê-las em meu corpo.

Seu peito arfa quando ele me olha do outro lado do quarto, os olhos azuis brilhantes enquanto ele aperta as mãos a seu lado e me aguarda falar, a camiseta ainda em sua mão, balançando ao lado.

De repente, tudo o que sei é que este homem tem proporções divinas em minha mente, mas agora percebo que ele também é humano e imperfeito e, com todos os centímetros doloridos de meu corpo, eu o quero ainda mais. Tanto que vou me afogar agora se ele me recusar nesta noite.

Inspirando profundamente, minhas mãos tremem enquanto de forma bem lenta abro os botões da minha blusa, peneirando-os um por um em meus dedos. O ruído faz com que seus olhos caiam no meu peito e seus olhos brilham de dor. Seu olhar me devora tão violentamente que sinto a mordida de seus olhos em meu coração.

– Vai ser como está. Não estou tomando as medicações. Elas me deixam morto, e eu pretendo viver minha vida *vivo* – adverte ele em um áspero sussurro furioso.

Concordo com a cabeça em compreensão. Eu me recusei a tomar antidepressivos quando supostamente, do ponto de vista clínico, eu precisava deles, depois de meu fracasso. Acredito que seja sua escolha a maneira como você vive com a sua doença, e às vezes o remédio é pior que a doença. Ele é um homem que come tão bem, e qualquer química pode desequilibrá-lo. Eu vejo isso.

Não sou ninguém para lhe dizer o que fazer. Mas ele nem mesmo percebe o quão importante ele é? Aonde ele chegou e tudo que conseguiu sozinho? Será que reconhece a grande equipe que montou? Posso ver como o treinador, Diane, Pete e Riley o amam, mesmo quando brigam com ele. Eu queria pertencer a esta equipe, mas agora só quero pertencer a este homem.

E quero que ele me pertença.

– Tire a roupa, Remy.

Abrindo o meu último botão, abro minha camisa ao meio, e a camiseta que ele ainda está segurando cai ao chão enquanto seus dedos se abrem espasmodicamente.

Seus olhos me avaliam, sua voz de uma aspereza triste.

– Você não tem ideia do que está pedindo.

– Eu estou pedindo você.

– Eu não vou deixar você me abandonar.

Minha garganta fecha-se com a emoção, tornando as palavras difíceis de pronunciar.

– Talvez eu não queira ir embora.

Uma dor desesperada brilha em seus olhos.

– Me dê uma porra de uma garantia. Eu não vou deixar você ir embora, e você vai querer tentar. Vou ser difícil de suportar e vou ser um idiota, e mais cedo ou mais tarde, você vai se encher de mim.

Balançando a cabeça, lanço a minha blusa no chão e em seguida empurro a saia para baixo de meus quadris, até sair dela. Tremendo até a minha alma, estou apenas em meu sutiã e minha calcinha de algodão, meus seios subindo e descendo.

– Nunca vou ter o suficiente de você, nunca.

De início, as minhas palavras parecem não ter nenhum efeito sobre ele. E acho que estou morrendo lentamente.

Em seguida, um som baixo e faminto sobe pela garganta dele.

Minha respiração para.

Ele fica me olhando, imóvel naquelas calças, com as pernas apoiadas em uma posição de combate, com os olhos cheios de necessidade. Seus ombros largos balançam com sua respiração, e ele enrola os dedos em punho ao lado do corpo. A profunda aspereza de sua voz raspa minha carne.

– Vem aqui, então.

O comando vem de forma tão inesperada que minhas pernas começam a balançar. Todos os meus sistemas se apressam a trabalhar juntos, mas ao mesmo tempo, não posso me mover.

Eu me sinto como um monte de órgãos que lutam para virar um só. Coração acelerado. Pele suando. Tremores nas minhas terminações nervosas. Completa inutilidade dos meus pulmões.

Todo o meu corpo quer a mesma coisa, mas parece desgastado demais para se juntar num só.

Quando finalmente me recomponho com uma respiração irregular, sinto-me tão viva e tão desenredada, que até meus dedos formigam quando nós – eu e o meu coração e os meus ossos e a minha pele – finalmente conseguimos dar o primeiro passo.

Um nervosismo terrível me devora enquanto caminho até meu destino.

A respiração de Remington aumenta de ritmo. Seu poderoso peito sobe ainda mais rápido quando me aproximo. Num passo a passo estressante, minha pulsação soa em minhas têmporas quando o calor de seu olhar se arrasta dentro de mim. Entre as pernas, eu queimo por ele. Meus mamilos latejam. As pontas duras empurram dolorosamente o algodão do sutiã. Todos os poros do meu corpo querem implorar pra ele sugá-los. Para me tocar. Para me amar.

Parando perto dele, mal posso respirar quando o cheiro do seu sabonete envolve meus pulmões, drogando todos os meus sentidos. Os braços dele se levantam, e ele enfia dez dedos irritados no meu cabelo e puxa minha cabeça para trás com seus punhos e enterra seu nariz no meu pescoço, resmungando baixinho. Sua profunda inspiração me atinge, e um arrepio percorre meu corpo quando faço o mesmo, absorvendo em meu corpo todas as cores e sabores de seu forte cheiro masculino. Sua língua sai para lamber um caminho molhado até o meu pescoço enquanto um braço envolve minha cintura, e ele me esmaga com seu corpo, sussurrando: "Minha".

Desejo e amor explodem em mim.

– Sim, sim, sim, Remington, sim.

Enredando os dedos em seu cabelo, com ansiedade empurro meus seios em seu peito e esfrego meus mamilos doloridos contra seu diafragma, meus braços violentamente prendendo sua cabeça para mim enquanto ele continua a me perfumar com sua profunda respiração. Meu corpo sacode com prazer.

Ele pega meu rosto dentro de suas mãos calejadas e arrasta a sua língua do meu pescoço ao meu queixo, respirando asperamente enquanto se dirige para a minha boca. Ele lambe a costura dos meus lábios. Amortecendo-me. Estimulando-me.

Sua língua investiga minha boca, então ele acrescenta os lábios e os usa para me abrir. Ele mordisca meu lábio inferior para provocá-lo. Um gemido suave sai de mim e ele abafa o som quando mergulha, molhado e quente e com fome. Minha resposta é rápida e selvagem, e nossas línguas colidem em um frenesi, aquecidas de umidade e gemidos.

Meu corpo se funde no corpo forte até que seu braço, enrolado em volta da minha cintura, é tudo o que me mantém de pé. Eu não sei se sou ruim para ele ou ele para mim. Tudo o que sei é que isso é tão inevitável quanto um tsunami, e só estou me preparando para o mergulho da minha vida.

Provamos e sugamos um ao outro, e estou tão sedenta que mesmo que ele me alimente com seu beijo a noite toda, eu ainda estarei morrendo no deserto. Ele agarra meu cabelo mais apertado e me mantém no lugar, como se tivesse medo de que eu possa querer me afastar de sua boca deliciosa, e tenho tanto medo de que seja um sonho que meus dedos apertam seu cabelo molhado, porque se houver um incêndio neste hotel, se um exército de fãs loucos vier atacar, ou se o próprio Scorpion entrar neste quarto, eu ainda não vou deixar Remington Tate tirar a boca de cima de mim.

O calor úmido de sua boca me invade, me deixa excitada, eu gemo e chupo levemente sua língua, amando como ele geme comigo e empurra mais fundo, me dando mais.

Ele fica inquieto. Entre os sons de beijos ecoando no quarto, ouço o som das calças de algodão descendo por suas pernas, os músculos dos braços se curvando quando eles me apertam. As calças se amontoam a nossos pés e ele coloca os polegares na abertura frontal do meu sutiã e puxa em lados opostos até soltá-lo. Meus seios saltam livres e meu sutiã bate no chão.

Nunca me senti tão completa até ele fechar as mãos sobre eles e os erguer um pouco para chupá-los. Ele lambe meus mamilos, primeiro um, depois o outro, e engole as duas curvas suaves com as mãos e esfrega os bicos dos seios tensos. Gemo de gratidão quando ele enfia a língua na minha boca, porque estou tão faminta que não consigo parar de estremecer.

Os sons de beijos ecoam em torno de nós, mais uma vez. Ele aperta um seio e enfia a mão entre minhas pernas, por cima de minha calcinha. Ele me esfrega com a palma da mão, e depois esfrega o dedo mais longo pelas dobras úmidas da minha entrada. Tremores de antecipação ondulam em meu ventre.

Remy afasta a boca, apoia a testa na minha e observa enquanto sua mão se move sinuosamente sob minha calcinha branca de algodão. Estamos tão sem fôlego que não espero sua voz gutural e áspera explodir no meu rosto, a testa ainda descansando na minha enquanto vê a sua mão acariciar minha umidade.

– Diga-me que isso é pra mim.

Meus braços apertam ao redor de seu pescoço quando ele brinca com a ponta do seu dedo lá dentro, e um alucinante prazer explode em mim, da cabeça aos pés.

– É pra você.

Ofegante, beijo sua testa, seu queixo. Um som de protesto me escapa quando ele retira sua mão, então ele pega as bordas da minha calcinha e a arranca em um único movimento.

O tesão corre por mim. Ele me agarra pela cintura e me vira, me batendo contra a parede. Minhas pernas voam em torno dele quando ele põe as mãos em concha na minha bunda, e no segundo seguinte eu o sinto – lá, na minha entrada. Sua dureza encontra toda a parte exterior da minha umidade escorregadia, e ele agarra meus pulsos e prende meus braços acima da minha cabeça, trancando-os em uma das mãos.

– Você é minha? – pergunta ele asperamente, enquanto sua mão retorna entre as minhas coxas e rapidamente me penetra.

Eu suspiro. Desfeita. Delirante.

– Sou sua.

Sua expressão é tensa, voraz, tão quente enquanto raspa o dedo profundamente na minha gruta.

– Você me quer dentro?

Meu desejo entope minha traqueia quando o prazer sobe em minhas pernas.

– Eu quero você em todos os lugares. Sobre mim. Dentro de mim.

Sua mão treme quando ele a retira e, mais uma vez, instala sua ereção entre minhas pernas. Ele não entra, mas me permite sentir o que vai me dar. Nossos olhares se agarram desesperadamente enquanto nos esfregamos.

Nós balançamos os quadris juntos. Ofegamos. Queremos. E não consigo tirar os olhos de cima dele.

Ele é ainda mais bonito do que quando luta e é arrogante e raivoso. Mais bonito do que quando treina e fica suado e cansado. Mais do que quando está sorridente e brincalhão. Ainda mais do que quando está pensativo e relaxado sendo esfregado com óleo. Ele é mais bonito do que qualquer coisa que eu já vi, seu rosto tenso e cru com a necessidade, seus olhos escuros e semiabertos, as narinas dilatadas, a boca separada para respirar, seu pescoço inflado com as veias, seu bronzeado mais profundo e mais escuro quando a avassaladora excitação enche de cor a sua pele.

Ele mantém meus braços presos enquanto me acaricia com sua dureza. Tentando-me. Prometendo-me. Tudo que posso fazer é choramingar em um apelo silencioso para ele me possuir. Meu sexo arde. O sangue corre por meu corpo. Estou sendo reivindicada pelo homem que amo, e estou pronta.

Eu.

Estou.

Pronta.

Olhos azuis escuros me observam por um momento de parar o coração. Num segundo estou vazia, no outro ele já entrou em mim. Ele me preenche lentamente e com cuidado, como se eu fosse o seu tesouro precioso e não quisesse me quebrar, como se achasse que ninguém mais vai recebê-lo tão perfeitamente, e de bom grado, e com tanto amor como eu. Ele é grande e duro, sulcando-me firmemente. Ele geme e treme quando os músculos de meu sexo pegam seu membro pulsante, e ele é tão grande. Um novo gemido surge, quase doloroso, quando me contorço, desejando mais, desejando menos. Decidindo que minha vontade por mais está além de qualquer coisa, desço ainda mais e jogo a cabeça para trás, um som fraco me escapando quando meu corpo se ajusta.

Com delicadeza, ele pega os meus seios em suas mãos calejadas e empurra sua língua em mim até que eu possa engolir o meu próprio grito e beber tudo o que sua língua me alimenta. Ele está pulsando ferozmente na minha vagina, mantendo-se encaixado dentro de um modo total. Meu corpo chacoalha em delírio quando ele abaixa a cabeça e corre a língua sobre meu queixo, ao longo do meu queixo, do meu pescoço. Quando chupa um mamilo em sua boca quente, minhas entranhas se agitam quando meu orgasmo começa a se construir, e eu estremeço no calor febril e empurro meu quadril desenfreadamente contra o dele.

– Remy... – deixo escapar um gemido, enquanto fecho meus braços em torno do pescoço dele. Aperto minhas coxas ao redor do seu corpo, inclinando minha pélvis. O movimento dispara ondas de insuportável prazer através de meu corpo enquanto aquele membro firme se arrasta dentro de mim. Meus olhos reviram de prazer.

Não vou aguentar mais. Ele é muito grande, muito gostoso, e eu preciso muito dele.

– Remy... – imploro, descontrolada, balançando os quadris. – Por favor, por favor... Mexe dentro de mim...

Ele geme, como se também estivesse com medo de não se segurar mais. Mas ele tenta me agradar, e puxa para fora, e em seguida empurra para dentro de novo. Nós dois estamos nos desmanchando de tesão, e um som semelhante de desespero rasga as nossas gargantas. Ele repete o movimento de seus quadris e deixa cair sua testa até que a encosta na minha, com um grunhido ao frear seu avanço, para então começar a me beijar como se sua vida dependesse disso.

– Brooke – diz ele dentro de minha boca, com voz estridente.

Suas mãos apertam os meus quadris enquanto ele puxa para fora e mergulha de novo, numa profundidade suficiente a ponto de enterrar cada centímetro em mim. E na sequência imediata se libera. O calor de suas convulsões incrivelmente violentas e as estocadas poderosas de seu pau estremecendo aqui dentro se apossam de mim. Os tremores penetram todo o meu corpo. Meu sistema nervoso se apaga por alguns instantes e reinicia logo a seguir enquanto um punhado de estrelas despenca através da parte de trás de minhas pálpebras.

Agarro seu corpo musculoso enquanto ele se aperta e se torce contra o meu, e lambo seu pescoço enquanto seus músculos ficam mais tensos e finalmente relaxam. Ele rosna em calma satisfação de encontro à minha fronte. Continuamos a ofegar e a balançar suavemente nossos quadris mesmo depois dos orgasmos cessarem, e Remington vibra contra mim com tanta necessidade que nem sequer me permite recuperar o fôlego.

Ele me pega pela bunda, minhas pernas ainda travadas em torno de seus quadris estreitos, e me carrega para a cama. Ele ainda está dentro de mim, ainda muito duro.

Me coloca para baixo e ajeita um travesseiro debaixo da minha cabeça, e então começa a se mover dentro de mim, tão lentamente que eu solto um miado e arrasto minhas unhas, descendo-as por suas costas, observando-o enquanto ele se firma em seus ombros, amando seus braços perfeitos, o pescoço grosso e perfeito, seu rosto desfeito pelo prazer enquanto começa a me comer rápido e com força, como um animal. Meus mamilos começam a ficar duros apenas de olhar seus olhos escurecidos pela luxúria.

Ele traz a cabeça até perto da minha e empurra sua língua até que eu engula meus próprios arquejos.

– Você me queria. – A respiração dele vinha rápida, os olhos com um brilho selvagem. – Aqui estou eu.

Ele mete seu pau dentro de mim dez vezes, rápido e duro, fazendo-me gritar de alegria com sua penetração, e quando meus músculos preparavam meu corpo para outro orgasmo de fazer a terra tremer, ele me deixa gozar, mantendo o ritmo frenético, e então rosna e prolonga o seu próprio orgasmo, retirando-se para se esfregar sobre a minha pele.

Ondulando toda, minha garganta solta um gemido surdo quando ele arrasta a cabeça escorregadia de seu caralho ao longo de minha coxa, enquanto uma das mãos acaricia o bico latejante de um seio. Sempre gostei do tamanho de meus peitos, mas eles parecem pequenos e frágeis dentro de suas mãos enormes e calejadas.

Ele geme, porém, como se realmente gostasse de espremer meus mamilos, e gira sua língua, subindo por meu pescoço.

– Faz muito tempo que eu queria tocá-la, sua tigresa.

O prazer dispara por todas as minhas terminações nervosas enquanto ele aperta e torce meu mamilo. Seus dentes raspam a pele debaixo de meu queixo, que ficou exposta quando me arqueei contra o corpo dele.

Seus músculos me rodeiam, duros e fortes, apertando e flexionando, seu pau esticado, duro e sexy, esfregando por todo o meu corpo e espalhando seu sêmen em mim. Estou tão delirante, eu quero ter esse homem dentro do meu sexo, dentro da minha boca, e em minhas mãos, tudo de uma vez só. De repente, ele mergulha de novo dentro de mim, mais forte e mais profundamente, os dedos cavando em meus quadris, e eu ainda estou tão molhada e inchada, e respondo a cada um de seus impulsos gemendo desesperadamente seu nome, *Remington*.

Não se trata de preliminares. Trata-se de reivindicar e receber, de aliviar essa dor física tão dolorosa e latejante, tão poderosa que faz até a minha alma doer. Mas estou cantando por dentro agora. Não consigo acreditar na maneira como ele cheira, na maneira como eu o sinto. É mais do que todas as minhas fantasias. E eu percebo quando estou ofegante, dizendo, *por favor, oh Deus, você é tão duro, você é tão gostoso*, que ele tem seu próprio cântico, dizendo para mim *tão deliciosa e molhadinha*, ao lamber todos os pedaços meus que consegue. Amo ele ter esfregado seu perfume em mim, amo que ele me lamba por toda parte, que eu possa sentir seus dentes, suas mãos calosas, sua pele, a mordida de seus dedos rombudos sobre a minha carne.

Sons selvagens são arrancados de mim, irregulares como a minha respiração. Não há nenhuma maneira pela qual eu possa prender esses ruídos brutais e lascivos. E os ruídos profundos que Remington faz me deixam louca. Ele se volta para ver os meus seios saltando, enquanto me fode de maneira selvagem, e seus olhos brilham como os de um predador quando seus quadris colidem contra os meus. Ele é primitivo e animal me comendo, e ele é meu.

Meus dentes batem enquanto meu corpo aperta cada centímetro do pau empurrando dentro de mim. Meus dedos cavam suas nádegas lindas enquanto o atraio para mais perto e mais fundo, girando debaixo de seu peso até que eu desmonto. Libero um grito quando seu calor se derrama dentro de mim, e ele acompanha com um gemido baixo, apertando meus quadris ao mesmo passo que retarda o ritmo até que somos uma massa de músculos e ossos cansados, cobertos de suor e entrelaçados sobre a cama.

Sinto-me deliciosa depois. Solta e relaxada, e muito, muito desejada.

Suspirando, pego um braço masculino pesado e dobro-o em volta de meus ombros, para que eu possa me aconchegar no canto de seu peito, e então beijo seu mamilo mais próximo. Ele tem o mais perfeito, mais sexy e menor mamilo masculino que já vi, sem um único pelo em todo o seu peito.

Só beijar esse mamilo faz meu sexo se apertar de novo, mesmo ainda completamente dolorido. Ele agarra meu corpo lânguido e me posiciona bem em cima do corpo dele, enquanto se deita de costas, como se ele fosse a minha cama, e minhas pernas descem no comprimento das dele, meu corpo voltado para baixo enquanto ele fica virado para o teto. Estamos abdômen contra abdômen, umbigo contra umbigo. Ele roça o nariz em minha testa, acariciando minha bunda bem devagarzinho.

– Hum, você está com meu cheiro.

– Hmmmmm – respondo.

Ele fecha a mão em uma das nádegas e cheira minha testa de novo:

– E o que esse *hmmmm* quer dizer?

Sorrio na escuridão.

– Você falou isso primeiro do que eu.

– Isso queria dizer que quero comer você. Seus pequenos bíceps. Seus pequenos tríceps. – Ele me beija na boca e arrasta a língua sobre meus lábios. – Agora você.

Pegando sua mão, eu a aperto entre os nossos corpos, para que ele possa sentir tudo o que ele espalhou pelo meu abdômen:

– Isso significa que vou dar uma de francesa e ficar sem tomar banho uma semana pra poder sentir seu cheiro em mim.

Ele geme e nos muda de posição, e assim minha lateral atinge a cama, e então ele alcança entre as minhas pernas onde estou encharcada daquilo que ele acaba de me dar. Seus olhos brilham nas sombras enquanto desliza naquele sêmen suave escorrendo por minha coxa por um caminho que leva de volta para a minha vagina ainda inchada, como se ele não quisesse sair de meu corpo.

– Grudento? – ele pergunta em um murmúrio rouco, inclinando a cabeça e lambendo meu ombro enquanto empurra sua porra de volta para dentro, com um dedo. – Quer me lavar de você?

O pensamento dele empurrando sua porra de volta para dentro de mim me deixou excitada, então agarro sua cabeça e o trago para mais perto.

– Não, eu quero que me dê mais.

Ele traz os dedos úmidos para meu rosto e empurra o dedo médio em meus lábios, como se estivesse me pedindo para provar.

– Eu quis comer você desde a primeira noite em que a vi – sua voz sai rouca enquanto me vê chupando o dedo em minha boca.

O sabor dele fez coisas loucas em mim, e meu sexo se agitou com a necessidade de senti-lo dentro de mim novamente.

– Eu também... – Estou sem fôlego e me esforçando para respirar enquanto lambo cada gota.

Ele empurra um segundo dedo úmido em minha boca, e seu sabor salgado me revigora. Meus olhos se fecham quando levo minha língua por todo o comprimento dos dedos. Estou com tanto tesão que acho que dou um gemido.

– Você gosta do meu sabor? – murmura ele com a voz pastosa.

– Hmmm... É só isso que eu quero de agora em diante.

Maliciosamente, dei uma pequena mordida em seus dedos e, de repente, pude sentir sua ereção voltando e se apertando contra meu corpo. Alguma coisa que eu disse... o deixou excitado?

– Eu sempre vou querer minha dose de Remy depois do jantar – continuo, e sou eu a ficar superexcitada enquanto ele continua engrossando. – E talvez antes do café. E depois do almoço. E na hora do chá.

Ele geme, em seguida arrasta-se por entre as minhas pernas abertas e curva sua cabeça para baixo para *me provar.* Sua língua se estica entre meus lábios. Meus olhos se fecham enquanto arqueio meu corpo, o calor de sua boca me fazendo arfar. Ele pega minhas nádegas com as mãos e aperta a minha carne, sua língua molhada deslizando mais e mais pelo meu clitóris.

– Eu quero... gozar... em cada parte do seu corpo... – sopra ele dentro de minha vagina, os olhos fechados enquanto se ergue e empurra sua ereção contra a fenda exterior da minha entrada.

Estou pegando fogo de desejo. Preciso dele dentro de mim de novo, na minha boca, no meu sexo, em todo o meu ser. Agarro a parte de trás de sua cabeça e começo a balançar meus quadris inquietos em uma súplica silenciosa, enquanto empurro minha língua em sua boca.

– Pode gozar onde quiser, dentro, fora, na minha mão, na minha boca.

Quando pego aquele membro rígido em minha mão, ele goza instantaneamente, o líquido quente derramando-se sobre meu pulso. As convulsões são tão poderosas quanto ele, e meu sexo fica úmido enquanto assisto, e o pau é tão magnífico e rude, que subitamente o jogo de costas e salto sobre ele, levando-o para dentro de mim com um gemido de surpresa pelo tamanho que ele adquiriu novamente. Ele rosna de prazer e joga a cabeça para trás, agarrando meus quadris e me puxando para cima, em seguida, me abaixando novamente enquanto continua dando estocadas e seu pênis estremece lá dentro. Um grito de êxtase rasga através do meu corpo enquanto nos convulsionamos, e sinto seu calor explodir dentro de mim.

Estou totalmente mole e letárgica quando caio de costas sobre ele.

– Na noite que sedaram você – pergunto a ele, horas mais tarde, quando afundo a ponta de meu nariz contra seu mamilo novamente, ainda sem fôlego depois de uma longa sessão de carinho. A gente não tem o suficiente. Como adolescentes. Compensando semanas e semanas de desejo. – Aquilo foi um episódio?

O travesseiro se agita quando ele balança a cabeça, e eu deslizo minha mão sobre a barriga de tanquinho, esfregando gentilmente enquanto o espio sem saber se ele quer fazer isso agora.

– Podemos falar sobre isso?

Meu toque parece fazer com que Remy feche os olhos, sua voz aveludada ao pegar minha cabeça e a apertar contra seu pescoço, me afagando.

– Talvez prefira falar com Pete sobre isso.

Estou grudenta por causa de nosso desejo e gosto disso, passando minhas mãos por ele, que está suado também. O pensamento de tomar um banho com ele, lavando "ele" e, em seguida, ficando tudo de novo pegajoso me faz querer gemer.

– Por que *você* não fala comigo sobre isso, Remington? – pergunto, em voz baixa.

Ele se senta e torce os pés para fora da cama, então esfrega as mãos pelo rosto.

– Porque em um monte de episódios eu não me lembro do que faço.

Merda.

Quebrei o clima.

– Tudo bem, eu vou falar com Pete sobre isso, mas volte para a cama – digo, rapidamente cedendo quando noto a tensão em sua postura.

Ele olha para fora da janela, o seu corpo perfeito. Tão perfeito. Pernas firmes, de braços cruzados, seus músculos perfeitamente alimentados, formados, e tensos.

– Eu me lembro de você – a voz é áspera – no meu último episódio. As doses de tequila. O jeito que você estava. O pequeno top que estava vestindo. As noites que dormiu na minha cama.

Saber que ele nota o que eu visto me faz formigar. Tenho quase certeza de que quando ele se virar eu vou ser uma piscina de lava sobre a cama, já esperando ele vir me foder.

Ele parecia tão feliz naquele dia, com as tequilas, sua energia era como a de um sol.

E, em seguida, capotou numa noite em questão de horas.

– Eu queria muito que a gente desse certo – admito dolorosamente.

Ele se vira.

– Você acha que eu não? Eu queria que acontecesse desde que... – Ele volta para a cama e me arrasta para ele, beijando meus lábios ferozmente. – Cada segundo eu quero que aconteça.

Toco seu maxilar.

– Alguma vez você já machucou alguém?

A dor se agita em seus olhos novamente, e ele parece assustado, soltando o braço de mim.

– Eu machuco tudo o que toco. Eu destruo as coisas! Essa é a única coisa em que sou bom. Já encontrei prostitutas na minha cama de que não me lembrei de trazer comigo, e as joguei para fora do quarto de hotel sem roupa e putas da vida porque não me lembro do que fiz. Já roubei merda, vandalizei merda, acordei em lugares em que nem me lembro de ter ido... – Ele respira fundo e suspira. – Olha, como Pete e Riley alternam seus dias de folga, sempre tem alguém para me desligar por um dia ou dois quando fico fora de controle. Vou lá e depois volto. Ninguém se machuca.

– Só você. Ninguém se machuca, só você – sussurro infeliz, e prendo a mão dele nas minhas apenas porque tenho medo de que ele vá sair da cama, e não quero que ele faça isso. Parece que levei uma vida para trazê-lo aqui comigo, para começo de conversa.

– Remy, eles precisam mesmo apagar você desse jeito? – entrelaço meus dedos nos dele quando faço a pergunta.

– Sim – ele diz enfático. – Especialmente se eu quiser... isso – Ele sinaliza para mim, e para ele, com a mão livre, e me aperta com a outra. – Eu quero isso. Muito – ele esfrega meu nariz com o dele. – Estou tentando não estragar tudo, certo?

– Tudo bem.

Ele beija as costas da minha mão que ele está segurando com a dele, e seus olhos brilham mais uma vez.

– Tudo bem.

* * *

Meu relógio interno não vai me deixar dormir depois das seis da manhã, mesmo depois de uma noite como a que eu passei com ele. Cócegas de prazer correm pela minha pele ao me lembrar de todas as maneiras que fizemos amor na noite passada. Meu olhar pousa em seu corpo sobre a cama, e a sensação de posse que me atinge é tão poderosa, que tudo que posso fazer é não me prender permanentemente a seu grande corpo pecaminoso.

Com calma e com um sorriso tonto que não vai deixar meu rosto, escorrego para fora da cama, sabendo que Riley e Pete não vão deixá-lo dormir muito e, com certeza, não além das dez horas.

Pete já está na cozinha, servindo-se de um café, e já que existem milhares de coisas que desejo perguntar, eu me junto a ele. Enrolando minhas pernas debaixo do meu corpo em uma cadeira, vejo-o lendo o jornal da manhã e vou tomando uns goles do meu café, então limpo a garganta e digo com voz rouca:

– Ele me contou.

Por um momento, a única emoção no rosto de Pete é o choque.

– Contou o quê? – Agora ele parece em dúvida.

– Você sabe. – Ponho o café na mesa e ergo a sobrancelha.

Pete abaixa o jornal, sem sorrir.

– Ele nunca conta a ninguém.

Suas palavras me fazem franzir a testa.

– Não fique alarmado. Ele contou a você uma vez, não foi?

– Ele não me contou, Brooke, eu era seu enfermeiro. No hospital, ao menos em seu último ano.

Minha mente gira de confusão quando tento imaginar Pete num jaleco e cuidando do meu grande lutador em uma enfermaria. Isso eu não podia imaginar. Jamais. A imagem é tão incongruente que tenho dificuldade em mantê-la na minha cabeça.

– Você estava com ele na enfermaria? – Tudo bem, sei que isso parece estúpido, mas é tudo o que consigo ser capaz de perguntar.

Os lábios de Pete se apertam firmemente quando ele concorda.

– Isso me deixa puto. – Ele faz uma carranca sombria para seu café, depois balança a cabeça. – Remy é um bom cara. Um pouco imprudente, mas... Não é culpa dele! Ele nunca machucou ninguém. Vivia fechado atrás de um muro, aquele garoto. Ele apenas corria feito louco no quintal e fazia suas flexões em uma árvore do lado de fora, durante todo o dia usando seus fones de ouvido e se fechando para tudo. Eles o mantinham drogado o tempo todo desde que, em uma ocasião, ele ficou agitado demais e disse que todo mundo devia fugir. Eles o seguiram e foi uma grande confusão e, a partir daí, ninguém mais ia lhe dar uma chance de ficar agitado de novo, eles apenas injetavam aquela merda nas veias e se poupavam do problema.

– Meu Deus! – O choque, o horror e a raiva que sinto se espalham sobre mim como uma doença, e mal posso engolir o café que tenho em minha boca.

– Remy não é louco, Brooke – enfatiza Pete –, mas eles o tratavam como se fosse. Até mesmo seus pais. Tudo o que ele tinha em termos de conforto eram aqueles malditos fones de ouvido. É por eles que o cara raramente se expressa. Ele simplesmente não consegue. Ele tem vivido muito fechado há anos.

Com um coração que acabou se derretendo por ele, percebi que desde o início Remy se abriu para mim através da música, que é algo que parece familiar e reconfortante para ele e, de repente, vividamente, quero ouvir mais uma vez cada uma das músicas que ele me mostrou.

Meus olhos ardem um pouco, e eu abaixo a minha cabeça para que Pete não veja que fui tocada além das palavras. Remy é um homem silencioso. É um homem físico e se apoia em seus instintos físicos, mas acho que ele nem sabe muito bem como verbalizar suas emoções.

Eu me pergunto se sou também um pouco fechada, como Remy. Será? Na minha vida, frequentemente contei com Melanie para dizer coisas que quero, mas que me sinto tímida ou constrangida para admitir. Nunca disse a ninguém, depois de meu acidente, que aquilo era uma merda.

Remy é tão diferente de mim, e ainda assim somos tão iguais que juro que posso entender esse homem na minha alma.

De uma hora para outra, tenho que lutar contra o impulso de ficar de pé, ir para a cama, e me enroscar com ele.

– Aquela noite no hotel... Quando você injetou alguma coisa nele... O que foi aquilo?

– Um episódio. Não é realmente outra personalidade, como as pessoas pensam. Bem, isso até é, em parte, mas é mais como um estado de espírito. É uma expressão alternativa do gene, em conflito com a anterior. Alguns gatilhos externos geralmente trancam uma expressão do gene, e outro se expressa, o que muda o seu humor de forma intensa. – Pete encontra o meu olhar com os seus olhos castanhos quentes, preocupados, seus traços se torcendo de dor. – Ele sofre muito, Brooke. Porque não se lembra do que faz quando fica assim.

Estou de volta para todas as noites em que ele veio para o meu quarto, com aqueles olhos escuros, e beijou-me sem sentido até de manhã.

– Mas ele me disse que se lembrou de algumas coisas – digo esperançosa.

– Às vezes sim, mas às vezes não. A questão é que ele não pode confiar em si mesmo para saber ao certo o que fez quando "apagou".

E é por isso que ele está tentando ser tão cuidadoso comigo...

Minhas entranhas ficam moles.

– Então, quem contou a Riley?

– Eu contei a Riley. Tive de contratar outra pessoa para que eu pudesse ter um dia de folga. Senão, quando voltasse, Rem teria se metido numa porrada de problemas. O treinador também sabe sobre isso, é claro, e Diane suspeita que algo está acontecendo, mas ela não sabe o que ele tem. Ela só acha que ele é mal-humorado.

Suspirando, Pete se serve de um pouco mais de café.

– Eu o ajudei a sair daquele lugar quando ele pôde fazer isso. Eu me demiti e ele me disse que queria ir ver seus pais, e que me pagaria se eu lhe desse uma carona. Então concordei. – A raiva corta o rosto de Pete quando ele retorna ao seu lugar. – Mas os pais não queriam nada com ele. Eles estavam apavorados com a simples visão do filho. Merda, você devia ter visto o drama. A mãe começou a chorar, o pai disse a Rem que eles queriam viver em paz, e Rem só ficou lá. Eu podia vê-lo lutando pra conseguir dizer algumas palavras. Não sei se ele queria implorar por uma chance ou não, mas não disse nada. Os pais simplesmente bateram a porta na cara dele. Assim que saímos, Remy começou a lutar, pra ganhar dinheiro com a luta. Ele era bom, então entrou no boxe profissional e me contratou em tempo integral como seu assistente. Ele comprou a casa em Austin e tentou outra vez se aproximar dos pais, e quando finalmente eles pareciam estar satisfeitos com sua fama crescente, o chamaram para jantar. Mas foi então que, no fim de semana, a concorrência provocou ele, contratando um idiota para segui-lo depois de um torneio. Remy tem um pavio curto, mesmo quando está em um estado de espírito *normal*.

Meu café esfriou, então também fui pegar um novo enquanto processava tudo isso. Pete continua quando me vê sentar.

– Então ele foi expulso, e os pais não apareceram no restaurante. – Ele suspira enquanto eu me sento aqui, nós dois tristes e sofrendo por Remy, depois acrescenta: – Não parece muito, o que ele lhe contou, Brooke. Mas viver com isso pode ser difícil.

Seus olhos pousam acima da minha cabeça, e sei que ele está me avaliando. Posso sentir a pergunta em seus olhos quase como se ele tivesse falado isso. Ele está preocupado que eu venha a largar Remington. E não sei que garantia posso dar, especialmente quando não tenho nenhuma ideia do que esperar de sua bipolaridade. Mas eu sei que quero ficar. Eu quero mesmo.

– Ele tentou ir para a faculdade também – acrescenta Pete. – Mas não conseguiu terminar nem um ano, sempre se metendo em brigas. Com qualquer provocação o cara ataca, e continuou introduzindo os punhos na faculdade a todos que achou que mereciam.

– Foi onde conheceu Riley?

– Não, do outro lado de seu punho, não. – Ele ri, com os olhos brilhando por um momento. – Rem de fato ficou ao lado de Riley. Riley não era o jovem encantador que você vê agora, quando estava na faculdade – Ele pisca de brincadeira. – Ele era como eu. Ambos *geeks*, pode crer. Nenhum de nós era, assim, legal. Mas Remy foi o mais legal de todos os encrenqueiros. Todo mundo queria um pedaço dele, principalmente as mulheres. Ele tinha toda essa gente em cima dele, durante todo o dia, e até mesmo os caras o seguiam, ainda mais quando ele estava ficando acelerado. Excessos abundam quando ele está no começo dos dias negros. O álcool, as mulheres, adrenalina, aventura.

Pete continua:

– Na verdade, ele ficou sob intenso escrutínio todos esses anos, na ala psiquiátrica, por causa da mudança de cor dos olhos. Não é incomum isso acontecer com quem sofre de transtorno bipolar, mas é raro. Duas expressões de genes conflitantes, que variam quando um é acionado e o outro é desligado. Temos o arrogante e confiante Remy, e o negro Remy. O negro Remy ainda tem um bom coração, mas não é razoável. Ele não é cruel e, certamente, não é maldoso. Mas é imprevisível e violento, e tende a destruir coisas, inclusive a si mesmo. Ele voa alto e desaba com força. Desta vez, você o viu em baixa, e não foi tão ruim quanto nas outras vezes em que ele vai lá pra baixo. De alguma forma, Riley e eu sentimos que talvez tenha sido porque você o manteve interessado. Ele parecia querer vê-la e continuou a sair, pelo menos por isso.

– Pete, como posso ajudar Remy? – pergunto impotente, empurrando meu café de lado e dando-lhe toda a minha atenção. – Por favor, me diga como ajudá-lo, fico doente de pensar você usando essa merda que joga nas veias dele.

Ele suspira e puxa a gravata preta perfeita, afrouxando-a um pouco.

– Não sei como você pensa, Brooke, mas eu sei que você é um divisor de águas. Ele nunca foi atrás de alguém do jeito que foi atrás de você, mas mesmo assim, não posso parar de usar isso. Remy... Toda a vida dele está à espera do outro par de chinelos. Você tem que entender que o seu lado normal às vezes não se lembra do que o lado negro faz. Houve casos, quando a polícia veio bater à sua porta, dizendo que ele tinha invadido e assaltado uma loja de bebidas, e ele: "De jeito nenhum, eu estive na cama a noite toda", e os policiais: "Senhor, a bebida ainda está em seu carro".

– Sério? – Eu pisco para isso.

Ele acena sombriamente.

– Ele teme que vá ficar negro, depois acordar azul e aí você já terá ido embora, porque ele fez algo para machucá-la.

Penso em como parecia importante o meu contrato de três meses trabalhando para ele. E me lembro da noite em que ele foi à loucura, gritando ao Pete e ao Riley onde diabos eu estava, e o que eles tinham me contado sobre ele.

De alguma forma, essa constatação me faz sentir quente e reafirmada mais uma vez.

– Tudo de ruim acontece com Remington quando ele está negro – acrescenta Pete com um barulho de sua xícara vazia. – Ele acorda e descobre que foi expulso do boxe. Da última vez ele apostou todo o dinheiro que tinha e acordou para descobrir que, se perder nesta temporada, vai acabar com muito pouco pra se sustentar. Riley e eu tentamos levá-lo a assumir o controle, mas ele é difícil. Remy é muito forte e muito teimoso. E agora, tem você. Eu não sei se você é boa pra ele, ou a pior espécie de calcanhar de Aquiles que pode existir. Mas não temos escolha, não é? Remington a quer.

As palavras de Pete rolam dentro da minha cabeça enquanto fico olhando para o papel de parede cor de pêssego. Está levando tempo para eu absorver todas essas informações. Nunca soube o que é amar alguém assim. Minha vida em Seattle me espera... Melanie... Meus pais. Eu tenho pelo menos mais um mês, e quero passar cada segundo que puder com ele. Eu o amo mais a cada tanto que aprendo. Ele é complicado e complexo, um labirinto onde quero me perder. Ele é meu lutador, e eu quero mesmo lutar para ficar com ele.

Mas simplesmente não sei contra o que vou ter que lutar. Se é contra algum medo em mim... Um pouco de medo nele... Ou contra aquele lado negro dele.

– Também o quero demais – digo a Pete, dando um tapinha no ombro. – Tanto que sou capaz de enfiar essa merda em suas veias se você continuar cutucando Remy com isso, entendeu?

Ele cai na risada.

Levo a xícara vazia para a pia, lavo, depois preparo alguma coisa para o café da manhã, e envio uma mensagem de texto para Melanie:

A terra se moveu. Sim! Foi tremendamenteorgástico! Meudeus!

E, finalmente, pouco antes das dez da manhã e antes de Riley vir nos molestar, volto para cama e me tranco com ele. Coloco na mesa de cabeceira um copo que trouxe e me inclino sobre seu corpo nu e sopro, enquanto o meu coração e meus órgãos sexuais incham com a sua proximidade.

– Levante-se, pedaço de mau caminho.

Pego a bunda sexy de Remy e espremo aquelas rochas, e cerro os dentes, porque quero mordê-la, ela é tão suculenta e quente.

– Eu não sou Diane, mas esse costumava ser o café da manhã dos campeões antes da campeã rasgar o ligamento e detonar o joelho. Agora você tem seus serviços de quarto, composto por todas as guloseimas açucaradas para isto – espremo seus bíceps –, e isto – deslizo minha mão sobre seu abdômen –, e isto – toco sua linda cabeça e seu hipnotizante labirinto no cérebro.

De repente, percebo que se não fosse por aquele acidente, eu não estaria aqui com este homem. E é a primeira vez que percebo que eu poderia não apenas estar feliz, mas grata, pelo universo ter me redirecionado em meu caminho.

Sua voz sexy é abafada pelo travesseiro.

– Por que você está me trazendo café da manhã na cama?

Dou um tapa na sua bunda, e a carne não se move nem um pouco.

– Porque você se parece com todas as minhas fantasias e alimentar você faz todo o meu corpo se renovar. É uma coisa feminina. Vamos, beba.

Ele se senta, olhando com aqueles olhos azuis, e pega o copo. É um *shake* de proteína feito com tâmaras, e eu adoro tâmaras. Elas têm gosto de caramelo e posso comer vinte delas de uma tacada quando desce minha menstruação e surge aquela fome incontrolável.

– Isso é bom pra caralho – ele diz, e volta a beber.

Sorrio ao vê-lo beber o resto, sentindo-me aquecida. Adoro a forma como ele come, realmente bem. Seu corpo gosta dele por isso, assim como sua pele. Nunca vi Remy comer *junk food*. Mesmo quando ele está usando o serviço de quarto, é sempre legumes e peixe ou carne para ele. Acho que ele não gosta de guloseimas. Isso mostra disciplina e responsabilidade com o seu corpo, e eu o admiro por isso. Sua luta é agressiva para suas células e exige muito das adrenais, que é a fonte de energia que as células produzem, e eu acho maravilhoso o fato de que ele se alimenta corretamente logo após as lutas. Ele é um atleta de coração, mente e corpo, e é incrivelmente gostoso pra mim.

Meu telefone dá um sinal enquanto ele traga o último gole, e a mensagem é a resposta de Melanie para minha mensagem de texto. Imaginando que ela deveria estar correndo, deixei de lado para responder mais tarde.

– É Melanie, a minha amiga. Ela está animada porque houve alguma ação entre mim e você. – Eu sorrio.

Ele ri, um som delicioso e incrível, então fica sério, seus olhos tão carinhosos em meu rosto que minhas entranhas derretem.

– Você sente falta dela?

Concordo com a cabeça e quero contar que ela conhece Nora, e que ela é como o meu psiquiatra, mas de repente ele se lança para fora do quarto. Começo a recolher meu equipamento atlético, então ele retorna.

– Diga a ela para se apresentar no balcão da Southern com o código que está neste papel. Há uma passagem em seu nome para que ela possa nos encontrar em Chicago. Eu vou cuidar do quarto dela no hotel.

– Não! – digo em pura descrença emocionada.

Sua resposta com duas covinhas vai direto enrolar meus dedos.

– Remy, eu...

Não sei o que eu quero dizer, mas na verdade sei.

Quero que este homem saiba que sou absolutamente louca por ele, que não vou desistir se ele ficar... excessivo. Mas estou com muito medo de ser a única a dizer algo assim... duradouro.

Se eu disser a palavra que começa com A, o que isso vai significar para o meu futuro? Quero que ele se concentre. Quero o meu lutador campeão. E quero que ele diga a palavra com A para mim não porque a ouviu antes, mas porque, no fundo de seu mundo emocional complicado, ele está certo de que sente isso por mim.

– Por que você está fazendo isso? – pergunto então.

Uma sobrancelha escura é puxada para cima, quando ele vem com suas duas covinhas.

– Por que você acha? – Ele beija minha orelha e fala bem baixinho em meu cabelo: – Porque a sua bunda fica deliciosa naquelas calças apertadas que você veste. É uma coisa de homem.

Uma risada me escapa, e suas covinhas se aprofundam. Ele me puxa para perto e me cheira, e eu enterro meu rosto e sinto o cheiro de seu pescoço, então nos afastamos com um som que é um gemido mútuo. Vou para o meu antigo quarto para me trocar, e no caminho mando uma mensagem para Mel:

> *Meu homem é tão louco por mim que arrumou uma passagem pra minha melhor amiga vir me encontrar em Chicago. Por favor, não agradeça com nada sexual porque: a) vou ter que matar você e b) é isso que eu vou fazer mas c) ainda tem o Pete e o Riley.*
>
> Melanie: *Meudeus meudeus! Você está falando sério? Eu vou precisar dar um trato na chefinha para que eu possa ir!*
>
> Brooke: *Dê um belo trato nela! Estou morrendo de vontade de ver vc!*

A ideia de ver Melanie me fez sorrir e fez minhas entranhas borbulharem o dia todo. Preciso urgentemente falar com ela ou vou explodir com o que estou sentindo.

* * *

Naquele dia, enquanto Remy treina, fico ocupada no meu telefone e faço algumas chamadas discretas aos hotéis da cidade. Nora não está hospedada em nenhum deles, mas sei que ela está com aquele Scorpion. Ele é tão rude que não consigo sequer imaginar por que minha romântica irmã teria se envolvido com ele. Ele não é nem mesmo um encrenqueiro sexy como Remington. Mas estou formulando um plano, e Melanie vai me ajudar a realizá-lo perfeitamente sem disparar um só dos instintos protetores de Remington.

O pensamento me faz olhar para ele, e ele está pulando corda com facilidade, fazendo aquelas batidas quando a corda voa por cima e vira, depois um pé, depois outro. Minhas coxas ficam quentes quando me lembro das muitas vezes que fizemos amor. Eu queria saber qual é a sensação de tê-lo dentro de mim. Agora sei. E sinto que estou sendo possuída por tudo que é masculino e poderoso no mundo.

Mais tarde, vou alongá-lo, e minhas mãos deslizam tão livremente sobre seus músculos aquecidos que sinto como se o corpo dele tivesse sido feito para mim. Para eu tocar. Meu. Só meu. Um calor abrasador assola meu corpo quando seu tronco liso treme sob meus dedos. Seu peito está arfando, ele está cansado e precisa ir comer, e tudo o que posso pensar é saltar sobre ele quando levá-lo de volta para a cama comigo.

Quando dou a volta no banco para trabalhar em suas costas, ele me arrebata em um braço e me chama para o seu colo, enterrando o nariz no meu cabelo.

– Hmmmm – rosna baixinho no meu ouvido.

Meus mamilos imediatamente ficam duros. Agora que eu sei que "hmm", para Remington, significa que ele quer *me comer e minhas costas e meus bíceps*. Não consigo evitar o líquido quente que corre entre as minhas coxas.

Ele recua com os olhos masculinos brilhando e prende uma mecha que se soltou do meu rabo de cavalo atrás da minha orelha.

– Eu posso sentir o quanto você está quente para mim – ele murmura com um olhar faminto em minha boca.

Minha respiração fica agitada, e olho discretamente além de meu ombro.

Vejo que o treinador e Riley estão ocupados recolhendo todo o material que Remy usou, como luvas e cordas, assim posso voltar para ele e sussurrar:

– Bem, você já se viu? – Meus lábios roçam a concha de sua orelha e eu deslizo minhas mãos em seus ombros e corro meus dedos por suas costas musculosas. – Você já se viu? Mal posso deixar minhas mãos longe. Tirar os olhos de seu corpo é como me pedir para deliberadamente me afogar, e não posso fazer isso.

Seus olhos azuis cintilantes capturam os meus, e ele levanta uma mão e agarra o meu rabo de cavalo, soltando-o de seu elástico. Joga a fita de lado, e em seguida passa os dedos pelo meu cabelo solto.

– Você é minha agora. Não vou deixar ninguém ter você.

– Eu sei – suspiro dramaticamente. Como se isso fosse uma árdua tarefa...

Ele sorri com ternura para mim, então força meus braços ao redor de sua nuca suada. Vejo que as gotas de suor continuam agarradas à testa e fico com vontade de secá-las com minha boca.

– Eu gosto de mim quando me vejo através de você, Brooke. – Gentilmente, ele agarra meus tornozelos e orienta minhas pernas ao redor de seus quadris. Seus olhos brilham em puro contentamento masculino quando sua ereção bate o ponto entre as minhas pernas, e ele inclina a cabeça para baixo e mordisca meus braços estendidos, os dentes provando meu bíceps através da manga do meu casaco. – Hmm. E gosto de você assim ainda mais.

– Remington! – Tento me erguer, mas ele me mantém pressionada pelos meus quadris, rindo quando eu incisivamente deslizo meus olhos na direção de Riley e do treinador, que ainda estão limpando. – O que é isso? O dia de show de sexo grátis?

– Façam uma caminhada, pessoal! – ele grita, e dentro de cinco batimentos cardíacos rápidos, estamos sozinhos. Com o enorme ginásio e toda a área da esteira, de equipamentos de musculação, e o ringue de boxe só para nós dois. As academias que ele usa são sempre alugadas exclusivamente para ele, e o conhecimento de que ninguém vai aparecer atira fogo em minhas veias.

Remy desliza as mãos em torno de meus quadris e espalha seus dedos sobre minha bunda enquanto me puxa para baixo sobre sua ereção.

Minha respiração para quando descaradamente trago uma dessas grandes mãos masculinas para cima, então bem devagar eu forço que se prenda ao redor da curva do meu seio, coberto por um top apertado sob a jaqueta aberta.

Ele não se move ao longo de um momento de parar o coração. Então, abaixa a cabeça escura, e usa o nariz para cutucar o meu casaco, abrindo-o para um lado e depois para o outro. A maneira sensual com que seu rosto fuça em mim faz minha temperatura se elevar vários graus. Sinto-me febril no momento em que as curvas de ambos os meus seios ficam totalmente expostas. Antes de recuar, Remy inclina ligeiramente a cabeça para lamber meu queixo, em seguida, ele se inclina para trás para olhar, absorto, enquanto seus dedos se apertam em volta do meu peito, com os olhos semicerrados.

Um mundo de sensações corre pela minha corrente sanguínea quando ele me aperta com a mão que eu tinha colocado em meu corpo.

Seu polegar se enfia na tira que prende meu top esportivo e sutiã. Suspiro. Ele está respirando com dificuldade agora. Seus olhos seguem meu abdômen liso, analisando minhas coxas tonificadas em minhas calças de corrida, até onde minha vagina está situada em um V apertado de nylon verde esmeralda contra seu pênis.

Meus músculos internos apertam desenfreadamente quando aqueles olhos azuis se concentram com exclusividade nesta parte do meu corpo. Onde minha vagina úmida pressiona contra a grande ereção que incha de forma proeminente em sua calça de moletom cinza.

– Quero você nua – ele rosna.

– Remy, como poderei olhar de novo nos olhos deles, se eles souberem o que estamos fazendo agora? Aqui?

Seus reflexos nos olhos brilham de maldade pura quando ele lentamente puxa minha jaqueta dos meus ombros.

– Eu pensei que você não podia tirar os olhos de cima de mim.

– E não posso.

– Então você admite que gosta dos meus músculos?

– Eu amo os seus músculos.

– Você gosta de como faço uso deles?

– Sim.

Minha respiração é curta e agitada quando ele me agarra pela cintura, me coloca de pé e puxa para baixo a minha calça de corrida até que fico apenas de calcinha e sutiã esportivo.

– Você gosta do que lhe faço com minha boca? – continua Remy.

– Gosto.

Nesse exato momento eu quero beijar meu sutiã quase tanto quanto quero beijá-lo. Ele tem um zíper bem no meio e é tão fácil de tirar quanto um sutiã com o fecho na frente. Quando Remy abaixa lentamente o zíper, eu mordo meu lábio e vejo seu rosto. Cheio de luxúria. Masculino. Fazendo-me formigar por toda parte.

– Você gosta do que faço com meus dedos? – Sua voz é baixa e suave, e eu estou completamente excitada com as perguntas que ele me faz.

– Sim, Remy.

Ele descobre os meus seios, e se eu olhar em qualquer lugar, menos para ele, sei que me verei nua nos espelhos altos nas paredes que nos circundam. Ele tem o monopólio da virilidade, este homem, e não sei o que pode acontecer comigo se eu o vir de todos os ângulos desse jeito. Meu sexy e musculoso Remington, gloriosamente nu, e multiplicado por dez? Oh, Deus.

– Gosta do que faço com você com... isto? – quando ele tira sua calça de moletom, desmaio com a visão de dez bundas dele nos reflexos, a cintura estreita e os ombros poderosos.

E seu pênis, de pé diante de mim.

Acabei de morrer.

– Definitivamente, sim.

Na ponta dos pés, uso os ombros dele para me impulsionar para cima e esmagar sua boca com a minha, e ele chupa minha língua e puxa minha calcinha pelas minhas pernas e me coloca nos tatames, a nossa carne nua deslizando suavemente uma contra a outra.

– E se alguém aparecer? – protesto pela metade.

– Não antes de você gozar.

Ele me espalha e abre meus braços e minhas pernas, e agora fica apenas olhando.

Estou ofegante por antecipação, sentindo-me exposta. Para ele. Seu olhar penetrante azul acaricia a carne de minha vagina, e sinto aquele olhar dentro de mim. Onde eu estou apertada, molhada e inchada. Meu clitóris pulsa, e se ele abrisse meus lábios, poderia ver como me deixa molhada.

Meu coração bate descontrolado enquanto ouço o ruído das esteiras quando eu descaradamente abro minhas pernas ainda mais. A necessidade pega na minha garganta quando seu rosto se aperta, então ele esfrega a mão entre minhas pernas, mergulhando o polegar levemente em meus lábios.

Suas pálpebras descem, e sua expressão suaviza quando mergulha o polegar na fissura. Minha respiração se interrompe, e pego o meu lábio inferior entre os dentes.

Um arrepio me percorre quando ele arrasta os dedos da minha vagina para meu umbigo, e depois entre os meus seios, para acariciar os lábios da minha boca com o mesmo dedo que havia usado para acariciar meu sexo. Ele fecha a outra mão em concha no meu seio e esfrega o polegar no mamilo enquanto faz o mesmo na minha boca, e não respiro mais. Seu toque é dolorosamente provocador, e um tremor me percorre quando ele finalmente aperta a carne do meu peito na palma da mão, puxando meu mamilo para fora, enquanto inclina devagar sua cabeça escura. Ele prolonga o momento, fazendo-me gemer quando a ponta de sua língua úmida desliza pelo bico do seio endurecido.

Meus olhos embaralham. Tremores de fogo me sacodem, e eu abro a boca com desespero para saborear o dedo que ele tinha usado para acariciar minha vagina, que ainda paira contra meus lábios e é perfumado pelo meu cheiro. Preciso lamber alguma coisa, preciso usar a minha língua em alguma coisa, e enquanto Remy se dirige para o meu outro seio, me observa com muita atenção e empurra o dedo profundamente em minha boca, como se soubesse o que eu quero.

Minha língua envolve febrilmente seu dedo quando ele belisca a ponta do meu mamilo latejante. O êxtase escorre pelo meu corpo. Ofegante, mordo o polegar enquanto ele usa seus lábios para beliscar meus seios. O prazer irradia através de todo o meu ser quando ele puxa meu mamilo com os dentes, e eu desesperadamente agarro seus ombros e afundo minhas unhas em sua pele enquanto ele desliza uma mão entre minhas coxas.

– Você precisa de mim pra gozar?

Ele empurra o dedo bem fundo em mim, e meu sexo aperta. Meu corpo inteiro se aperta com a sensação inebriante de seu toque dentro de mim.

– Sim, mas eu quero você dentro de mim – suspiro.

– É aí que vai me receber.

Ele roça meu canal interior, e fecho meus olhos quando me desintegro sob ele. Minhas mãos deslizam para cima em seu potente torso, e estou gravando essa fabulosa sensação na memória enquanto minha pélvis empurra contra a palma da mão numa ansiosa expectativa.

Meus mamilos doem e me estico para esfregar meus seios contra o peito dele, enquanto corro os dedos ao longo das costas.

– Faça amor comigo.

Ele geme e acaricia sua língua contra a minha.

– Ainda não... – ele murmura e suga a carne do meu lábio inferior em sua boca, em seguida, solta e sopra ar através da carne molhada. – Ainda não, mas em breve...

Sua voz é gutural, mas há uma gentileza nela que dissolve minhas entranhas e não posso fazer nada além de ofegar. Ele se arrasta entre as minhas pernas abertas e enterra a cabeça entre as minhas coxas, e sua língua passeia entre meus lábios sexuais.

Meus olhos se fecham quando arqueio as costas, o calor de sua boca causando um curto-circuito em meus sentidos. Ele fecha a mão em minhas nádegas e me prende, a língua molhada deslizando para provar meu clitóris novamente.

– Você gosta disso? – pergunta, as palavras abafadas.

Concordo com a cabeça. Em seguida, percebo que ele não pode me ver.

– Sim...

Ele abaixa o rosto para mim de novo, rosnando profunda, mas suavemente quando enterra a cabeça entre minhas pernas e brinca com meu clitóris com a língua. Meus joelhos tremem quando minhas pernas tentam se abrir ainda mais.

Um orgasmo começa a se construir em meu âmago, todos os meus músculos tensos, e eu agarro no topo de sua cabeça, pegando um punhado de cabelo úmido:

– Não... Por favor... Eu quero gozar com você.

Ele não escuta.

Sua cabeça está ocupada movendo-se entre as minhas coxas separadas. Ele parece ronronar entre as minhas pernas e é tão surpreendentemente voraz que posso sentir seus dentes. Suas unhas mordem minhas coxas enquanto ele me devora como se fosse o único prazer decorrente do ato, e estou tão excitada pelo jeito que ele me lambe, que gozo.

As convulsões me balançam debaixo dele, e ele faz outro som e continua agindo ao acrescentar um dedo em mim. Ele levanta a cabeça e me olha ir ao clímax, me tocando agora. E eu continuo a gozar para ele, explodindo em mil e um pedaços. É sempre tão intenso com ele, que dura muito tempo. Estou tremendo quando ele vem para cima, e está pulsando contra meu quadril quando esmaga minha boca.

– Me deixe... – respiro, e procuro entre nossos corpos, mas ele agarra meu pulso com sua mão.

– Calma – diz Remy, esforçando-se para recuperar o fôlego, mas eu ignoro e ansiosamente agarro a parte de cima de seu pau na minha mão.

O tesão corre em mim mais uma vez quando sinto a umidade sedosa na cabeça inchada. Gemendo, ele abaixa a cabeça escura e lambe minha orelha, sua respiração quente e rápida no meu ouvido. Eu o toco hesitante, de alguma forma esperando que ele venha me parar, mas ele não o faz.

Oh, Deus, isso é a coisa mais erótica que eu já fiz.

Faço um som de prazer e viro a cabeça para ele.

Começamos a nos beijar.

Ele leva o beijo para o próximo nível, acrescentando a língua e os dentes, e eles me iluminam como fogos de artifício. Sensações correm pelo meu corpo com cada toque úmido, meus dedos apertando seu eixo quando o meu punho desliza sobre ele.

Minha outra mão vai para o seu cabelo, e eu seguro seu beijo para mim. Grosso e macio, enrolo meus dedos no cabelo sedoso enquanto enterro todo o meu ser no seu sabor, nele. Sua ereção vibra em minha mão, e eu me agito com uma nova necessidade selvagem quando sinto o seu tamanho, sua força, pulsando quente e autoritariamente.

Ele é tão irresistivelmente sexy que a cada segundo que fico aqui, debaixo dele, sofro uma morte lenta. Quero devorá-lo. Amo o jeito que ele me guarda, me protege, a maneira como ele olha para mim, a forma como me sente, o mais excitado, mais sexy homem que já segurei na minha mão.

Tento fechar meu punho em torno dele, e embora não possa, sinto que aquilo que ele segura se quebra quanto tento apertá-lo.

Ele me puxa para cima para esmagar a minha boca com a sua, então, facilmente me vira e me coloca em posição de cachorrinho.

– Assim – ele comanda no meu ouvido, então força minha cabeça para esmagar minha boca novamente até sentir meus lábios incharem por causa dele. Coloca sua testa na parte de trás da minha cabeça com um gemido de fome que ressoa em meu núcleo. Meu sexo pulsa quando Remy me inspira, e ele fica me cheirando quando esfrega seu pau ao longo da minha bunda.

É uma sensação muito boa quando ele empurra para dentro. Eu choro e vejo seu reflexo, como ele está completamente em cima de mim. Montando em mim. Ele está nu e brilhante, e todos os seus músculos estão em ação quando seus quadris balançam, os braços segurando a parte superior do corpo em cima de mim. Ele usa seus braços para me comer, suas costas, seu abdômen, coxas, nádegas. Eu nem sequer me vejo direito, apenas um rápido vislumbre de como pareço pequena debaixo dele, uma cor de damasco contra seu bronzeado, meu cabelo não está mais em um rabo de cavalo e sim caindo pela minha nuca e ombros, meus seios saltando, e o olhar no meu rosto... Eu nem sabia que podia parecer tão esfumaçado e desperto, bochechas rosadas, os meus olhos brilham como os de uma louca, porque estou olhando para o único homem por quem já senti alguma coisa.

Ele me mantém em minhas mãos e joelhos e sussurra:

– Olhe pra mim. – E ergue a minha cabeça para que eu encontre o seu olhar no espelho.

Ele quer que eu veja, e mal posso manter meus olhos abertos. A visão de nós dois fazendo amor é terrivelmente erótica. Minhas pálpebras vibram semicerradas, e Remington puxa e se arrasta ao longo da fissura, apertando minha bunda em torno dele, em seguida, empurra com um gemido imoral em minha vagina dolorosamente molhada.

– Olhe pra mim.

Eu faço isso. Quando abro meus olhos, vejo todos os músculos fortes, os ombros quadrados, seus peitorais duros e seus mamilos pequenos brilhando suados, e tremo ao ver os músculos da mão direita flexionando-se quando ele desliza para baixo em meu abdômen para acariciar meu sexo. Seu corpo vibra contra o meu, e estou pronta para gozar quando ele acrescenta o seu polegar em círculos de parar o coração por cima do meu clitóris. Eu me abro mais de tesão. Ele é lindo e é a coisa mais viril que já vi. E é meu.

O olhar de paixão em seu rosto é por minha causa. A luxúria em seus olhos é por mim. Um orgasmo feroz se agita no meu ventre e gemo debilmente, pedindo que Remy o libere.

Ele me ouve.

Ele me olha no espelho como se nunca tivesse visto nada como eu... Seus olhos selvagens, primitivos. Possessivos.

Cada grama palpita de prazer quando ele se retira e detém a coroa de seu pênis duro na minha entrada molhada, a mudança travando meu clímax no auge, e então ele empurra de volta para dentro de meu corpo em um processo lento, num ritmo novamente delicioso.

– Siimm... – rosna, com os olhos fechados enquanto empurra pra frente. Meu orgasmo aperta e revira dentro de mim. Tremulo só com a imagem sexy dele, perdido em mim, e de repente ele resmunga e agarra o meu cabelo em seu punho, virando a minha cabeça e batendo a boca na minha.

Minha vagina está líquida de vontade. Seu pênis se arrasta dentro de mim, grosso e duro, em meu sexo, em meu ser. Eu o aperto com os músculos de meu sexo e balanço meus quadris para trás sem parar, em súplica silenciosa.

– Empurre cada centímetro seu em mim... Quero cada centímetro de você – imploro.

Ele empurra mais profundamente com um rugido, o movimento provocando um gemido meu. O ritmo que estabelecemos de repente é violento e rápido. Posso ver os meus seios saltando quando ele me come, meu corpo sacudindo com os movimentos poderosos de seus quadris. Seus bíceps se apertam enquanto ele agarra meus quadris e me segura quieta.

Ele já está acabando.

Seus quadris balançam em mim e eu sou uma massa de luxúria com a vista magnífica dele por trás de mim. Olhos fechados, músculos salientes, rosto tenso. Eu empurro para trás e engulo um gemido quando ele derrama em mim, quente dentro do meu sexo. As convulsões são tão poderosas quanto Remy, e meu sexo clama com veemência enquanto assisto e depois gozo também.

Ele continua pulsando dentro da minha vagina enquanto os tremores me tomam, mantendo as mãos entre as minhas coxas e acariciando meu sexo com as grandes mãos que me enlouquecem. Choro baixinho seu nome e ele geme o meu, e quando estamos saciados no tatame, eu apenas sei.

Eu sei. Com certeza. Cem por cento à décima potência.

Eu me apaixonei completamente por ele.

DEZ

UM VISITANTE

No Aeroporto Internacional de O'Hare, em Chicago, Pete e eu estamos no meio do tumulto de pessoas na área de bagagem enquanto esperamos pelo voo de Melanie.

– Pete, há algo que eu tenho pensado em falar com você – digo, enquanto mantenho os olhos nas telas das chegadas dos voos. Ele parece meu guarda-costas naquele terno preto do MIB, seguindo-me mesmo quando vou esticar as pernas. Eu sei que Remy ordenou que ele não tirasse os olhos de mim, e se Melanie estivesse aqui, sei também que ela estaria ansiosa para irmos "fazer xixi", só para ver o que o pobre homem faria – como naquele incidente dos hambúrgueres. Mas Pete é um cara tão bom, eu nem sonharia em colocá-lo em apuros com Remy. Exceto, talvez... sob pressão.

O que significa que, possivelmente, isso se daria agora.

– Então, Pete, você se lembra da noite em que Remy abandonou o ringue porque eu estava seguindo alguém? Claro que você se lembra.

O desgosto evidente em sua expressão me faz rir.

E quando percebemos que o nosso espaço é tomado por um grupo de estudantes universitários, acabamos de pé ao lado das esteiras.

– Aquela garota era minha irmã, Pete. Ela é minha irmã mais nova, e eu acho que se envolveu com as pessoas erradas, e acho mesmo que preciso ajudá-la. Não. Acho não. Eu sei – enfatizo. – Oh, me dá um?

Pete acaba de tirar um chiclete Trident para si mesmo, e me oferece um.

– Remington já está cuidando disso, então não se preocupe.

– O quê? – Ele apaga completamente os meus pensamentos com essa afirmação. Com uma expressão confusa, olho para baixo, para o chiclete, depois dobro uma folha de prata e coloco o chiclete na boca, o suco estourando na primeira mordida, tenho até que mastigar várias vezes antes de falar. – O que quer dizer com isso? A última coisa que quero é ele envolvido com esse tal do Scorpion.

Pete faz uma careta como se o chiclete na boca tivesse um gosto amargo.

– Eu idem. Mas ele já fez contato para sua irmã ser devolvida a você. Não vai ser fácil. Aparentemente, sua irmã não quer, mesmo quando Remy ofereceu um monte de dinheiro.

Meu estômago estremece. Tudo bem, hora da verdade. Acho que é extremamente generoso da parte de Remington estar fazendo isso por mim, mas eu não posso permitir, ainda mais agora que sei a verdade e, com certeza, não quero acionar nenhum de seus gatilhos. Talvez Scorpion seja um desses gatilhos, quem sabe?

– Por favor, Pete, quero que Remy esqueça isso. Não quero vê-lo em apuros.

Em uma das esteiras, um menino corre em volta, tropeçando nas malas, enquanto o pai atrapalhado tenta pegar a criança. Ambos assistimos à cena, que nos diverte.

– Não se preocupe, Brooke. Nós cuidaremos de Rem. E Riley é quem está conversando com os capangas do inseto. Não há nenhuma possibilidade de eu deixar Rem entrar em contato com Scorpion por conta própria. Há muitas coisas entre eles. Ele estava inflexível quanto a ir sozinho, mas eu o lembrei de que se fosse expulso da liga, então não seria mais capaz de contratar você. Ele resmungou em protesto, mas, no fim, acalmou-se e concordou em enviar Riley.

Meu sorriso dói no rosto. Acho incrivelmente divertido que Pete tenha me usado para dobrar o Remy.

– Existe alguma razão pra eles serem tão amigáveis, o cordeirinho Scorpy e Remington? – pergunto a Pete.

– Scorpy – ele sarcasticamente responde, com um sorriso divertido – é o idiota que certamente foi contratado pra fazer Rem ser expulso do profissional. Rem detesta esse porco e não consegue esperar pra esfregar o chão com a cara dele.

– Então foi ele? Oh, eu tenho ódio daquele idiota desde que tive a infelicidade de encontrá-lo no clube – explodo, e em seguida, viro um olhar para Pete. – Bem, então agora você deve concordar comigo que é melhor se deixarmos Remy totalmente fora dessa bagunça, certo? Não quero que ele seja tentado a ir falar com Scorpion e certamente não quero que ele pague pela minha irmã. Ela é uma mulher livre! Ela deve sair sozinha. Pete, eu tenho certeza de que se eu pudesse falar com a minha irmã, eu poderia ser capaz de argumentar.

O menino tropeça e cai na pequena mochila preta de alguém. Sua risada para e seu choro irrompe até que o pai finalmente vem levá-lo de volta para onde a mãe espera com as malas.

– Suponha que eu dissesse que iria ajudá-la – diz Pete, seus olhos castanhos pensativos virando-se para mim: – O que eu precisaria fazer?

– Nada, na verdade. – Dando de ombros, vou jogar meu chiclete na lixeira mais próxima e sorrio comigo mesma quando Pete imediatamente vem junto. – Exceto evitar que Remy saiba que fui falar com ela? – Levantando uma sobrancelha, examino a reação dele. Nunca fui trapaceira, mas não posso deixar Remy entrar nessa, vai contra todos os meus instintos protetores em relação a ele. – Você entende que isso é algo que eu tenho que fazer, não é, Pete? Pelo que vi, Nora precisa de um sério choque de realidade, e eu preciso enfiar algum bom senso nela.

– Eu entendo – ele concorda com um leve aceno de cabeça, quando nos apoiamos contra um pilar. – Eu só não gosto do que vai acontecer quando Rem descobrir.

– Ele não vai. Melanie vai me ajudar a mandar uma mensagem pra minha irmã na próxima luta. Vou preparar um encontro com ela em um restaurante próximo, e você só vai ter que me cobrir durante esse tempo.

– Brooke, ele vai arrancar a minha cabeça se algo der errado, e eu sou um pouco apegado a ela, você entende.

– Nada vai dar errado. Tenho tido aulas de autodefesa o suficiente para lidar com isso. O único cara que não fui capaz de derrubar foi Remy.

Pete começa a rir.

– Sei lá, acho que você o nocauteou...

– Você é engraçado, *Pedro*. – Estou sorrindo agora, o que torna o meu olhar de cachorrinho perdido pouco eficaz. – Vamos lá. Me ajuda? Por favor?

A expressão pensativa cruza o rosto dele, e ele bate no queixo duas vezes antes de responder.

– Só se Riley for com você e sua amiga quando forem ao encontro.

– Obrigada, Pete. – Cedendo ao impulso, dou um aperto rápido na mão dele e percebo que fiquei ligada a todos na equipe. Estou temendo o dia em que meu período de três meses terminar. Eu quero ficar ou quero ir?

Quero ficar. Não há dúvida sobre isso. Mas pelo menos tenho que escoltar Nora em segurança para casa, se eu tiver a sorte de convencê-la, e então, depois, decido o que vou fazer, dependendo de como as coisas com Remington estiverem. A ideia de partir me perturba, mesmo que seja apenas temporária.

– Você tem algum irmão, Pedro?

– Rem.

Meus olhos se arregalam e não posso acreditar que esse carinha vai me surpreender mais uma vez.

– Ele é seu irmão de verdade?

– Não irmão de sangue, nós nem somos parecidos! Eu sou como um livro e Rem é um touro! Eu não tenho irmãos de sangue... Meu irmão de alma é Rem.

Estou pensando em quão doce Pete é ao pensar em Rem como um irmão de alma, e se Rem for a minha alma gêmea, então Pete é meu cunhado de alma... Então aqui estou eu pensando coisas estúpidas, quando lá vem a minha melhor amiga no mundo, felizmente, para me salvar dos meus pensamentos.

Aqui está ela. Direto de um filme tipo *Legalmente loira*. Minha doce Melanie, transportando uma mala rosa chamativa atrás dela e com seu cabelo loiro solto e um par de óculos de sol no alto da cabeça. Ela não é nem perua e nem loura burra, mas com certeza gosta de se vestir como uma delas. Como uma designer de interiores eclética, ela traz o toque excêntrico para sua pessoa também. Na medida em que lhe diz respeito, tudo vai bem. E hoje ela se parece com um arco-íris, iluminando o meu mundo.

– Mel! – Pulando para frente, envolvo meus braços em torno dela e deixo-a me abraçar com sua fragrância Balenciaga.

– Parece que você acabou de fazer um *peeling*, você está absolutamente radiante, sua vaquinha! – diz ela, me empurrando para uma inspeção melhor. – E usando um vestido em vez de roupa de ginástica, quem diria... – Ela parece completamente impressionada, e logo em seguida seus instintos femininos se focam em Pete, e sua voz vai para o tom 'oi-gatinho'. – Bem, olá.

– Olá novamente, senhorita Melanie – diz Pete.

– Oh, Pete, pode chamá-la de Melanie; Melanie, chame-o de Pedro. Vamos lá, vamos levá-lo ao carro – digo.

– Trouxe um presentinho pra você – diz Melanie, uma vez que estamos na parte de trás do Escalade, e ela apresenta um enorme pacote de preservativos – extragrandes e com nervuras para seu prazer – de sua bolsa de viagem. – Caso você queira esperar um pouco mais por aqueles bebês do Remy, sim? – Ela provoca, acenando com a fileira abundante no ar.

– Não preciso desses, menina, você pode colocá-los de volta em sua mochila. Eu tenho uma cápsula no meu braço que solta hormônio, lembra?

– Oh! Então você pode realmente sentir tudo durante...

– Tudo – respondo, e meu corpo se aperta lembrando-se de cada polegada. De Remington Tate dentro de mim.

– Brooke, você tem um olhar de tesão em seu rosto. Conte-me tudo sobre você e aquele deus do sexo! – Melanie exige.

Meus olhos se arregalam, e então, a risada é tão forte que minha cabeça cai para trás e eu agarro meu estômago.

– Você não me chamou de tesão?!

Melanie sorri e varia seu tom.

– Tesão. Tesudo. Tesuuuda. Você não pode sequer dizer o nome dele sem ficar com tesãäooo. Droga, eu posso até sentir o seu tesão nos seus textos. Especialmente naquele bêbada, sua bebum.

Tardiamente, percebo que estamos tão animadas, tendo uma conversa tão pessoal no banco de trás, enquanto Pete dirige, e de repente começo a sentir um rubor quente subindo pelas minhas bochechas. Agarrando a mão de Mel, estremeço meus olhos na direção de Pete, e ela percebe que não podemos continuar a dizer "tesão" com ele por aí, pelo amor de deus. Não que eu não confie nele, mas ele é um cara. Isso é pessoal, caramba.

– Ahhh – diz Mel, e balança a cabeça, então ela grita e me abraça de novo, e deixo que ela me dê um pouco de amor, e passo a dar um pouco de volta, porque estava com saudades de minha pequena e borbulhante Mel.

Assim, ela acaba falando com Pete sobre o clima em Chicago, que é ensolarado e venta muito, mas terrivelmente frio à noite, e depois eu a levo para almoçar.

Depois de algumas enormes saladas e *panini*, eu a levo para a suíte presidencial com dois quartos que Remington reservou para ele e para mim. Ninguém usa o quarto extra, e embora Melanie tenha um quarto separado, decido convidá-la a este quarto vazio por um tempo, para que possamos conversar sem que ninguém nos ouça.

Falamos por horas, com os pés descalços, cada uma em uma cama *queen size*, trocando novidades.

Ela me diz que Kyle está namorando e que Pandora voltou a fumar desde que a bateria de seu e-cigarro acabou e o envio do Fedex com a substituta atrasou devido ao mau tempo. Obviamente, aquele não tinha sido o melhor dia para Pandora. E, em seguida, Melanie quer saber tudo sobre mim, por isso conto sobre ele. As músicas que compartilhamos, o dia em que acertei os capangas de Scorpion com as garrafas. E também conto sobre Nora.

– Ela sempre foi inocente demais nas coisas relacionadas com ela mesma, mas o que você acha que ela estava fazendo enviando esses falsos cartões postais? – pergunta Mel em perplexidade completa.

– Não sei, e simplesmente não consigo superar o fato de que ela fugiu de mim quando tentei vê-la.

Nós pensamos sobre isso um pouco, franzindo a testa em concentração, e ela suspira.

– Honestamente, Nora sempre foi um pouco avoada... Talvez ela só precise de um redirecionamento?

– Talvez.

– Agora, pare de ficar pensando nisso e me conte sobre seu romance que a faz babar tanto.

Rolando sobre o estômago, balanço as pernas atrás de mim quando um suspiro sonhador sobe à garganta. Remy está se exercitando e acho que ele planejava correr hoje, e eu sinto falta de correr com ele. Sinto falta de alongá-lo, observá-lo. Mas é tão bom falar disso e tenho tanta coisa para contar que tenho problemas para verbalizar:

– É muito louco, Mel – estou sussurrando em reverência, mesmo que não haja ninguém por perto para ouvir. Mas confessar isso é tão monumental para mim, que nem consigo falar mais alto. – Nunca me senti assim. Toda vez que ele me toca sinto milhares de coisas boas dentro de mim. Melhor do que endorfinas. Acho que é a oxitocina, você sabe o quão poderoso eles dizem que é? O hormônio do abraço? Mas eu nunca tinha sentido isso antes.

– Você o ama, estúpida!

Estremeço com isso; em seguida, aceno com a cabeça vigorosamente.

– Eu só não quero dizê-lo em voz alta – admito, meu coração já dando voltas e reviravoltas esperançosas com o pensamento de ser amada de volta por ele.

– Por que...

– Porque ele pode não sentir o mesmo! – O simples pensamento me deixa com o coração partido.

Como as emoções funcionam com Remington? Você pode amar e deixar de amar alguém com suas diferentes mudanças de humor?

Dói pensar sobre isso.

A porta da frente fecha na sala de estar, e passos soam no tapete antes de ele aparecer na porta. Meu coração acelera com a visão. Ele veste uma camiseta preta úmida onde se lê "Chicago Bulls" em letras vermelhas, e hoje o moletom, pendurado de modo baixo em seus quadris estreitos, é vermelho. Ele parece tão quente, tão fazível, e tão viril e confortável em suas roupas, que meus seios parecem inchar dentro do meu sutiã.

– Oi, Melanie – diz quando a vê.

– Meudeuso... – Os olhos dela estão redondos como pizzas, enquanto ela se ajeita na cama, obviamente impressionada com aquelas deliciosas covinhas e o cabelo preto bagunçado e os ostentadores olhos azuis. A mão dela voa até a boca. – Oh, meudeuso. Eu sou uma grande fã sua...

Ele não responde de volta porque sua cabeça girou na minha direção, e agora ele olha diretamente para mim, e não posso evitar ser afetada pela maneira como ele me olha. Todo o meu corpo responde e me sinto imediatamente apertada por dentro, úmida e dolorida.

– Oi – ele usa um tom completamente diferente para mim, e quando respondo, minha voz também é diferente. Rouca.

– Oi.

Estou inquieta por dentro.

Ele faz isso comigo.

Ele me perturba de alguma forma. Em todos os sentidos.

Desde seus olhos azuis elétricos, até os braços musculosos, suas covinhas e a maneira como ele olha para mim agora, estudando-me de cima para baixo, como se não soubesse qual parte do meu corpo quer lamber e morder primeiro, quando ele tirar o meu vestido...

– Você já jantou? – pergunta-me com aquela voz áspera.

Concordo com a cabeça.

Ele balança a cabeça em resposta. Então, pergunta com a voz ainda nesse tom que parece sensual, profundo e só para mim:

– Mais tarde você vem pra cama?

Concordo com a cabeça.

E ele assente, com os olhos brilhando de emoção, então acena com a mão para Mel.

– Tchau, Melanie.

– Tchau, Remington.

Ele fecha a porta atrás de si, e ainda não consigo respirar.

– Brooke, esse cara está apaixonado. Mesmo eu senti as borboletas que ele sente por você, e eram tão grandes como se fossem morcegos na minha barriga.

Os morcegos que ela menciona estão no meu estômago também, voando para o meu peito, e juro que nada pode acalmá-los.

– Poderia ser qualquer coisa – respondo, enquanto dentro de mim fico torcendo como louca para ser verdade. – Pode ser o tesão. Obsessão?

– É amor, sua tola. Por que mais ele iria me trazer aqui, a não ser para deixar você feliz? Sua anta! Vai contar a ele?

Meu estômago se enrola com o simples pensamento.

– Ainda não posso.

– Bem, antes você costumava ser a primeira, senhorita competidora olímpica – relembra Melanie.

– Isso é diferente. Eu nem sei se ele pode dizer a mesma coisa para mim.

Volto a pensar no que aprendi sobre seus episódios bipolares, e tudo o que posso pensar é se em suas diferentes expressões gênicas ele poderia se sentir diferente em relação a mim. Se eu lhe disser que o amo, ele iria me empurrar para longe, quando tudo que eu quero é estar mais perto dele?

– Brooke, ele está tanto na sua que é claro que vai dizer a mesma coisa! – Os animados olhos verdes de Mel brilham.

Esperança e medo lutam no meu peito, e ainda acho que não tenho a coragem de arriscar o que temos.

– Não tenho certeza de que ele esteja... Equipado para me amar assim. Ele é diferente, Mel.

Gostaria de poder dizer a verdade a Melanie, mas vou guardar o segredo dele, mesmo que isso me mate. Lembro-me da canção "Iris" tão claramente agora, e as palavras de querer ser conhecido. Ele quer que eu o conheça. Não Melanie. E, definitivamente, não o mundo. Então não vou elaborar mais.

– Brooke. Ele é Remington Tate, é claro que é diferente. Conte a ele, Brookey! Diga-me, o que você tem a perder? – Ela provoca.

Meu estômago se aperta em nervosismo.

– Remy. Ele poderia me afastar. Ele poderia... perder o interesse e ir atrás de outra coisa. Eu não sei! Tudo o que sei é que ele é muito importante e não quero estragar isso.

Eu não me recuperei totalmente da última vez que rompi alguma coisa – tem sido a pior experiência da minha vida –, e foi apenas o meu joelho. O pensamento de ter meu coração partido me faz enterrar o rosto nas mãos com um gemido. Pelo menos se eu mantiver o meu amor em segredo, eu e ele ainda podemos ter este maravilhoso relacionamento, estranho, emocionante, em que eu o amo em silêncio e finjo que ele está me amando em silêncio também.

– Quero esperar que ele me fale em primeiro lugar – digo suplicante.

Ela parece imediatamente enojada.

– Argh, que bunda-mole! – Ela se levanta e vem dar um tapinha em uma das minhas bochechas, depois na outra, e depois me dá um beijo na testa. – Tudo bem, então enquanto você vai transar com seu príncipe encantado e começar seu tempo de felizes para sempre, vou usar meus preservativos. Ou, poderia ir caçar Peter e Riley e ver se um deles pode me levar a algum lugar. Vejo você amanhã? Detalhes, detalhes.

Eu a esmago antes de tocá-la do meu quarto com um tapa na bunda, e fitas sedosas de emoção desfraldam dentro de mim enquanto ando descalça pelo quarto. A água do chuveiro provoca um raio de excitação em mim com a ideia de tomar banho com ele.

Todo o meu ser se enche de querer quando fecho a porta do banheiro em silêncio, atrás de mim, enquanto Remy lava sua cabeça dentro do boxe de vidro. Arrepios de antecipação reviram o interior do meu estômago enquanto fico nua. Nunca fui indiscreta com um homem, mas este é o meu homem. Meu primeiro e único homem. E ele é sexy e está nu e eu sinto uma falta louca dele.

Abro a porta de vidro e entro, com sua pele lisa e bonita e grandes músculos rígidos, pressionando meus seios nus em suas costas quando passo meus braços em volta de sua cintura. Ele geme e puxa meus braços apertados em torno dele, e as palavras *eu te amo* estão dentro de mim. Nunca amei ninguém na minha vida e nunca imaginei que pudesse ser assim.

É o mais incrível, revigorante e assustador sentimento que já tive na minha vida. Tão viciante como endorfinas e muito mais. Lambo sua espinha até a nuca, deslizando minhas mãos para baixo para tocar seu pênis ereto. Ele já está totalmente ereto, e todos os meus sentidos estão em sintonia com ele. O contato de nossos corpos, meus seios em suas costas, a sensação do seu comprimento latejante pulsando sob meus dedos.

Tenho um choque de pensar que é para mim. Apenas meu.

Com a água batendo no corpo, ouço seu gemido.

– Hmm. Toque-me, Brooke – ele murmura, agarrando ambos os punhos bem apertados e me orientando para seu pênis.

Um estremecimento quente avança ao longo do meu corpo. Estou completamente erotizada pelos seus enormes punhos guiando minhas mãos sobre sua longa ereção. Com um calor entre as pernas, lambo as gotas de água de suas costas. Como um gato, esfrego meus seios doloridos nos seus músculos duros das costas e rodo a minha língua por sua coluna.

– Fico com tesão quando você diz meu nome.

Ele se vira e toma o meu cabelo na mão e puxa minha cabeça para trás para que os nossos olhos se encontrem. Ele olha para mim, seu olhar positivamente selvagem, e meu sexo se aperta em expectativa quando ele fala.

– Brooke Dumas.

Tremo, e inclino meu corpo molhado no dele.

– Com toda a certeza, sinto tesão...

– Vamos cuidar disso – seu sorriso é lento e selvagem –, Brooke Dumas.

Eu rio, mas ele não, e quando os lábios se depositam sobre os meus, não é para me dar uma lenta amostragem de um beijo, mas é um incêndio, um beijo que apaga qualquer pensamento coerente da minha mente. Ele toma os pulsos e, lentamente, prende minhas mãos em minhas costas, e um raio de excitação passa por mim.

Ele me faz em pedaços com essa contenção inesperada que me permite saber que ele pretende fazer o que quiser de mim, e gosto disso. Gemo debilmente quando os dentes raspam meu pescoço, e estou impotente quando ele puxa minha carne de um modo tão firme que acho que vai me dar o meu primeiro chupão.

Meus dois pulsos ainda estão presos por sua mão, e ele se afasta ofegante, seus penetrantes olhos azuis permanecem em meus seios nus. A necessidade selvagem em seu rosto faz com que minha respiração saia de forma desigual pelos lábios. O desejo arqueia minhas costas, e ele se inclina, a boca cobrindo o peito para me chupar tão ferozmente como nunca. Ele acaricia a outra ponta com a mão livre, a palma da mão lisa e urgente, e eu adoro a forma como a sua pele bronzeada escura contrasta com a pele clara dos meus seios. Com habilidade ele aperta a carne e suga o bico endurecido com o calor de sua boca, sua outra mão firme em torno de meus pulsos.

Meu corpo treme contra o dele, minha vagina, apertando com a vontade, agora fica em brasa. O vapor cobre nossos corpos e fico desesperada, de uma hora para outra precisando dele agora, rápido, com urgência.

– Me come... – imploro, me apertando contra ele.

Seus olhos brilham quando ele aperta um mamilo e depois o outro.

– Esse é o plano.

Ele me levanta facilmente pela cintura e em vez de me abaixar para seu pau, traz os meus seios à boca. Ele suga um, depois o outro, os músculos do seu braço flexionados enquanto ele me mantém no ar, chupando os meus mamilos. As sensações me atingem como um raio. Cada chupada voa até meus dedos do pé. E quando não consigo parar de implorar e fazer caretas de incompreensível prazer, ele me desce sobre sua ereção com tanta força que, no instante em que me penetra, estou tão acesa que um grito escapa.

– Muito duro? – a voz rouca de desejo e preocupação, ele me puxa de volta enquanto me espera falar.

Ofegante, nego com a cabeça e agarro seus ombros.

– Eu quero você – sussurro. – Por favor, me deixe ter você.

Seu rosto aperta de tesão.

Ele me desce de modo mais lento desta vez, mas ainda é maciçamente grande e se arrasta grosso sobre cada centímetro da minha gruta. Um leve gemido rasga minha garganta enquanto me penduro nos ombros rígidos e, quando ele começa a se mover, me fodendo para valer, corro minha língua pelo maxilar com a barba por fazer, e chupo a orelha, ofegando e gemendo enquanto monto naquele homem o mais depressa que posso. Tão depressa quanto ele me come.

Arrepios de eletricidade descem pela coluna quando ele desliza sua língua na minha orelha, me fodendo com cuidado.

– Eu amo – rosna, a maneira inesperadamente sexy que ele pronuncia as palavras me lançam um hálito de orgasmo – como você se encaixa bem...

– Eu amo também – digo, parte gemido, parte suspiro.

Ele puxa minha orelha com os dentes, resfolegando os músculos do peito quando me segura nos braços e fala no meu ouvido, enquanto continua empurrando.

– Você é tão apertada. Tão molhadinha. É tão bom. Cheira tão bem. Eu sabia que você seria minha no instante em que a vi. Não é? Você não é toda minha?

– Sim – suspiro, miando porque amo cada palavra, tremendo em todas e em cada uma que ele profere, deixando que me transformem em algo selvagem e livre, até que estou sussurrando:

– Me dê mais, quero tudo, Remy, mais duro, mais forte, depressa.

E explodo em seus braços, os espasmos em minha vagina apertando ritmicamente em torno de seu pênis, ordenhando quando ele derrama.

Quando caio nele, esgotada, Remy agarra a parte de trás da minha cabeça em sua mão aberta e me segura tão firmemente enterrada contra seu pescoço que nem sequer tento colocar meus pés no chão. Ele fecha o chuveiro e me leva para fora, esfregando uma toalha em cima de mim antes de passá-la rapidamente sobre si mesmo, e eu fico toda pegajosa porque ele é tão forte e tão sexy. Ele nem chega a me colocar no chão antes de atravessar todo o quarto, colocando-me nua na cama.

Esta é apenas a nossa sétima noite juntos, mas já estou esperando ansiosamente a nossa forma de nos aconchegar na cama.

Hoje ele me enfia dentro, me cobre e, quando percebo, estou mole e lânguida, e ele me ajusta para dormir de conchinha. Suspiro de contentamento à medida que a gente se acalma.

Remy cheira a parte de trás da minha orelha. Então, sinto sua mão em meu cabelo, me acariciando suavemente. Sua língua vem na sequência, batendo devagar no lugar do meu pescoço em que me mordeu no chuveiro. Ele arrasta a língua ao longo da curva de meus ombros, pela minha orelha, despertando cada centímetro da minha pele.

Sinto que ele é um leão preguiçoso, me banhando com a língua, lambendo e me acariciando.

Ele tem feito isso outras noites também. A imprevisibilidade de suas carícias me deixa louca com desejo e amor, e estou ficando viciada neste momento após o orgasmo, onde estarei relaxada e ele ainda vai ter a energia para me posicionar de uma maneira que pode ficar de conchinha ou me segurar, e fazer todas as suas coisas viris e com jeito de TOC em mim.

Às vezes, ele lava o sêmen da minha pele, mas outras vezes ele me dá uma série de beijos quando vai entre as minhas coxas e empurra sua porra com os dedos para trás em minha vagina, como se querendo que ela fique sempre lá.

Às vezes ele me pergunta, com olhos azuis e arrogantes naquele murmúrio sexy que usa depois de fazer amor:

– Você gosta quando mancho sua pele com ele?

Deus, eu adoro a forma como ele chama seu sêmen de "ele".

Eu amo tudo o que esse cara faz!

Dormir com ele ainda é uma novidade para mim. Nunca dormi com ninguém antes.

Toda vez que chegamos a uma nova cidade, fico pensando com qual lado da cama ele vai querer ficar, mas Remington parece sempre ir para o mais próximo da porta, e eu gosto do mais distante, já que está sempre mais perto do banheiro. Só que agora que penso nessas coisas, mesmo na primeira noite em que dormimos juntos, vejo que isso pareceu acontecer automaticamente.

Ele se deita no lado da cama onde possa colocar o seu braço direito em volta de mim, e eu possa rolar para o meu lado direito e me aconchegar em cima dele como uma minhoca aquecida.

Nas primeiras noites em que dormimos juntos, eu ainda usava a camiseta preta dele, mas nem me preocupo mais em vesti-la porque ele sempre acaba tirando-a de mim. Ele dorme pelado e não aguento olhar para ele sem ficar com vontade de pular naquele corpo. Remy é feito para fazer propaganda de tudo o que é viril, muscular e sexy. Acho que é daí que muitos de seus milhões vieram. Fazendo publicidade de luvas de boxe, cordas para exercitar, uma bebida energética e uma marca de cuecas boxer justas.

Ele fica positivamente delicioso nelas.

Hoje à noite nós estamos nus e gostosamente emaranhados, e meu leão de olhos azuis agora parece satisfeito de ter me acariciado por um longo tempo. Me sinto acariciada até os ossos.

Ele me prendeu a seu lado enquanto sua cabeça repousa sobre a cabeceira da cama, e noto uma de suas pernas longas e grossas se movendo inquieta sob os lençóis. Ele não parece nem um pouco cansado.

– Você está ficando... acelerado? – pergunto meio grogue, virando-me em seus braços, odiando por estar também eu, agora, usando o termo.

– Eu só estou pensando. – Sorrindo para me confortar, ele planta um beijo suave nos meus lábios. – Mas se eu me descontrolar com você... – Enfia a mão no estojo portátil, que está na mesa de cabeceira, e recupera uma seringa com um líquido claro. Ele me entrega com a tampa fechada.

Estremecendo, afasto isso como se ele fosse usá-la na minha bunda.

– Não, Remy, não me peça isso.

– É apenas pra me certificar de que não irei te machucar.

– Você nunca me machucaria.

Remy geme e passa a mão livre por seu cabelo úmido, mostrando frustração.

– Posso sim, posso muito bem ficar louco com você.

– Não vai, não.

– Você não sabe como me faz sentir! Eu... – ele fecha a boca, e um músculo salta sem parar em seu queixo, enquanto ele o aperta. – Eu fico com ciúmes, Brooke, quando estou normal – diz ele, com uma expressão sombria. – Mas não quero nem saber o que posso fazer quando estiver... No meu lado negro! Eu fico com ciúmes de Pete, de Riley, de sua amiga, de alguém que começa a passar mais tempo com você. Estou até com ciúmes de mim.

– Como assim?

– Eu tenho ciúmes de estar com você e não me lembrar do que eu fiz pra você. Do que me disse.

Minhas entranhas se enchem com ternura.

– Eu vou te dizer, Remy.

Esticando o braço para virar sua cabeça sexy para mim, beijo seu queixo. Ele ainda está inquieto.

– Venha aqui, Rem.

Pego a seringa e a coloco cuidadosamente sobre a mesa de cabeceira do seu lado, puxo a cabeça no meu peito e beijo sua testa enquanto começo a massagear a parte de trás do seu pescoço com dedos ágeis, fortes. Ele geme e estatela o rosto em meus seios, relaxado instantaneamente.

– Obrigada por trazê-la – sussurro em seu cabelo.

– Eu posso trazer seus pais. Você quer? – ele parece sóbrio quando pergunta, acariciando meu mamilo enrugado.

– Não. – Solto uma risada.

Ele é tão protetor e tão inesperadamente prestativo que só quero rastejar em seu corpo grande e me enrolar em uma bola e viver dentro de seu grande coração gentil, porque esse é o único lugar onde estou interessada em viver.

– Sua irmã. – Ele parece encantado com o meu mamilo, olhando para ele, esfregando o polegar enquanto continuo trabalhando em sua nuca. – Vou trazê-la de volta para você, Brooke.

Meu estômago gira. Definitivamente, definitivamente eu quero que ele esqueça até mesmo que eu mencionei Nora.

– Não, Remy, acho que ela vai ficar bem e que devemos deixá-la sozinha, por favor. Apenas lute por mim e você. Tudo bem?

Ele fica em meus braços mais um pouco, mas quando as minhas mãos começam a cansar e estou cochilando, ele se levanta.

– Vem dormir comigo – choramingo. – Não se levante.

Ele volta com seu iPad e eu me aconchego ao seu lado como se magnetizada. Ele usa o meu quadril para sustentá-lo e desliga a lâmpada para mim.

– Você vai cansar os olhos – reclamo.

– Shhh, mãe... Só diminuí o brilho.

Ele me lambe, e eu o lambo de volta, e nós rimos juntos.

– Pete contou que seus pais foram procurar por você? – pergunto.

– Contou, eu mandei algum dinheiro. Isso é o que eles querem.

Minhas sobrancelhas descem.

– Eles disseram que queriam vê-lo.

– Isso é o que eles dizem. Eles nunca quiseram me ver até que meu rosto se tornou público.

– Isso é uma vergonha pra eles. – Sinto-me instantaneamente protetora e não quero que ele se sinta mal, então, com carinho seguro o seu queixo. – É um rosto tão bonito.

Ele ri, as vibrações suaves me atingem. Deleitando-se em sua proximidade, seu calor, o cheiro do seu corpo, eu me viro em seu braço e enterro meu rosto em seu pescoço para que a luz não me incomode, e quando estou cochilando, ouço o som de trituração e uma gota de líquido respinga na minha bochecha.

Franzo a testa.

– Remy.

– Desculpe. – Ele beija o local onde a gota caiu e lambe, e eu gemo no desejo espontâneo.

Ele belisca minha boca e os lábios estão com sabor de maçã. Eu adoro isso, e de repente estou bem acordada, sentindo uma fome que não é de maçãs. Adoro o seu cheiro, a sensação dele, seus olhos, seu toque, eu adoro dormir com ele, tomar banho com ele, correr com ele. Sinto-me louca. Louca por ele. Tudo bem, vou dormir antes de sair compondo uma música. Em vez disso, eu me ouço falar.

– Remington... – murmuro em uma pergunta, a minha voz grogue, mas já engrossada com excitação.

Ele coloca o iPad de lado e passa a mão em minhas curvas. Prende seus dedos ao redor da minha cintura e me arrasta para seu pênis, possibilitando que eu sinta que está duro e pronto. Eu estou tão pronta para ele, nasci pronta.

Ele abaixa para me beijar, murmurando: *Hmm, é isso que eu estava esperando.*

* * *

– Que máximo, lugares na primeira fila. Ou você deu uma baita de uma chupeta nele, ou o cara está definitivamente apaixonado por você – decreta Melanie quando nos sentamos na primeira fila do salão de lutas de Chicago.

– Bem, eu não cheguei nessa parte, porque a penetração foi muito excitante, sabia? – respondo a Mel, mas de repente tudo o que eu tenho em minha mente é a chupeta. Dar ao homem que eu amo uma deliciosa chupeta vai fazer ele me amar para sempre.

As sobrancelhas de Mel sobem.

– Você está realmente se gabando pra mim?

– Não! Na verdade estou sendo honesta, sem sarcasmo aqui, admitindo à minha melhor amiga que estou ansiosa para dar ao meu cara uma chupeta assim que conseguir tirar a minha boca de seus lábios deliciosos.

O inacreditável aconteceu. Acho que consegui fazer Melanie corar. Ela está com o rosto vermelho quando olha para mim, como se eu tivesse confessado uma orgia.

– Meu Deus. O que você fez com minha amiga? Onde está ela, sua alienígena? Brooke, você está loucamente apaixonada por esse cara. Desde quando você fala de chupetas pra mim?

Meu sorriso de repente desaparece, assim como minha voz.

– Por favor, pare de dizer a palavra que começa com A, só faz o meu estômago se apertar.

– Amor, essa palavra? Você ama Remington. Remington te ama – provoca Mel.

– Tome – com um olhar brincalhão, entrego-lhe um pedaço de chiclete que roubei de Pete. – Ponha isso na boca. É feito de cola e vai selar sua boca. Agora me diga se você viu Nora em algum lugar.

– Ela está sentada à sua direita.

A surpresa drena o sangue de meu rosto.

– Sério?

Fico tensa ao vê-la. É Nora. Na minha parte mais íntima, eu esperava que tivesse sido um pesadelo, e que a garota com o cabelo vermelho-sangue, o rosto pálido, e a tatuagem de Scorpion fosse outra pessoa. Mas não.

É Nora.

Uma garota de aparência triste.

E tenho que salvá-la de si mesma.

Quando Nora toma o seu lugar do lado oposto do ringue, aperto o braço de Melanie e enfio um papel, que eu estava segurando, em sua mão.

– Você precisa levar isso pra ela muito discretamente, para que esses grandões perto dela não percebam.

– Saquei.

Melanie sacode seu rabo de cavalo e caminha para o outro lado do ringue. Nora não me vê, acho, mas enrijece quando vê Melanie. Mel continua em frente, toda glamourosa e perua, quando tromba com um dos homens, então se inclina para se desculpar com Nora e dá tapinhas com as mãos como se estivesse dizendo *tudo bem, ninguém se machucou*, e então ela já está voltando para o seu lugar, ao meu lado.

Minhas entranhas se apertam com a tensão quando meus olhos desviam para Nora. Ela olha para o seu colo e lê a nota, e a esperança e a emoção dentro de mim se agitam quando ela parece lê-lo uma segunda vez. Então, ela está interessada?

– Pronto – diz Melanie, e quando Nora levanta a cabeça, me vê com olhos cor de avelã queimando um pouco, e solto um longo suspiro de gratidão, pelo menos ela não está fugindo. Quando nossos olhares se prendem por alguns segundos, sorrio para ela, apenas para que ela saiba que quero vê-la no modo "amigável". Ela sorri de volta, quase trêmula, e lágrimas parecem inundá-la quando o apresentador começa. Meu peito incha com mais determinação ainda para salvar a minha irmã mais nova, e de repente não posso esperar por amanhã. Eu apenas rezo para que ela venha.

– E agora, senhoras e senhores...

– Ele está saindo – Melanie me aperta.

Só em saber que ele vai sair já fico superexcitada, e quando seu nome soa através da multidão, meu coração já está acelerado e estou tremendo.

– Remington Tate, o primeiro e único, Arrebentadoooorrr! Digam olá para o Arrebentadoooor!

Ele vem como um sol depois de meses de escuridão, e o mundo não pode parar de gritar em sinal de gratidão. Ele sobe para o ringue e tira o manto vermelho e, no centro do ringue, lá está ele. Fazendo seu cumprimento enquanto a multidão ruge seu nome, os braços musculosos estendidos, e os gritos cada vez mais altos, porque as pessoas amam o jeito que ele se vira, seu rosto de menino e corpo viril, o brilho perverso em seus olhos que lhes promete um bom show. Ele dá sua parada onde sempre a faz, e os seus olhos azuis me dizem que ele sabe que é a bomba e que eu o quero, e suas covinhas surgem para me matar. *Matar. A mim.*

O fato de eu saber que esse homem é meu à noite não me deixa respirar.

Mas felizmente deixo sair um sorriso. Cara, estou tão cheia de emoção que, com certeza, posso sorrir de volta para ele do meu lugar.

A luta começa, e me sento ao lado de Melanie babando, vendo esses braços com a tatuagem de videira, no lugar onde os ombros e bíceps flexionam para atacar seus oponentes. Sua força, seu trabalho de pés, sua velocidade me hipnotizam.

Melanie grita para ele todas as coisas que eu quero lhe dizer e muito mais, me deliciando.

– Mate-o, Remington! Sim! Meudeuso, você é um deus!

Rindo com alegria pura, eu a abraço.

– Oh, Mel – suspiro, então sussurro na malícia: – Diga a ele que ele é gostoso.

– Por que você não diz, bundona? – Ela estreita os olhos e se encosta. – Sua anta, fale pra ele!

– Eu não posso. Nunca consigo gritar no meio da multidão. *Eu* era aquela para quem se gritava, entende? – admito, dando uma ombrada nela. – E sinto que minha voz vai distraí-lo. Vamos lá! Diga isso por mim, diga que ele é gostoso!

Ficando de pé, Melanie põe as mãos em concha e grita.

– Brooke acha que você é a coisa mais gostosa que existe, Remy! Remy, Brooke te ama, Remy! Cada polegada e cada centímetro de você!

– Melanie! – Chocada, bato uma mão sobre sua boca e empurro-a de volta ao seu lugar, mas a multidão está tão barulhenta hoje, que tenho quase certeza de que ele não ouviu. – Tome outro chiclete, Mel – digo, olhando sombriamente para ela. – E quero sua palavra de que não vai falar isso de novo, Melanie.

– Ah, tudo bem, só vou dizer a ele que ele é gostoso e tudo o mais.

Rindo ao assentir com a cabeça, vejo quando ela volta a ficar de pé e cutuca minhas costelas, me chamando de covardona, e então continua a gritar todas as coisas que eu penso e não tenho coragem de gritar. Que ele é tão tesudo, que ele é um deus, que ele é uma besta sexy e é sexy pra caralho que ninguém aguenta...

Juro que se eu pudesse gritar, eu também gritava que ele é meu, que eu o amo, que ele é a *minha* fera... Mas não posso nem mesmo aplaudir sozinha o seu nome no meio da multidão. E percebo que talvez sinta um pouco de medo, porque nunca dei meu coração a ninguém antes de Remington. E ele tem a força para bater nele tão duro quanto bate em seus adversários.

ONZE

ENCONTRO SECRETO

Nós devemos encontrar com Nora em um pequeno restaurante japonês situado a apenas algumas quadras do nosso hotel, mas me sinto completamente mal por mentir para Remington sobre esta noite.

– Vou fazer uma reunião de finanças com ele – Pete me garantiu quando nos encontramos na academia esta manhã. – Vou dizer que você e Melanie estão fora passeando e que Riley vai buscá-las depois do jantar para que Remy possa passar por suas finanças mensais comigo.

Concordo com a cabeça em satisfação, mas confesso que ainda não estou feliz com isso. Estou enjoada e nervosa na parte da tarde, mas mesmo assim, permito que uma parte secreta de mim aprecie a maneira como Remy me observa do ringue de boxe quando aceno para ele da porta da academia e sinalizo para Melanie, que está ao meu lado em toda a sua glória, em uma minissaia e um top de alcinhas, enquanto faço a mímica para Remy, "saindo com Mel".

Ele puxa fora seu capacete de treino para me atirar um sorriso e um aceno rápido, os olhos brilhando quando me vê, e só a mão de Mel no meu cotovelo parece me impedir de saltar até o ringue e beijar cada uma de suas devastadoramente lindas covinhas.

Lá em cima, me visto de forma sensata em uma blusa de botão e uma calça preta formal.

– Ainda não entendo por que você não quer que Remy saiba sobre isso – diz Melanie, enquanto Riley nos leva para o restaurante.

– Porque Remington tem algumas tendências alfa.

– O que é sexy, da última vez que verifiquei.

– Mel, isto não é um filme. Não quero que ele seja incapaz de se concentrar, nem que fique em apuros por minha causa.

Mel bufa.

– Você tira todo o romance de seu relacionamento, Brooke.

Eu gemo e, em seguida, bato a testa na janela, totalmente exasperada.

– Mel, eu me sinto mal. Por favor. As pessoas que fazem o que ele faz para ganhar a vida são consideradas armas letais. Legalmente, eles não podem lutar fora do ringue, você entende?

– Sim. Apesar de que um homem não poder lutar com os punhos na rua, enquanto outros andam legalmente com armas é algo que está além de minha compreensão. De fato eu deveria reclamar com o senador.

– Tudo bem, senhoras, se deixarmos a carta ao Congresso para mais tarde, aqui estamos nós.

Melanie encara Riley quando ele abre a porta de trás, e ele olha enquanto ela passa. Eu não tenho nenhuma ideia do que está acontecendo com eles. Melanie é geralmente doce com todos, e Riley costuma ser fácil de levar. Mas tudo bem, então.

– Obrigada, Riley, já volto – digo a ele.

– Nem pensar, eu vou com você.

– Nós não precisamos de você – diz Melanie, atirando-lhe um olhar superior com a ponta de seu nariz no ar. – Brookey e eu temos nos dado excelentemente bem por 24 anos sem a sua ajuda.

– Estou fazendo isso por Remington, não por você – diz Riley rigidamente.

Felizmente, eles param de brigar quando entramos no restaurante.

Eu absorvo a atmosfera tranquila, passando meu olhar pelas paredes descascadas verdes que possuem uma variedade de fotos de pratos de peixe, todas emolduradas, e depois meus olhos deslizam ao longo de dezenas de mesas de madeira preta para perceber que todas estão vazias, exceto uma.

Para meu espanto, as únicas pessoas aqui, além de nós três na porta, e de um homem japonês preocupado nos observando por trás do sushi bar, são Nora, que está sentada rigidamente em uma pequena mesa redonda no canto mais distante, três homens altos e corpulentos que reconheço como os mesmos capangas nos crânios dos quais tive o prazer de bater, no clube, e, claro, o enorme Scorpion, que agora vem em nossa direção, como se fosse o maldito anfitrião da noite.

Não sei se ele puxou algumas cordas entre os gerentes do restaurante, ou se ele desocupou as instalações por intimidação, ou se subornou as pessoas, mas quem em sã consciência iria querer jantar com caras como estes?

Bem. Aparentemente, minha irmã.

Nora foi sempre a romântica de nós, sempre querendo "resgatar" algum cão, gato, rato, ou cara. Eu nunca comprei essa ideia de romance que ela parecia tão focada em provar, até que conheci Remington, é claro.

Vou beber qualquer coisa que o cara me der, não vou negar isso.

Agora vejo Scorpion chegar em seu corpo grande e musculoso e me arrependo de que Remy não saiba que estou aqui.

A semente de um medo profundo brota dentro de mim.

Medo não só destes homens, mas do que Remy faria se descobrisse que eu estou aqui com eles. Isso é tão novo para mim, estar em um relacionamento. Eu só não sei o que ele faria por mim. Mas sei que faria qualquer coisa por ele. Inclusive certificar-me de que ele permaneça sem saber do meu encontro com Nora.

Só espero não me arrepender de arrastar Pete e Riley para isto.

Minha respiração para de nervoso quando Scorpion para perto de nós, e seus olhos são verdes e maus. Isso, juntamente com o cheiro de peixe vindo do bar, me faz ficar um pouco enjoada. A tatuagem preta é tudo que se vê em seu rosto repugnante. Não entendo por que alguém iria querer esse animal na pele. É uma tatuagem 3D e o Scorpion parece estar subindo em seu olho.

– Bem, se não é a puta! – ele joga as palavras como pedras em mim, e então olha com desdém por cima de meu ombro. – Onde está seu amante? Escondido sob a saia de novo?

Uma onda de raiva impotente me percorre, fazendo minha garganta enrolar firmemente em torno de minhas palavras.

– Ele tinha coisas melhores pra fazer.

Ele estreita os olhos para mim, então para Melanie e Riley.

– Só você – diz ele, apontando um dedo no ar em minha direção – pode passar.

Começo a passar, mas ele me bloqueia com um braço, e um resplendor vermelho se arrasta lentamente por ele como se estivesse em grande expectativa.

– Você tem que primeiro beijar o Scorpion. – Olhos brilhando mesquinhamente, ele bate com o dedo no nojento Scorpion negro em seu rosto, e seus dentes piscam, toda a sua boca coberta com uma grade de diamantes.

Meus órgãos param em puro choque e horror com esse pedido, e cerro os lábios em resposta, olhando além de seus ombros, através do pequeno restaurante, até a mesa do canto, onde Nora se senta. Encontro os olhos de mel dela e o desespero corre por meu corpo ao ver o vazio neles.

Como posso deixá-la fazer isso com ela mesma? Não posso.

Eu.

Não posso.

Scorpion quer a sua diversão e quer me humilhar. Ele quer mostrar para mim que hoje é ele que tem o poder. Mas ele não pode me humilhar se eu não deixá-lo ver o quanto o seu pedido me revolta.

Freneticamente tentando me convencer de que isso não significa nada, dou um passo aparentemente estável para frente. Mas todo o meu corpo começa a ficar tenso com o que estou prestes a fazer, e um rubor terrível de vergonha queima rápido em toda a minha pele.

– Brooke – diz Riley em um aviso que também soa como um apelo.

Mas ou é beijar a tatuagem estúpida, ou sacrificar Nora a este homem, ou o risco de envolver Remington numa confusão com esses perdedores, e eu também não posso fazer nada disso, simplesmente não posso.

O olhar do homem parece uma cobra rastejando em cima de mim quando ele me olha mais perto, mas só posso me concentrar na minha irmã, na mesa atrás dele. Faço uma respiração profunda, proibindo-me de tremer.

Quando vou dar o último passo, de repente o seu pedido parece tão impossível quanto me pedir para escalar o Monte Everest e cavar um buraco até o fundo. Meu estômago se revolta em protesto, e estou perigosamente perto do vômito ao ver o inseto preto de perto.

Ele tem cheiro de peixe e de um idiota cruel.

E eu desejo ter a coragem de tentar chutar a merda para fora dele.

De repente, uma vívida lembrança de um programa a que meu pai costumava assistir, chamado "Fear Factor", me atinge, no qual as pessoas fazem todos os tipos de coisas, como entrar em caixas com cobras vivas e escorpiões. Se as pessoas podem fazer isso por dinheiro, certamente posso fazer isso por minha irmã.

Empurrando o meu orgulho de lado e aproveitando a minha determinação, forço meus lábios, que ficam tão sólidos como rochas, e a náusea sobe ao meu peito antes mesmo de eu encostar.

– Olhem para isso, a puta do Remy está beijando o Scorpion. – Os capangas cospem as palavras com desprezo, a humilhação e as palavras me fazem querer correr e me esconder com uma força que eu não sentia há anos. Revoltada comigo mesma, rapidamente beijo o ar e caio de volta nos meus calcanhares.

– Pronto, está feito – minha voz treme com repugnância.

Sua risada é profunda, escura e terrível quando ele se vira para seus capangas.

– Será que ela me beijou? Será que a cadela do bobão realmente beijou o Scorpion? Eu acho que não! – Seus redondos olhos verde-amarelados deslizam de volta para mim, e juntamente com aquele olhar, não estou me sentindo muito poderosa no momento. – Eu não senti o seu beijo. Agora você vai ter que lamber. – Ele irradia sua grade de diamante para mim novamente.

Meus olhos se arregalam em horror, e minha determinação de ver a minha irmã vacila lamentavelmente com o pensamento de lamber qualquer parte deste homem. Deus, eu quero correr daqui, minhas veias dilatadas já estão sendo bombeadas de sangue para os músculos, prontas a fugir. Fugir para o carro, de volta para meu Remy.

Riley me agarra, seu rosto uma máscara de preocupação.

– Brooke – diz ele em advertência, e isso me traz de volta para o que estou fazendo aqui e eu me livro, mais uma vez enfrentando Scorpion.

Como posso ir embora? Como vou conseguir outra forma de falar com Nora sobre essa merda em que ela está? Apenas o pensamento dela nas mãos deste *verme humano* me enoja. Como é que eu posso vê-la com esse pervertido e não fazer algo para ajudá-la? Engolindo a secura dolorosa na minha garganta, ergo meu rosto de volta com bravata, desesperada para fazer qualquer coisa, exceto lamber o rosto daquele homem.

– Eu vou beijar, você tem a minha palavra.

"Fear Factor".

Você pode fazer isso por Nora.

Se você conseguia fazer cem metros em 10,52 segundos, então pode beijar o mascote desse otário!

O mal se esconde em seus olhos quando ele me estuda cuidadosamente e, em seguida, fala com ironia para mim.

– Se você não vai lambê-lo, então vai ter que segurar por cinco segundos, hein? Cadela do Remy? Vá em frente agora. Beije o Scorpion.

Ele dá tapinhas no desenho e meu estômago tem espasmos quando me esforço muito para manter minha expressão vazia e mostrar ao inseto humano como estou despreocupada com o seu pedido revoltante.

Respirando fundo, proíbo meus joelhos de tremer quando vou à ponta dos pés, apoio meus lábios, de olhos fechados, aversão e raiva apoderando-se de minhas entranhas quando meus lábios batem na pele pintada. Segurando o contato, me sinto envenenada por dentro ao fazer isso durar cinco segundos, meu coração escurecido dentro de mim. Ferido em constrangimento completo e absoluto. Minhas pernas vacilam quando os segundos passam, e meus sistemas parecem paralisar neste purgatório em que cada milímetro do meu corpo é repelido por esta forma podre e só a força de vontade me segura na ponta dos pés.

Estes são os mais longos cinco segundos da minha vida. Onde sou humilhada além da humilhação, irritada além da explicação, e me sentindo tão por baixo como quando vi o vídeo de meu acidente no YouTube.

– Pronto.

Com um sorriso nada menos do que repugnante quando caio de volta para baixo, surpresa por ter chão sob meus pés, ele estende seu braço grosso para Nora, e mantenho minha coluna ereta quando sigo até Nora, resistindo à vontade de ir para a cozinha e esfregar minha boca. Ela está suja, imunda. Não, não é isso. Eu me sinto suja e imunda, e o pensamento de beijar meu lindo Remy com essa mesma boca faz meus olhos lacrimejarem e minha garganta se contrair.

Já me sinto esgotada no momento em que chego à mesa da minha irmã. Em torno de nós, há mesas vazias com cadeiras de cabeça para baixo espalhadas por toda parte, exceto em nossa pequena mesa, que tem um abajur no centro e pauzinhos para quatro pessoas.

– Nora. – Minha voz é incrivelmente suave, mas por dentro eu sou uma massa de emoções conflituosas, e mesmo ressentimento em relação a minha irmã sentada aqui, me vendo ter que beijar a tatuagem de seu namorado imundo. Mas, vendo a expressão sem vida em seu rosto, sei que a garota do outro lado da mesa, esguia e frágil, pálida e infeliz, não é realmente a minha irmã.

Estendo o braço para pegar a mão dela na mesa, fico triste quando ela não me deixa segurá-la e, em vez disso, a enfia debaixo da mesa, fungando. Nos nós olhamos por um momento em silêncio, e parece-me que a visão do escorpião preto quase rastejando no olho da minha irmã é a coisa mais perturbadora que já vi na minha vida.

– Você não deveria estar aqui, Brooke – diz ela, com os olhos nos homens e em Riley e Melanie, que esperam em silêncio à porta. Quando nossos olhos se encontram novamente, estou chocada com a animosidade em seu olhar, atacando-me de forma aberta.

Uma raiva súbita se apodera de mim também, e quase fecho meus olhos.

– Minha mãe quer saber se você gostou dos crocodilos australianos, Nora. Ela amou o cartão-postal que você enviou e não posso esperar para saber por onde mais você esteve. Então? Como eram os crocodilos, irmã?

Há um mundo de amargura em sua voz quando ela responde.

– Obviamente, eu não sei. – Ela esfrega as costas da mão no nariz e olha para longe, carrancuda com a menção de mamãe.

– Nora... – abaixando a minha voz, eu aponto para o restaurante japonês vazio contendo o Scorpion e os três capangas, que nos assistem do bar. – Honestamente, é isso o que você deseja pra si mesma? Você tem a vida inteira pela frente.

– E eu quero viver do meu jeito, Brooke.

Seu tom é defensivo, então tento deixar de soar agressiva.

– Mas por que aqui, Nora? Por quê? Mamãe e papai ficariam com o coração partido se soubessem as coisas em que você se envolveu.

– Pelo menos eu não os deixo saber a verdade – responde ela, e esta é a primeira centelha de vida que realmente vejo em seus olhos.

– Mas por que você faria isso com eles? Por que você iria abandonar a faculdade pra isso?

– Porque estou cheia deles me compararem com você – retruca, e então começa a fazer uma voz zombeteira que se assemelha à de nossa mãe quando ela reclama. – Por que você não faz isso como Brooke? Por que você não encontra algo significativo para fazer com a sua vida como Brooke? Eles só querem que eu seja como você! E eu não quero. A troco de quê? Você perdeu toda a diversão quando era jovem pra ser a grande medalhista de ouro, e agora não tem nada de medalha e nem pode competir mais!

– Posso não correr mais, mas ainda posso chutar o seu traseiro agora! – retruco furiosamente, ferida pelas palavras que ela está me dizendo.

– E daí? – ela continua. – Você foi a melhor atleta na faculdade. Ninguém conseguia parar de falar sobre o quão talentosa você era e em como você ia conseguir. Isso é tudo o que você fez e falou, e agora, olhe pra você! Não pode sequer fazer o que amava e provavelmente vai acabar como a mãe e o pai, vivendo no passado, com suas velhas medalhas de ouro ainda penduradas em seu quarto!

– Para sua informação, eu sou mais feliz agora do que já fui, Nora! Se você tivesse prestado um pouco de atenção, iria perceber que a minha vida continuou, e que eu fui a lugares que nem sequer imaginei que iria. Você quer ser independente? Tudo bem. Vá em frente! Basta ser independente por sua própria conta, e não dependendo de um homem que me faz lamber sua tatuagem para que eu possa ver a minha irmã!

– Eu gosto de que ele seja protetor – ela retruca. – Ele luta por mim.

– Lute por si mesma, Nora. Prometo que vai lhe dar toneladas a mais de satisfação.

Nora funga com raiva e limpa a mão em seu nariz, olhando para baixo, para a luz do abajur, quando um silêncio cai entre nós. Solto a minha voz mais uma vez.

– Você anda cheirando coca, Nora?

Minha irmã não responde, o que só serve para dobrar a minha preocupação e frustração.

– Volte pra casa, Nora. Por favor – imploro, minha voz um sussurro que somente ela pode ouvir.

Ela toca o nariz com as costas de um dedo, e depois traz seu olhar para mim enquanto continua escovando o dedo em suas narinas. Fungando.

– Vou querer ir pra casa pra quê? Daí posso ser uma "quase-lá aos 22" como você?

– Antes isso do que nada. O que você está realizando agora? Você não quer terminar a faculdade?

– Não, isso é o que você queria fazer, Brooke. Eu quero me divertir.

– Sério? E você está se divertindo um monte? Porque eu nem sequer vejo um sorriso no seu rosto. Tanto quanto eu, você pode não gostar do fato de que não consegui alcançar o meu sonho, mas eu já superei isso. Acontece que eu gosto de onde estou agora, Nora. Não é onde eu pretendia estar, é verdade, mas tenho tantas outras coisas. Coisas melhores. Eu tenho um bom trabalho, estou trabalhando com pessoas incríveis, e estou no primeiro relacionamento que já tive na minha vida.

– Com o Arrebentador? – ela zomba. – Esse cara não tem relacionamentos, irmã. As mulheres lançam-se para ele onde quer que vá. Ele passa por elas como os seus adversários, e fode todas elas sem sequer perguntar seus nomes. Eu vi esse cara antes de você aparecer. Não se esqueça de que estive por aqui por mais tempo. Um dia ele vai olhar para alguém, e você ainda vai ser a sua quase-namorada também.

– E o seu precioso Scorpion vai querer você por toda a eternidade também? Nora, o homem com quem você está não parece certo – sussurro, roubando uma olhada nele por sobre meu ombro. Ele sorri um sorriso satânico como se estivesse ouvindo cada palavra, e de repente me vejo consumida pelo desejo de que meu homem suba no ringue com este idiota e acabe com ele. E não tenho dúvida de que Remy fará isso. Derrubá-lo em um segundo. Talvez, então, Nora deseje abandonar esse otário.

– Benny é bom pra mim – explica Nora com um pequeno encolher de ombros. – Ele cuida de mim. Ele me dá o que eu preciso.

– Você quer dizer coca? – ataco com pura fúria.

Suas sobrancelhas franzem, e me arrependo no mesmo instante de tê-la feito entrar em modo de defesa novamente.

Um silêncio tenso aumenta entre nós, e aperto minhas mãos em meu colo até que minhas unhas me machucam, enquanto tento me acalmar e raciocinar gentilmente com minha irmã.

– Por favor, Nora. Você merece muito mais.

– Acabou o tempo!

Uma salva de palmas do bar nos alerta e Nora se encolhe, o que só confirma o que eu já suspeitava. Ela não quer estar em casa, mas não queria estar aqui, também. Ela sente que não tem para onde ir, e não pode sair porque tem mais coca no nariz do que eu mesma quero pensar. Merda.

– A menos que você queira beijar o escorpião de novo, diga adeus a ela agora. – Scorpion está ameaçadoramente ao meu lado, com os olhos brilhando naquele verde-amarelo sinuoso que me diz o quanto ele gostaria de me humilhar mais uma vez.

Nora está de pé, e o pânico me atravessa com a possibilidade de não vê-la novamente. Fico de pé, passando por uma gama de emoções desconcertantes. Quero abraçar minha irmã e dizer-lhe que vai ficar tudo bem, e ao mesmo tempo quero dar um soco nela por ser tão teimosa e estúpida.

Em vez disso, vou ao redor da mesa para abraçá-la, ignorando a forma como ela endurece quando viro meus lábios em sua orelha e falo macio como algodão para ela.

– Por favor, deixe-me levá-la para Seattle. No final da luta em Nova York, me encontre no banheiro das mulheres e eu vou ter duas passagens pra casa. Você não tem que ficar lá, mas precisa de um tempo pra pensar nisso. Por favor. – Afastando-me, olho para baixo de forma significativa, bem para o seu rosto.

A sombra de alarme toca sua expressão, ela assente, funga, e se vira para sair, e vê-la recuar indo para a saída dos fundos me faz sentir como se eu tivesse acabado de perder algo muito querido para mim.

Minhas entranhas estão fundas, sinto os olhos verdes de Scorpion em mim quando vou embora com Riley e Melanie, e não posso afastar a sensação de sujeira completa e absoluta em mim.

– Alguém tem algo pra fazer bochecho? Acho que vou ter uma erupção na boca – peço, enquanto Riley nos leva de volta.

Mel franze a testa, pensativa.

– Não entendo por que o que você fez lhe pareceu tão doentiamente errado, quando não era lá grande coisa. Quer dizer, já beijei homens grosseiros em partes mais grosseiras de sua anatomia, sabe? O que você fez não era grande coisa.

– Claro que foi grande coisa, caralho! – Riley fala com raiva atrás do volante. – Brooke, é péssimo pra mim dizer isso pra você, mas Remington vai descobrir o que houve e vai ficar enormemente, gigantescamente NEGRO!

Meu estômago aperta, e balanço a cabeça enquanto me esforço para manter a calma. Eu beijando a tatuagem imunda é algo que sinceramente nunca mais quero lembrar. Nunca. Novamente.

– Ele não vai saber se você não contar, Riley. Vamos todos relaxar, certo?

– Do que ele está falando? – Mel pergunta, genuinamente perplexa. – O que vai ficar negro?

– Esses homens vão garantir que ele saiba, Brooke. E vão fazer isso da forma mais dolorosa – insiste ele.

Minha testa franze enquanto me pergunto se isso é o que eles tinham a intenção de fazer quando cheguei. Foi tudo planejado para fazer Remy descobrir? Balançando a cabeça, olho para os acusatórios olhos claros de Riley através do espelho retrovisor.

– O que você esperava que eu fizesse, Riley? Eu não tenho os punhos, como aquele bastardo tem, e preciso usar de outros meios pra conseguir o que quero, e o que eu quero é que a minha pobre irmã saia dessa vida de merda dela!

– Jesus, eu peço a Deus que ela valha a pena.

– Vale, Riley. Ela vale. Nora vai aparecer após a luta final em Nova York. Ela é minha irmã. Eu beijaria a calçada e lamberia um vaso sanitário pra me certificar de que ela esteja bem, você tem que entender!

– Isso é tão nojento, Brooke – grita Mel, rindo.

– Rem é como um irmão para mim, Brooke. Isso vai... – Riley balança a cabeça e parece jogar toda a sua raiva em seu cabelo, esfregando com os dedos. – Vamos torcer para ele não descobrir que você... – Ele balança a cabeça novamente, puxando outro punhado de cabelo. – Ele fez toneladas de coisas por mim. Para a minha família, quando meus pais ficaram doentes. Remy é um puta cara bom. Ele não merece...

– Riley, eu o amo – as palavras simplesmente são arrancandas de mim, da minha dor e frustração de ter beijado o inimigo dele. – Você acredita que deliberadamente eu iria machucá-lo? Eu não quero que ele se envolva nisso porque eu o amo. Você não pode ver? Eu não quero que ele vá ficar negro por minha causa. Deus!

Riley para em um semáforo, em seguida, procura os meus olhos no espelho retrovisor de novo, franzindo os lábios enquanto acena com a cabeça.

– Eu entendo, Brookey.

Sinto-me instantaneamente vulnerável e revelada, e me contorço no meu lugar.

– Por favor, não diga a ele. Não apenas sobre o desastre de hoje. Sobre a outra parte.

Ele balança a cabeça em silêncio, e quando estamos todos caminhando para o nosso quarto, acrescento:

– Riley, obrigada por nos levar. – Ele assente com a cabeça, e quando vai embora, ignorando Melanie, ela dispara toneladas de facas invisíveis em sua direção com os olhos.

– Esse cara me dá nos nervos.

– Acho que você faz isso com ele também.

– Você acha? – Ela fecha a cara para mim, então seus olhos se arregalam em descrença pura. – Quer dizer que ele não gosta de mim?

Suspirando por causa de sua obtusidade, eu a empurro na direção dele.

– Mel, vai pegar o cara.

– Eu nem gosto dele – argumenta ela, mas já voltei para embarcar no elevador até a cobertura, e deslizo a chave do nosso quarto com uma antecipação selvagem de vê-lo.

Ele está sentado à mesa, com seu laptop aberto e com a sua música nos ouvidos. Levanta a cabeça quando me aproximo, e quando seu rosto corajosamente bonito, com aqueles olhos devastadores, me olha, minhas entranhas estremecem de um jeito incontrolável.

Seus cabelos pretos espetados brilham na luz suave do quarto de hotel, e nas confortáveis calças de moletom e uma camiseta apertada, ele exala masculinidade pura. A visão da plenitude de sua boca abre uma fome voraz em mim, e eu apenas me dobro com a dor física de querer essa boca. Seus braços em mim. Sua voz, me dizendo que tudo vai ficar bem. Porque cada segundo que passa, eu me odeio mais e mais pelo que fiz.

Mas Remy tem me protegido de seus fãs, e eu gostaria de protegê-lo disso também. De tudo. Especialmente de Scorpion. Vou protegê-lo para que a única vez em que ele terá que enfrentá-lo seja sobre o ringue, onde terei prazer em vê-lo fazer aquele bastardo desejar já estar morto.

Perto de explodir com todas as minhas emoções, pulo em seu colo, em seguida tiro os fones de ouvido e os coloco brevemente sobre a minha cabeça, para que possa ouvir o que ele estava ouvindo. Um rock maluco explode em meus ouvidos e enrugo a testa em confusão.

Ele me olha com olhos azuis escuros entreabertos quando se inclina para beijar o meu nariz, segurando meu queixo enquanto seu polegar corre sensualmente em minha boca. Meu estômago dói, e temo que Remy possa realmente ver o medo e a aversão que estou abrigando dentro de mim.

Soltando seus fones de ouvido em cima da mesa, fico de pé e corro para o banheiro, sentindo-me tão violada que escovo os dentes e faço bochechos até minha boca ficar inchada. Mal dou um passo para sair quando de repente preciso voltar e fazer tudo de novo. Pela terrível sensação na minha pele, juro que poderia ter um escorpião vivo rastejando sobre minha bochecha, e a sensação me devora viva.

Finalmente volto ao quarto. Minha boca está com sabor de menta e até meus lábios parecem dormentes com a limpeza.

Remy colocou seus fones de ouvido de lado. Toda a sua atenção está sobre mim, suas sobrancelhas escuras criando um sulco enquanto acompanha meu retorno. Ele parece confuso e um pouco desconfiado.

A visão dele me deixa emocionada, e tenho medo de desabar a qualquer momento. É horrível sentir que não o mereço mais, mesmo quando tudo o que eu queria era mantê-lo a salvo e sem envolvimento.

Nunca quis cuidar de alguém na minha vida como quero amar e cuidar dele.

Um nódulo doloroso se constrói dentro da minha garganta.

– Remy – minha voz sai espessa, meu coração está batendo forte, porque não sei como vou lidar se ele me questionar sobre esta noite. – Você poderia me abraçar um pouco?

Quero desesperadamente meu lugar especial em seus braços, o lugar em que me encaixo como em nenhum outro. Ele faz com que seja o recanto perfeito para mim, me abrigando como um ninho e mais quente do que qualquer coisa. Eu o quero tanto, meu coração dói no meu peito.

Eu espero, tremendo um pouco, e acho que ele percebe e cede.

– Venha aqui – diz ele em voz baixa, empurrando sua cadeira para trás enquanto estende o braço, ansiosamente me aconchegando em seu abraço masculino. Ele ri quando me contorço para chegar mais perto, e estou agindo de um modo tão carente que suas covinhas dão uma olhada, o que parece agradá-lo.

– Saudades de mim? – Seus olhos dançam quando fecha a mão em concha no meu rosto e sinto todos os seus calos no meu queixo e em minhas bochechas, e esse sentimento reconfortante que só Remy pode despertar voa por mim.

– Sim – suspiro.

Ele me traz para mais perto e me segura em seu peito enquanto desce os lábios para os meus. Nossas bocas se encontram com suavidade, depois se conectam e ele me abre, com uma respiração leve que reclama a minha boca, sua língua enviando arrepios de desejo por mim.

Seus dedos delineiam as curvas dos meus seios enquanto ele arrasta sua boca ao longo do meu maxilar e afunda o nariz na parte de trás da minha orelha, me inspirando, gemendo baixinho de prazer, e o sangue bombeia em meu cérebro, pulando animadamente do meu coração.

– Remy... – imploro, agarrando sua camiseta e empurrando-a até seus ombros.

Ele pega a camiseta na mão e com um puxão joga-a por sobre a sua cabeça, e eu rapidamente corro minhas mãos sobre o peito, beijando cada parte que alcanço.

– Senti tanto sua falta – arquejo com emoção, beijando sua clavícula, seu maxilar, agarrando seu cabelo e pressionando meu rosto em seu pescoço, qualquer coisa para chegar perto desse homem.

Ele me engole em um grande abraço e acaricia minhas costas, então segura meu rosto enquanto fala baixinho:

– Eu também senti sua falta. – E dá um beijo em meus lábios, em seguida um na ponta do meu nariz, e outro na minha testa.

Tremo com a sua admissão.

– Mas senti falta de sua voz. De suas mãos. Sua boca... De estar com você... Te observando... Te tocando... Cheirando você... – Eu paro. Ele cheira tão bem, limpo e viril. Pego os lábios dele com mais desespero.

Ele corresponde ao meu beijo, devagar no início, depois com mais intensidade, desabotoando a camisa e rapidamente me deixando nua, as mãos ansiosas.

Sei que ele não é verbalmente tão expressivo como eu, mas posso sentir a sua urgência fervente quando agarra meus quadris e me puxa de volta para o seu colo, como se precisasse estar dentro de mim tão ferozmente quanto preciso dele para me preencher. Estou nua e ele ainda está usando sua calça de moletom, mas estou morrendo de amor e da necessidade de me expressar fisicamente a ele.

Todo o meu corpo se aperta quando sua ereção se instala quente e pulsando entre as minhas coxas, e há uma enorme necessidade de dar a ele algo que eu nunca tinha dado a qualquer homem antes.

Tremendo sem controle, deslizo entre suas coxas poderosas ao mesmo tempo que ele puxa para baixo suas calças e empurra-as parcialmente para baixo de seus quadris. Vejo um vislumbre de sua tatuagem de estrela e, depois, seu pênis ereto aparece livre, e no instante em que meus joelhos batem no tapete, meus dedos e mãos estão envolvendo todo o seu calor, a sua dureza, os testículos pesados, tudo completo e preparado para mim.

– Quero te beijar aqui... – minha voz ondula de desejo quando olho para o rosto dele apertado de luxúria através dos olhos que mal posso manter abertos pelo desejo. – Quero me afogar em você, Remington. Quero o seu gosto... em mim...

Um som de um homem faminto que está sendo completamente satisfeito de prazer borbulha até sua garganta quando levo o pau à minha boca, e ele agarra meu cabelo com todos os seus dedos enquanto balança os quadris lentamente até a minha boca, com gentileza me dando o que eu pedi e recebendo o que eu quero desesperadamente dar.

Meu sexo queima molhado com cada gota de sêmen que provo, e estou tão intoxicada com este homem que não posso parar de apreciar o olhar rude no rosto dele, enquanto corro a minha língua ao longo de sua enorme extensão rígida.

Ele está tão sem controle quanto eu quando adiciono os dentes, chupo sua ponta, e depois o levo até a minha garganta até que eu tenha de suprimir o meu reflexo de vômito, e ainda estou morrendo por mais, nunca vou ter o suficiente deste homem, e quando ele está bombeando fora de controle em minha boca, e seus dedos revolvendo meu cabelo, e seus músculos estão se apertando para o orgasmo, de repente percebo que seus olhos estão um pouco menos azuis quando me observa.

* * *

Ele está definitivamente acelerado.

Super.

Completamente.

Acelerado.

Pete diz que isso em medicina é chamado de *estado maníaco*. E ele suspeita que esse episódio possa ter sido desencadeado na noite em que saí com Melanie e Riley, pois durante a sua reunião financeira, Rem aparentemente fez apenas três perguntas a Pete, e nenhuma delas tinha nada a ver com as finanças que ele vinha explicando.

Em que momento ela disse que estaria de volta?

Tem certeza de que Riley está com ela?

Por que diabos eles estão demorando tanto?

Pete diz que fechou o tópico sobre dinheiro e despachou Remington para o quarto assim que Riley mandou uma mensagem avisando que estávamos voltando, e foi aí que eu o encontrei escutando a música de rock mais alta que já ouvi, com uma expressão sombria e pensativa no rosto. Será que ele pensou que eu nunca mais iria voltar?

E é isso que ele faz quando seu interior começa a girar em crise? Ficar ouvindo hard rock?

Não sei. Tudo o que sei agora é que Remy me fodeu quatro vezes naquela noite, como se precisasse reafirmar sua posse sobre mim, e que ele está totalmente alucinado e parece viver à base de Red Bull todas as horas de todos os dias da semana.

Está totalmente carregado.

Sua arrogância habitual à décima potência.

Ele me atacou na cama como um leão, esta manhã.

– Você está especialmente gostosa, Brooke Dumas. Gostosa, quente e molhadinha, e não me importaria de ter você no meu café da manhã – Sua língua gira uma linha molhada entre meus seios, então vai para fora e lambe minha clavícula como meu leão sempre faz. – Está faltando é uma cereja em cima, mas tenho certeza de que temos alguma.

O brilho travesso em seus olhos me derrete quando ele produz uma cereja dentro de sua mão, o que me faz perceber que ele provavelmente a pegou na cozinha durante a noite e estava esperando para dar o bote em mim no instante em que eu acordasse.

Senhor, ele é um predador de fato.

Gemendo grogue, rolo nas minhas costas e olho para seu rosto de fazer parar o coração, o queixo barbado. Os olhos escuros cintilantes. O sorriso com covinhas.

Deus, eu estou perdida.

– Quem é o seu homem? – ele pergunta rispidamente, e me beija, esfregando essa cereja contra o meu clitóris. – Quem é o seu homem, baby?

– Você – eu gemo em resposta.

– Quem você ama?

Tremores percorrem meus membros enquanto ele tortura meu clitóris com a cereja e ao mesmo tempo penetra o meu sexo com um dedo comprido, e eu olho atordoada em seus olhos. Posso ver manchas em miniatura de azul em suas profundezas misteriosas, e oh, com desespero quero dizer a ele, *você, só amei você na minha vida*, mas não posso. Não desse jeito, não quando ele não pode sequer se lembrar do que eu disse.

– Você me deixa louca, Remy – sussurro, e descaradamente agarro seu pênis e o arrasto ansiosamente para mim, para que ele possa me preencher e se esfregar em meu sexo inchado com seu pau duro e me fazer sentir o cheiro dele de novo.

Durante a semana toda ele está em modo de manutenção, e mal posso acompanhá-lo, mas realmente estou amando isso. Estou curtindo isso com ele, seu sorriso brilha. Ele precisa fazer pausas para o sexo nos treinos. Ele não pode me ver sem ter a necessidade de me foder. Quando vou alongá-lo, ele quer me comer assim que o toco.

Noto agora que quando ele está em seu lado negro, seus olhos não são propriamente negros, mas de um azul bem escuro, salpicado de cinza e azul. Mas seu humor é... de alguma forma, negro. Nem sempre, mas às vezes. É extremamente exaltado, ou superirritado. Às vezes, nada o faz feliz. Diane está lhe dando merda para comer. O treinador não o está treinando duro. E eu estou olhando demais para o Pete, pelo amor de Deus.

Mas por mais ridículo que pareça, essas coisas parecem ser importantes demais para Remy, e agora parece que o meu dia inteiro é absorvido por sua energia e resistência, e estou lutando para acompanhá-lo.

– O que essas pessoas todas estão fazendo aqui? – pergunto, quando pousamos em Nova York e encontramos uma multidão de espectadores que se reuniram no terminal privado onde ele estaciona seu jato, e as pessoas estão retidas por cordas amarelas e pela segurança do aeroporto.

– Vieram me ver, quem mais? – responde Remy.

Ele soa tão arrogante que mesmo Pete gargalha e diz:

– Sai dessa, Remy.

Ele me agarra sedutoramente.

–Vem cá, baby. Eu quero que essas pessoas tão boas saibam que você está comigo. – As grandes mãos pegam minhas nádegas quando os flashes das máquinas se acendem.

– Remington!

Ele ri e me empurra na limusine Hummer antes de todos os outros entrarem, me fixando a seu lado enquanto encaixa sua boca e me beija como se fosse a nossa última noite, sua fome selvagem e liberada.

– Quero levá-la para um lugar hoje à noite – rosna em minha boca. – Vamos para Paris.

– Por que Paris?

– Por que diabos não?

– Porque você tem uma luta em três dias! – Ele me faz rir quando está assim. Eu o agarro e o beijo de volta, profunda e rapidamente, antes que alguém entre no carro, e sussurro:

– Vamos para qualquer lugar que tenha uma cama.

– Vamos fazer isso em um balanço.

– Remington!

– Vamos fazer isso em um elevador – ele insiste.

Rindo, sacudo um dedo na cara do meu menino grande e impertinente.

– Jamais, em tempo algum, farei isso em um elevador, então você vai ter que encontrar outra pessoa.

– Eu quero você. Num elevador.

– E eu quero você. Em uma cama. Como pessoas normais.

Seu olhar desce abaixo da minha cintura, e a expressão do rosto muda de um brincalhão e sorridente deus do sexo para um deus do sexo sombrio e faminto.

– Quero você nessa calça que está vestindo.

Sentindo-me desejada, aceno com a cabeça, sorrio e entrelaço meus dedos nos dele, beijando cada um de seus dedos machucados.

Sua cabeça pende em curiosidade, e suas covinhas desaparecem lentamente. Parece que ele nunca foi dado a esse tipo de atenção até eu chegar. De repente, ele me faz querer dar mais.

Então, faço isso.

Deslizando para perto dele, fecho as mãos em concha em seu rosto e passo meus dedos por seu cabelo, observando o olhar pesado, de desejo e de outra coisa mais. Algo que faz com que seus olhos pareçam misteriosamente escuros e líquidos.

As portas do carro se abrem.

O treinador segue no assento dianteiro, então Pete, Riley e Diane se acomodam no banco em frente a nós. Remy aperta meus dedos enquanto eu tento me afastar – a ação me dizendo que não –, e então ele desliza para a borda do seu assento e deixa cair seus grandes ombros, como se estivesse tentando se tornar menos volumoso. Quando isso se revela impossível, devido ao seu tamanho e músculos, ele me puxa para mais perto e afunda a cabeça na parte macia do meu peito, gemendo baixinho e, em seguida, suspirando.

Estou tão surpresa que não me mexo.

Pete levanta uma sobrancelha quando vê Remington envolver seus braços ainda mais apertados em torno de meus quadris e me puxar até que o lado de sua cabeça esteja perfeitamente amortecido no meu peito. Ele grunhe e suspira mais uma vez. Riley levanta duas sobrancelhas. Diane sorri de um jeito terno, como se ela simplesmente derretesse.

Eu não estou só derretida. Por baixo dele, estou líquida.

Meus pais, um treinador e uma professora, são pessoas maravilhosas, mas não chegadas em abraços e beijos, como, por exemplo, Melanie, que foi regada com carinho e o espalha ao redor do mundo como se fosse seu dever. Mas a forma como Remington me olha, o jeito que ele não esconde sua atração por mim mesmo ao seu público durante suas lutas, e o jeito que ele me abraçou como um grande urso hibernando, que encontrou uma caverna, tudo isso me faz doer em lugares inexplicavelmente profundos.

Com discrição, e com toda a ternura do mundo, corro minhas unhas por seu cabelo escuro espetado, e depois ao longo de sua orelha. Ele está com os dois braços firmes ao redor da minha cintura, de alguma forma me prendendo como se estivesse segurando um travesseiro.

– Vocês querem um tempo quando chegarmos ao hotel? – pergunta Pete, e seu timbre de voz vibra como se uma profunda emoção o tocasse.

Estou absorta penteando os cabelos com meus dedos quando Remington assente contra o meu peito, sem sequer levantar a cabeça pesada.

Nesse estado maníaco, eu nunca o vi tão tranquilo.

Nem tão completamente imóvel.

As expressões totalmente atordoadas de Pete e Riley confirmam que eles também nunca tinham visto nada parecido.

Quando chegamos aos quartos, recebemos nossas malas em nossa suíte e então faço o que sempre faço. Abro a minha e a primeira coisa é esconder minha *nécessaire* de cosméticos debaixo da pia.

Remy me observa da porta com vontade feroz, e eu paro de escovar os dentes, com a boca cheia de espuma, quando noto seu olhar. Ele me olha com fome. Selvagem. Quase desesperado. Rapidamente lavo a boca quando ele se aproxima e enxuga minhas mãos. Ele não está sorrindo. Seus olhos negros me engolem em suas profundezas. Ele me levanta facilmente em seus braços e me leva de volta para o quarto.

Não consigo evitar a maneira como minhas entranhas vibram quando o abraço no pescoço e o cheiro enquanto ele nos leva à cama. Acho que sei o que ele quer, mas não tenho certeza. Então eu espero e observo por um momento.

Ele tira meus sapatos e os joga de lado, e eu ouço o ruído dos sapatos dele caindo no chão.

– Quero suas mãos em minha cabeça.

Concordo com a cabeça e vou para trás para dar espaço a ele.

– Isso ajuda a acalmar seus pensamentos acelerados?

Ele balança a cabeça e, em seguida, pega a minha mão e a coloca aberta sobre o seu peito largo, enquanto prende meu olhar ao dele.

– Isso me acalma aqui.

Um emaranhado de emoções me atinge quando sinto seu coração batendo, lento e poderoso como apenas os corações de grandes atletas podem bater. Olho em seus olhos, vendo o mesmo desejo selvagem que acabei de ver, e eu o amo em tal grau que juro que meu coração pegou o ritmo dele.

Remy desliza ao meu lado, nós dois vestidos quando nos acomodamos sobre a cama. Ele abaixa a cabeça no meu peito e aconchega em mim cada pedacinho de seus músculos enormes, inalando meu pescoço. Abaixo meu rosto e beijo o topo de sua cabeça enquanto corro meus dedos através de seu couro cabeludo.

Ele não dormiu durante longos, intermináveis, inquietos dias loucos.

Dias em que o senti acariciando meus cabelos e minhas costas durante a noite. Quando ouvi o ruído abafado de sua música nos fones de ouvido. Eu o ouvi comendo na cozinha à meia-noite, tomando banho frio, e quando a chuveirada não parecia suficiente, eu acordei para encontrá-lo bem a caminho de fazer amor comigo.

Mas não o ouvi dormir por muito tempo...

Então, quando sua respiração se equilibra, e percebo que ele está adormecido em meus braços, no meio do dia, no meio de um episódio maníaco, não sei como posso conter as emoções que crescem no meu peito.

Silenciosamente, enxugo uma lágrima do meu rosto, e depois outra. Nunca imaginei que esse tipo de homem existisse. Ou que pudesse ter algo assim para mim. Estes momentos. Esta... conexão. Nunca pensei que o desesperado desejo que sinto por ele pudesse ser recíproco.

Chorando de felicidade pela primeira vez na minha vida, acaricio seu cabelo, seu queixo, seu pescoço, descendo os braços, olhando para seus lábios cheios, perfeitos, a forte mandíbula e a testa, o nariz perfeito, calmamente amando cada centímetro dele.

A luz do sol invade o quarto e o ilumina por completo, permitindo-me beber a sua perfeição como uma drogada. Nossos sapatos estão descartados no chão, as malas ainda desarrumadas perto da porta. Estamos em mais uma bela suíte de outro hotel de luxo, e juro por minha vida que nunca me senti tão plena como neste momento, com este homem dormindo em meus braços, com os braços grossos em torno de mim, seu nariz em meu decote, seu hálito quente na minha pele. Em um lugar estranho, em um novo ambiente, longe de tudo que já conheci...

Toco meus lábios em seu ouvido.

– É por causa de você – sussurro, fechando os olhos – que estou loucamente feliz. Completamente em casa em qualquer lugar em que você esteja.

Estou tão determinada a guardar seu sono que pulo o jantar, mesmo quando o meu estômago ronca. Logo ele se acalma e, durante o tempo todo, continuo dando àquele lindo corpo esses pequenos toquem que dizem *Eu te amo, Remington.*

Remy desperta no meio da noite, e por esta altura, estou exausta, mas determinada como sempre, meus braços pesados de acariciá-lo e acariciá-lo.

Acordando com um gemido suave, ele facilmente me pega e enfia o meu corpo contra o dele de modo que agora eu estou aconchegada em seu peito quando ele beija meu ouvido de um jeito sensual.

– Brooke – diz.

Apenas uma palavra.

Espessa de sono, e assim tão intimista, isso poderia ter sido uma proposta, qualquer proposta, para a qual a minha resposta seria e sempre será *sim*.

– Sim, Remy – murmuro, minha voz tão grogue como a sua quando acaricio sua clavícula.

Ele dá uma rosnadela e, bem devagar, me cheira.

– Minha Brooke. – A voz ainda grossa e rouca, ele passa o dedo pelo botão da minha calça jeans e amorosamente beija meu pescoço enquanto dá um tapinha na minha bunda. – Por que você ainda está usando isso?

Antes que eu possa lembrar-lhe por que, ouço Remy abrir o botão e deslizar o zíper propositadamente para baixo.

Cada músculo meu se aperta. Solto um gemido baixo e pressiono o meu nariz em seu pescoço, apertando mais, como um gatinho pedindo por seu carinho.

– Eu estava esperando que o homem mais sexy do mundo tirasse de mim.

* * *

Por volta das três horas da manhã, Remington resmunga "fome" no meu ouvido e levanta-se para assaltar a cozinha, e eu na cama, me espreguiçando, percebo que meu estômago instantaneamente concorda.

Acendo a lâmpada e deslizo para a primeira coisa que salta fora de sua mala, o que acaba sendo um de seus roupões de cetim vermelho do Arrebentador.

Amarro o cinto bem firme em torno da minha cintura, e o tecido é delicioso e fresco contra a minha pele. O manto é enorme em mim, descendo até o chão, mas sorrio, porque adoro usar suas coisas. Vou atrás dele para inspecionar o que Diane deixou para nós na cozinha.

Dentro da gaveta aquecida estão dois pratos de frango empanado com parmesão e espinafre, além de salada de beterraba acompanhada de batatas vermelhas. Pego os pratos e os talheres quando vejo Remington já sentado à mesa de jantar, gloriosamente com o peito nu e em um par de calças de moletom.

Ele está pegando manteiga de amendoim com um pedaço de aipo e mastigando, mas para de comer quando me vê e de imediato engole tudo o que tinha em sua boca.

Seus olhos se arregalam, e ele derruba o restante do aipo e se recosta na cadeira, cruzando os braços musculosos até que a tatuagem aparece escura e sexy.

– Olhe pra você – diz, as palavras num grunhido de puro prazer masculino.

A palavra ARREBENTADOR queima deliciosamente nas minhas costas enquanto levo os pratos, sorrindo.

– Vou devolvê-lo quando voltar pra cama.

Ele balança a cabeça e dá um tapinha em seu colo.

– Se é meu, é seu.

Ponho a comida na mesa, e ele fecha as mãos em concha nos meus quadris e me puxa para sentar em seu colo.

– Estou morrendo de fome.

Ele pega uma fatia de batata vermelha com os dedos e coloca em sua boca, lambendo os dedos.

– Você iria amar as batatas vermelhas da minha mãe. Ela acrescenta pimenta caiena, o que dá um sabor picante – digo, quando espeto uma com o garfo e mastigo, e o sabor de alecrim e da batata perfeitamente cozida derrete na minha língua.

– Você sente falta de casa?

A pergunta me faz olhar para ele enquanto termina outra batata, e percebo que ele realmente nunca teve uma casa. Teve?

Sua casa tem sido um ringue de luta e toneladas de hotéis. Sua família tem sido a sua equipe e seus fãs.

Meu peito incha e quase explode por ele.

Quando ele me trancou em sua suíte de hotel, logo depois que eu vi Pete sedá-lo na primeira vez, Remy estava em uma crise de depressão e eu ainda não tinha conhecimento disso. Ele estava se agarrando a mim para manter a sanidade, mas eu não sabia disso também.

Tudo o que eu sabia era que ele não queria me deixar sair daquele quarto e não queria que ninguém entrasse. Ele me queria lá. Ele queria o meu toque como se isso o estabilizasse, e minha boca era o único calor em seu frio, a única luz em sua escuridão.

Remington não é homem de palavras, é homem de instintos e ações.

Este homem grande e forte por vezes precisa ser cuidado, e juro que estou morrendo de vontade de ser a garota que cuida dele, mais do que já quis qualquer outra coisa.

Ele, que nunca teve uma casa, quer saber se eu sinto falta de casa?

Isso quando durmo como uma rainha, em uma cama macia, em seus braços, e posso comer do bom e do melhor e fazer o meu trabalho, e passar algum tempo com ele quando está por vezes arrogante, às vezes mal-humorado, e sempre adorável?

Colocando o garfo na mesa, volto-me para encará-lo e acariciar, com a ponta dos meus dedos, seu queixo com a barba por fazer.

– Quando não estou com você, eu sinto falta de casa. Mas quando estou com você, não sinto falta de nada.

Suas covinhas aparecem brevemente, e eu passo os meus lábios sobre a mais próxima. Ele fala baixinho, entredentes, e esfrega o nariz contra o meu.

– Vou te aconchegar mais perto para que você não sinta falta de nada.

– Por favor, sim. Na verdade, tenho certeza de que há espaço suficiente aqui. – Eu me mexo significativamente no colo dele, e ele belisca minha orelha e me abraça apertado, dizendo: *Isso mesmo!*

Nós rimos, e acabamos comendo no mesmo prato, no mesmo garfo, revezando-se para alimentar um ao outro.

Quando sinto sua inquietação, aquela que vem com a sua mania, percebo que ele parece querer algo para fazer. Então, eu me rendo enquanto ele me domina por completo e provoca meus lábios com o garfo, e eu, obedientemente, abro e deixo que ele me alimente.

Amo o jeito que seus olhos escurecem a cada vez que ele olha para a minha boca que se abre para comer.

Ele desliza a mão livre sob a manga de cetim e carinhosamente acaricia meus tríceps enquanto se volta para o seu prato e pega um pouco de tudo para si mesmo.

Vejo quando dá uma grande mordida, e espero ele cortar mais frango e trazê-lo para a minha boca, junto com um pouco de tudo o mais.

Ele observa enquanto mordo, saboreio e finalmente engulo, os lábios curvos em um sorriso terno.

– A quem você pertence? – ele pergunta baixinho, acariciando minha coluna para cima e para baixo.

Meu coração se derrete quando ele pousa o garfo e desliza a mão para o robe entreaberto, curvando-a ao redor da minha cintura. Ele inclina a cabeça e lança um beijo no meu ouvido:

– A mim.

– Sou inteiramente sua. – Eu me manobro para ficar montada, e enterro meu nariz em seu pescoço quente, deslizando os braços em volta de sua cintura elegante. – Estou ficando muito nervosa com a grande luta. E você?

Sua risada ecoa no peito largo enquanto vai para trás para me olhar. Ele parece bem divertido.

– Por que estaria? – Ele puxa minha cabeça para trás pelo queixo para que seus olhos escuros captem os meus. – Brooke, eu vou quebrá-lo.

A certeza em sua voz carrega tal profundidade e poder que quase sinto pena por Scorpion. Remy não está indo lutar só para quebrá-lo, ele vai se divertir fazendo isso.

– Remy, eu amo o jeito que você luta, mas você não tem ideia de como isso é estressante para mim.

– Por que, Brooke?

– Por que você é... importante para mim. Desejo que nada toque você, e a cada noite... Você está lá. Mesmo sabendo que você vai ganhar, fico ansiosa.

– Mas você está feliz, Brooke? Comigo?

Seu rosto fica um tempo nessa pergunta, e de repente ele parece estar mesmo querendo dizer isso, muito parecido com quando me pergunta: "Você gostou da luta?".

Vejo a selvagem necessidade em seus olhos, e sei que minha resposta importa a ele tanto quanto o que ele pensa sobre mim me importa.

– Loucamente – admito, e o abraço e sinto o cheiro de seu pescoço, amando o jeito como seu cheiro me relaxa. – Você me faz feliz. Você me faz delirantemente feliz e delirante, ponto. Eu não quero ficar sem você por um segundo. Não quero nem que todas as mulheres olhem para você e gritem as coisas que gritam para você.

Sua voz se altera como quando fala intimamente comigo durante o sexo:

– Eu sou seu. Você é a única que trago para casa comigo. – Ele cheira meu pescoço, e em seguida mordisca a parte de trás da minha orelha e sussurra: – Você é minha companheira, e reivindiquei você.

Com isso, me reajusta para o lado e continua me alimentando.

Parece se deliciar vendo meus lábios se abrirem e fecharem com o que ele traz para a minha boca.

Ele gosta de me alimentar, e acho que o prazer masculino obsessivo remonta ao seu antepassado, o homem de Neandertal.

Devoramos toda a comida, nos beijamos, e conto a ele sobre Melanie, sobre como ela e Riley dormiram juntos e agora parecem ter se tornado grandes amigos, trocando mensagens de texto, e ele me encoraja:

– Conte mais. – E continua comendo.

Então conto sobre meus pais, sobre como Nora costumava se apaixonar por tudo o que andava sobre pernas, e ele sorri e eu adoro fazê-lo sorrir.

– Você se lembra de algo legal sobre seus pais? – pergunto, quando voltamos para o quarto principal, e subo na cama.

– Minha mãe costumava me fazer o sinal da cruz todas as noites. – Ele tranca a porta, e sei que é para evitar que Riley apareça na manhã seguinte e nos veja nus. – Ela me fazia o sinal da cruz na minha testa, na boca e no meu coração.

– Ela era religiosa?

Remington encolhe os ombros largos, e vejo que ele para junto à mochila para retirar seu iPad e seus fones de ouvido.

Honestamente, o pensamento sobre os pais de Remington é uma tortura para mim. Como alguém tão religioso poderia abandonar o ser humano mais complexo e mais bonito que eu já conheci? Como puderam fazer isso?

Remy leva seu material para a mesa de cabeceira, e percebo que ele está deixando todos os seus itens por perto. Ele está se preparando para me abraçar o resto da noite, porque está com total consciência de que não vai dormir.

– Você sente falta de sua família? – pergunto quando ele se junta a mim.

A cama guincha quando Remy se senta e, de imediato, chega para mim.

– Você não sente falta de algo que nunca teve. – Não esperava essa resposta, e ela me dá vontade de chorar e de proteger esse homem de todos que o machucam.

Ele puxa e solta o cordão do roupão, e tira o cetim dos meus ombros. Remy gosta de mim sem roupa para que ele possa fazer todas as suas coisas leoninas de lamber, e eu gosto de agradá-lo. Ergo então meus braços e atiro o roupão de lado, amando quando ele me abraça contra ele, pele contra pele.

Repentinamente, com todas as minhas forças, quero dar tudo o que tenho. Meu corpo, minha alma, meu coração, minha família.

– Se eu dissesse uma coisa... – sussurro, quando encontramos o nosso lugar preferido, de frente um para o outro, a minha perna entre as coxas dele, os nossos corpos entrelaçados e se tocando o máximo possível – você se lembraria de manhã?

Ele puxa as cobertas sobre nós e enfia meu rosto em seu pescoço, suas mãos vagando para cima e para baixo na minha coluna.

– Espero que sim.

Sinto seus pés se movendo sem descanso contra os meus, e sorrio e começo a acariciar seu cabelo para ajudá-lo a relaxar, e então tenho uma ideia. Uma ideia brilhante. Uma ideia pela qual ele vai entender o que quero dizer, e dessa forma não vou pressioná-lo a qualquer coisa que não o deixe confortável. Na verdade, ele não vai realmente precisa responder a isso.

Alcanço o criado-mudo por cima dele e pego os fones de ouvido e seu iPod, rezando para encontrar a música lá dentro. Sou louca por essa música e nunca, nunca, me identifiquei com ela até este segundo, quando quero gritar cada estrofe dessa letra para Remington Tate.

– Coloque isso – falo com entusiasmo. Ele sorri, porque eu sei que ele adora quando toco músicas para ele. Remy endireita-se contra a cabeceira da cama e coloca seus fones de ouvido e, em seguida, me arrasta para o seu colo, e eu me enrolo lá.

Encontro. É a canção perfeita para lhe dizer que sou louca e amo cada parte especial dele.

Então, seleciono de Avril Lavigne "I Love You" e toco.

Ouço o início da música, e a emoção corre nas minhas veias quando ele aumenta o volume e eu, mesmo de onde estou sentada, posso ouvir a letra falando com ele.

Sei que talvez Remy não se lembre disso amanhã. Sei que seus olhos estão negros, e que tocar-lhe uma canção não será a mesma coisa que dizer as palavras, mas já passamos muitas noites juntos. Nós treinamos juntos, tomamos banho juntos, corremos juntos, comemos e demos comida um ao outro, trocamos carinhos e conversas, e não acho que Remington já se abriu com alguém como fez comigo. Mantive minhas muralhas por toda a minha vida, e nunca deixei ninguém entrar até que, de repente, percebi que ele estava... lá dentro.

Respiro Remy e vivo nele todos os dias, até mesmo sonho com ele enquanto fico deitada a seu lado na cama.

Mesmo que este homem não reconheça as emoções em seu coração rude e selvagem, pelo menos espero que ele vá saber pela minha música que ele se tornou meu... tudo.

Animada além das palavras, ouço a música tocando e vejo o seu rosto, mordendo meu lábio enquanto estudo sua expressão. Cada trecho da letra é tão perfeito, a música inteira tem um significado meu para ele, incluindo o refrão que juro que posso ouvir agora:

Você é tão lindo
Mas não é por isso que eu te amo
Eu não tenho certeza que você sabe
Que a razão pela qual eu te amo é você
ser você
só você
É a razão de eu te amar é tudo o que nós passamos
E é por isso que eu te amo.

Ele ouve isso enquanto avalia o meu rosto, a sua expressão concentrada avaliando minhas reações. Meus lábios carnudos. Meus olhos cor de âmbar. Minhas maçãs do rosto altas.

– Toque de novo.

Sua voz soa tão rouca que quase tive que ler os lábios dele para entender o que disse.

Clico no botão para repetir, mas em vez de ouvir a música de novo, como esperava que fizesse, ele me rola e se deita nas minhas costas, depois coloca os fones de ouvido na minha cabeça e os ajusta quando a música começa.

E no segundo seguinte, estou ouvindo o "Eu te amo" que acabei de tocar para ele.

E que Remington Tate agora toca para mim.

Fecho os olhos, meu coração estremecendo no peito, o que eu sinto por ele inchando dentro de mim até que me sinto completa e irremediavelmente consumida por dentro. Sinto seus lábios nos meus, a música tocando em meus ouvidos quando ele começa a me beijar de uma forma que não é sexual, mas infinitamente doce.

Esta é a maneira como Remy se abre para mim, e estou formigando do topo da cabeça até as solas dos pés enquanto absorvo cada coisa que ele está tentando me dizer com essa música, com os lábios, com seus toques, mesmo sabendo que ele pode não se lembrar de nada disso, e sabê-lo não o torna menos real para mim.

DOZE

SEUS RETRATOS

Minha tarde estava indo perfeitamente bem.

Remington tem um dia de folga no treinamento e agora está consumindo carboidratos e seus músculos parecem cheios de energia, assim como seu prato. Ele se recusou a comer os pratos de Diane e trouxe-nos a todos para o restaurante do hotel. Os homens estão comendo separado, discutindo "coisas da luta", e estou passando um tempo maravilhoso com Diane, tentando determinar os ingredientes que estamos comendo. Um toque de... laranja? Uma pitada de cardamomo?

E então o telefone vibra. Estou emocionada ao ver que é uma mensagem de Mel.

Melanie:

> *Eu odeio dar crédito ao Riley, mas ele estava certo. Há uma foto na internet de você beijando aquela personificação de Nojo naquela noite! E está ficando viral!*

Meu mundo para.

Sou levada de volta para aquela noite, onde estou na ponta dos pés beijando a personificação de Nojo, e de repente faz todo o sentido que alguém – um de seus capangas? – tirasse uma foto.

É claro.

Se alguém passou quatro minutos gravando as minhas provas olímpicas no momento mais humilhante da minha vida, também haveria alguém pronto para me pegar no segundo momento mais humilhante da minha vida. Claro que capturou na câmera. Talvez não na primeira vez em que fingi beijar. Mas e na segunda vez, em que eu tive que segurar por cinco segundos?

Desabo e sinto que estou me afogando antes da tempestade chegar, apenas com a simples visão da nuvem se aproximando.

Com pulmões congelados, ponho o telefone de volta na minha bolsa, de alguma forma parecendo que todos os meus movimentos estão em câmera lenta. Olho para a mesa onde os homens discutem sua estratégia para amanhã à noite, e noto que Remy os está ouvindo com calma. Num segundo ele está relaxado e recostado, as pernas esticadas e apoiadas em uma cadeira de estofamento rosa do hotel, e no segundo seguinte eu o vejo olhando fixamente para o telefone quando ele vibra.

Meu coração afunda para os meus dedos, mas segundos passam e nada acontece.

Não posso ler seu perfil, mas Remy ficou totalmente imóvel. Então, tudo acontece em um piscar de olhos. Ele vira a mesa inteira com um estrondo gigantesco, e o treinador acaba no chão, com milhares de pratos e alimentos em cima dele.

No mesmo movimento, quando Remington pula de pé, atira o celular pelo salão, que cai em pedaços contra a parede enquanto ele se vira para mim, e Pete fica de pé e enfia a mão no bolso de trás.

– Não, Pete, não! – grito, detestando a ideia de Remy sendo tranquilizado.

Tento ficar calma, mas meu coração bate mil batidas por minuto. Nunca lidei com Remington com raiva de mim desde que estivemos juntos, e subitamente tenho um pouco de medo dele, mas não quero que ele saiba que o temo.

Tremendo no meu lugar, fico completamente imóvel quando ele se posiciona diante de mim, respirando como um touro, suas narinas dilatadas, seus olhos queimando negros em seu rosto, os punhos tremendo em seus lados. Mas é o desespero duro em seu olhar que envia arrepios terríveis pelos meus braços.

Faço cerca de dez vezes mais que o esforço normal para falar.

– Você quer falar comigo, Remington? – pergunto, minha voz rouca.

Me preparo para o seu grito, mas de alguma forma, o pedaço frio de um sussurro que ele responde é infinitamente mais ameaçador.

– Eu quero fazer mais do que falar com você.

Os cabelos na parte de trás do meu pescoço ficam eriçados de alarme.

– Tudo bem, vamos conversar. Desculpe-me, Diane – digo numa calma enganadora, e empurro a cadeira para trás para que eu possa ficar em pé, minhas pernas bambeando.

Ele parece maior do que nunca, e todo o restaurante está olhando para ele. Diane corre para levantar a mesa caída e para ajudar o treinador a se limpar.

As mãos de Remington se flexionam em punhos ao lado do corpo enquanto ele olha para mim. Sua mandíbula funciona enquanto respira, rápido e agitado, e noto que Riley acaba de chegar por trás dele, ao lado de Pete.

Há uma batalha feroz dentro dos olhos do homem. Ele está lutando porque sabe que tem de se controlar, mas não pode. A raiva é maior do que ele.

Tento acalmar minha pulsação enquanto ardo com a necessidade de acalmá-lo. Sei que quando coloco minhas mãos em qualquer parte do seu corpo, ele relaxa sob o meu toque. Sei que ele precisa receber o meu toque, muitas vezes tão ferozmente como preciso dar a ele. Só que ele nunca foi assim, e tenho medo de que, pela primeira vez na minha vida, o meu toque não seja bem recebido por Remy.

O pensamento de que o único homem que já amei esteja se sentindo traído por mim é quase paralisante.

Ele nem sequer falou, e ainda assim posso sentir sua confusão me rodeando tão completamente, que o que quer que ele tenha para me dizer já dói em algum lugar profundo dentro do meu corpo. Eu o feri, eu o magoei, e imediatamente me odeio por isso. Só de respirar meu peito dói.

– Eu só fui ver a minha irmã. – Respiro dolorosamente, um poço de tristeza e ansiedade agitando-se dentro de mim.

Ele estende a mão com um dedo indicador tremendo ferozmente e toca a minha boca – que beijou o rosto sujo de Scorpion – e, em seguida, se inclina para frente para me morder, e suspiro de choque e de desejo com a picada de seus dentes na minha pele.

– Você foi negociar com uma escória como ele? Sem me avisar? – pergunta em voz baixa e turbulenta, enquanto o polegar continua raspando meus lábios.

– Fui ver minha irmã, Remy. Não poderia me importar menos com essa escória.

Ele toca meu cabelo, e o toque é tão inesperadamente suave que quero morrer com a maneira como contrasta com o frenesi iluminado em seus olhos e a forma como o seu polegar começa desesperadamente a raspar meus lábios.

– No entanto, você beija aquele filho da puta com a mesma boca com que você me beija.

– Por favor, conte até dez. – Toco em sua manga inutilmente.

Ele aperta os olhos, então se apressa em dizer:

– Um-dois-três-quatro-cinco-seis-sete-oito-nove e DEZ.

Ele se inclina e agarra parte do meu colarinho da camisa na mão, me puxando para ele, o olhar angustiado em seus olhos me cortando como garras.

– Você beija o filho da puta com a mesma boca pela qual eu mataria?

Seus olhos são selvagens quando toca meus lábios novamente, desta vez com a ponta de dois dedos trêmulos, e de repente tudo o que posso ver é um tormento. Seus olhos são negros. Escuros e obsessivos. E não posso suportar o fato de que fui eu que coloquei a escuridão lá, e sinto sua dor com todos os ossos do meu corpo.

– Meus lábios quase não tocaram a tatuagem – minha voz é um sussurro porque minha traqueia começa a se fechar. – Eu fiz apenas o que você faz quando deixa pensar que tiveram sucesso e lhes dá uma falsa confiança, fiz para que eu pudesse ver a minha irmã.

Ele bate no peito com um ruído alto.

– Você é a porra da minha garota! Você não tem que dar falsa confiança a ninguém!

– Senhor, precisamos que se retire agora.

A cabeça de Remy se vira em direção ao gerente que se aproxima, e de repente Pete e Riley seguram o pobre homem, Pete rapidamente pegando um talão de cheques enquanto as palavras *custo dos danos* ecoam pelo salão.

Os olhos apertados de Remy deslizam de volta para mim, e ele está tão bravo e lindo, e tão difícil, que simplesmente não sei o que fazer com ele.

Ele se aproxima e desliza o dedo no meu queixo, e eu respondo, meu corpo assustado preparado para o sexo com a enxurrada de hormônios que ele atirou em mim.

– Vou quebrar a cara desse filho da puta – sussurra ele, a promessa de veludo misturada com ameaça quando se inclina e enfia sua língua na minha boca – e depois vou quebrar você para aprender a me obedecer.

– Remy, acalme-se – diz Riley.

– Está tudo bem, Riley, eu não quebro assim tão facilmente, e ele é bem-vindo para tentar – respondo, finalmente dando a Remington o grande franzido na testa que parece estar pedindo.

Ele abaixa a cabeça escura, respirando com dificuldade na minha cara quando agarra meus cabelos em seus punhos e esmaga minha boca com a posse brutal, esfregando-a com passadas punitivas de sua língua.

– Quando eu chegar na cama, vou esfregar você com a minha língua até não sobrar nada dele em nenhum lugar de você. Só eu. Só eu!

Sua ereção pica o meu estômago, e percebo que ele ficou totalmente territorial, afirmativo, vou-provar-a-ela-quem-manda. Minhas coxas estão molhadas, e arquejo mais perto.

– Tudo bem, aceito, me pegue – imploro, com o desejo de acalmar a nós dois.

Ele se afasta e estreita os olhos.

– Eu não tenho a porra do tempo para cuidar de você – responde e se dirige para a porta, e eu grito em pânico:

– Remy, volte! Não vá se meter numa enrascada!

Ele gira nos calcanhares, e meu estômago revira quando vejo o olhar mortal em seu rosto, seus punhos apertando ao seu lado quando ele enfia um dedo no ar e aponta para mim.

– Proteger você é meu privilégio. Eu vou te proteger e qualquer coisa que você valoriza como se fosse minha.

Minha respiração salta pelo jeito que ele olha para mim.

– Aquele idiota doente acaba de me implorar para acabar com sua vida miserável, e eu estou feliz em atendê-lo – ele rosna, seus olhos me observando com raiva da porta. – Ele acabou de roubar algo sagrado para mim, e mijou em cima. – Remy volta, e empurra um dedo entre meus seios: – Entenda, você é minha! Minha!

– Remington, ela é minha irmã.

– E o Scorpion nunca vai desistir dela. Ele mantém suas mulheres drogadas e dependentes, suas mentes em pedaços tão pequenos que não podem sequer pensar. Ele nunca vai desistir dela, a menos que queira algo mais do que ela. É você? Será que ele quer você, Brooke? Ele poderia ter drogado você. Despido você. Comido você... Ele podia ter comido você!

– Não!

– Ele tocou em você?

– Não! Eles estão fazendo isso para provocá-lo, não deixe que vençam! Guarde isso para o ringue amanhã. Por favor... Eu quero estar com você esta noite.

– Eu estava com ela o tempo todo, amigo, nada aconteceu – Riley intercede, acariciando seu braço e tentando apoiá-lo um pouco.

Vejo o olhar de traição se estabelecer em seus olhos quando ele ouve Riley falar, e antes que eu possa pará-lo, ele gira para pegar a camisa de Riley em seu punho.

– Você deixou minha garota beijar o rosto daquele babaca, seu merdinha?

O pânico se apodera de mim quando ele levanta Riley para do chão.

– Remy, não! – Vou para o seu lado, puxando inutilmente seu braço.

Ele o sacode no ar, e Riley está ficando roxo.

– Você deixou ela beijar a tinta daquela escória imunda?

Pete olha para mim, fazendo "Sinto muito" com a boca, e depois para Remy:

– Tudo bem, amigo, vamos colocar o Destroyer na cama agora, hein? – e enfia uma seringa no pescoço dele, e Remington joga Riley no chão e puxa a seringa para fora de sua pele, jogando-a de lado, vazia.

Prendo a respiração quando ele chega e me agarra. Ele olha para mim, os olhos brilhando, e abre a boca, hesita, depois faz um ruído baixo de dor quando esmaga minha boca e me dá um beijo que reafirma a posse e me pune, e então solta meu braço e sai pela porta, deixando-me lamber os lábios inchados, olhando para ele.

Riley tosse quando fica de pé, esfregando a garganta quando todos nós percebemos que Remington se foi.

– Que diabos? – Pete pisca em completa descrença olhando a porta aberta por onde Remy acabou de sair.

– Isso era pra derrubar um elefante, não? – pergunta Riley, desanimado.

– Supostamente, sim.

Balançando a cabeça, Riley tira a poeira dos jeans.

– Deve ser toda a adrenalina nele. Merda.

– Pete, trate de se recompor! Vocês dois! Você acaba de dar um sedativo! Ele pode estar caído num beco por aí, ser roubado e... Oh, Deus! – Cubro meu rosto quando penso em todas as coisas que ele pode fazer de errado, ou que podem acontecer com ele.

– Acalme-se, Brooke, nós entendemos. Riley, você pega mais dois desses tranquilizantes, espero você no carro – diz Pete, então ele se vira para o gerente e aponta para o cheque que o homem ainda segura. – O senhor, por favor, envie a conta dos quartos para a suíte presidencial, sim? Garanto que sairemos pela manhã.

– Eu quero ajudar!

– Droga, você já ajudou bastante, Brooke – Riley me diz, olhando para mim como se eu tivesse desencadeado o apocalipse. – Volte para seu quarto e espere por lá. Você vai ter um bocado de trabalho quando ele voltar.

* * *

Estou andando para lá e para cá feito louca enquanto espero para ouvir alguma coisa. Nada.

Vejo todas as suas coisas em nossa suíte, o seu iPad e o laptop, sua escova de dentes na pia, suas roupas ainda na mala, algumas penduradas no armário, e uma ansiedade horrível se instala em minhas terminações nervosas.

Remington foi lá e pode jogar tudo fora por mim. Meus lábios estão doloridos da tortura dos meus dentes quando volto ao passado e me pergunto o que teria acontecido se eu tivesse dito que não iria beijar aquela tatuagem estúpida. Eu poderia não ter falado com Nora. Ela nunca teria a chance de se libertar, como a que ofereci.

No momento, parecia relativamente inofensivo, e também parecia como se eu não tivesse escolha. Mas, como desejei que Remington nunca tivesse descoberto isso! Mesmo com raiva, eu podia sentir a sua dor, e agora estou preocupada. Mesmo que ele arrebente o queixo de Scorpion neste momento, sua vitória no Underground estará comprometida, e não posso nem imaginar o que esse réptil doente pode fazer a Nora em retribuição ao que Remy fez com ele nesta noite.

Oh, Deus.

O pensamento de eu arruinar não apenas a carreira de Remy, mas ele próprio, me abala demais.

Meu estômago está tão instável que sinto que vou vomitar os meus próprios intestinos. Quero Nora em segurança, mas preciso desesperadamente do Rem de volta ao hotel, onde tenho certeza de que eu poderia tentar apaziguá-lo com sexo. Se ele quer me quebrar em submissão, então, por Deus, vou deixar o homem acreditar em qualquer coisa que quiser, apenas para deixá-lo calmo de novo. Não tenho medo dele. Não terei. Ele ainda é meu Remy, apenas em uma porra de um mau humor.

Mas são cinco da manhã e ele ainda não está de volta. Estou verificando a internet como uma louca e vendo as notícias na tevê, temendo o pior. Ouço a porta abrir e levanto a cabeça, meu coração pulsando na minha garganta quando vejo Riley. Instantaneamente, salto do sofá para os meus pés.

– Remy? Onde ele está? O que ele fez?

Riley não vai olhar para a minha cara, só caminha diretamente para o quarto principal e procura no armário.

– Ele está no pronto-socorro.

Uma tensão terrível se estende de uma ponta da minha coluna para a outra, e de repente me sinto chicoteada e avanço determinada atrás dele.

– O que ele fez? Deixe-me ir buscar as minhas coisas. Preciso vê-lo.

Riley pega a escova de dente, o aparelho de barba, e joga tudo em uma pequena bolsa de couro.

– É melhor você esperar aqui. São apenas alguns pontos, poucos. – Riley então separa as sapatilhas de boxe e a roupa para a luta. – Eles não estão desclassificados. Nenhum deles vai contar. A luta rola hoje à noite, ou melhor dizendo...? Continua. Hoje à noite.

Os ácidos no estômago começam a borbulhar, algo muito desconfortável. Realmente eu não tenho testosterona para tudo isso. Costumava ser sexy nos filmes quando um cara briga por uma garota, mas esse é o meu cara, brigando por minha causa, e me sinto péssima e mais do que desesperada para ir protegê-lo.

– Em qual pronto-socorro ele está? – Seguindo-o através do quarto, pego um par de jeans preto e coloco debaixo da camiseta de Remy com a qual eu dormia às vezes.

Girando nos calcanhares quando chega à porta, ele me impede, com as duas mãos, de prosseguir.

– Por favor, não, pelo amor de Deus, não apareça, Brookey. Nem Pete nem eu queremos que ele veja você. Por favor, Brooke. Apenas me escute.

– Mas como ele está... – Pisco para ele, meus olhos ficando embaçados quando minha voz enfraquece. – Apenas me diga como ele está!

– Puto da vida. Eles o sedaram no hospital. Honestamente, eu não sei como podemos esperar que ele lute esta noite. Mas pelo menos ele está com raiva.

Fico de testa franzida olhando a porta bater. Sinto raiva também, mas também me sinto devorada por dentro. O desejo de vê-lo é agudo, mas não sei se eu iria ajudar ou prejudicar, não sei nada sobre isso. Usando seu laptop, pesquiso bipolaridade no Google e vejo toneladas de artigos que descrevem um episódio maníaco como sendo aquele em que a pessoa pode estar extremamente feliz, ou extremamente enfurecida; que também se envolve em um excesso de atividades prazerosas, sexo, jogos de azar, álcool e às vezes experimenta alucinações; sentindo-se descansada depois de ficar sem dormir, agindo de forma irresponsável ou violenta, e tal episódio é geralmente seguido por um episódio depressivo quando a pessoa mal consegue sair da cama. Tenho certeza de que Remy está maníaco agora, e eu já tinha visto que ele andava acelerado em todas essas noites de muito sexo. Me lembro dele me dizendo naquela noite em que me contou que era bipolar que eu iria embora se a coisa ficasse complicada, e estou duplamente decidida a não ser uma covarde de merda e a ficar ao lado dele.

Mas eu me pergunto como ele está lidando com isso agora, depois de brigar com aquele réptil em forma humana.

Deus, por favor, por favor, não me deixe estragar a luta desta noite.

Isso é tudo que eu penso quando pego meus tênis, a joelheira, e vou para o ginásio do hotel, pegar uma esteira rolante e correr por duas horas. Concentro-me em planejar o que fazer quando o vir. Quero dizer que sinto muito, que tive a necessidade de não contar a ele sobre visitar minha irmã, mas eu tinha que falar com ela e não queria preocupá-lo. Quero beijá-lo e esquecer que tudo isso aconteceu, mas, infelizmente, a manhã passa, e eu não o vejo ao meio-dia, nem mesmo à uma, às duas ou três da tarde.

Não o vejo até a luta.

E, então, sou absolutamente, positivamente, uma massa de nervos tremendo. Não vi Pete em todo esse tempo também, só o treinador e Riley, que me conduziram para o meu lugar quando tentei ir aos bastidores para vê-lo.

– Por favor, apenas deixe-o se concentrar – diz Riley.

Tudo que posso fazer é acenar com a cabeça, e sou assaltada por um desejo doente quando ocupo meu lugar e espero e espero indefinidamente. Há apenas uma luta esta noite. Apenas Remington e Scorpion se enfrentarão, e este jogo vai durar por horas. Já parecia uma eternidade quando ouvi o nome dele soar através dos alto-falantes, e meu coração se eleva no meu peito ao mesmo tempo que os espectadores ficam de pé para torcer por ele.

– E agoraaaaaa, senhoras e senhores, o momento que todos estavam esperando. Nosso atual campeão, o primeiro e único Remington ARREBENTADOR Tate!

O público vai à loucura, e estou subitamente flutuando quando meus olhos veem um vislumbre de vermelho no início do túnel.

Ele sai trotando para o ringue e as borboletas explodem dentro de mim. Meus olhos queimam com o desejo de vê-lo de perto. Ele salta para o ringue e estende seus braços, e Riley tira sua capa vermelha e a coloca de lado.

Meus olhos descem pelo seu corpo e um choque duro e frio me mantém imóvel por vários e incrédulos minutos. Contusões roxas sobem todo o caminho até seu torso. Há cortes em seus lábios, e vários pontos ao longo de sua sobrancelha direita.

Obrigando-me a sentar, espero ansiosamente pela volta habitual de Remington. Mas ele não faz isso. A multidão grita seu nome como um mantra, e noto que o salão tem mais torcedores dele do que de Scorpion. Mas hoje Remington não é o lutador petulante, ele não se vira para sorrir para eles. Ele não se vira para sorrir para mim.

Minha alma afunda, e percebo que nunca senti tanta falta do sorriso de alguém como o dele.

E nunca me senti tão dolorosamente invisível até sentir a falta de seus olhos em mim esta noite.

Quando o apresentador chama:

– E agora, senhoras e senhores, o pesadelo que todos temiam que criasse vida está aqui. Cuidado com Benny, o Escorpião Negroooooooo!

Um sentimento nauseante de desespero me bate quando Remy ainda não traz os olhos azuis/negros para mim quando ele vê Scorpion caminhando lentamente pelo túnel com seus dois dedos do meio esticados no alto em um óbvio "Sim, foda-se, Remington Tate, e foda-se o público também!".

Um pavor gelado se espalha através do meu estômago ao estudar o perfil orgulhoso, difícil de Remy, enquanto espera em seu canto, e a falta de sua resposta arrogante para a bravata de Scorpion torna-se dolorosamente óbvia para mim. De repente, eu me pergunto se ele é orgulhoso demais para me perdoar. Será que ele nunca mais vai me beijar? Fazer amor comigo? Amar-me como eu o amo? Tudo porque eu beijei o seu inimigo? Estou me enrolando por dentro com a necessidade de falar com ele, explicar, dizer boa sorte e sorrir para ele.

Mas ele não olha na minha direção e suspeito que ele fará tudo para olhar para todos os lados exceto para mim, enquanto Scorpion sobe ao ringue.

Quando o capuz negro de Scorpion é retirado, noto que ele também está mal. Seu rosto está roxo das marteladas no local exato onde sua tatuagem costumava existir e, agora, é uma área cheia de cicatrizes, com pelo menos uma dúzia de pontos onde seu inseto negro rastejava. Os olhos amarelos de escorpião aterrissam imediatamente em Remington, e um sorriso familiar, satânico, se espalha por seus lábios finos, um sorriso que parece já vitorioso em comparação com a intensidade sombria que vejo no rosto de Remington.

Com o coração apertado por um medo ansioso, procuro Nora entre a multidão e tento localizá-la entre os capangas de Scorpion, mas ela não está à vista. Meu medo dobra quando eu me pergunto se tudo isso que provoquei, tudo isso... foi por nada?

Ding dong.

A campainha toca, e todos os átomos do meu corpo se concentram em Remington quando ambos os lutadores vão para o centro e de igual para igual. Scorpion dá um soco nas costelas de Remy, e depois bate no queixo dele em um terrível golpe um-dois que ouço até o som da pancada na carne. Remington se mantém na posição, mas estremece enquanto se recupera e continua a ir de igual para igual com Scorpion, os braços dobrados ao lado do corpo.

Minhas sobrancelhas se juntam, confusas. Em cada luta que o vi participar, e nos momentos em que subi no ringue com ele e aprendi alguns movimentos de boxe, Remy nunca manteve sua guarda assim baixa. Um terrível pressentimento afunda suas garras terríveis em meu estômago, e eu olho para cima para tentar ler as carrancas escuras em Riley e no treinador. As linhas sombrias gravadas em ambas as faces só confirmam as minhas suspeitas.

A guarda de Remington está completamente baixa. Os braços musculosos estão relaxados e ociosos ao lado do corpo, e agora ele está apenas saltando sobre suas panturrilhas enquanto espera vir o próximo golpe. Suas sobrancelhas estão fechadas, os olhos se estreitaram ferozmente, mas ele parece quase... faminto por isso, de uma forma violenta, imprudente.

Scorpion lança um soco em sua barriga, em seguida segue com um *uppercut* no queixo, que Remington aceita de um jeito muito fácil, endireitando-se quase imediatamente e olhando de volta a Scorpion, como se implorando por outra pancada.

Ele quase parece... suicida.

Os próximos três socos Remington leva no corpo novamente, dois no peito, um no tórax, e ele ainda não deu um único soco no Scorpion. Sua guarda não vem para cima, mas tudo o que você pode ver do espírito de

Remington está em seus olhos. Que lançam chamas em Scorpion enquanto ele se recupera rapidamente de cada golpe e se endireita de novo, como se o desafiando a acertá-lo de novo.

Estou sem palavras.

Não há nenhuma maneira de deter minha pulsação errática, nem de fazer minha cabeça parar de girar. Não consigo parar de me preocupar se as costelas dele aguentam mais golpes, e estou loucamente tentando determinar quais as outras lesões que sofreu durante a noite, quando eles lutaram em particular. E se ele não está golpeando porque está incapaz de esticar os braços para dar um soco?

Ele não está. Socando.

Meu coração não vai se acalmar e a premonição alarmante de algo terrível acontecendo está me tomado em suas garras. Quero ir lá e abraçar meu homem e tirá-lo de lá!

Scorpion balança com a mão esquerda e enterra um na mandíbula e, em seguida, consegue um soco direto na cara que deixa Remington de joelhos. Minha garganta engasga com gritos e protestos não pronunciados quando o público começa a vaiar.

Buuuu!

Buuuu!

Mate o desgraçado, Arrebentador! Mate-o!

A luta continua, sem fim, cinza como a noite.

Em todas as lutas de Remington, eu sentiria todos os tipos de dores nos nervos, assim como excitação, mas agora é só angústia e dor se agitando dentro de mim quando, golpe após golpe, Remington apanha.

Cada soco me quebra por dentro. Posso sentir a dor em meus ossos, como se os ossos fossem meus. Estou tão ferida no sexto assalto que preciso, na minha cabeça, levá-lo embora, para onde ele vai tocar uma canção para mim. Preciso levá-lo para uma corrida, quando ele vai olhar para mim e sorrir com os olhos azuis brilhando. Preciso levá-lo para nossa cama, onde está quente e feliz e calmo. Preciso levá-lo em algum lugar, em qualquer lugar onde ele possa me dizer o que... porra... o que está errado!

Sento-me aqui e vejo o homem que eu amo apanhando até a morte, e quando ele cai de joelhos depois de tomar um conjunto enorme de socos em seu abdômen, ele ainda não vai desistir. Ofegante e com a testa e a boca pingando sangue, ele encanta o público pulando de volta para os seus pés e, com raiva, cuspindo sangue no rosto de Scorpion, rebelde quando assume uma posição de combate mais uma vez.

– Remy, lute com ele! – de repente eu me ouço gritar, e estou gritando a plenos pulmões de uma forma que nunca gritei antes na minha vida. – REMY, LUTE COM ELE! POR MIM! POR MIM!

Ele ainda não olha para mim. E os próximos golpes que vêm em uma série rápida de jabs, Remy aguenta mais uma vez. *Uuuf, uuuf,* eu ouço, quando o ar é expelido dele.

Lutar ou fugir é algo que corre por todo o meu corpo, e sem piedade come os meus vasos sanguíneos, as minhas terminações nervosas, meus pulmões. Mas é a primeira vez na vida que o medo avassalador me dá vontade de fugir como nunca antes. Correr para ele, agarrá-lo para mim e levá-lo para longe, longe de Scorpion, de si mesmo, longe do botão de autodestruição que o homem que eu amo pressionou.

Scorpion lhe desce vários socos em linha reta na cabeça, e então *CRAC!*

Remington cai de bruços no chão.

Um rastro de sangue dele está espalhado por todo o corpo de bruços. Uma dor primitiva me oprime, e uma serpente negra de medo começa a roer dolorosamente as mais grossas artérias do meu coração. O rosto de Remy está inchado, e ele está ofegante e tremendo com cada respiração quando planta uma mão no chão, e depois a outra. Um silêncio negro e frio envolve o salão quando a contagem começa e Remy tenta empurrar-se para cima.

Sua imagem se torna um grande borrão através das lágrimas nos meus olhos, e tenho que engolir na minha garganta o apelo que desejo implorar, *pelo amor de Deus,* pare com essa besteira e fique no chão!

Eu quebrei meu joelho por acidente, mas o pensamento de você ter a vontade de ser quebrado uma vez e outra vez de novo faz meus olhos se encherem de lágrimas, horrorizada.

Mas Remy se levanta e cospe mais sangue no chão, usando os braços para ficar de volta em seus pés só para receber um poderoso gancho de esquerda em sua cabeça que a faz girar violentamente.

Riley e o treinador gritam para ele.

– A porra da guarda! Que merda tem de errado com você? – eles gritam mais e mais, seus gritos altos e dolorosamente angustiados.

Pessoas gritam pelo salão, cada uma delas disposta a apoiá-lo enquanto Remy se mantém de pé.

"Mate-o, Arrebentador! Mate-o!" – gritam eles.

E quando o vejo tomar outro soco que respinga sangue pelo piso do ringue, quero gritar de volta para o público: *Por favor, calem a boca! Por favor, pelo amor de Deus, deixem-no ficar no chão* e *acabem com essa porra de pesadelo*! Eu não posso controlar o tremor espasmódico dentro de mim. As pessoas gritam seu cântico:

– RE- MING -TON! RE- MING -TON!

Mas eu posso ver que Remy está machucado. Um de seus braços está pendurado ao seu lado, pendurando frouxamente. Ele está sofrendo e ainda está dando o máximo, como se dá a cada luta, como faz em cada sessão de treinamento. Ele vai continuar até que não possa se levantar. Quando essa percepção finalmente afunda em minha cabeça atordoada, estou despedaçada em um milhão de pedaços. Um fluxo de lágrimas desce quente pelo meu rosto quando sons rasgam pelo salão no momento em que outra série de socos poderosos atinge a carne de Remington, os impactos terríveis empurrando-o em direção às cordas.

"Remy, Remy, Remy!", as pessoas continuam a gritar.

Quando o canto assume com igual força por todo o salão, o rosto de Scorpion se fecha de raiva.

Remy cospe exatamente no lugar onde sua tatuagem devia estar, sussurrando algo que provoca a ira do outro de tal forma que ele balança o braço para trás com um rugido ensurdecedor e dispara um *uppercut* que leva Remy ao chão como chumbo. Meu coração para.

O silêncio desce sobre nós.

Pisco em horror mudo ao ver a forma imóvel de Remy, caído ao seu lado, e olho para aqueles ombros perfeitos que conheço de memória, seus lindos ossos provavelmente quebrados, o seu bem treinado e muito bem feito corpo machucado e sangrando no ringue. Seus olhos estão terrivelmente fechados.

E eu quero morrer.

Há suspiros de indignação quando os médicos aparecem em cima do ringue, e as pessoas começam a vaiar em voz alta enquanto o locutor fala.

– Nosso vencedor da noite, Benny, o Escorpião Negroooo! O novo campeão, senhoras e senhores! Scooorpiooooon!

As palavras de alguma forma entram em meu cérebro, mas eu nem sequer as registro enquanto sento na minha cadeira, imóvel, tentando com todas as forças me manter equilibrada e observo os médicos – médicos! – rodearem Remy.

Nunca pensei que alguma coisa na minha vida jamais fosse me machucar tanto quanto quebrar meu tornozelo e sair mancando da pista e das eliminatórias com o meu espírito quebrado.

Mas não. Agora o pior dia de toda a minha vida é este. Quando vi o homem que eu amo quebrar seu próprio corpo até a inconsciência, e cada milímetro de cada quadrante do meu coração está partido.

Através dos olhos ardentes, assisto aos médicos transportando seu corpo para uma maca, e a realidade da situação me bate como um tiro de canhão. Salto para os meus pés e estou correndo como louca através de uma multidão de pessoas quando os médicos começam a carregá-lo para longe. Eu me arremesso no meio de dois deles e alcanço uma mão ensanguentada e aperto dois dedos sangrando.

– Remy!

Braços fortes me afastam dali, e uma voz familiar fala perto de mim.

– Deixem que eles cuidem dele, Brooke – implora Riley em voz escarpada, me puxando para trás, enquanto me esforço para escapar.

Girando para poder bater nele para que me solte, percebo seus olhos vermelhos enquanto tenta me prender, e de repente, eu quebro. Soluços compulsivos rasgam meu corpo quando agarro sua camisa e, em vez de bater nele, só o abraço. Preciso de algo para agarrar, e minha grande e forte árvore está quebrada em uma maca, espancada até virar uma massa.

– Sinto muito... – Choro, cada centímetro meu soluçando e arqueando enquanto as lágrimas saltam de mim, assim como antes, há seis anos. – Oh, Deus, eu sinto muito, eu sinto muito!

Ele funga também, então se afasta e enxuga suas próprias bochechas.

– Eu sei, Brooke, só não sei que porra... É só que ... Eu não sei o que diabos se passou por aqui. Jesus!

O treinador vem até nós, o rosto sombrio, os olhos também marejados de lágrimas e decepção.

– Eles suspeitam de uma concussão. Suas pupilas não respondem corretamente.

Uma nova lágrima fervente queima nos meus olhos, e o nó na garganta se aperta quando Riley segue o treinador. *Nora. Oh, que merda... Ainda preciso esperar por ela!* Pego Riley pelo braço, mais lágrimas ameaçando desabar quando percebo que não poderei ir com ele.

– Riley, minha irmã! Eu disse pra ela me encontrar aqui.

Ele balança a cabeça compreensivo.

– Eu mando o nome do hospital pro seu celular.

Assentindo com a cabeça miseravelmente, eu o vejo partir, enxugando mais lágrimas e nem mesmo sabendo o que fazer com o turbilhão de emoções dentro de mim. Desesperadamente quero ir com Remington, mas não posso pedir a Riley para trocar de lugar comigo. Nora não o conhece, pode mudar de ideia se o vir, em vez de mim. Juro que é a coisa mais difícil que já fiz, vê-lo ser levado embora todo sangrando sem correr atrás dele.

Encosto na porta do banheiro das mulheres, e espero e espero, inquieta de preocupação e assombrada pelo que vi.

Minha mente continua a girar e sinto que vou acordar logo e perceber que era apenas um pesadelo, e que Remy não cometeu um quase suicídio naquele ringue.

Mas ele fez isso.

Ele fez.

Meu Remy.

O homem que me tocou "Iris".

O homem que ri comigo, corre comigo, e diz que eu sou uma espoletinha.

O homem mais forte que eu já conheci, e aquele que tem sido o mais gentil comigo.

Aquele que é um pouco mau, um pouco louco, um pouco difícil de lidar para mim.

Quando três horas se passam, já estou sem lágrimas, e minha esperança se foi também. Nora não virá. Remington se deixou ser nocauteado com uma concussão, e eu fui informada de onde foi internado.

E quando vou pegar um táxi, sinto que o que quer que tenha se partido dentro de mim, nunca mais vai se curar.

* * *

No hospital, ele está em um quarto particular.

Ao longo da primeira semana, sento-me em uma cadeira e fico a olhar para o seu belo rosto com o tubo que o ajuda a respirar, e choro de raiva e frustração e impotência. Às vezes coloco seus fones de ouvido em sua bela cabeça e toco cada música das que trocamos entre nós, esperando para ver se os olhos se contraem ou se há alguma indicação de pensamento por lá. Outras vezes, ando no corredor apenas para acordar minhas pernas e braços que caíram no sono. Não vi Pete até agora, e ninguém me diz onde ele está. Hoje Riley está na sala de espera, onde estou agora, olhando para meu saco de amendoins. Eu não sabia o que pegar que pudesse ser moderadamente saudável, e já terminei todas as granolas. Acho que perdi um pouco de peso, pois os meus jeans estão soltos dos quadris, mas meu estômago está tão fechado como um punho e nas poucas vezes em que parece relaxar o suficiente para me deixar comer alguma coisa, minha garganta é a responsável por não deixar passar.

– Ele está acordado – diz Riley.

Piscando, fico de pé imediatamente. Lanço o saco de amendoins na cadeira vazia ao meu lado, e em seguida corro pelo corredor só para parar e olhar para a porta de seu quarto. Com medo de vê-lo. Medo do que eu vou dizer.

Tenho pensado muito nestes dias. Isso é tudo o que fiz, na verdade. Mas quando entro, minha mente se esvazia de todos os pensamentos. Uma profunda angústia me oprime quando caminho para a cama. Pensei que estivesse ficando dormente, mas percebo que não. Ando lentamente para frente e foco os meus olhos no único local onde o meu mundo parece girar.

E eu o vejo. Seus olhos estão abertos. Não me importo de que cor eles são. Ele ainda é Remington Tate, o homem que eu amo.

Ele vai ficar bem, e eu não. Não acho que um dia eu vá ficar bem.

As lágrimas explodem, e de repente, todos os meus pensamentos vêm correndo de volta para mim. Tenho tantas coisas para dizer, e fico no meio do quarto e falo tudo em meio a soluços. Minhas palavras são ditas com raiva, mas não são compreensíveis através dos meus soluços:

– Como v-você se atreve a me f-fazer assistir à-quilo...? C-como pôde ficar lá e me fazer a-assistir àquele h-homem destruir vo-você! Seus ossos! Sua cara! V-você era... meu! M-meu... Pra... Segurar... C-como se a-atreve a se quebrar?! C-como se a-atreve a me quebrar?!

Seus olhos ficam vermelhos também, e sei que eu deveria parar, porque ele não pode sequer responder, mas esta represa abriu e eu não posso parar com isso, simplesmente não consigo. Ele me fez assistir e agora tenho que fazê-lo me ouvir, o que sua estúpida merda fudida me fez!

– T-tudo o que eu queria era ajudar minha irmã e não lhe c-causar p-problemas. Eu q-queria também proteger, cuidar de você, e-estar com você. Eu queria f-ficar com você até que enjoasse de mim e não precisasse mais de mim. Eu queria que você me amasse porque eu... Eu... Oh, Deus, mas você... Eu... Eu não posso mais. É difícil vê-lo lutar, mas vê-lo se suicidar é... Eu não vou fazer isso, Remington!

Ele faz um som de dor na cama e tenta mudar de posição, mesmo com um braço engessado, e seus olhos estão queimando vermelhos e me cortando de dor.

Não suporto o jeito que ele está olhando para mim. A maneira como seus olhos se prendem dentro de mim. Destruindo-me.

Lágrimas quentes continuam escorrendo pelo meu rosto enquanto cedo ao impulso imprudente de ir até ele. Toco a mão livre e dobro a cabeça para seu peito enquanto beijo freneticamente os dedos, consciente de que estou deixando-os molhados com as minhas lágrimas, mas não posso parar porque é a última vez que vou beijar essa mão e isso dói.

Ele geme quando desajeitadamente coloca a mão de seu braço engessado na parte de trás da minha cabeça e acaricia meu cabelo. Sua garganta está entubada, mas quando enxugo minhas lágrimas e olho para ele, seus olhos estão gritando coisas para mim que não posso suportar ouvir. Estou agindo como a covarde que Mel diz que sou, e ele pega a minha mão e não vai me deixar ir. Não quero que ele faça isso. Puxo minha mão com força e dou um beijo em sua testa, um beijo que espero que ele vá sentir no fundo de sua alma, porque é de onde está vindo. Ele faz um som áspero e começa a puxar o tubo em sua garganta, e a máquina faz um ruído quando ele começa a ter sucesso em arrancar fora todas as coisas ligadas a ele.

– Remy, não, não! – imploro, e quando seus esforços apenas se intensificam e ele rosna com raiva, abro a porta e grito por uma enfermeira. – Enfermeira! Por favor!

Uma enfermeira entra no quarto, e dói quando ela injeta uma espécie de tranquilizante nele, e é como se não existisse nada mais para eu sentir exceto essa massa de dor que me consome. Não posso acreditar que vou fazer isso com ele, que sou tão covarde, tão inútil, como todos os outros. Mas quando a enfermeira o arruma na cama e ajusta seu respirador, olho para ele da porta, sua aparência mais calma agora quando olha para mim, e sorrio, um sorriso que é falso e que treme horrivelmente no meu rosto, e vou embora.

É terrível saber que ele vai acordar novamente com seus belos olhos azuis e não se lembrar do que eu disse, nem de onde estou, nem do que aconteceu comigo. Mas eu simplesmente não posso ficar. Encontro Riley na lanchonete e mostro um envelope que eu tinha comprado de uma das enfermeiras há vários dias.

– Estou indo, Riley. Meu contrato acabou há vários dias. Apenas... Diga adeus a Pete e, por favor... – eu entrego o envelope com o nome de Remington, vendo como chacoalha violentamente no ar – entregue isso a ele quando seus olhos estiverem azuis de novo.

Naquela noite, estou voando para Seattle, jogada em meu assento, sentindo-me tão pesada e vazia como um prédio abandonado, e me pergunto, quando olho sem ver pela janela do avião, se ele já está de volta ao azul, e se ele já está lendo a minha carta. Eu a li mil vezes na minha cabeça, e li mil vezes quando a escrevi na terceira noite no hospital, quando sabia que não ia ficar.

Caro Remington,

Acho que você me conquistou no primeiro momento em que coloquei os olhos em você. E acho que você sabia. Como poderia não saber? Que o meu chão tremia sob meus pés. Ele tremia. Você fez o chão se mover. Você coloriu a minha vida novamente. E quando veio atrás de mim e me beijou, eu sabia que em algum lugar dentro de mim, a minha vida seria para sempre tocada e modificada por você. Isso aconteceu. Eu tive os mais surpreendentes, incríveis e belos momentos de minha vida com você. Você e sua equipe se tornaram minha nova família, e nunca, nem por um segundo, eu pretendi ir embora. Não por eles, mas, acima de tudo, não queria ir embora por você. Todos os dias que passei com você só me fizeram ansiar mais de você. Tudo o que eu queria era estar mais perto. Dói estar perto e não tocá-lo, e eu queria passar todos os momentos com você e cada momento dormindo em seus braços. Muitas vezes, agora, eu queria já ter falado sobre todas as maneiras que você me faz sentir, mas eu quis ouvir você dizer isso em primeiro lugar. Meu orgulho se foi agora. Não tenho espaço para isso, e não quero me arrepender de não dizer. Eu te amo, Remy. Com todo o meu coração. Você é o mais complicado e gentil lutador que conheci. Você me fez delirantemente feliz. Você me desafia e me delicia, e me faz sentir como uma criança por dentro, com todas as coisas incríveis a sonhar, só porque eu estava olhando para o futuro e pensando em compartilhar tudo com você. Nunca me senti tão segura como quando estou com você, e quero que você saiba que estou completamente apaixonada por todo pedacinho de você, mesmo aquele que partiu meu coração. Mas não posso ficar mais, Remy. Não posso ver você se machucar, porque quando faz isso, está me machucando de muitas maneiras que nunca pensei que alguém poderia me machucar, e estou com medo de quebrar e nunca voltar a ficar boa de novo. Por favor, nunca, nunca deixe ninguém te machucar assim. Você é o lutador que todos querem ser, e é por isso que todo mundo o ama. Mesmo quando você estraga tudo, volta a lutar novamente. Obrigada, Remy, por abrir seu mundo para mim. Por compartilhar você comigo. Pelo meu trabalho, e por todas as vezes que sorriu para mim. Quero lhe dizer para ficar bom de novo, mas sei que vai ficar. Sei que vai estar de olhos azuis outra vez, e petulante e lutando de novo, e eu estarei em seu passado, como todas as coisas que superou antes de mim. Apenas saiba que eu nunca vou ouvir "Iris" de novo sem pensar em você.

Sempre sua,
Brooke

TREZE

SEATTLE ESTÁ MAIS CHUVOSA DO QUE NUNCA

Nem mesmo Mel pode me animar.

Conversei com meus pais e disse que as coisas estão bem, especialmente porque não quero preocupá-los sobre Nora, até eu descobrir como trazê-la para casa. Já pesquisei e a próxima temporada de lutas no Underground vai começar em fevereiro do próximo ano, e começará em Washington.

Provavelmente vou aceitar a oferta de trabalho na Academia Militar de Seattle com os meus alunos, que começa em agosto, mas, se eu fizer isso, não poderei viajar em fevereiro, em busca de minha irmã. Uma ideia de que não gosto. E ainda, se eu decidir ir atrás de Nora, sinceramente não sei se serei forte o suficiente para ver Remington de novo.

Melanie, que vem perseguindo Remy no Twitter, diz que todos os seus fãs estão especulando se ele vai voltar para as lutas do próximo ano.

– Por favor – digo a ela agora, enquanto estamos correndo, quando ela fala disso mais uma vez. – Por favor, não me fale mais dele.

– Por que não? Qual é, garota? Você nunca teve um interesse amoroso antes e é divertido falar de um interesse amoroso que não seja o meu.

– Só não me fale sobre ele, por favor! Eu o amo, Melanie. Eu o amo. Ele não é apenas uma estrela, ele é toda a merda do céu para mim. Ele é o Sol e todos os planetas nesta galáxia. Me dói pensar nele, você não entende?

À beira das lágrimas que finalmente calam Melanie, pego o meu iPod e ponho os fones nos ouvidos, mas quando ligo o aparelho, até ouvir música me afeta, porque cada canção que toco me dá vontade de mostrar a ele.

Completamente angustiada por tanta volatilidade, enfio o aparelho na braçadeira e me concentro em correr, tap-tap-tap no chão. Agora o sol está mais alto e quando viramos a esquina de minha rua, vemos um Escalade preto estacionado pouco antes do meu prédio. Continuamos trotando em direção a ele, e à medida que nos aproximamos, as portas se abrem e um homem de preto que se parece muito com Pete sai do carro. Seguido por outro que poderia ser Riley.

E de repente, em pé diante de mim, cada centímetro de seu corpo belo, saudável e vital, está Remington Tate. Vejo seu cabelo brilhando, seu rosto de menino sexy, seu queixo de barba ligeiramente crescida, e toda a sua pele bronzeada e músculos perfeitos, e meu coração para.

Eu paro de correr.

Paro de respirar. Paro de existir.

Meu cérebro fica vazio, meus pulmões se fecham, meus ouvidos se desligam.

Eu olho para ele. E ele olha para mim.

E enquanto nos olhamos, meus olhos nos seus, os dele nos meus, meu coração recomeça a bater com uma explosão de emoção.

Meu coração pula e corre para ele, bate nele, explode nele, e embora doa como uma ferida aberta olhar para este homem, todos os meus sentidos voltam à vida e eu não consigo tirar os olhos de cima dele, nem se minha vida dependesse disso. Fogos de artifício só meus estão explodindo no meu estômago quanto sinto uma cutucada de Melanie nas minhas costas, e nós começamos a caminhar em direção a eles em um ritmo mais lento.

Um ritmo estressante.

Sinto como se o mundo inteiro estivesse em câmera lenta. Cada passo leva uma eternidade.

Remington parece tão... grande quando nos aproximamos. Maior do que a própria vida, e não posso mesmo acreditar que esta criatura impressionante já chegou a ser um pouco minha.

A parte ruim é que o meu corpo não consegue distinguir que ele não é mais meu, e todos os meus poros parecem magnetizados, como se ainda pensassem que ele pertence a mim.

– Puta merda, esse cara é um tesão – suspira Melanie ao meu lado.

Concordo com a cabeça, impotente, e o absorvo várias vezes, da cabeça aos pés. Algo corre através de mim, como se fosse o primeiro gole de água que tomo em semanas, e todos os meus poros estivessem desidratados. Um tremor revolve em torno de meu coração. Sei que não há dúvida de que estou apaixonada por ele como antes. E isso não é nada em comparação com o instante, o segundo, em que ele, brevemente e quase entediado, sorri para mim.

– Senhorita Dumas? – diz Pete com um sorriso, quando nos aproximamos. – Acreditamos que isto pertence à senhorita, não?

Ele sinaliza na direção de Remington, que me olha com aquele sorriso entediado, lentamente desaparecendo enquanto me estuda. Minha pulsação acelera tanto que a ouço em meus ouvidos, e então percebo outra figura saindo do carro. Uma figura feminina. Que parece ser... Nora.

Eu pisco, e meu coração para.

– Nora?

– Nora? – repete Melanie, soando mais estúpida do que eu.

– Só queríamos garantir que ela chegasse em casa em segurança – diz Pete.

– Nora? – repito. E agora realmente pareço mais estúpida do que Melanie.

– Sou eu! – Ela parece animada como a antiga Nora quando vem me abraçar, e está tremendo de emoção. – Sou eu, irmã! Estou de volta! Fiquei em reabilitação, Pete me ajudou – se apressa em explicar. – E apaguei a tatuagem – diz, apontando para sua bochecha rosada. – Eu me senti tão pequena quando você olhou para mim naquele dia, Brooke. Senti-me tão pequena e tão... suja.

– Não! Não, nunca! – Recolhendo a surpresa, dou outro abraço, ainda atordoada e incrédula de que a minha irmã esteja em meus braços, e, em seguida, Melanie a agarra e lhe dá um pouco do amor-de-Mel.

– Nora! Nora Camora Lalora Crazyora! – Ela abraça e balança e gira com ela, e eu me volto para os três homens diante de mim, e como não consigo falar com quem realmente desejo, pergunto a Pete:

– O que está acontecendo?

– Surpresa! – responde, agitando as sobrancelhas e apontando para Nora. – Ela foi muito bem, é uma garota muito legal.

Continuo olhando com impaciência, e ele acena para Remington, que está com as mãos nos bolsos do jeans. Seus olhos estão me avaliando de cima abaixo, sem parar, deixando-me consciente da minha vestimenta esportiva e da forma que ela abraça o meu bumbum, meus seios e minha cintura em expansão, de tanto comer chocolate para apaziguar a minha tristeza e a minha frustração pelo coração partido.

– Na noite em que Remy foi brigar com Scorpion, Scorpion ofereceu a sua irmã para ele, em troca do campeonato. E Remy concordou – Pete diz.

Permaneço imóvel por um momento, vacilante e muito confusa. Quando meus olhos buscam Remington, sinto um choque me percorrer com a intensidade de seu olhar.

Estou surpresa.

– Quer dizer que ele concordou em perder...? *Por Nora?*

Não por Nora, idiota, por você.

Por você.

Uma emoção poderosa cruza meu corpo como um raio de luz queimando em meu cérebro, me iluminando com a magnitude de algo que parece impossível, mas que eles acabaram de dizer que é verdade.

Girando a cabeça de lado, me agarro àqueles cílios negros e aos olhos azuis dolorosamente familiares. Minha pulsação acelera confusa. Uma batalha de emoções se trava dentro de mim enquanto estranhos pensamentos inquietantes voam pela minha cabeça, apertando-se em volta do meu coração.

– Você fez isso por... Nora? – pergunto a Remington sem fôlego.

Seu rosto é tão bonito, só quero agarrar seu cabelo espetado e beijá-lo, mas neste momento não acho nem que mereça ter este homem aqui na minha frente.

Olhando para mim, sem me dizer que idiota que eu sou por deixá-lo do jeito que eu fiz.

Sentindo-me dolorosamente golpeada por dentro, que não é o sentimento ideal de se ter quando se tem sua irmã caçula de volta para casa, e bem, eu me sento nos degraus da escada que leva ao meu pequeno edifício, nocauteada pelo espanto, quando pisco furiosamente para evitar que uma torrente de lágrimas deságue.

Pete pega uma mochila verde na parte de trás do Escalade e se dirige para dentro com Nora.

– Deixe-me levar isso para você, Nora.

Fico lá fora com Riley, cujo olhar pula de Melanie para mim como uma bola de pingue-pongue, e também com Remy. Meu Remy. O Remy que larguei no hospital. A quem adoro. Por quem sou louca. O homem que foi dilacerado e humilhado pelo bem de minha irmã. Por mim.

Uma bola de dor se junta na minha garganta de um jeito que mal posso suportar.

Ele é tão bonito, tão familiar, eu me sinto como uma prisioneira em meu próprio corpo, gritando para tocar o que eu tinha achado, por semanas, que era meu.

Suas grandes mãos ainda estão profundamente enterradas no jeans, e me pergunto se ele também está com os mesmos conflitos. Mas há uma melancolia em sua expressão que raramente se vê quando seus olhos estão azuis. E eles são tão azuis que estou me afogando neles.

Envolvo meus braços em volta de mim e abaixo a cabeça quando a vergonha continua crescendo dentro de mim.

– Por que você não me contou? Que você entregou a luta por... ela?

Nem consigo dizer "por mim", sinto-me péssima.

Mas Remington diz baixinho:

– Você quis dizer "por você".

Riley interrompe:

– Eu não sabia, Brooke. Nem o treinador. Apenas Pete sabia. Ele é a pessoa que o encontrou naquela noite, e ajudou a proteger a sua irmã enquanto Remington entregava a vitória.

Meus olhos se desviam para o cara dos meus sonhos, e minha voz diminui à medida que a dor do que ele fez por mim se infiltra através dos meus poros.

– Como você está? Você está bem? – Olho para ele, e seus olhos estão azuis e em chamas com a emoção quando assente com a cabeça. Ele está com raiva de mim. Acho. Não sei. Sinto-me como se tivesse levado um soco no estômago quando olho para ele, mas, ao mesmo tempo, é tudo que desejo fazer.

– O que a derrota significa para você agora? – pergunto a ele. Oh, Deus, sinto tanta falta de meu Remington que quando olho para ele, sinto lágrimas nos olhos.

Acho que ele está tendo dificuldade para falar também, porque há um silêncio. Um desespero violento e inesperado surge descontroladamente em mim quando olho para o imprevisível, surpreendente, misterioso e em constante mudança Remington Tate, e de repente, nada no mundo me machuca mais do que ter tido e perdido esse homem.

– A derrota? Além de termos ficado pobres? – Riley finalmente responde quando parece que nem Remington nem eu vamos falar. Ele ri um pouco alto demais e ajunta o seu cabelo para trás. – Ele tem alguns milhões que podem ajudá-lo a seguir até o fim do ano. Faremos o retorno quando começar a nova temporada. Os fãs de Remington exigem uma desforra.

– Você tem fãs leais, não é? – pergunto em voz baixa, direcionando-a para Remington enquanto me lembro de todas as flores que os obrigou a me entregar, e me sinto animada de novo.

Neste segundo, parece que fiquei esperando para falar com ele por toda a minha vida. Meu parceiro de corridas e meu amante. Meu amor.

– Bem, é hora de ir. – Riley bate nas costas de Remington, e minhas entranhas sentem dor. – Na verdade, Brooke, nós também estamos aqui porque estamos procurando um especialista em reabilitação esportiva para a próxima temporada. E que já possa começar o treinamento – diz Riley, tirando algo de seu bolso traseiro. – Se estiver interessada, o número do Sr. Tate está na parte de trás. E o endereço do hotel onde vamos ficar também. Partimos em três dias.

Assisto a Riley subir no carro, e em seguida, Pete vem do meu apartamento e diz adeus.

Olho para Remington, e ele olha diretamente para mim, e por entre todas as emoções que vejo em seus olhos, não consigo decidir qual delas me atinge mais. Minha pele se rompe em arrepios em um apelo silencioso por seu toque, formigando ao me lembrar de seus calos, da maneira como corre a língua sobre mim. Meu leão de cabelos escuros. Lambendo e me chamando.

Meu coração dói enquanto ambos nos olhamos, mas sem falar, mesmo quando há milhares de coisas que pesam sobre nós dois.

– Você está bem, Remy – diz Melanie com um sorriso ensolarado.

Ele a presenteia com uma visão daquelas covinhas que me matam, e então seus olhos se voltam para mim e as covinhas já sumiram.

– Você sabe onde me encontrar. – Ele sobe no carro e vai embora, deixando um rastro de arrepios na sua esteira, ao longo de toda a minha pele.

Melanie vai para dentro primeiro, mas eu fico ao sol, apenas... processando.

Volto depois para casa e meu coração incha de alegria ao som da voz alegre de Nora, lembrando-me de que ela está aqui. De repente, meu apartamento parece um dormitório da faculdade com os amigos rindo, e tudo por causa de Remy.

Acho que ele gosta mesmo de mim!

– Nora! – Entro na eclética sala de estar – cortesia das habilidades criativas em decoração de Melanie – e dou um abraço apertado na minha irmã. – Deixe-me olhar para você. Você está bem?

Eu a inspeciono da cabeça aos pés, e admito que ela parece mesmo bem. Rosto rosado, sorriso brilhante. Cortou a juba dourada em um corte bonito, e há cor em seus lábios bonitos e curvos. Ela parece esbelta e saudável, e a animação em seus olhos me encanta. Esta é a Nora de quem me lembro. Minha irmãzinha.

Ela aperta minhas mãos e confirma com a cabeça enfaticamente, entrelaçando seus dedos nos meus.

– Nora estava me dizendo como Remington brigou com Scorpion por ela. – Melanie arregala os olhos para mim e balança a cabeça de forma significativa. – Ela acha que Remington é o máximo por causa disso que ele fez.

Uma ponta sorrateira de ciúmes agita minha barriga.

– Ah, sim, claro.

Acho que Nora ficou com ele durante o último mês, pelo menos, e o pensamento de outra mulher apreciando seu sorriso e sua voz, enquanto estive me negando a isso, me deixa doente.

– Brooke, você o devia ter visto! – exclama Nora, alheia à minha câmara de tortura interior chamada de "coração". – Ele invadiu os quartos que a gente alugava e nocauteou dois caras e então foi direto esmurrar a cara de

Benny sem parar. Ele enfiou um lápis em sua tatuagem tão profundamente que ficou completamente deformada.

– E quem é esse Benny? – pergunta Melanie.

– Scorpion – explica Nora, seu sorriso ansioso de prazer. Sério, eu ainda estou olhando para ela com admiração, porque ela se parece com outra pessoa em relação à menina drogada com uma tatuagem de escorpião no restaurante japonês. As maravilhas que um mês de reabilitação pode fazer. *E o meu lutador de cabelos escuros...*

– Oh! Benny é Scorpion, entendi – diz Melanie revirando os olhos.

– Remington era como um demônio que tinha escapado do inferno, batendo sem parar. Benny não conseguia deter o homem enquanto ele gritava sobre ficar longe de sua namorada, que ele não ia embora sem o que sua namorada queria, e toneladas de palavrões. Em seguida, Benny correu e me ofereceu. Ele disse que se ele parasse, iria me libertar, em troca do campeonato também. Então, Remy olhou para mim e perguntou se eu era sua irmã. E eu assenti. E assim ele concordou. Ele nem hesitou. Ele me queria fora de lá naquela mesma noite, mas Benny disse que eu ficaria presa até Remington entregar o campeonato, por isso Remy chamou Pete para ir me buscar. Pete me levou a um lugar de reabilitação em Connecticut e Remy pagou por toda a minha estadia, e depois, mandou Pete de volta e ele me levou embora.

Caio em uma cadeira e simplesmente não consigo me manter de pé, meus olhos estatelados. Depois de todas as lágrimas que chorei, sinto que ainda podia chorar mais um lago. Por Remington Tate. E por mim. E por subestimar alguém que pensei que iria fazer algo errado, e em vez disso, fez a melhor e mais incrível coisa por mim. Remy, quando cai no lado negro, faz um monte de coisas ruins, é o que dizem. Mas, cara, ele fez o certo com Nora. Por mim. Eu sei que, apesar do lado romântico de Nora, foi por mim que ele lutou. Por mim, ele entregou a luta. Por mim e por quem eu amo, que ele prometeu proteger como sendo seu na noite em que destruiu o restaurante do hotel.

Lembro-me de como estava orgulhoso durante a luta, recebendo cada golpe. Como deve ter doído para ele não revidar! Isso é tudo que Remy sabe fazer. Ele é um lutador nato. Mesmo em seus olhos, eu podia ver a sua ferocidade. Ele mal consegue controlar a si mesmo quando provocado, e pensar nele se segurando quando estava sendo ferido dessa maneira, só por mim. Por minha irmã.

Algo clica em minha mente e meu coração incha até que eu pense que vou explodir de dor e emoção. Sou bombardeada com lembranças da primeira noite em que vi esse homem. Os olhos azuis brilhando, pele dourada, cabelo preto espetado, rosto brincalhão e corpo musculoso.

– Seu nome – ele rosna, ofegante, os olhos selvagens presos nos meus.

– Hã... Brooke.

– Brooke o quê? – ele devolve, as narinas dilatadas.

Seu magnetismo animal é tão poderoso que acho que ele roubou a minha voz. Ele está no meu espaço pessoal, tomando posse dele, me absorvendo, roubando o meu oxigênio, e não consigo entender a forma como o meu coração está batendo, a maneira como estou aqui, tremendo com o calor, meu corpo inteiro focado no lugar exato em que sua mão está envolvendo a minha.

Com tremendo esforço, consigo libertar minha mão da dele e olho revoltada para Mel, que vem atrás dele com os olhos arregalados.

– Brooke Dumas – diz ela, e então alegremente dispara o número do meu celular. Para meu desgosto.

Os lábios dele se curvam e o homem procura o meu olhar.

– Brooke Dumas. – Ele acaba de foder meu nome na minha frente. E bem na frente de Mel.

E ao mesmo tempo em que sinto sua língua se retorcendo ao redor dessas duas palavras, sua voz pecaminosamente sombria, como se estivesse pronunciando o nome de coisas pelas quais se anseia, mas não se deve, sinto o desejo inchar entre minhas pernas. Os olhos dele são quentes e quase me possuem ao me olhar. Nunca fui encarada desse jeito antes.

Ele dá um passo à frente, e sua mão úmida desliza na minha nuca. Minha pulsação acelera quando ele abaixa a cabeça escura para deixar um pequeno beijo seco em meus lábios. Parece que ele está me marcando. Como se estivesse me preparando para algo monumental. Isso poderia mudar e arruinar a minha vida.

– Brooke – ele fala entre os dentes baixinho, de forma significativa, contra meus lábios, enquanto se afasta devagar com um sorriso. – Sou Remington.

Oh, Deus, eu sabia que minha vida mudaria. Só não sabia o quanto.

Eu amo. Esse homem.

Sim, ele é um homem que vai ser difícil, e bipolar ainda mais.

Ele é forte, orgulhoso, e não espero que implore.

Mas, embora ele provavelmente não vá me implorar para voltar, pelo menos não vai me exigir que peça perdão por ser uma covarde e ter fugido, deixando-o entubado no hospital.

Com o primeiro verdadeiro sentido de alegria se abrindo na minha barriga, olho para o endereço do hotel escrito no cartão, e minhas entranhas se movem por antecipação.

Ele quer ser o meu verdadeiro homem, não a minha aventura. Mesmo quando ele for a coisa mais real na minha vida, sei que ainda vai ser uma aventura. Porque é ele. Um *bungee jump* emocionante... Uma queda livre... Jogos Olímpicos pelo ano inteiro... Estar apaixonada por ele vai ser assim para mim. Quando ele ficar negro... Todo o esforço e a conversa e a calma... Vai ser assim.

E, subitamente, isso é tudo que posso pensar.

De repente, o meu joelho ruim é só o que me impede de correr atrás dele.

Eu quero o trabalho que ele pode oferecer.

Quero estar com o meu grande e louco e sexy homem, e não vou pedir desculpas a ninguém por isso. Ele é bipolar, e eu sou louca por ele.

Ele nunca disse que me amava. Mas voltou por mim. Ele me devolveu a minha irmã. Ele perdeu a sua fortuna, a luta, e ficou inconsciente numa cama de hospital. Por minha causa.

– Nora, vou ligar para a mãe e o pai para que você possa passar algum tempo com eles, gostaria disso?

– Sim, Brooke, e pensei sobre o que você disse, quero terminar a faculdade.

Mel entra na conversa:

– Isso aí, Nora! A faculdade é o lugar certo dos caras gostosos. Uma coisa que não se pode perder – acrescenta ela na empolgação total, ainda toda suada e com o rosto vermelho de nossa corrida.

Caindo ao lado de Nora, digo:

– O que acontece é que vou ficar longe por um tempo. Meu novo emprego vai exigir que eu viaje muito, então...

– Novo emprego? – pergunta Melanie. Então, suas elegantes sobrancelhas se erguem. – Desembuche, Brookey! – exige.

– Mel, vou aceitar o emprego que desejo ao lado do homem de que preciso – confesso.

– Você quer dizer que vai voltar ao homem de que precisa com o emprego que deseja – corrige Mel.

– Que diferença! – eu rio, lançando o cartão para ela. – Vou ter meu emprego de volta.

– Com Remington? – pergunta Nora.

– Nora, sua irmã está loucamente apaixonada por esse cara, apesar de não ser desse tipo. E ele está atrás dela há meses – explica Mel, me devolvendo o cartão.

Nós duas avaliamos sua reação, e sua boca se abre de surpresa quando ela aponta para si mesma.

– Oh. Você pensou que eu... ? Eu não estava falando sobre Remington me querendo. Eu disse que Remington é superquente, mas eu estava falando de Pete.

– Pete! – Rio de alegria e de alívio, e a esmago entre meus braços novamente. – O Pedro é um cara muito legal. Se eu voltar para o trabalho, tenho a sensação de que você vai vê-lo bastante.

– Brooke, eu sei que sempre fui muito... romântica, mas o que ele fez... – Nora me diz, séria. – Remington, quero dizer... Brooke, eu nunca, nunca, vi um homem lutar assim por alguém.

Fechando meus olhos, aceno com a cabeça e mantenho um braço em volta dela até Melanie gritar:

– Sanduíches! – E vem me abraçar do outro lado até que ambas estão quase me matando de amor.

– Você vai me fazer voar com frequência? – Mel murmura no meu ouvido quando volta para trás.

– As duas irão – prometo. – Mesmo que tenha que economizar como louca!

* * *

Trinta e seis horas mais tarde, tinha deixado Nora com meus pais, que continuavam a lhe perguntar sobre os crocodilos. A pobre Nora vai ter que pagar por todas as suas mentiras, agora que está sendo questionada sobre a cultura indiana e a Torre Eiffel e outras coisas mais.

Melanie me ajudou a embalar as minhas coisas e ficou um pouco chorosa quando se despediu de mim no táxi, mas eu dizia a ela:

– Não é para sempre! É sazonal, sua molenga! E vou chamá-la sempre!

Minha voz estava confiante, mas, sinceramente, nem sei como minha reunião ou entrevista ou que nome tenha vai ser esta noite. Só sei que estou indo para Remy, e meu corpo já se sente como um campo de batalha de desejo, medo, saudade, amor, necessidade e arrependimento.

Não tenho certeza sobre qual Remy vou encontrar esta noite. Tudo o que sei é que Remington Tate não é um homem com quem se planeje relacionamentos de longo prazo. Ele é um ímã para as mulheres, e tem um lado sombrio que não é controlado com facilidade.

Ele é a minha fera. Minha luz e escuridão. Meu.

Simplesmente não há outra opção para mim, exceto ficar com ele.

– Estamos muito felizes de ver você! Eu te abraçaria se não ficasse com medo de ficar sem meu pescoço mais tarde! – diz Riley quando me vê na porta, e está sorrindo tanto que seus olhos tristes de surfista estão brilhando de alegria.

– Ei, pensei que estivessem pobres. Pobres não reservam suítes presidenciais – digo ao entrar e deixar minhas malas na porta.

– Pobres pelos padrões anteriores de Remy – diz Pete ao carregar minhas malas para um dos quartos. – Ele gasta alguns milhões por ano, então, naturalmente, tem que continuar produzindo muito, mas ele vendeu a casa de Austin, e estamos trabalhando para conseguir alguns patrocínios.

Concordo com a cabeça e lanço um olhar saudoso pelo corredor nos quartos, perguntando se ele está aqui. Quando o pessoal me leva para a sala de estar, desisto e digo:

– Tudo bem, então, preciso saber se o Sr. Tate ainda está interessado em meus serviços. Como especialista em reabilitação.

– É claro – assegura Pete, jogando-se no sofá e brincando com a gravata como sempre faz. – Ele quer se concentrar no que é importante. Ele quer você, e tem sido muito específico sobre não querer mais ninguém.

Dou risada, então fico séria quando ambos olham para mim como se eu fosse uma estrela cadente que pegaram.

– Gente – digo, revirando os olhos. – Não finjam. Ele está aqui? Ele mandou que me torturassem?

– Nunca! – os dois riem e Pete se recupera primeiro, sua expressão séria.

– Ele andou por aqui mil vezes nos últimos dias. Remy saiu para uma corrida agora. – Pete sustenta o meu olhar, sua voz caindo consideravelmente à medida que ele se senta e se inclina sobre os joelhos. – Sua carta, Brooke. Ele leu mil vezes. Ele não vai comentar com a gente, nós não sabemos o que ele está sentindo.

O som de uma porta se fechando me atinge, e quando salto para os meus pés, minha respiração para.

Do outro lado da sala, coberto de suor, eu vejo a razão pela qual estou pronta a jogar tudo e a apostar tudo no meu amor. Meu coração fica parado por um momento, e então salta a toda velocidade, porque este homem faz isso comigo. Eu corro até ele mesmo quando estou parada.

Seu cabelo está perfeitamente bagunçado, e ele está lá, o deus do sexo dos meus sonhos, o demônio de olhos azuis que se tornam negros dos meus sonhos. Ele olha para mim, depois para Pete, depois para Riley, em seguida começa a vir para mim, seus tênis abafados no tapete. Posso ver as emoções evoluindo em seus olhos, começando com surpresa, uma pitada de raiva, e então pura necessidade.

Não sei quanto tempo fico olhando para ele, mas é por muito tempo, até sentir o crepitar da nossa química no ar como algo irreal e elétrico pulando entre nós. Seu peito sobe e desce, e uma necessidade desesperada para fechar a distância emocional entre nós faz meu peito doer.

– Gostaria de falar com você, Remington, se tiver um momento.

– Sim, Brooke, eu quero falar com você também.

Seu tom seco não faz nada para recuperar a minha confiança rapidamente em fuga, mas o acompanho de perto. O leve cheiro de outono misturado com um cheiro de mar agarrado à sua pele me deixa terrivelmente quente, e estou quase vesga de desejo quando ele me leva para o quarto principal.

Remy fecha a porta e se vira para mim, e um fluxo de calor sobe por mim quando ele enrola a mão quente no meu pescoço e se inclina para me cheirar. Desfeita pelo gesto possessivo de seu nariz enterrado em meu cabelo, pego a sua camiseta e enterro meu rosto nele, ansiando por ele.

– Não me deixe ir, por favor – imploro.

Ele se arranca de meu aperto e me libera, como se estivesse irritado por ter me pego antes.

– Se você me quer tanto, então por que foi embora? – Ele me enerva enquanto me observa sentar no banco ao pé da cama, tem as sobrancelhas juntas e braços cruzados, ampliando sua postura quase ameaçadora. – Eu disse alguma coisa quando estava no estado maníaco?

Com uma súbita e vívida memória, lembro-me de cada momento incrível, e me aproveito de um:

– Você queria me levar para Paris.

– Isso é uma coisa ruim?

– E fazer amor comigo em um elevador.

– Sério?

– E me queria em minhas calças cor-de-rosa – admito, e um calor inesperado sobe pelas minhas bochechas.

Ele continua olhando para mim, com o rosto tenso de uma máscara indecifrável. Seus braços estão cruzados, apertados, como se estivesse segurando suas emoções furiosas, e estou tremendo porque não posso determinar se o olhar é de amor ou de ódio. Está simplesmente me consumindo. Me consumindo.

– Você esqueceu a parte onde nós tocamos uma canção um para o outro – retruca ele em um murmúrio silencioso, e a percepção de que ele provavelmente se lembra do jeito carinhoso que fez amor comigo depois provoca uma emoção ardente em meu peito que se espalha com rapidez pela minha garganta.

Prendo a respiração em choque silencioso quando ele pega a minha mão e leva meus dedos aos seus lábios.

Meu coração acelera quando fico no meu lugar, assistindo em deliciosa agonia enquanto ele vira minha mão na dele. Remy olha para a palma da minha mão antes de se inclinar e colocar sua língua sobre a minha pele e me lamber suavemente. A vontade explode na minha barriga.

– Aquela foto me deixou muito irritado, Brooke – diz, enquanto arrasta sua língua através dos nervos sensíveis no centro da palma da minha mão. – Quando você pertence a alguém... Você não beija ninguém. Você não beija seu inimigo. Você não mente. Nem trai.

Meus sistemas rugem de volta à vida quando os dentes arranham a palma da minha mão.

Minha voz estremece:

– Sinto muito. Eu queria protegê-lo, como você me protege. Nunca mais farei as coisas pelas costas, Remy. Não fui embora por causa de seu surto, só não queria que ficasse maníaco ou deprimido por minha causa.

Ele concorda de modo sombrio, me lança um olhar sedento e baixa minha mão ao meu colo.

– Então alguma coisa me escapou. Porque ainda não consigo entender por que, diabos, você iria me deixar quando eu mais precisava de você, porra!

A dor em sua voz atinge uma corda dentro de mim, e imediatamente meus olhos ardem.

– Remy, me desculpe! – choro miseravelmente.

Ele geme, agitado, em seguida puxa a carta que escrevi do bolso do jeans dobrado de qualquer jeito em uma cadeira no canto. O papel está amassado e meio rasgado no meio, de tantas leituras.

– Você queria mesmo dizer o que escreveu? – Ouvir sua voz densa, angustiada, faz meus pelos eriçarem.

– Qual parte?

Ele pega o papel e desdobra, batendo um dedo espesso nas palavras:

Eu te amo, Remy.

Amassa então o papel novamente, me olhando com raiva e desespero. Meu coração se contrai ao perceber que ele não consegue dizer as palavras em voz alta para mim.

Quem uma vez disse que o amava?

Eu disse.

Em uma carta.

Em mil canções.

Mas não em voz alta.

Até mesmo seus pais só queriam dinheiro. Eles nunca o aceitaram ou deram o amor que ele merecia. E eu? Oh, Deus, eu o abandonei. Assim como todos os outros. Aceno com a cabeça para cima e para baixo muito rápido, e seu queixo fica duro como pedra, como se ele estivesse segurando algum sentimento selvagem.

– Diga – sussurra asperamente.

– Por quê?

– Eu preciso ouvir.

– Por que você precisa ouvir isso?

– É essa a razão pela qual você partiu após a luta?

Lágrimas ardentes enchem meus olhos.

Há desespero na sua pergunta, e acho que ele quer tanto saber por que essa pode ser a única razão pela qual será capaz de superar a minha partida.

Uma dor rasga meu peito enquanto o imagino ao acordar na cama do hospital, depois do que fez por mim, para perceber que eu o deixei. Quando disse que nunca teria o suficiente dele...

– Foi por isso que foi embora, Brooke? Ou porque está pronta para me abandonar? Pensei que você tivesse mais coragem, espoletinha, realmente pensei.

Ele está loucamente vasculhando o meu rosto, e me sinto tão selvagem quanto ao olhar para suas feições incrivelmente bonitas, observando que a pequena cicatriz acima das sobrancelhas permanece.

Eu a toco por impulso, e no instante em que meu dedo se conecta com a pele, as palavras jorram para fora de mim.

– Eu te amo. Eu te amo. – Sua respiração se prende em seu peito, e eu continuo com pressa. – Mais do que jamais pensei que fosse possível amar qualquer outro ser humano. Fui embora porque você partiu meu coração com cada um de seus ossos. Porque eu não aguentava mais!

Ele fecha os olhos, e seu tormento me atinge profundamente, a minha própria confissão me abrindo, me deixando vulnerável. Ouço sua respiração irregular, e estou sofrendo com a lembrança do que ele fez por mim, para resgatar Nora. Solto a minha mão e minha voz treme com violência.

– Quero que você nunca deixe ninguém te magoar deliberadamente de novo. Nunca. Nem mesmo por mim, Remy. Você vale a pena. Vale muito a pena! Está me ouvindo?

Ele levanta a mão e pega meu rosto nas mãos trêmulas e me puxa contra ele, e estremeço ao absorver a sensação de seus braços novamente. Meu coração bate forte porque sei que esta é a primeira noite do resto da minha vida, e quero que seja assim.

– Eu faria isso mil vezes por você. – Ele me cheira, eu o cheiro. – Mil, um milhão. Não me importo se sou humilhado, não me importo com nada. Tudo o que eu sabia era que estava disposta a beijar a tinta daquele filho da puta por sua irmã, então eu tinha que trazê-la de volta para você.

– Oh, Remy, você não tinha que fazer nada!

– Tinha. E farei. E faria tudo isso de novo. Só lamento que apenas Pete poderia saber. Ele ficou em um quarto de hotel com ela e um dos capangas de Benny, depois me ajudou a transferi-la quando entreguei o campeonato. Eu não poderia deixar você me impedir, Brooke.

– Mas você nem sequer olhou para mim... – digo, apertando os olhos fechados. – Isso foi tão doloroso quanto o resto do que aconteceu.

– Se eu olhasse, não teria sido capaz de continuar – a voz dele está rouca e plena de convicção, e cubro meu rosto e tento não pensar na forma como Scorpion teve prazer em humilhar o meu lutador orgulhoso. Isso me faz querer lutar e chorar ao mesmo tempo, e balanço a cabeça.

Ele está quieto.

Então, me libera com um ruído de dor vindo de dentro dele.

Remy se levanta e caminha, empurrando os dedos como garras pelos cabelos.

– Eu sabia que isso ia acontecer. – Nuvens negras escurecem seus olhos azuis debaixo das sobrancelhas. – É por isso que eu não queria tocar em você. Eu sabia que ia ficar louco se a tocasse, e agora, fico arrasado por pedir para ficar comigo quando sei que farei alguma merda pra te foder, de novo.

– Sim, provavelmente vai, seu idiota! E vai ser uma porra de um salto sem paraquedas e eu vou ficar firme e pular junto com você, porque isso é o que você faz comigo. Sou louca por você. Minha vida agora é uma merda sem você. Eu não estou aqui pelo trabalho. Apesar de amar o que faço, é você que eu quero. Foi por você que vim naquela primeira noite. Foi sempre você. Eu quero estar com você, mas não quero isso só do meu lado. Quero que você me ame de volta, Remy. Você nunca me contou como se sente sobre mim!

Seus olhos estão azuis, e se inflamam com um fogo que aquece todo o meu ser.

– Brooke, você honestamente não sabe?

Eu olho, e ele se ajoelha na cama e segura meu rosto.

– Jesus, quando te vi aquela primeira noite em Seattle, senti como se tivesse acabado de ser conectado a uma tomada. Fiquei maluco só com o jeito como você sorriu para mim. O jeito que você olhou para mim com uma expressão de dor e espanto me deixou louco. Você se virou para ir embora, e você usava essas calças lindas. Sua bunda estava lá, alegre e redondinha, quando você foi embora. E eu só queria terminar logo aquela maldita luta para ir atrás de você. A última luta, juro que só lutei para que você pudesse me ver. Então, você me veria. Que sou forte e posso lutar por você, te proteger. Eu sonhava em beijá-la, em fazer amor com você. Estava planejando isso na minha cabeça, mesmo quando pulei do ringue e fui atrás de você. Quando sua amiga me deu o seu número, cheguei ao hotel para encontrar um quarto cheio de meninas, do tipo que Pete sempre arrumava para mim, e não consegui olhar para nenhuma delas. Eu queria olhar em seus olhos e fazer você sorrir para mim.

– Pesquisei você no Google, salvei seu número no meu telefone, e passei a noite pensando em todas as maneiras que poderia foder quando pusesse as mãos em você. Mandei aqueles ingressos sabendo que iria te comer naquela noite. Mas, então, vi um vídeo seu. Era sua primeira eliminatória olímpica e você estava indo embora mancando, com o joelho estourado e chorando, e eu só queria... você. Queria queimar o computador por causa daqueles idiotas comentando que sua vida tinha acabado, sobre a depressão que tinha atingido você. Você era eu. Brooke. Eu. E tinha vontade de ir lá e mostrar que eram todos uns idiotas, e ao mesmo tempo, queria ir até lá e carregar você até a linha de chegada. Estávamos indo embora da cidade em breve, e eu sabia que tinha que te ver de novo. Então, contratei você.

Quando ele confirma ter visto meu vídeo, quase desmonto, a fraqueza me agarrando nos joelhos. No mesmo instante, eu me lembro de nosso primeiro voo e de como Remy estava tão absorto inspecionando meu joelho. Ele tocou quase carinhosamente a cicatriz com o polegar. E como posso esquecer quando ele me enxugou e teve um cuidado extra com o meu joelho, no dia em que seus fãs atiraram ovos em mim?

– Tentei pegar leve. Eu queria saber de você, e queria que me conhecesse, e todos os dias eu queria mais, Brooke. Tanto. Eu não podia tocá-la e arriscar estragar tudo antes que soubesse sobre mim. Queria que você se importasse comigo. Queria ver se poderia me entender... E me torturava todas as noites, pensando em você em seu quarto, enquanto eu estava no meu.

– Na noite em que fomos à boate e você dançou comigo, eu simplesmente não conseguia me conter. Estava tão tenso. E quando você derrubou dois caras pra mim, fiquei louco para lhe proteger. Eu queria enfiá-la na cama e voltar e fazer um estrago sério naqueles quatro. Mas você ficou comigo e esqueci de brigar, e tudo que queria era ter a minha boca em cima da sua. Tentei me controlar, mas no avião você me matou com essas músicas sobre fazer amor comigo. Eu tinha que ter você. O pensamento de ter você me deixou doido, estava como drogado com ele, e até o final dessa luta estava louco para ter você antes mesmo de colocá-lá na minha cama.

– E então você acordou comigo, e vi você abraçada em mim, Brooke. Suave e doce. Na outra vez em que estava deitado sozinho na cama, eu queria cortar a porra das minhas veias querendo você perto de mim, então fui atrás. Isso era tudo o que me fazia passar aqueles dias. Pensando em ter você na minha cama e beijá-la até ficar sem fôlego. Continuei procurando em minhas músicas, tentando encontrar uma que dissesse como você me fazia sentir. Por dentro. Eu não sou bom em dizer isso, mas queria que soubesse que era especial para mim, diferente de qualquer outra mulher na minha vida.

– Você queria que eu fizesse amor com você e não sabe quantas vezes eu quase topei. Quando tomei banho com você, juro por Deus, eu estava quebrando por dentro. Mas não poderia fazer, não sem dizer que há algo de profundamente errado comigo, e que sou um covarde, Brooke. Não tive nem mesmo a coragem de dizer a palavra "bipolar". Então, estiquei meu tempo com você. Porque sou egoísta, e queria que você se importasse antes mesmo que soubesse. Pensando que iria fazer a diferença e que ficaria. Nem mesmo meus pais me suportaram muito tempo. Mas algo sobre você me fez pensar que você me conheceria, me compreenderia como ninguém mais.

– Remy... – digo.

– E eu estava certo, Brooke – ele acrescenta, num sussurro profundo e rouco, me segurando, encantada por suas palavras, seu olhar líquido. – Quando contei sobre mim, você ainda me queria. E estive apaixonado por você não sei por quanto tempo. Desde que tentou me derrubar no ringue, e acabei colocando seus pezinhos contra o meu estômago para aquecê-los. Jesus, quando vi aquela foto de você e Scorpion, eu *queria matá-lo*. Eu queria dar fosse o que fosse que tivesse feito você ir procurar aquele babaca e beijar sua maldita cara! Eu queria dar isso pra você, assim você iria beijar a mim, no lugar.

– Fui até ele, e ele estava esperando. É claro que estaria. Ele sabia que eu viria. Ele me viu no clube. Nunca fui de proteger uma mulher antes. Ele me viu sair do ringue por você, quando fui desclassificado. Ele sabe que você é meu ponto fraco. Nós nos atracamos lá, e Scorpion estava chorando que nem um pintinho. Ele queria que eu parasse. Mas eu não faria isso até que tivesse arrancado todos os dentes dele. Mas ele ofereceu sua irmã se eu parasse e entregasse o campeonato, ele já estava de saco cheio dela. Nora estava inquieta desde que tinha visto você, e ele não queria problemas. Ela estava chorando vendo a gente brigar. Perguntei-lhe se ela era sua Nora, e ela disse que sim. Então, concordei. Fiz colocarem isso no papel, chamei Pete para proteger a menina, e assim foi feito. Ela seria liberada assim que tivesse terminado. – Remy raspa a mão pelo rosto enquanto suspira. – Foi a primeira vez que fiz a coisa certa quando não estava no meu estado ideal.

Inclinando-se para mim, ele arrasta o nariz ao longo de minha têmpora, e um tremor de calor desce por minha coluna quando sussurra perto do meu ouvido.

– Me desculpe, eu não podia contar, mas isso tinha que acontecer desse jeito. Quando disse pra você que não iria permitir que me deixasse na noite em que fizemos amor, eu quis dizer isso. Eu quero você, Brooke, pra mim. Eu posso te machucar, posso fazer merda, mas eu... – Seu olhar me galvaniza. – Estou tão apaixonado que nem sei mais o que fazer comigo.

Há um nó enorme na minha garganta, e aceno com a cabeça enquanto enxugo as lágrimas, incapaz de dizer o quanto loucamente eu o amo.

Ele me faz tão bem. Ele toca minha música. Corre comigo. Beija e me toca. Me lambe deliciosamente. Fica todo com ciúme de mim. Ele é mal-humorado um dia e todo petulante no próximo, e amo tudo dele. Ele me olha com seus olhos azuis ou olhos negros, e cada vez que faz isso, sei que estou exatamente onde quero estar.

– Você vai querer me deixar de novo – sussurra Remy com ternura ao segurar meu queixo. – Você não pode, Brooke, não pode ir embora. Você é minha.

Ele acaricia meu cabelo e me encosto em sua mão como um gatinho de novo, buscando mais do seu carinho.

– Você me conquistou, espoletinha. Você chutou a bunda de um cara de cem quilos. E nunca vou superar isso. Você chutou minhas putas pra fora. Pete me disse. Você fez sua reivindicação sobre mim, mesmo antes de perceber que eu já tinha feito a minha. – Ele pega meus cabelos e me puxa para perto de seus lábios. – Eu sou seu agora, e não pode me abandonar como você fez. Mesmo se eu foder tudo, eu ainda serei o *seu* fodedor...

Preciso dele perto, então pressiono o meu corpo ao dele enquanto passo meus braços em torno do pescoço, o suor grudando deliciosamente em mim.

– Você é meu de verdade.

Ele geme um som masculino quando vira a cabeça e lambe minha bochecha. A percepção de que o meu leão está de volta se mostra, e sinto-me afundando em seus braços enquanto ele roça os lábios em mim. Remy lambe lentamente o meu queixo e, então, meus lábios. Acho que sente quando estremeço, porque desliza as mãos em volta da parte inferior das minhas costas e me aperta contra seu corpo. Ele lambe minha boca quente com sondagens suaves até que estou aberta e ofegante, deixando que ele faça de sua maneira deliciosa.

– Nunca mais me deixe de novo – murmura, sua língua se retirando para traçar meu lábio superior, o inferior, em seguida se empurrando profundamente dentro de mim enquanto espalha suas mãos ao longo da minha bunda e me aperta de um jeito possessivo.

Estou bêbada. As sensações que o beijo dele me traz são profundas, e tremem no meu núcleo como terremotos consecutivos, cada um maior do que o último.

Esfrego meus mamilos em seu peito enorme, e meu sexo lateja com a vontade de senti-lo dentro de mim. Ele parece tão sexy em suas roupas de treino, me deixa tão louca com seu cheiro depois da corrida, que me dá vontade de tirar sua roupa, de transar com ele.

– Tenho mil canções que dizem "Brooke", todas elas sobre você me abandonando, eu com saudades suas, eu te amando e te odiando e te adorando – diz ele, enquanto sinto que enfia as mãos debaixo de meu vestido para pegar minha calcinha.

É exatamente por isso que coloquei um vestido e, em tempo recorde, estou sem roupa, só de sutiã, e Remy já tirou minhas calcinhas.

– Tenho algumas também, e quero passar o dia todo tocando todas elas pra você – falo baixinho.

Ele me puxa nua para seu colo, tomando minha boca novamente. Ele me deixa tão louca com seus beijos, tenho medo de gozar no instante em que ele me penetrar.

Oh, Deus, preciso tanto, nem percebo que estou enrolando minhas pernas para ficar em cima dele, esfregando-me sobre seu pau. Eu quero. Dentro de mim. Quero Remy tão ferozmente que não consigo parar de tremer.

– Eu te amo – suspiro.

É incrível. Vivi toda a minha vida sem ele, mas nós fizemos essa conexão, e me sinto vazia sem ele.

Ele me enlouquece com outro beijo enquanto ondula meu corpo contra o dele, brincando com sua rigidez, sua boca quente, seus gemidos. Ele está me fazendo querer das mais loucas e intensas maneiras. Remy se afasta e procura tirar seu short de corrida.

– Quero tocar "I Love You" da Avril Lavigne outra vez – digo, enquanto ele tenta se livrar do short sem sacrificar o meu lugar em seu colo.

– Vou pegar meus fones de ouvido quando terminar – murmura Remy, empurrando uma perna e agora tentando tirar a outra.

Gemo de gratidão com o pensamento de ser capaz de ouvir música com alegria de novo, em especial quando tudo que conseguia pensar era em ouvir "Iris" mais uma vez, temendo o quão profundamente isso iria me machucar. Cada música, sem Remy, me cortava.

Estou inundada de emoção ao acariciar o cabelo dele, passando meus dedos.

– E também "That's when I Knew", de Alicia Keys. – Começo a cantar essa música dolorosamente romântica no ouvido dele e ele faz um som estranho entre uma risada e um gemido.

– Você não canta merda nenhuma, baby – ele murmura.

Paramos de rir quando ele me penetra. Suspiro. Ele geme.

Sua boca esmaga a minha, e nossa sede é inextinguível. Ele balança os quadris com força, seus músculos apertados, suas coxas debaixo de mim, seu abdômen contra o meu, seus bíceps em torno de mim. Amo sentir sua força quando ele faz amor comigo, em seus movimentos, em seus braços, em sua ereção poderosa. Eu adoro... Aqui vou eu de novo. Eu amo tudo que diga respeito a ele.

– Brooke Dumas – murmura Remy, lambendo a minha orelha, com os olhos brilhando. – Sou Remington.

Dou uma risada, e depois gemo e me dissolvo nele.

Sério, ele é sexy demais, não aguento.

EPÍLOGO

REMINGTON

Às vezes ainda não acredito que Brooke me ama.

Fico louco quando ela conversa com Pete e Riley e, às vezes, nem consigo dormir com medo de acordar e descobrir que ela não está ao meu lado. Começo a ficar com ciúme de mim mesmo e com medo de que vá perder a cabeça, mas quando ela me toca, encontro minha âncora.

Vou lutar por ela hoje à noite, e quero os olhos dela em mim. Quero suas mãos em mim mais tarde. E a maneira como ela diz que me ama. Ela mostra isso também, mas nunca na minha vida ouvi isso antes. Ela coloca canções de amor para mim, e eu me apego às letras como se fosse ela quem tivesse escrito todas elas. Às vezes tenho dificuldade para encontrar palavras que digam o que eu sinto. Tem horas em que sinto mil coisas ao mesmo tempo e não consigo encontrar uma única palavra para dizer a ela o que quero dizer. É por isso que procuro músicas, e assim que uma atinge uma corda em mim, não posso esperar para ouvir com ela. Toquei "Iris" para Brooke porque queria que ela soubesse que eu iria fazer todos os tipos de merda só para estar com ela, e mais do que isso, queria que ela me conhecesse.

Ela conhece.

Ela deve conhecer partes de mim que nem eu conheço.

Toda vez que acordo, checo com ela se a machuquei.

Há momentos, de quando estava no lado negro, de que me lembro, mas tem outros momentos que não. Toda a minha vida desmorona quando fico negro.

Tenho medo de machucá-la.

Tenho medo de que ela vá embora de novo.

Mas, então, ela me diz que promete contar a merda que eu fiz ou disse, e isso me tranquiliza. Honestamente, não acho que tenho em mim a vontade de machucá-la. Está gravado em mim proteger essa mulher, até de mim mesmo. Acho que mesmo no lado negro o Remington vai se matar antes de machucá-la.

Mas ainda sonho que acordo e fico sabendo que fiz alguma merda e ela foi embora.

Ela me diz toda noite que sou verdadeiramente seu.

Ela é verdadeiramente minha. Ela é minha única.

Mas quero isso no papel.

Quero ganhar este ano e, quando fizer isso, pedirei a ela.

Porque ela é minha.

Hoje à noite, ouço a multidão quando subo no ringue, e eu sugo isso, deixo que isso me alimente, mas já estou me virando até o ponto onde ela está sentada. Cada detalhe do que ela está vestindo hoje está na minha cabeça. Vejo um rosto que tem olhos dourados, eu me sinto mais rico do que um país. Suas bochechas rosadas. Seu sorriso largo.

E a visão dela me enche de adrenalina.

Um aumento na dopamina. De testosterona.

Endorfinas.

Estou dopado disso. Ela me dopa disso tudo, e sorrio e aponto para Brooke, porque tudo que pretendo fazer daqui em diante ela sabe: "Esse é para você".

É tudo.

Para você.

Brooke Dumas.

Ela me sopra um beijo e eu o pego na palma da mão.

A multidão adora o modo como eu a amo.

E então eu coloco o beijo na boca, e eles rugem.

E aponto para ela, rindo, vendo as luzes em seus olhos, e não posso esperar para estar dentro dela, ouvindo-a suspirar por mim, gozando para mim.

Já estou alto. O fluxo de adrenalina bomba dentro de mim. Vou detonar tudo o que eles puserem na minha frente só para ser o vencedor. Para mostrar a essa mulher que eu, eu, Remington caralho Tate, sou o macho que ela quer.

– O primeiro e único Remington "Arrebentador" Tate!

Ouço o meu nome mais uma vez, e estou nas alturas com a multidão, e nas alturas com o sorriso dela.

Estou nas alturas com ela.

CAROS LEITORES,

Se vocês são como eu e amam de paixão Remington e Brooke, então, por favor, não se esqueçam de ficar de olho em Remy e na sequência da incrível série ***Real***.

Não posso esperar para compartilhar mais de Brooke e Remington com vocês!

Beijos,
Katy

SOBRE

Oi, sou Katy Evans e adoro família, livros, vida e amor. Sou casada, tenho dois filhos e três cães e passo meu tempo cozinhando, caminhando, escrevendo, lendo e cuidando de minha família. Obrigada por passar um tempo comigo e ter escolhido minha história. Espero que tenha passado um tempo maravilhoso com ela, como eu passei. Se quiser saber mais sobre os livros que estou escrevendo, me procure na internet, adoraria ter notícias suas!

Beijos,
Katy

Website: www.katyevans.net
Facebook: https://www.facebook.com/pages/Katy-Evans/521052267929550
Twitter: https://twitter.com/authorkatyevans
Email: authorkatyevans@gmail.com